U0456404

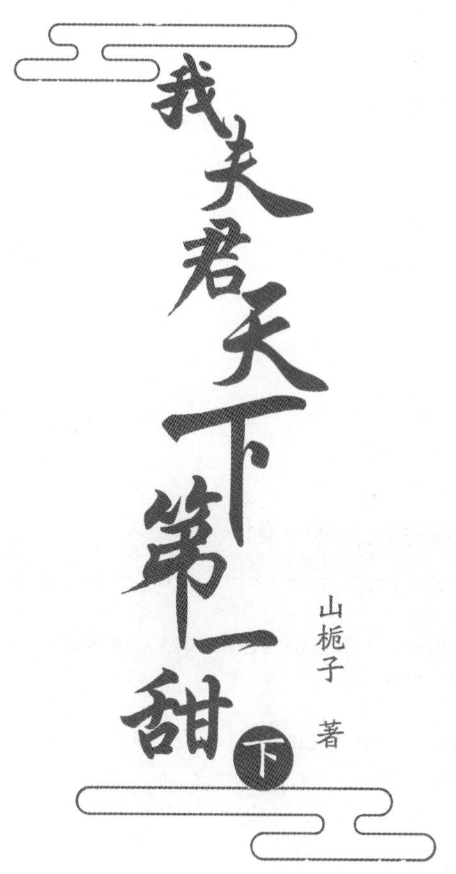

我夫君天下第一甜（下）

山栀子 著

中国致公出版社 · 北京　　知音动漫

图书在版编目(CIP)数据

我夫君天下第一甜 : 全两册 / 山栀子著. -- 北京 : 中国致公出版社, 2024.10

ISBN 978-7-5145-2131-3

Ⅰ. ①我… Ⅱ. ①山… Ⅲ. ①言情小说－中国－当代 Ⅳ. ① I247.5

中国国家版本馆 CIP 数据核字 (2023) 第 084843 号

我夫君天下第一甜：全两册 / 山栀子 著
WO FUJUN TIANXIA DIYI TIAN:QUAN LIANG CE

出　　版	中国致公出版社 （北京市朝阳区八里庄西里100号住邦2000大厦1号楼西区21层）
出　　品	湖北知音动漫有限公司 （武汉市东湖路179号）
发　　行	中国致公出版社（010-66121708）
作品企划	知音动漫图书
责任编辑	李　琰
责任校对	邓新蓉
装帧设计	杨　瑾　刘　宝
责任印制	翟锡麟
印　　刷	长沙鸿发印务实业有限公司
版　　次	2024年10月第1版
印　　次	2024年10月第1次印刷
开　　本	710mm×1000mm　1/16
印　　张	45
字　　数	702千字
书　　号	ISBN　978-7-5145-2131-3
定　　价	79.8元

目录

第二十一章 树欲静而风不止

谢缈在裴府书房里坐了一会儿，才看见裴寄清拄着拐，撩着衣袍迈上石阶来。圆月窗上仍映照着庭内的松枝，一旁侍弄花草的仆人朝裴寄清行了礼，便又拿起剪子修剪起枝叶。

“怎么一个人过来了？”裴寄清没瞧见戚寸心，面上显然有几分失望。

他甫一走近，谢缈便嗅到他身上似有若无的药油味，记起这些天雨下得频繁，他行走常要拄拐。

“她去见枯夏了。”谢缈端着茶碗，缓缓吹开碗沿的热气，抿了一口茶。

“你不问我，寸心也不来问我，倒是愿意信我。”裴寄清端起桌上的瓷碗——里面盛着老管家才差人去街上买回来的鸡脆饼汤——捏着汤匙喝了口汤。

“要不要来一碗？”他看向对面的少年。

“不用。”谢缈言语简短。

“她如今仍是许多人的眼中钉，东宫侍卫府的人都跟着她没有？”裴寄清咬了一口鸡脆饼，边吃边说，那花白的胡须一颤一颤的。

“您不也派了顾毓舒跟着，还问我作甚？”谢缈掀起眼帘，语气冷淡。

裴寄清闻言，笑意更深了。他拿了一旁的帕子擦了擦嘴道：“既不是为彩戏园的事来问我的，那就是你父皇用我要挟你了？”

到底是在官场里浮沉了大半生的人，有许多事，他一猜就透。

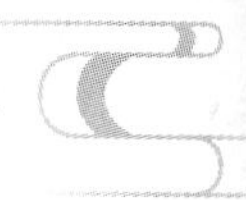

“想不到你还是个好外甥，如今也会替我着想了？”裴寄清满眼含笑，故意说道。

“舅舅想多了。”谢缈对上他的目光，“您不会不知道我父皇这么做是为了什么。”

“知道，他到底还是惦记着你我将他架在火上烤，让他不得不立你为太子的事。这回，他算是逮住机会了。”裴寄清貌似不经意地观察着少年的神情，“他如此袒护二皇子，你可是生气了？”

少年闻言，仿佛是听到了什么荒唐的笑话似的，微扬着眉，轻声嗤笑道：“舅舅，我早已不是个只会要糖吃的孩童了。”

“也是。”裴寄清重新拿起汤匙喝了口热腾腾的鸡汤，熨帖的感觉让他眉眼舒张，“如今你哪还稀罕这些。”

少年不语，又抿了口茶。

“依我看，彩戏园的事还没完，李适成以为自己安插个秦越进去做眼线，便能抓住二皇子的把柄，却不想，他这是将自己送上去做替罪羊了。”裴寄清正了正神色，叹了口气，“你这二哥还真是深藏不露。你没回月童之前，吴氏和你大哥谢宜澄之间明争暗斗，那时谢詹泽倒是什么事也不沾，常在外头访名山大川，寻道观修士，由着他母亲替他争抢。”

“如今你不但回来了，还做了太子，他有了危机感，那野心自然就藏不住了，不过手段倒是比他母亲吴氏要高明得多。他啊，怕是才明白单单依靠你父皇的偏爱，是不能夺你这太子之位的。”

裴寄清低头又吃了口鸡脆饼，才又说：“现在最要紧的，还是要赶紧查清那个从二皇子手中买下彩戏园的北魏人贺久到底是个什么身份。只是北魏那边的消息要送到月童来，还需要些时日。”

“那就等着吧。”谢缈盯着风炉里烧得正旺的炭火，语气轻缓。

裴寄清将半个鸡脆饼吃完，或是想起些什么，他那略显苍老的面容上又浮出些笑意。

“三日后就是寸心的生辰，你可想好送她什么？”他问道。

不聊朝堂上的那点事，少年的神情似乎也有了些变化，他认真地想了想，说：“有很多。”

“我近些天腿脚不便，她生辰当日我怕是不大能进宫去赴宴，她的生辰礼我已替她备着了，你一会儿回去便将东西都带上。”裴寄清指了指一旁整整齐齐堆放着的数十个盒子，笑眯眯地说。

少年只扫了那些礼物一眼，便漫不经心地轻应一声，替戚寸心收下了。

春日的午后，阳光并不炽热，只是稀稀落落地透过庭内的枝叶，随着它们的摆动而投下零星的影子。戚寸心匆匆赶来时，刚好透过圆月窗瞧见书房里相对而坐的裴寄清与谢缈二人。

“寸心？”裴寄清最先瞧见她。

谢缈一回头，便见她走上阶梯迈入门来。也许是自进府门时她就急匆匆地往这边跑，白皙的面颊还透着微红，到此时气息也没喘匀。

“跑这么急做什么？”他朝她招手。

戚寸心乖乖过去，在垫了软垫的椅子上坐下来。裴寄清也适时递来了茶碗，她接过喝了好几口，才得空给裴寄清道声谢。

“怎么这么早就过来了？”谢缈随手用锦帕替她擦了擦额头上的汗。

戚寸心忙放下茶碗，回头去唤子茹，子茹立即将那油纸包裹的奶酥烧饼以及字条一块儿递了上来。

谢缈先是瞧了那烧饼一眼，又见戚寸心眼巴巴地看着自己，便捏起字条展开看了看上面的字，字条上一面写着“生辰吉乐”，另一面却是“寸心，救我”。

“哪儿来的？”谢缈抬眼看她。

“我在茶楼见枯夏时，有个小孩儿将这烧饼和字条交给了子茹。”戚寸心指着他手中的字条，“这是小九写给我的，肯定是他！”

“小九是谁？”裴寄清从谢缈手中抽出那字条，借着圆窗外照进来的光线眯起眼睛看了看。

“小九是我在东陵时的朋友，缈缈在东陵没有身份时，他帮过我们。”戚寸心对他解释道。

裴寄清点了点头，随即又问：“那你又为何如此确定这字条是他写的？”

“去年我过生辰的前三日，他送了我一个奶酥烧饼，然后将字条叠成青蛙的样子，字条上也写着‘生辰吉乐’。”

因为她生辰当天刚好是在府里当值，小九才会提前给她准备了生辰礼。

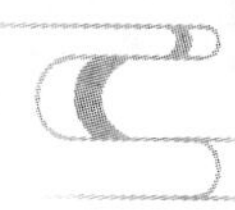

“之前我离开东陵去缇阳时，小九说他们一家要往北边靠近麟都的丰城去，可他如今怎么会在南黎？”

只因那一句“寸心，救我”，戚寸心的心，到现在都不平静。

“他既能让人来送东西给你，又为何不露面？”谢缈拿起竹提勺，又替她添了一碗茶。

“我不知道，”戚寸心摇了摇头，“自我离开东陵后，便与小九断了联系，我也不知道他到底出了什么事。”

“你可让徐允嘉他们去找过那送信之人？”谢缈问。

“找了，但那小孩儿也不知道对方叫什么，更不知道他去了哪儿。只是听他描述，对方是个大约身量这么高的少年。”说着，戚寸心伸手比画起一个高度来，“我单听那小孩儿说的，的确很像小九。”

裴寄清看着那字条上的字，思忖片刻后说道：“你如今是我南黎的太子妃，你的过往不应只有南黎的人探察过，想来北魏也没放过关于你的任何信息。”

他抬眼看向面前这小姑娘：“若这字条是他的，他不来与你相见，或有他不得已的苦衷；但若不是他的，那么便不能排除他也许已经受人所控。否则，旁人又如何能得知你们旧友之间的这些事？”

“寸心，此事不简单啊。”裴寄清将字条放到桌上，表情严肃。

“缈缈，你是见过小九的，不如你画一幅他的画像，让徐大人他们拿出去找一找？”戚寸心十分担心小九的境况，说完便忙去拽身侧少年的衣袖。她一双杏眼圆圆的，满是期盼。少年默默地看她片刻，又侧过脸去，淡声应了。

裴寄清一边坐在风炉前喝茶，一边笑眯眯地瞧着那对书案后的小夫妻。

小姑娘挽起自己的衣袖，认认真真地替身侧的少年磨墨，少年虽有点儿不情愿，但还是一笔一画地在纸上勾勒出另一个人的轮廓。

“他这里，就是左边眼尾的下面还有颗痣，缈缈你给他点上。”戚寸心瞧着他运笔的动作，忙指着画像上的眼睛说道。

“你连这个也记得清楚。”少年手中的笔一顿，随即用他那双冷淡清澈的眸子盯着她的脸，语气沉静，却莫名有点儿凉意。

“我们是六年的好朋友，他才十五岁，我一直把他当亲弟弟的。缈缈你要好好画，我弟弟就是你弟弟。”她戳了一下他的手臂。

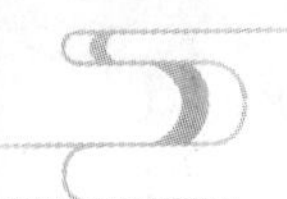

他倒也不再说话了，只兀自落笔，默默地勾描着他在东陵时也只见过几面的十五岁少年。

戚寸心与谢缈出裴府时，徐允嘉便将画像给了韩章，要他请人多画一些，好发下去找人。不承想，他们回东宫不久，徐允嘉便带来了一个消息。

“他此前也被关在彩戏园地下？”谢缈听了徐允嘉的禀报后，眼里便隐约显露出几分异样。

“是，他之前和那些商帮还有几个官员子女关在一起，只是前段日子被柯嗣带出去，就再没回来过。这画像送到大理寺时，便有一名去探视父亲的商帮女子认出了他，她证实此前这少年的确跟他们关在一起。”徐允嘉如实说道。

“他怎么会在彩戏园……”戚寸心久久不能回神。

“继续找人。”谢缈看了戚寸心一眼，便径自对徐允嘉道。

“是。”徐允嘉垂首应声，却又想起另一桩事，便再度拱手，“殿下，您让臣探察贺久身份一事，臣如今尚未查到什么消息，他在月童仿佛只做了买下彩戏园这么一桩事，此外就再查不到一点儿有关他的事了，这个人就像是人间蒸发了一般，依臣之见，如今只能等涤神乡从北魏传来的消息了。”

谢缈还未有所回应，戚寸心却猛地抬头，她几乎不敢相信自己听到的。

“你说什么？从二皇子手中买下彩戏园的人叫贺久？”她问。

“是……”徐允嘉不明所以，但仍旧答了一声。

“祝贺的贺，长久的久？”戚寸心的嘴唇有点儿发颤。

“是。”徐允嘉再度应声。

“娘子？”谢缈察觉她的异样，轻唤一声。

戚寸心听到他的声音，却是过了好一会儿才从恍惚中回过神来。她看向他，嘴唇动了动，声音变得很轻：“小九的名字，就叫作贺久。”

“若真如太子妃所说，这贺久便是太子妃在东陵的旧友小九……”徐允嘉得知这个消息，他的后背不禁惊出了冷汗，“那便是二皇子早就有心设下此局？”

是在二皇子将彩戏园卖出的那个时候？那时他便已经盘算好后头的事了？

“想不到二皇子的手，竟伸到了北魏。”随侍的丹玉也有些难以置信，忍不住插嘴道。

“但据大理寺卿卢正文所说，二皇子一口咬定当日签契是他身边的人去的。

当时除了贺久，那个冒充彩戏园东家的京山郡富商也在场，他并不知贺久的身份，也不知道易主后的彩戏园在做什么勾当。”

“当务之急还是要尽快找到贺久，也许找到他，谜团就都解开了。”徐允嘉一时也看不清其中的门道。

值此春夜，万籁俱寂。只着一袭雪白宽袍的少年慵懒地靠在殿门处，乌黑浓密的长发散在身后，面上没有过多的情绪。就在刚才，他强逼着戚寸心入殿休息，看着她睡着了才得空出来同徐允嘉和丹玉说两句。

“柯嗣呢？”谢缈说。

“接了殿下的旨意，卢正文此时正在夜审柯嗣。”徐允嘉答道。

“他若审不出来，你就让程寺云去，”少年伸出双指略微按了按鼻梁，眼里已有几分倦怠，“涤神乡的手段，比大理寺的多。”

“是。”徐允嘉低首领命。

“听说徐山岚和徐山霁进军营了？”谢缈想起什么，转而看向丹玉。

“是的，殿下。”丹玉提及此事便不由得笑了一下，“徐家兄弟此前文不成武不就的，如今那徐世子想担起永宁侯府的重担，走文怕是行不通了，如今也只能入军营里头去了。”

“这下永宁侯府是真的只能向着殿下了。”丹玉想起自己与徐家两兄弟称兄道弟的那些天，不由得感叹，“臣觉得他们俩以前虽然不着调，但品性还是好的。徐世子还没成亲呢，直接就将罗希光的女儿认作义女自个儿养了。”

谢缈神情淡淡的，或因习武，耳力敏锐的他蓦地听见内殿里有零碎的几声铃铛响。他侧过脸，看了一眼透明的珠帘，因灌入殿中的夜风轻拂珠帘微动，并不能看清里头的情形。谢缈摸了摸自己腕上的铃铛，便示意徐允嘉与丹玉退下。两人察觉到太子的情绪似有几分阴郁，他们便谁也不敢多言，随即转身下阶。

硕大的月亮发出的银辉落满此间，照在檐上犹如白霜，落入枝叶的缝隙好似雪的投影，天边偶有浓云飘过，夜间的寒气让阶下薄雾缭绕，也让此时的宫阙更似仙境。

雕刻如城阙般的石灯内是衣袂翩翩作舞袖状的仙娥，刻画入微的云鬓之上便是碗状的赤金容器。廊下守夜的宫娥小心翼翼地开了石灯，往里头添了松油，让

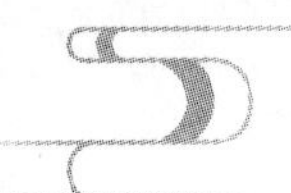

那暖色的灯火铺散于廊上。宫娥见原本在殿门处的太子殿下转身入了内殿，便提着裙摆，踩着暖黄的光，弓着身子将殿门合上。

殿内晦暗不明，谢缈掀了珠帘进去，床榻上的姑娘也许是睡得不安稳，不知什么时候便踢了被子。锦被落在床下，被黑乎乎的、只有两只圆眼异常明亮的小黑猫坐在了屁股底下。

谢缈俯身将小黑猫抓起来扔到一旁的软榻上，又捡起被子往熟睡的戚寸心身上一扔。见她半张脸都在被子里，他又伸手将被子拉下来点儿。

闭合的窗隔绝了庭外风烟，枝叶簌簌声也显得有些遥远，少年临灯而立，垂眸打量着在睡梦中始终皱着眉的那个姑娘。他将她裹在被子里抱起来往床榻里边去了点儿，随后自己躺下来时，却见方才还在熟睡的戚寸心此刻睁开了眼睛。

他侧过身，面对她道："做什么梦了？"

他的嗓音落在耳畔好似微融的霜雪般凉沁沁的，戚寸心清醒了点儿，说："梦到一棵老槐。"

"老槐？"少年不解。

"嗯。"戚寸心应了一声，她的神情变得有点儿恍惚。

"我儿时和母亲离开南黎后，定居在了北魏的衍嘉，我们住的那个小院子门前有一棵老槐树。

"槐树枝繁叶茂，每年花期总有槐花落满地，我母亲常会用竹竿把槐花打下来，拿回去洗净给我做槐花鸡蛋饼吃。

"那其实也不算是十分美好的生活，因为日子总是清贫的，母亲依靠给人做绣活、洗衣裳维持我们的生计。

"如果不是养了两只母鸡，我也没机会吃上鸡蛋。每年只有到除夕夜，我与母亲才有肉吃。"

戚寸心有点儿不好意思道："那时年纪小，每天想的都是若能天天吃上一口肉就好了。"

少年不由得弯唇，静静地听她继续说。

"我十岁时，母亲积劳成疾去世，姑母却忽然出现，料理了我母亲的丧事后，便带着我到东陵去了。"她此时的声音比外头的夜风还要轻。

"姑母入了知府府里做事，她赁了个小院让我住在外头。可那时我性子闷，

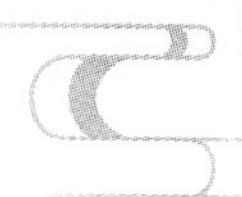

一个人在东陵也没什么朋友，是住在附近的小九听他父亲的话常来给我送吃的。

“小九年纪比我小，主意却大，那时才九岁就能帮忙照顾好家里的弟弟妹妹，饭做得也比我好吃……在东陵六年，他帮了我很多。”

戚寸心想起那个总是满脸笑容的小小少年，又想起白日里忽然出现的字条，她心内难安。

她看向身畔的谢缈，坚定地说：“缈缈，我一定要找到他。”

少年与她对视片刻，便反手一挥袖，用掌风将一旁灯笼柱里的烛火扑灭。顿时，这室内陷入了一片黑暗。

戚寸心什么也看不到了，她试探着伸手去触摸他，摸了会儿才发觉这是他的后背，原来他早已背过身去了。

“不用你说，我也会找他。”他的声音有点儿发紧，许是被她碰到腰身感觉有点儿害羞，又有几分气闷。

小九既是贺久，那么彩戏园一事还远没有结束，即便是掘地三尺，谢缈也会将此人找出来。

“谢谢缈缈。”戚寸心在黑暗里朝着他的方向说道。

谢缈一点儿反应也没有，过了好一会儿，戚寸心也没听到他的声音，她便试探地开口问：“你睡着了吗？”

“嗯。”他动也不动，声音闷闷的。

“那你为什么还应我？”戚寸心戳了一下他的后背。

谢缈又不说话了，过了会儿，他却又转过身来，伸手将戚寸心揽到自己怀里，下巴抵在她的头顶，闭着眼睛，嗓音清亮地喊她一起睡觉。

戚寸心的心里装着事，原本也只是浅眠了一两个时辰，如今却是无论如何也睡不着了，但少年的呼吸近在咫尺，她在他的怀里动也不敢动，就那么睁着眼，反复想着白日里在玉贤楼发生的事。

先不提小九哪里来的那么多银钱，能从二皇子的手中买下彩戏园，那彩戏园若真是他买下的，那么他后来又为何会与那些商帮以及官员的子女一起被关在彩戏园地下？

天还未亮时，门外传来柳絮敲门的声音，她小心翼翼地提醒谢缈该去天敬殿上朝了。

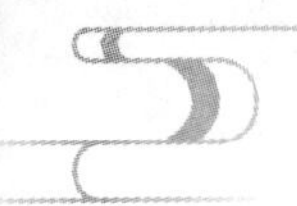

谢缈醒来，唤了柳絮进门。殿内被重新点上烛火，他刚想起身，却见怀里的姑娘睁着一双眼，那眼下还带着一片浅青。

"没睡？"他只瞧一眼，便猜透。

"睡不着。"戚寸心摇摇头。

少年抿唇，却见她一张脸皱起来，于是他的目光落在她的肩背。柳絮等人端着洗漱用具与衣冠都等在珠帘外，他们个个垂首，对内殿中的动静充耳不闻。而内殿中，少年已经坐起身，替戚寸心按了几下发麻的肩膀，随即赤足下床，替她将锦被的被角掖好。

"我不想睡……"戚寸心话说了一半，对上他的眼睛，便收回了另一半。

"你若再为了这个人食不下咽睡不能安，"他的眼瞳深沉，嗓音也是冷的，"待找到他，我就杀了他。"

戚寸心闻言瞪起了眼睛，谢缈却已经站直身体，面无表情地转过身掀了珠帘出去了。待洗漱完毕，一名宦官小心翼翼地替他将所有的长发都束起作髻，再戴上四龙纹金冠，这才躬身退下去。因他并不习惯旁人替他穿衣，所以柳絮命人将朝服放下，便带着众人退到殿外去。

待谢缈换了衣裳走出殿门时，徐允嘉与丹玉正好出现在殿门外。提灯的宫娥垂首走在前面，徐允嘉见状就跟在谢缈身侧，禀报着刚得来的消息。

"殿下，程乡使去了大理寺，那柯嗣才松口，他承认当初与二皇子的人签契的，的确是那个叫贺久的少年。

"他说是李适成要他找一个身份不那么容易被查清的人去签契。那贺久是北魏汉人，柯嗣是在乞丐堆里捡到他的，当场便命人将他洗干净换了身富家公子的衣裳，和那京山郡的富商一起去签的契。"

徐允嘉事无巨细，一边走一边道："彩戏园易主后，地下的生意做起来了，那贺久就与那些商帮和官员的子女关在了一起。"

"后来将他带出去，是因为柯嗣查清了他的身份。他的意思是，他们想留着他，以便日后在太子妃这里做文章。"

"难道不是吗？"丹玉满脸疑惑。

"这世上竟然有这样巧的事，"谢缈唇角微扬，眼底带着几分讥讽，"何以他们随便在乞丐堆里抓出个北魏汉人来，正好便是我娘子的旧识？"

丹玉一时哪弄得清楚，他挠了挠头，想起柯嗣便有些心气儿不顺："柯嗣那个狗东西，到现在还咬死了不说出他真正的主子，可真是忠心得很。"

"先将人找出来。"谢缈侧过脸，冷淡的眸子轻睨着他。

"是……"丹玉立马低下了头。

戚寸心只迷迷糊糊睡了一会儿，天刚亮她便唤了柳絮进来。洗漱过后，她换了身衣裳，早饭也顾不上吃，便匆忙带着子意、子茹等人往紫垣河对岸去了。

周靖丰在桌前一边喝茶，一边往那皱巴巴的字条上看了一眼，说："他既是你的朋友，若此时他真的受人所制，那么这件事便定是冲着你来的。"

"所以我更要尽快找到他。"戚寸心捧着茶碗，垂着脑袋，"可那小孩什么也不知道，烧饼到我手里还是热的，所以他买烧饼的地方距离玉贤楼一定不远，我让子茹带着他的画像去找了，可附近卖烧饼的摊子有四五家，那些摊主都说过路的人太多，不记得模样。"

"我又想起我买烧饼总会多说几句好话，好叫摊主多加奶酥和芝麻，而我收到的烧饼里奶酥和芝麻都不少，最终凭着这个才找到他买烧饼的摊子，就在玉贤楼后头的晋南街里头。"

但除此之外，戚寸心再没有其他消息了。

"太子的人在晋南街没搜到？"周靖丰喝了口茶。

戚寸心摇摇头："没有，都搜查过了。彩戏园地下的总管柯嗣说，小九是逃难来月童的，他是在乞丐堆里捡到小九的。"

谢缈走前便让韩章等在紫央殿外，待戚寸心出门时就将这些事都告诉了她。

"于是便让他这个北魏汉人去代替李适成签契接管彩戏园，用的理由是什么？"戚寸心还未说下文，周靖丰便抬眼看向坐在对面的年轻姑娘，笑道，"因为他是个北魏汉人，所以身份一时难以查清，与南黎各方势力也毫不相干，不易引人怀疑？"

"是的。"戚寸心点头。

"你信吗？"周靖丰吹了吹碗里的茶汤。

"不信。"戚寸心说道。

周靖丰闻言不由得挑了一下眉，大约是有些意外她竟毫不犹豫地说出"不

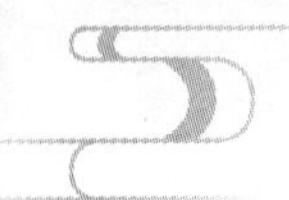

信”二字。

他来了点儿兴致：“为何不信？”

“绥离之战时，北魏边界上往南黎来的汉人难民有多少？怎么那么巧，他们在乞丐堆里一找，就偏偏找出个小九来？”

戚寸心是不信的，从东陵到缇阳这一路上，她早见过难民逃难的情形。月童城内现下收容的乞丐有多少是北魏逃过来的汉人，她也让子意去查探过了。她不信世上会有这样巧的巧合。

周靖丰似乎有些满意，他眉眼含笑，点了点头：“这段日子我到底没有白教你，我还以为你遇上亲友，便会乱了方寸，少了思考。那你可想过，昨日他又是如何得知你人在玉贤楼的？”

“那小孩说小九跟他说了我穿的衣裳颜色，身边还跟着两名侍女，所以我猜，我在玉贤楼外下马车时，他便看到我了。

“他只留下两句话，那字迹又像是用烧焦了的炭块写的，而不是毛笔。情急之下，他只来得及写那些，也不是没有这样的可能。

“抑或抓了他的人胁迫他写下这字条来给我……

“可为什么偏偏只是‘寸心，救我’那么一句？他们的目的是什么？”

戚寸心一时还有点儿想不明白，手中的茶从温热捧到稍冷，她也没喝一口。

“不急，你也不用太担心你那朋友的安危，不论是他自己送的消息，还是受人胁迫，想来他的性命一时是无碍的。”

周靖丰放了碗，便一如往常取了自己的宝剑来细细擦拭。事实上，他还有一些话没明说，但瞧了对面那小姑娘一眼，见她始终坐立难安，便觉得现下还不是说那些话的时候。天家之事波谲云诡，这背后到底暗藏了多少血腥之事。戚寸心年纪轻，还未能看清。可她身在局中，在太子谢繁青身旁，既然已经选择了要知天下事，便避不开这天家事。

天还没亮谢缈便去天敬殿上早朝，此后又出了宫，去大理寺的天牢内审李适成，说是审问，其实也没什么好审的。

李适成自下狱后便天天喊冤，只是这两日也不喊了，大抵是看清了他自己已是局内死棋，再无复生的可能。今日谢缈审他，不过是依谢敏朝在早朝时的旨

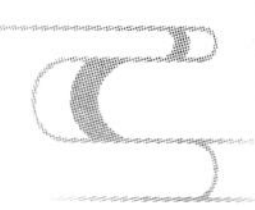

意，令其签字画押，五日后便要处斩。他身着囚服，坐在桌前盯着认罪书上的朱红掌印，神情灰败。

“殿下若不归南黎，我也许还不至于此。”李适成说。

“李大人何以如此高看我？”谢缈端坐在太师椅上，语气散漫。

“陛下智计深远，殿下您也是雷霆手段。”

事到如今，李适成才恍悟，什么从龙之功都是虚妄。延光帝谢敏朝从未想过要将他李家兄弟继续留在新朝，太子杀李成元，想来也是谢敏朝的意思。谢敏朝故意挑起他与太子之间的仇怨，便是要借太子的手来名正言顺地杀他。可惜，他此前还真以为自己是天子近臣。

“若非成元被构陷假传圣旨，并为此丢了性命，如今我与成元本该入东宫门下。于殿下而言，眼下最要紧的不该是我李适成，应是那位。”李适成抬眼去看端坐在牢门外的紫衣少年。

那位是谁，不言而喻。谢缈闻言，眉眼微扬，神情却是冷的。

“是李大人错估自己了。你以为你入我东宫门下又能成什么事？”

此时的李适成有一瞬怔愣。

“你李大人向来只知谏言，满口之乎者也，圣人遗训，端的是文官风骨清正之流，连收受贿赂也不收真金白银，只要字画古玩。”谢缈随手将茶碗交给身旁的徐允嘉，语带嘲讽。

“死谏也只会规劝德宗什么‘不该’，什么‘不可’，却是半点为人臣者替君分忧的自觉都没有……若真要你入我东宫门下，旁人只怕还当我东宫无人了！”他嗤笑一声，睨着李适成那张青白交加的脸。

李适成与李成元这两兄弟在昌宗皇帝在位时得了势，此后又背靠更为昏庸、无能理政的德宗皇帝，自诩言官清流，与朝中其他派系三虎相争，其影响之深远，所铸冤假错案甚多。

时年朝中言官之间有一大风气——死谏。言官多凭此上书谏言，但凡为君者稍有不从，多的是言官以头抢地，声泪俱下地规劝君王，早已到了一种为声名不惜抛却所有的疯魔地步。但若遇国家大事，他们却并不愿承担起责任。李适成便是其中的佼佼者，他斗倒抱朴党何凤行后，德宗原想用他制衡以掌印太监张友为首的宦党，却没想到，张友下狱，令李氏兄弟一时权势滔天、风头无两。朝中文

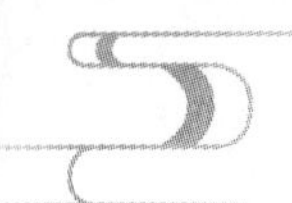

官若不唯清渠党李适成马首是瞻，则必有祸端。这些人哪里有什么文人风骨，不过是一帮披着皮囊的蛀虫而已。

“李大人将死，竟还大言不惭，以为自己是个什么好东西？”谢缈站起身来，不紧不慢地理了理衣袖的褶皱，面上再不剩什么表情。

李适成枯坐桌前，直愣愣地看着狱卒拿了面前的认罪书出去。牢门合上，落锁的声音响起，而那紫衣少年已被一众人等簇拥着转身往天牢外去了。

谢缈出了大理寺，才坐上马车，便有东宫侍卫府的人匆匆赶来。徐允嘉听那侍卫禀报完，便立即走到马车旁拱手道：“殿下，贺久有消息了。”

谢缈闻声，伸手掀帘：“说。”

“晋南街再往后是金龙寺，贺久就在金龙寺背后的山上，若非寺里挑水种菜的和尚见过他，只怕我们的人还毫无头绪。”徐允嘉恭谨垂首，“涤神乡的顾副乡使已经带人去了，挟持贺久的共有六人，三人死于归乡人剑下，另外三人皆一口咬定他们是受柯嗣指使。”

“那字条呢？”谢缈淡声问。

“据贺久说，昨日那六人要将他转移到金龙寺背后的山上去，路过玉贤楼，他正好瞧见了太子妃，所以他趁着那几人在晋南街的摊子上吃饭的时候，借口去买烧饼，临时用那卖烧饼的摊贩遗落在外的木炭匆匆写下了字条，顺手便塞了钱给买烧饼的小孩儿，让他送信。”徐允嘉一五一十地将贺久说的话禀报给谢缈。

谢缈也不说信与不信，只是略微沉思了片刻。他想起今晨怀里的姑娘眼下的浅青，最终神情阴郁地说：“你回宫去请太子妃。”

徐允嘉接了金玉令牌，行礼应道：“是。”

黄昏时分，夕阳余晖和漫天的霞光交织于层云之间，染透半边天。

戚寸心从紫垣河畔回到东宫紫央殿不久，徐允嘉便匆匆赶了过来。听了他送来的消息，她忙换了常服，卸了鲛珠步摇等繁复的首饰，就匆匆出宫了。

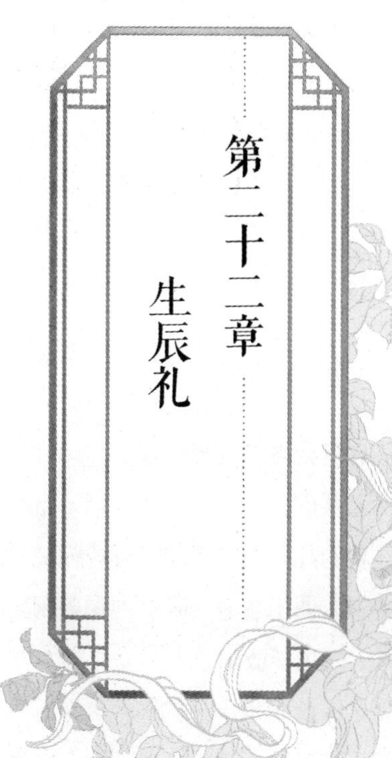

第二十二章 生辰礼

徐山霁没想过自己还有机会再见到当朝太子。

这院子是他前两年偷着买的，虽并不常住，但一直有下人打理。正值春日，院内花草葳蕤，亭子里挂着的几只鸟笼子内时有清脆悦耳的鸟鸣声响起。徐山霁恭谨地站在石亭的阶梯底下，偶尔偷瞥一眼亭内喝茶闲坐的紫衣少年。石亭旁守着的侍卫个个抱剑，让人大气也不敢出。

脸上有不少擦伤的贺久，此时也十分拘谨地坐在另一边回廊的阶梯上。亭中的太子背影如松，从未回头瞧过他一眼。全然不似记忆里在东陵他家中，与他们一家人坐在一桌吃饭的那个温雅沉静的美少年。

天色逐渐暗下来，院门忽然被人敲响，丹玉忙走上前去开门。坐在台阶上一直小心翼翼不敢说话的贺久，抬头瞧见大开的院门外那道身影，便一下站起来，跑了过去。

“戚寸心！”

“小九！”

时隔许久，戚寸心再见眼前这人，竟有种恍如隔世的感觉。见他脸上虽有多处擦伤，但腿脚仍旧灵便，她悬着的心才终于放下。

“寸心，我跟你说……”

小九一见她，便想与她说好多好多的话，可刚刚开口，却听那边有了些响

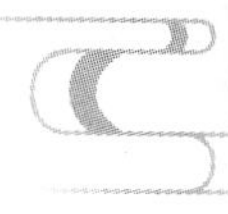

动。他一转头，就看见那紫衣少年的一双眼睛正定定地看着他抓住戚寸心衣袖的手。小九背后凉意渐生，没来由地瑟缩了一下。

只见亭内的谢缈面无表情地走下台阶，他先是伸手从小九指缝间抽出戚寸心的衣袖，随即顺势攥住了戚寸心的手腕，将她带到自己身旁，而后又漫不经心地抬眼看向小九。

“说说看，你到底是如何来南黎的？”谢缈终于开了口。

“我们原本是要往丰城去的，想着那儿离皇城麟都近，应该也会太平些。”小九在石亭内如坐针毡，他抿了一下干枯的唇，却全然忘了喝捧在手中的热茶，“可去的路上遇到了征兵的官差，我爹腿脚有些不好，他们就只抓了我，然后我就和那些被强征来的汉人一起被送到了绥离的战场上。”

乍一听“绥离”二字，坐在对面的紫衣少年明显变了脸色。

“小九……”戚寸心怔怔地望着他，一脸愕然。

她的目光随即落在了他的左手。原本五根手指如今却没了小指，那会儿他抓她衣袖的时候，她就发现了。

“因我始终没办法杀人，专管我们这些汉人军的伊赫人头子就断了我一根小指。”小九停顿了一下，乱发半遮着他的眼，他吸了吸鼻子，忍着没哭。

“但就是这样，我还是不敢杀人，他们打仗的时候，我就躲在山坳底下的土坑里，原本想等打完再出去，但是……”

他也许是想起那日战场上的惨状，仍有些惊魂未定：“但是死了好多人，他们从上边掉下来，一个个砸在我的身上，好像一座山一样，他们的血流了我满身，从热到冷，从白日到黄昏。”

他喃喃地说着，眼眶湿润：“等我终于从死人堆里爬出来时，就有两个穿着南黎军甲的士兵拿长枪对着我。”

“我跟他们说我没有杀过人，我说我不想杀人，我给他们下跪，求他们放过我。”他干裂的嘴唇浸出了点儿血，“寸心，他们是好人，他们瞧我是汉人，年纪轻，不但放过了我，还指了条路让我到南黎。”

他满眼是泪，情绪有些压抑不住：“寸心，我是逃了，可他们死了。”

戚寸心有过很多种猜测，但她怎么也没想到，小九竟是从绥离的战场上逃出来的。也许就是在她渡了仙翁江，抵达澧阳的那个时候，他身陷北魏军营，被人

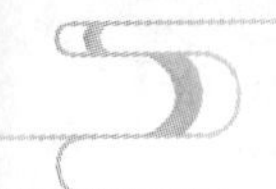

断指，也被人扔到了那尸山血海的战场上。

“我此前听说过，绥离之战，北魏的大将军吐奚浑惯用的伎俩便是征收汉人军，用他们来打头阵……”徐山霁在一旁只听了小九这一番话，似乎便能联想到绥离的连天烽火，满地淌血，“这些蛮夷，真是残忍毒辣！他们就是想让我们汉人自相残杀！”

大黎丢失北边的半壁江山才三十多年，身在北魏的汉人也许还没有忘记大黎，但他们的身份却从大黎子民变成北魏人，还要与南迁的汉人们刀剑相向，在战场厮杀。在去缇阳的路上，戚寸心就见过抓壮丁的北魏官差，只是当时他们抓的不是壮年男子，而是一个看起来干干瘦瘦的十二三岁的少年。若按大黎的律法，服兵役的士兵，年纪最小也要满十六岁。可那位伊赫人将军吐奚浑，却偏不顾年龄的限制征调大量的汉人军，为的就是看汉人自相残杀。

戚寸心还有些回不过神来，却听小九继续说道：“我逃跑的路上遇到了逃难的难民，一路辗转又跟着他们来了月童，只在城外的棚户堆里住了几天，就有好几个衣着光鲜的男人来，说是要找人去才开的戏园子里做打杂的帮工，我那时候饿得不行，就跟几个逃难的大叔一起去了。”

“他们知道你们一行人都是北魏来的，后来又挑中你假扮富家公子，和那京山郡的富商一起，去跟二皇子身边的人签契？”徐山霁忍不住插嘴，见小九点头，便又将他上下打量一番，“瞧你这模样生得也清秀，扮起富家公子也挺像那么回事。”

“这么巧？”冷不丁地，一道清亮的嗓音响起。

小九抬头，正见对面的谢缈端着茶碗抿了口茶，那双漂亮冷淡的眸子此刻正盯着他，他立马垂下了脑袋。

“事情……我都已经说得很清楚了。”他吞吞吐吐地点头道。

谢缈扯唇，却不说话了。而戚寸心一时心头波澜渐起，她甚至有点儿不忍细看面前的小九。从绥离到月童，他这一路从头到尾都是那样的不易。

“小九，活着就好。”鼻头有些发酸的戚寸心最终说道。

此夜无月无星，浓黑的夜幕低垂下来，那漆黑的夜色笼罩于四合高檐之间，于是院中的灯火就成了飘浮的星子，在夜风里摇曳。

戚寸心只和小九说了一会儿话，待徐山霁找的大夫过来给他看伤时，谢缈便

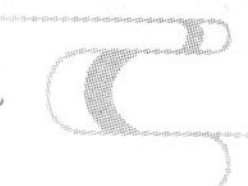

要牵着她离开。

“小九你先在这儿住着，过两日我们再来看你！”戚寸心被牵着往院门去，只来得及回头朝屋子里喊了声。

“在想什么？”坐上回宫的马车，谢缈看向她的侧脸。

戚寸心起初没什么说话的欲望，只是迟钝地摇了摇头，但是过了一会儿，她又忽然开口：“缈缈，事情怎么就变成这样了呢？”

她有种恍如隔世的感觉，好像在东陵的宁静如今已遥不可及。曾经与她一块儿在市井奔忙的朋友，也从她离开东陵的那个时候开始，遭遇战乱。这一刻，她满脑子都是小九断掉的小指。

“北魏亡我之心不死，我亡北魏之心不衰。两国相争殃及池鱼，这世道从来都是乱的。”

少年自始至终都如此沉静，他冷冷地向她陈述了一个血腥的事实。可当目光落在那个垂着头情绪十分低落的姑娘身上时，他还是伸出手摸了摸她的脑袋。

“戚寸心，从前只是你看不到。”他的声音仍然平静。

戚寸心闻言，不由得一怔。

是啊，眼前的世道本就如此。从前，战火并未蔓延至东陵，无论是她还是小九，他们都看不到东陵以外的情形。若非那日姑母身死，城外有大批难民涌入，逼得她远赴缇阳，她只怕仍旧是坐井观天的青蛙，还不知这世道已经乱到了什么地步。

“你说得对。”她点了点头，此时有风吹开帘子，她侧过脸迎上拂入车内的夜风，“我从前看不到，也从没想过这些。”

因为那时候，她每日仍在为了生计而奔忙。眼里是拿在手里的那一点铜钱，心里想的最要紧的事，是凑够钱才能送母亲的骨灰回澧阳。国仇家恨，是从姑母死的那个雨夜，才变得离她那样近的。

马车入了宫，在皎龙门停下，谢缈与戚寸心下车一路步行。而柳絮在紫央殿左等右等，终于等到禀报，她当即命人去准备晚膳。

戚寸心和谢缈回到紫央殿时，就见一桌子好菜正等着他们，可戚寸心胃口不佳，晚膳没吃多少便放下了筷子。

夜已渐深，她先去了浴房，谢缈则坐在殿中，翻看侍卫递上来的折子。李适

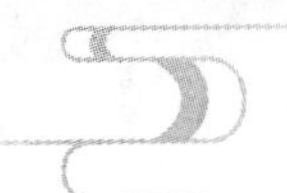

成及其党羽所涉冤假错案，如今都要重新审查，其中牵连甚广，需要他一一批复的折子几乎在案上堆成了小山。

“贺久的话，你信吗？”谢缈手握朱笔，也没抬眼，仍在看手中的奏折。

“臣一时还不好下定论。”徐允嘉垂首道，“既是发生在绥离战场上的事，如今怕也不好找什么证据，他到底是怎么来的，只有他自己最清楚。而柯嗣到如今仍死咬着一个李适成，不肯透露半点有关他真正主子的消息，想来这件事，他那儿也问不出什么了。”

“我二哥用人的手段倒是出奇得好。”谢缈弯眼露出一个意味深长的微笑。

“殿下。”子茹捧着一个盒子匆匆进殿，朝谢缈行礼后，便要将那盒子放到一旁的内殿里去。

谢缈抬眼，忽然道：“什么东西？”

“禀殿下，这是姑娘的那位朋友送给姑娘的生辰礼。”子茹停下脚步，有些讪讪的，语气也有点儿虚，“奴婢回宫后忘了这件事，这会儿才想起来。”

当时太子已牵着太子妃出了院门，子茹刚要跟着离开，却听后头传来开门的声音，随后便是那名叫贺久的少年匆匆跑出来，将这个还没手掌大的小盒子交给她，说是太子妃生辰将近，这是他给她准备的礼物。

生辰礼，谢缈静静地盯着子茹手中的木盒。子茹此时动也不敢动，就那么愣愣地捧着那烫手山芋似的盒子。

“拿过来。”谢缈忽然说道。

子茹忙应一声，捧着盒子走上前去。那是个不值钱的木头盒子，上头也没什么花纹装饰，连个铜锁扣也没有。

殿外有了滚滚雷声，庭内树影在疾风里疯狂摇晃，映在窗棂之间便好似被撕扯着的鬼影。雷声轰隆，涌入殿内的一阵风吹熄了门边的几盏灯，落在谢缈侧脸的光线骤然晦暗了许多。

徐允嘉隐约察觉到有什么不对，他还没来得及开口，便已见谢缈接过子茹递来的木盒。打开的瞬间，盒中放着的一个浑圆的镂空银香囊露了出来。与此同时，一股诡秘腻人的香味向四周散发，刹那间便盈满殿内所有人的鼻息。

“殿下！”徐允嘉一嗅到这味道，便变了脸色，他忙伸手要去将盒子里的东西拿过来，却被谢缈躲开。

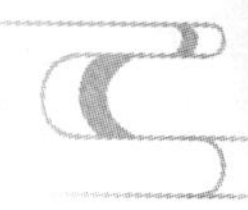

谢缈半垂眼帘，眼睛一眨不眨地看着那银香囊，熟悉的香味如一剂刺激神经的毒药，明明殿门大开，夜风满室，可他却还是有一种强烈的窒息感。这种窒息感像一条毒蛇，死死咬着他的手指，让他甩也甩不开手中这香囊。当戚寸心进殿时，于这昏暗的灯火下，她抬眼看到的，便是谢缈握拳滴血的手。

“缈缈？”她忙跑过去，抓起他的手，强硬地掰开他的手指，才在他满掌的鲜血中，瞧见那一个镂空的银香囊。

“这是怎么回事？”香囊里的味道只有在打开的那一瞬是最浓郁的，如今香囊满覆鲜血，空气中更添了许多血腥味，戚寸心也只隐约嗅到一丝丝香味。

“奴婢不知啊，姑娘，这香囊是您朋友让奴婢带给您的生辰礼，奴婢……”子茹显然是慌神了。

小九？戚寸心握着谢缈的手，随即抬眼望他。窗外雨声传来，急促地拍打在廊上，犹如玉珠落地碎裂的声音，而她眼前这少年的双目好似笼着迷雾般，教人看不真切。

突然，他将那个沾满血的银香囊送到她眼前。

“娘子。”他的声音轻缓，却隐含几分冷冽的笑意，“这东西不是给你的，而是给我的。”

翌日清晨，下了一夜的雨终于停了，贺久推门时，手上便沾了雕花门上的雨水。只一夜，他的擦伤便结了痂，被湿润的晨风吹得微荡的浅发下，是脸颊上若隐若现红红的一片。站在门槛处看了会儿院子里的石亭，几只羽毛鲜亮的鸟正在笼子里理羽脆鸣，他的目光最终还是忍不住落在那道紧闭的院门上。他知道，有十几名守卫分布在院门外。

徐山霁带着人来送饭。大门的锁一开，他撩起袍角走进去时，便瞧见那名看起来仍未脱稚气的少年坐在石亭内，手里拿着深绿细长的草叶正编织着什么。

“贺小兄弟，这兰草养得多好，你怎么随手就给摘了？”徐山霁踩着满地的雨水跑过去说道。

“这是兰草？”贺久的手微顿，一下站起来，有些羞涩道，“对不住了，徐公子，我不认得。”

“算了。”徐山霁到底也不算是多爱花草的人，何况此人是太子妃的朋友，

他瞧着贺久手上半成形的东西道，“你这是在编蚂蚱呢？”

“嗯。”贺久把快要成形的草蚂蚱放到桌上，也不编了。

“太子妃以前在东陵，也常编这个玩吗？”徐山霁好奇地问了一句。

“这还是她教我的。”贺久笑了笑，“以前在外头做工偷闲，我们就拔了院子里的草斗草玩，要么就编蚂蚱。”

徐山霁怎么说也是永宁侯府的二公子，他自小锦衣玉食，哪里见过这些玩意儿，不禁好奇地拿起桌上的草蚂蚱来看，却听院门那边又传来了些响动。

“子意姑娘。”徐山霁认出她是常跟在戚寸心身边的两名侍女中的一位。

子意面上含笑，领着几人走上前来，先是对着徐山霁低首行礼，唤了声“徐二公子”，随即又朝贺久颔首：“贺小公子。”

“子意姑娘，寸心……太子妃与殿下没来吗？”贺久一见子意，眼睛便往大开的院门外望了望。

“后日便是姑娘的生辰，东宫正在筹备生辰宴，再有……”子意抿了一下唇，眉头微皱，“再有，太子殿下身体抱恙，这两日他们是不能出宫了。”

“身体抱恙？”贺久小心地看了眼子意，见她神情如常，并没有半点异样。

“许是昨夜回宫的路上受了寒。”子意又添一句，但抬首却见贺久站在那儿像是走神了似的，她便轻唤了声，“贺小公子？”

“啊？”贺久回过神来，苍白的面庞上勉强扯出一点儿笑来，“请子意姑娘代我向殿下问安。”

子意颔首，随即便挥手，命身后的那些人将捧在手里的东西放去屋里，她又回过头来对贺久道：“这些都是姑娘让我送来给小公子的，她请小公子安心在这里先住着。”

待那几人从屋内出来，子意便告辞，带着众人去了。徐山霁还要赶着去军营，也没多待，不一会儿也走了。贺久一个人坐在石亭内，久久地盯着那摆满石桌的珍馐美食，直到热气儿渐渐没了，他也还是坐在那儿，没动一口。

盒子已经送出去了，可他等的人却迟迟未至。半晌，他的目光停在桌上那只编了一半的兰草蚂蚱上。

午后的阳光将紫央殿外满枝的雨露蒸发了个干净，昨夜被雨水打落一地的花

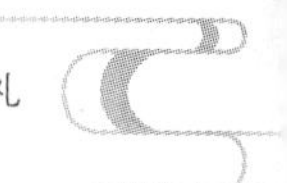

瓣早已被宫人清扫过，地面只剩斑驳湿润的痕迹。

半开的窗内，只着雪白单袍的谢缈面色苍白，像是才从睡梦中醒来，额头上还有些细微的汗珠，而他缠着细布的手掌内正握着一只兰草蚂蚱。少年的眼瞳郁郁沉沉，他自顾自地打量着那只油绿的兰草蚂蚱。片刻后，他收拢指节，紧紧地攥住了它。昨夜被那镂空银香囊锋利的棱角割破的手掌再度浸出血来，渐渐染红了细布。

昨晚谢缈头疼欲裂，最终陷入昏迷。戚寸心整夜未眠，守在他身边，直到今晨才在外头的软榻上睡了这么一会儿。她刚刚睡醒就起床，掀了珠帘进来，却看见躺在床榻上的谢缈睁着眼。

“缈缈，你什么时候醒的？”她急忙跑过去。

谢缈静静地看着坐在床沿神情倦怠的戚寸心，他忽然朝她伸出了手。戚寸心见他舒展的手掌间，染红的白色细布之上，有一只沾了血迹的兰草蚂蚱。

“娘子。”他将蚂蚱送到她掌中，微弯那泛白的唇角道，“你的朋友又送了你一份礼。”

“小九？”戚寸心闻言一怔。

她其实有点儿想去看他的手，但思绪不由得飘回昨夜——

“香囊没什么异样，香料也没什么特别的，但偏偏，这是殿下最闻不得的东西。”昨天夜里，在紫央殿门外，徐允嘉便是这样对她说的。

那个银香囊里装的不是什么毒，而是一种香料——骤风。

骤风香气浓郁，犹如疾风骤雨般，刹那间便能盈满整间屋子，此种香料在北魏与南黎都很常见。高门大户嫌弃它香气太过不够清雅，便很少使用。但因它价钱贱如泥，却有驱蚊之效，常被寻常人家购买。

“太子妃可听说过一种刑罚名为‘雅罚’？当初跟在殿下身边一起去北魏的除了我与丹玉，还有我的兄长徐允宁。”

徐允嘉已多年不敢提及“徐允宁”这个名字，骤风的到来犹如一箭穿心般，让他不得不重新撕开心口的伤疤，想起七年前死在北魏福嘉公主手里的兄长。

“在一间密闭的屋子里燃满骤风，间隔一段时间才短暂地打开气孔通风，人在其中会长时间处于一种濒死的状态，备受折磨。

“我兄长自幼年便已跟在殿下身边。他的死，是北魏呼延皇室给殿下的第一

个下马威。

“殿下……是看着他死的。”

那种腻人的香味，是隔着一道门、一扇窗，将徐允宁折磨致死的利器，也是星危郡王初入北魏皇宫所遭受的第一份屈辱。徐允宁年长谢缈六岁，忠心耿耿，也是那时他唯一信任的人，却落得个雅罚致死，尸骨都不知去了哪儿的下场。

饶是徐允嘉这样的硬汉，在谈及自己兄长时，也红了眼眶。他紧紧地握着手中的剑鞘，努力平复了一下心绪，深吸一口气，才又对戚寸心道：“自那时起，殿下只要闻到这骤风的味道，就会头疼欲裂。”

“敢问太子妃，你可猜得到你这朋友送骤风香囊的用意？”若非谢缈陷入昏迷前下令不准惊动贺久，徐允嘉怕是早已带人去宫外拿人了。

彼时的戚寸心正立在檐下，夜风裹挟着点点雨水打得她脸颊有些疼。隔了会儿，她才找回自己的声音：“我还在东陵的时候，曾跟他提过，我想攒钱买一个这样的银香囊，在里头放上驱蚊的香料给缈缈用。”

她想起那个夏天，谢缈脖颈间被蚊子咬得红红的小包，也想起她和小九坐在一起聊天的事。

“不就是一个银香囊吗？你攒钱的功夫那样厉害，还愁买不起？”小九在月下剥着花生喂进嘴里，看她从布兜里拿出铜钱碎银来数了又数。

“成亲也要花钱啊。”戚寸心那时还很苦恼，“钱这东西，要赚不容易，要花就容易得多。”

“他好歹也是教书先生了，让他自个儿买去，你总给他花银子算什么？这夏天眼看也要过去了，你省些钱吧。”小九说着笑了一声，又拍了拍自己的胸口，“要是我找到新的活计，下回你过生辰，我便送你一个！”

他竟没忘了在她的生辰送她一个银香囊，可里头的香料却偏偏是骤风。这到底是巧合，还是小九故意为之？戚寸心脑子里乱糟糟的，她敏锐地意识到，好像有一张大网从彩戏园一事开始，便已罩在她与谢缈的上方，其中脉络若隐若现，令她无从探看。

此时坐在谢缈床前的戚寸心久久地盯着自己掌中的兰草蚂蚱。

“你为什么不让我去问他？”她的声音有些干涩。

谢缈反而是最镇定的那一个，他不但不让戚寸心向小九问个究竟，更不允许丹玉与徐允嘉擅自将贺久下狱审问。

“娘子不妨看看里面的东西。”谢缈眉眼微扬，却并不答她，只是示意地看向一旁的那只盒子。

戚寸心随着他的目光看去，便在那盒中发现折叠的信笺。小九的字比她原来的字也好不到哪儿去，歪歪扭扭，忽大忽小，但句句是他近来的所思所想，她一行行看下来，最终目光停在了最后一句上：寸心，我还是觉得东陵好，我想回去，你也不适合这里。

阅毕，戚寸心一抬头，正对上少年那双犹如浸过雪一般的凛冽眼眸。

“你去问他，是想听他说什么？”少年拥着被子坐起身来，他的语气仍然是平缓温和的，他用修长漂亮的手指轻轻抽出她手中的信笺，在她的注视下，将其撕得粉碎，“听他和你说，你不该做我的妻子，你不该在我的身边，你该和他一起回东陵？”

“我从没这么想过。”戚寸心皱起眉，“我不是小九，我不知道他心里究竟想什么，我不知道骤风到底是巧合还是他故意的。作为朋友，我不敢相信他会害你，更不敢相信他会害我。但如果真的是他，那他又为什么要这么做？我想问他，这难道不对吗？”

“戚寸心……”少年的眉眼更为阴郁冷冽，但原本坐在床沿眼看便要与他争吵起来的小姑娘，忽然伸出手来紧紧地抱住了他。

他的眼睛眨了一下，神情一滞，突然忘了后面要说的话。

“缈缈，头还疼吗？”她的声音好轻，在他耳畔是那么的温柔，“人这一辈子难得有几个朋友，我在东陵六年，也只有小九这么一个朋友。你不能不让我去见他，我想知道如果真是他，他为什么要害你，他到底隐瞒了什么。”

殿内寂寂，偶有珠帘被风吹拂，晃动着发出轻微的响声。谢缈的目光落在了她乌黑的发髻上。

“他也许会让你失望。”他的声音近在咫尺，平静无波。

“那就让我失望。”她抱着他，下巴抵在他的肩头，“我该面对什么就让我去面对好了，我没有逃避的理由，哪怕是事关小九，也一样。”

心头汹涌的情绪，仿佛都随着她突如其来的这个拥抱，刹那间变得风平浪静。相拥过后，当他们再次面对面时，他盯着她手中的兰草蚂蚱，过了好一会

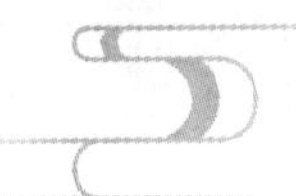

儿，才轻声问："当初你不愿嫁柳公子，可曾考虑过他？"

又是这样的言语试探。偏偏戚寸心却听出了他此刻的小心翼翼，和其中隐藏的几分自卑敏感。

可他为什么要自卑呢？明明他那样好。也许是又一次想起徐允嘉昨夜的话，想起那时谢缈头痛欲裂、神情恍惚的模样，她的眼睛不禁湿润了起来。她不敢想，也不敢再问了。

"他是我的朋友，即便你不出现，我和小九也一直是朋友。"她伸手摸了摸他的后脑勺，语气带了几分刻意的轻松，"幸好缈缈那时在我身边，幸好你答应和我成亲，不然我也许就真的认命嫁给柳公子了。"

因一只兰草蚂蚱，眼看两人言语间就要展露最为锋利的棱角，却又被她这样给轻轻地按下。

之后，戚寸心盯着谢缈喝过药，两人又在床畔的案几上吃了顿清淡的午膳。谢缈没什么胃口，只用了小半碗粥，躺下不一会儿便睡着了。戚寸心在一旁继续慢慢吃饭，时不时地抬头看他。

柳絮等人轻手轻脚地进殿来将桌上的碗筷收走。戚寸心去柜子里找来药膏，在床沿坐下，她用指腹轻轻触碰他的手掌，想要解开他掌上沾血的布条，可他的指节骤然屈起，一下攥住了她的手。

戚寸心拍了一下他的手背道："松开。"

谢缈睁开迷茫的眼睛，待看清她手里的瓷瓶后，他的手指才松了些。戚寸心一点一点地替他褪下细布，抓着他的手腕，用竹片挖出药膏，小心翼翼地涂在他的伤口上。少年乖乖地由着她，直到她稍稍低下头，鼓起脸颊轻轻地吹了吹，他的面色才渐渐泛红，那修长的手指也禁不住微微蜷缩。

"怎么了？"戚寸心抬头望向他。

他似乎疲于开口，只摇了摇头。

"那你往里面去一点儿。"放下药瓶和竹片，戚寸心戳了戳他的肩膀说道。

阳光散漫的春日午后，窗子合上，内殿里便只剩一片晦暗的光线。谢缈看着戚寸心脱了鞋子钻进被子里来，她忘了摘下头上的步摇，那金质流苏缠着她的一缕发钩在了幔帐上，她疼得叫了一声。一声轻笑响起，戚寸心一抬头，就看见身侧少年的眼睛里盛满了阳光。

“别动。”许是尚在病中，他清亮的嗓音添了几分喑哑。

戚寸心抿着唇不敢动了。他伸出没受伤的那只手到她身后去，只听见流苏在他指间碰撞发出的声音，他们是这样近。她几乎可以看清他眼瞳的色泽，鼻间满是他身上清冽的冷香。他单手替她解流苏与纱幔的勾缠也许有点儿难，他的神情却那么认真。

戚寸心愣愣地望着他白皙的侧脸，鼻尖被他的一缕乌发蹭得有点儿痒，没忍住低头打了个喷嚏。这一动，就又扯得她头皮一痛，再抬头的刹那，她的鼻尖便轻轻擦过了他的唇。戚寸心一下呆住，呼吸都凝滞了。

谢缈也是一顿，他定定地看着她，好似短暂擦过的轻微痒意仍在，片刻后，两人错开视线，他又继续替她去解缠住的那一缕长发。她的那一缕发也终于被他解开，只没想到他又将她发髻间的步摇给摘了下来，她伸手要去接，下一瞬，动作却被迫停止了。

冷香袭近，少年眉眼明净，苍白的面容微染了薄红，他的吻来得毫无预兆，那柔软微凉的嘴唇轻贴着她的红唇，这个吻生涩又纯情。当他们的唇分开时，谢缈的目光还停留在她的唇上。在缠绵的气息中，他对上她的眼睛。此刻的她有点儿傻呆呆的，脸颊都红透了。他只得一只手捂住她的眼睛，另一只手却揽住她的腰肢把她抱进了自己怀里。下颌抵在她的发顶上，谢缈缓缓闭上了眼睛，细微颤动的眼睫却暴露了他此刻的心情。

“睡觉。”他的声音听起来仍是沉静的，只不过在静谧的内殿里，他能听见自己的呼吸乃至心跳都是乱的。

戚寸心睁着一双眼睛，在他怀里动也不动。

“不睡吗？”他的声音忽然响起。

“睡。”她嗫嚅着，片刻后也伸手抱住他的腰。

少年的耳郭早已红了，他闭着眼睛，唇角带笑。满室静谧，床榻上相拥的两人不知何时先后睡去，这一觉，竟至天色暗淡时分才被窗外忽来的倾盆大雨唤醒。戚寸心先睁开眼睛，她满耳是窗外淋漓的雨声。或因做了一个混沌不清的梦，此刻她的脑子有些发沉，心绪也不甚安宁。

这时，殿外忽有敲门声响起，戚寸心下意识回头，正好看见谢缈睁开眼睛。外面传来柳絮的声音：“殿下，徐大人来了。”

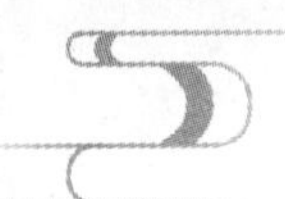

“娘子，”他的嗓音里还带着几分睡意，“你可以去见贺久了。”

盛大的雨幕之间，天已经黑得彻底。谢缈一袭雪白的常服，系在纤瘦腰身上的红色丝绦随风而荡。他牵着戚寸心的手踏出殿门，接了柳絮递来的纸伞，便和她一同走下阶去。

“人抓住了？”他的嗓音沾了潮湿的水雾，仿佛被浸润得更为清冷。

“还没有，徐世子的人和涤神乡的顾副乡使都去追了。”徐允嘉踩着雨水，一边往前走，一边答道。

戚寸心一头雾水，并不知他们在打什么哑谜。为什么谢缈昨日不去找小九，偏偏要等到今夜?

雨水滴答打湿了她的衣袖，诸般思绪涌上了她的心头。

“你是在等小九背后的人？所以，小九他真的……”她说不下去了，脚步一顿，这一瞬，她的双足似有千斤重。若非板上钉钉，若非小九真的有问题，想来今夜，徐允嘉不会来，而谢缈也不会带她出宫。

“你去问他。”伞檐的雨水犹如断了线的珠子一颗颗滑下去，冰冷的雾气里，他的眉眼始终沉静。

第二十三章 天下若微尘

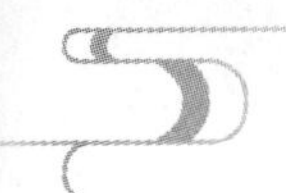

徐山霁的院子里灯火通明，此时院子内外被东宫侍卫府和徐家守城军的人围得水泄不通，那个衣衫单薄、身形清瘦的贺久正浑身湿透地站在院子里，如同没有灵魂的木偶般动也不动。

门外，谢缈将纸伞塞入戚寸心手中，轻轻地摸了摸她的头发，示意她先等一等。随后丹玉便走上前来替谢缈撑伞，跟着他走了进去。

戚寸心握紧伞柄，立在墙根底下。隔着一扇门，耳畔除了雨声，还有谢缈的脚步声，没一会儿，她又听见一道熟悉的声音——那是小九。

“太子殿下！以前在东陵，我还以为殿下最多是什么落了难的公子哥，却没想到您竟然就是当时杀了福嘉公主和五皇子的星危小郡王。那时告示贴了满城，却偏偏没有您的画像。”见谢缈在离他不远处站定，贺久才像是终于找回自己的声音，抹了一把脸上的雨水大声说。

“你似乎很遗憾，怎么，若有我的画像，那时你便要指认我？”谢缈负手而立，伞檐下的面容骄傲而疏离。

“如果我早知道你的身份，我会那么做的。”贺久微扬下颌，但冷雨之下，他血痂未褪的脸上仍有几分掩藏不住的惧怕。

“你明知道寸心不适合这里。”他又接着说道。

“她为什么不适合？”谢缈语气平淡地反问他。

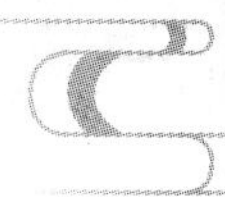

“她是我的朋友，是和我一样普通的人，我相信我比你了解她，我更知道她喜欢过什么样的日子。”

贺久的声音有些颤抖，但他仍没忘了要用自己说出的每一个字、每一句话，去挑动那位南黎太子的妒火，而那太子一双冷淡的眸子却始终没变过。

“你真的在找死。”谢缈打量着他，语气平淡得像在陈述一个事实。

“你口口声声说你是她的朋友，如今却是在做些什么？”谢缈轻笑一声，明净的眉眼顿时生动许多，“你利用她，为的是什么？让我杀你？”

此话一出，贺久的面色果然变了几变。

“看来我猜对了。”谢缈弯了弯眼睛，语气犹带几分轻快道，“先是向她求救，又在送她的银香囊里放了骤风。究竟是你，还是你背后的人，怎么就那么自信，觉得我见了骤风就一定会大受刺激，从而对你起杀心？”

“银香囊送出，你不见我的反应，又听丹玉说我与寸心争吵，闹得极不愉快。你便以为定是寸心一味信你，拦着我来找你，才会与我争执。于是你就再一次利用她来添一把火，送她兰草蚂蚱以及那封信，只怕这些也并不完全是给她的，而是故意做给我看的，为的是激我杀你，用你的死，离间我夫妻二人。”

天边有雷声轰隆作响，闪电忽明忽灭，映照着贺久那张木然的脸。雨水打在他的眼睛上，隔了许久，他才出声：“你不是来杀我的？”

“你既一心求死，那我便偏不教你如愿。”谢缈的衣袖被风吹得微荡，他眼底再无一丝笑意。

贺久抬头，却望见他身后的大门处，那个姑娘在门外探头看他，半身都已被雨水淋湿。对上她的目光，他张了张嘴，喉咙却干涩得厉害，眼眶憋得有些发红，他艰难地唤了声：“寸心……”

戚寸心迈过门槛，一步一步地走到他的面前。好像时隔这么久，她是第一次这样认真地审视他。

雨水拍打着伞面发出清脆的声音，她伸手将纸伞挪到他的上方。贺久有些恍惚，他抬起头，愣愣地去瞧遮在自己头顶的纸伞。

“小九，为什么？”她的声音忽然传来。

这一刻，贺久眼眶里的泪忍不住砸下来，模糊了他的视线，令他看不真切她的容颜。

“寸心，我爹和我的弟弟妹妹都在北魏枢密院。”他哽咽道。

北魏枢密院？戚寸心怔怔地看着他，几乎忘了反应。

“我并没有事事都骗你，”贺久吸了吸鼻子，他仿佛再不会笑，也再不像从前那样了，“我的确在去丰城的路上被官差抓了，也的确上了绥离的战场。”

“那两个南黎的士兵也的确救了我，”他说着，嘴唇有点发抖，“那时我正要从死人堆里捡一件南黎士兵的衣服换上，却忽然来了一队北魏的骑兵，为首的伊赫人抓住了我和那两名南黎士兵，伊赫人要我杀了他们，否则，他们就要砍断我的手脚，把我拖回军营……

“寸心，我害怕了。

“我杀了他们。

“我杀他们的时候，那些伊赫人在笑。直到现在，我每天晚上满脑子都是那两个南黎士兵的头颅被高高悬挂起来的样子。”他的哭腔更重了，整个人犹如失了魂，双眼在这漆黑雨幕里更显空洞，“他们救了我，可是我，可是我……”

贺久声音嘶哑：“可是我如此卑劣，我杀了他们，还成了伊赫人的狗。”

贺久因杀了那两个南黎士兵而活了下来，可那两颗头颅从此日夜悬挂于他的眼前、心头。此后，北魏枢密院院使吾鲁图从有关戚寸心的消息里看准了贺久，又辗转多地，最终在北魏军营里找到他，并将他的父亲贺勇与他的弟弟妹妹全都关入枢密院的地牢，逼迫他跟随枢密院派出的密探羽真奇来到南黎。只怕连二皇子也想不到，柯嗣并非是他的忠仆，而是潜伏在南黎的北魏汉人，是羽真奇的手下之一。

彩戏园一事中，李适成只是面上最浅显的一层，是二皇子谢詹泽故意留在彩戏园中的一枚棋子。然而螳螂捕蝉，黄雀在后，北魏枢密院才是其中藏得最深的一方势力。裴寄清此前早就和谢缈透露过，北魏枢密院派了人来南黎，到如今，此人终于浮出水面。

“寸心，我没得选。”大雨如注，贺久的声音被雨水淹没，显得模糊而沉闷，“但到现在，我也不是为了我的这条命，我爹养我不易，我弟弟妹妹年纪还那样小……我得让他们活着。”

“你以为吾鲁图是个什么人？你爹和你弟弟妹妹到了他手里，哪里还有活命？”丹玉按捺不住，因骤风香一事，他对这贺久没什么好脸色，“你既有如此

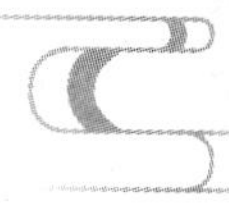

心计，又偏偏在这件事上天真得很！”

“你胡说！他们还活着！他们不会死……”贺久像是刹那间被尖锐的话锋刺破心口的血肉一般，他双目泛红，恶狠狠地盯住丹玉。雨水早就淋湿了他的发，此刻他头上虽遮了伞，但发间仍有雨珠在滴滴答答。

“小九……”戚寸心才开口，忽见贺久从衣袖里掏出来一把匕首。

寒光乍现的刹那，谢缈脸色一变，迅速往前抓住了戚寸心的手腕。戚寸心踉跄着往后退了几步，伞柄从她手中滑落，下落的瞬间遮挡在她与贺久之间，那殷红的鲜血便迸溅在纸伞的另一面。

雨珠犹如碎玉一般打在戚寸心的脸颊上，有种钝痛的感觉。她眼睁睁看着那纸伞滚落在雨地里，伞骨背面满是刺目的红。她后知后觉地抬头，只见贺久袖中掏出的那把匕首已经被他刺入了自己的胸口。

此时此刻，他的脸，从来不曾这样苍白；他的眼，也从来不曾这样空洞。

“小九！”戚寸心瞳孔紧缩，她挥开谢缈的手，冲上去想要扶住贺久，却被他沉重的躯体带着一起跪倒在雨地里。

贺久迟钝地望向她的脸，隔了会儿，他一张嘴，口里涌出殷红的血液。

“寸心，我没想害你，真的。”他的眼泪从眼眶落下来，和雨水混在一起，滑下他的脸颊。

“我知道，我知道……”戚寸心的眼泪一颗颗砸到地上，她紧紧握住他的臂膀，手抑制不住地抖着。贺久盯着她乌黑发髻间的金凤钗看了会儿，又伸出手指摸了一下她衣袖边缘精美漂亮的纹饰。

“寸心，别留恋这些，这个地方和战场一样会吃人。你以前不是跟我说过，你喜欢平静的日子，不用大富大贵，只要三餐温饱就够了。”

“我们这样的普通人，过这样的日子就够了。”他的目光再度落在她的面庞上，“你得走，离开这儿，去找个平静安宁的地方。”

戚寸心满眼是泪，摇摇头哭着说：“可是小九，这样的世道，哪里还有什么平静安宁的地方？你找不到，我也找不到。”

贺久闻声，像是考虑了一会儿。满嘴是血的他却看着她忽然笑了起来，胸口的抽痛令他浑身都在不自觉地颤抖。

“可能是我错了，你和我是不一样的，我们……早就不一样了。

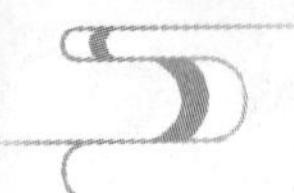

“如果你是我，在那些伊赫人拿着刀枪指着你、威胁你的时候，你会杀了那两个可怜你，还救了你的南黎兵吗？”不等戚寸心回答，他却自顾自摇头，泪如泉涌，“你不会。所以，我们不一样。我卑劣胆小，而你不一样。”

他咽下带血的字句，朝她露出一个比哭还难看的笑容：“寸心，走到今天这一步，我时常是糊涂的，却有一样最清楚。

“我的人生是从绥离战场上第一次杀人的时候坏掉的。我每一天、每个晚上都在后悔，后悔那天我为什么不死掉算了……无论我这双手洗多少次，在我眼里，还是沾满了他们的血，我原谅不了我自己，我早就活不下去了。

“如果不是因为我爹他们，我不会苟活到现在的……”他的手紧紧地抓住她的手腕，她腕上的铃铛声和耳畔的雨声令他更为恍惚，“我变成这样，跟你没有关系，因为我先是杀害救命恩人的胆小鬼，然后才是你的朋友。

“对不起，戚寸心。”

贺久最后的这句话满携叹息，满裹哭腔。紧接着，他慢慢闭上眼睛，而那握着她手腕的手也骤然松懈，无力地垂下。

“小九……”戚寸心崩溃地哭喊着他的名字，可无论她如何摇晃他，他也再不会有任何反应。

贺久死了，这个世上再也不会有东陵的小九了。

谢缈抽走丹玉手中的伞，撑着纸伞走到那早已被雨水淋湿的姑娘身旁。他轻轻抬手，伞便遮在了她的上方，任由自己的后背被雨淋湿。他只是垂着眼，静默地看着她抱着那个已经没了声息的人哭得那样难过。半晌，他蹲下身去，伸出另一只手握住她冰凉的手腕。

与此同时，徐允嘉叫了人来，将贺久的尸体抬入房中。

戚寸心仍旧跪坐在地，眼前地砖上的血水仍未被冲刷干净。她眼眶血红，只固执地盯着门内晦暗的灯火。谢缈先是伸手抹开一缕贴在她侧脸的浅发，随后将她搂进怀里。他什么也没说，只是一手撑着纸伞，一手拥抱她。他甚至想到，她的姑母戚明贞死的那天，她应该也是这个模样，孤零零的一个人，满眼是泪，无助又可怜。天地至大却只有她，没有他，没有任何人。

“我不明白。”她的声音忽然落在耳畔，谢缈稍稍直起身，望见她那双满是水雾的眼睛。

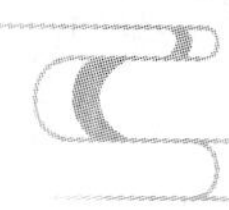

“我不明白事情怎么就忽然变成了这样。”他听见她的哽咽声又重了。

“如果是太平盛世，他们一家就不会千里迢迢迁去丰城；如果是太平盛世，他也不会才十五岁就被迫上了绥离的战场……”戚寸心又去看那道大开的门，她看不到里面躺着的小九，眼泪却汹涌得厉害。

“如果是太平盛世，我的姑母，还有小九，都不会这样死在我的面前。”她紧紧地攥着他的手。

战争害人，害一个十五岁少年不再单纯天真，害他无端背负起两条人命之后，从此由人化鬼，成为行尸走肉。

“伊赫人一定要这样吗？肆意践踏汉人的性命，便能彰显他们伊赫人的血统高贵？”她浑身冷得彻骨，在此之前，她从未如此直观地看清北魏与南黎之间从战场到朝堂的血腥硝烟与满地枯骨。

贺久，只是这波谲云诡的乱世里，最不起眼的一粒微尘。从东陵的雨夜，到月童此时此刻的雨夜，她失去了唯一的亲人姑母、唯一的朋友小九。

“戚寸心。”谢缈用手捏住她的下巴，迫使她抬头看向他，茫茫雨幕中，灯火黯淡，他的面庞透着一种苍白的凛冽，“记得你曾同我说过什么吗？你要跟我在一起，要跟我一起等到伊赫蛮夷被赶出中原的那一天。”

戚寸心望着他，隔了片刻才迟钝地点头。

她当然记得那个时候，那是在她决心要入九重楼的时候。

“等是没有用的，”他用指腹轻碰她的脸颊，嗓音深沉而坚定，“蛮夷刀兵向我，我必还之以刀兵。如果我说，我会让你看到那一日，你信我吗？”

戚寸心睫毛动了一下，眼泪随之跌出眼眶。她抿紧嘴唇看着谢缈，无声地点了点头。

眼下的这个南黎，纵有许多人仍将仙翁江以北的半壁江山放在心底，可三十多年来，朝堂之上你来我往，硝烟弥漫，消耗的，不过是南北两边汉人百姓心头的希望。如今的为官者，多数人只盯着自己眼前那一亩三分地，只有极少数人睁开眼睛去看仙翁江那一面比南黎更甚的汉家疾苦。

所幸的是，还有如裴寄清这样半生都在为收复失地而殚精竭虑的人，更有谢缈——他能活着从北魏回来，靠的便是一颗亡魏之心。然而失地未收，蛮夷依旧在隔江觊觎，甚至南黎的暗潮涌动之下，袭向他的杀机也从未停止过。他要从

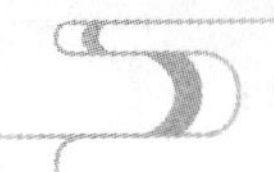

眼前的永夜里开辟出一条路来，而这条路必是鲜血铺就的。刀山火海，若走错一步，便要万劫不复。

“我相信你会的。”她失神地望着那道门，忽然开口道。

夸父逐日，为朝阳而死。而她要站在他的身边，她要永远这样坚定，永远记得死在东陵的姑母，死在这里的小九。

谢缈用手摸了摸她湿润的鬓发，再度无声地将她抱进怀里。

夜幕漆黑，冷雨淅沥，檐下的灯笼摇摇晃晃的，灯光忽明忽暗。院子里站满了人，他们都如丹玉与徐允嘉一样，静静地立在后头，淋着雨，垂着头。

日光刺得人眼睛生疼，坐在门槛上的小姑娘面容稚嫩。这长巷寂静无声，她捧着脸盯着巷子尽头看了会儿，又去看一旁那棵枝叶稀疏的歪脖子树。

轻快的脚步声近了，她一回头，那小小少年的面容在炽热的日光里让人看不真切，直到他走近，手里捧着一碗热腾腾的面，递到她的面前，那稚气的面庞上热切的笑，生生闯进了她的眼里。

“你还没吃饭吧？给。”他说。

小姑娘愣愣地望了他片刻，又去看那碗面，上面盖了一颗形状极好、颜色鲜亮的荷包蛋，绿色的葱花浮在晶莹剔透的汤上。

“这是我自己做的，我的手艺我爹都说好呢。”他一点儿也不认生，热情得很，一屁股就在她旁边坐了下来，“你也尝尝看啊。”

她性格沉闷，一点儿也不爱讲话。在这里住了小半月，巷子里的小孩儿也都不同她玩。只有他一个人总是来和她说话，如今还送了碗面给她。

“你叫什么名字？”小小少年坐在门槛上看着低头吃面的小姑娘，一手撑着下巴问她。

“戚寸心。”她喝了口面汤，声音细弱。

“你这个名字可真有趣啊。”他闻言笑道，“蛇的七寸，人的心脏，都关乎性命哩。”

小姑娘将剩下的半个荷包蛋吃了，才慢吞吞地说：“是我父亲给我取的名字，他希望将来万事万物摆在我眼前，我都能凭着我自己的心意去决断，不为外物所动。”

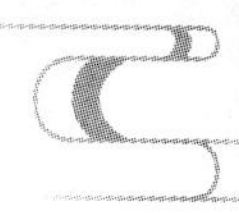

或许是年纪小，她只记得父亲这样的一段话，却还不太明白其中的意思。

“你爹好像是个很有学问的人。”他也听得懵懂，隔了会儿又说，“我爹就是个铁匠，也没给我取大名，家里外头的人只叫我小九，但我好歹也上过学堂，就自个儿取了个名字。”

“什么名字？”她捧着碗，问他。

“贺久。”小小少年的眼睛亮晶晶的，在阳光下神采奕奕，他认真地说，“祝贺的贺，长久的久。”

“我希望我能够活得长久一点。”

“为什么？”

“这样就可以多一些时间，多攒一些家底，日子也就不会这么苦，说不定我还可以多享受几年吃喝不愁的好日子。”

小小少年仰面迎着明媚的日光，他满脸朝气，满怀憧憬。

戚寸心陷在这场遥远的梦境里，殊不知泪水早已打湿了枕头。她攥着衣襟，眉头紧蹙，小声地抽泣着，哭得很是隐忍。谢缈轻触她的额头，随后皱了一下眉，接过一旁柳絮递来的冷帕子，放在她的额头上。

“太子妃高热不退，今日的生辰宴怕是不能去了。”柳絮的声音压得极低。

谢缈不言，只是坐在床沿，默默地看着仍在睡梦之中的姑娘。片刻后，他伸手轻轻地碰了一下她的脸颊，擦去她的泪痕。

“殿下。”殿外忽然传来一道略尖细的声音，“殿下，奴才刘松，奉陛下旨意，请太子妃去九璋殿。”

柳絮不由得看向谢缈：“殿下……”

今日早朝过后，宫里的流言便传得沸反盈天，北魏枢密院密探羽真奇被抓，而羽真奇手底下的贺久与太子妃是旧友的消息也不胫而走。一时颇多风言风语，不用问，必是阳春宫那位的意思，她怎会放过这么一个好机会。

“殿下，殿下您可在殿里？”刘松的声音再度从外头传来。

谢缈面色阴沉，目光落在那珠帘之上。他欲起身，忽然被床榻上的人拉住了手指，一回头便见戚寸心不知何时已睁开眼睛。她面容苍白，嘴唇也没有多少血色，正一边拿下额头上湿润的帕子，一边挣扎着想要坐起身。

“我要去。”她固执地说道。

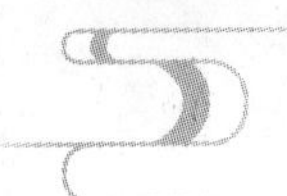

“你生病了。”他回握住她的手腕，淡声道，“这些事，你不必理会。”

“这个时候，我不能不去。”戚寸心摇头道。

“柳絮，拿衣服。”她握着他的手，挣扎着站起身。

柳絮小心地瞧了一眼太子，随后便应了一声，匆匆掀了珠帘出去。殿门吱呀作响，紧接着传来的便是柳絮与刘松两人的谈话声。

戚寸心伸手触摸着面前少年的额头，又探过身去用自己的额头轻抵他的，可能因为她的体温已经足够高了，感觉不出来什么，她只得问：“你发热了吗？”

少年明显精神有些不好，听了她的话却说：“并未。”

戚寸心捧着他的脸，这样抵首的距离，他看不见她渐渐变得湿润的眼圈，只听她吸了吸鼻子说：“明明你查出了北魏枢密院来的探子，可你父皇如今想的，却是向我兴师问罪，你心里，是不是很难过？”

“缈缈，不要难过。”她说，“我一点儿也不怕，正好，我也想去听一听他要问我些什么。”

隔了半晌，谢缈才轻轻摸了摸她的脑袋，随即往后退了些，细细地打量她。戚寸心亦从他那双漂亮纯净的眸子里看见了平静和无畏。

“我并不难过。”也许是发现她的一双眼睛里满是水雾，他停顿了一下，伸手轻轻蹭了一下她红红的眼角，“不要哭了。”

不多时，柳絮领着几名宫娥捧着衣裙首饰进来。她们服侍戚寸心洗漱过后，再换上绛紫色银线云纹大袖袍。戚寸心梳起发髻，戴上鲛珠金步摇和珍珠发饰。她也不让柳絮替她上妆遮掩苍白的脸色，只穿戴齐整后，牵起谢缈的手，同他一道走出殿门。

刘松已在殿外等了好些时候，正着急，瞧见两位主子出来了，便立即躬身行礼。谢缈瞧也懒得瞧他和他身后那一行人，牵着戚寸心便下了台阶。刘松在后头擦了擦额头上的汗，忙命众人赶紧跟上。

今日这雨断断续续地还在下，只是雨丝绵密、轻柔了些，不像昨夜大雨倾盆。戚寸心与谢缈到达九璋殿，走上阶梯将伞交给一旁的宫人时，才发现殿内似乎不只有一人。

“殿下、殿下！”刘松紧赶慢赶，漆纱笼冠都要跑掉了，他匆忙走上阶来，迅速挡在谢缈身前，小心翼翼道，“陛下只传召了太子妃。”

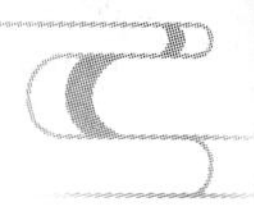

谢缈神情冷淡，还未说些什么，便察觉身旁的姑娘捏了捏他的手指，他偏过头，却见她在朝他摇头。

“殿下，在这里等我好吗？”当着刘松，她只称他“殿下”。

谢敏朝坐在龙椅上，见戚寸心被刘松领着进了内殿来，他便放下茶碗。等她颔首行礼，唤了一声“父皇”，他脸上才带了点儿淡笑。

戚寸心礼毕抬首时，发现裴寄清坐在一旁，她便也朝他点了点头。裴寄清似乎有些担心她，此时眉头微皱，但眼下殿内除了谢敏朝，还有窦海芳等人，他到底什么话也没说。

“昨夜死的那个贺久，听说是你在东陵的旧友？”谢敏朝的声音传来。

“是。”戚寸心垂首应声。

“你倒是毫不遮掩。”谢敏朝一手撑在御案上。

“儿臣该遮掩什么？”戚寸心抬头，“儿臣在东陵过着什么样的生活，做过些什么事情，父皇知道，这里的大人们也都知道。”

一名胡须青黑的中年官员朝她拱手行礼，道：“既是如此，臣敢问太子妃，您离开东陵后，可与那贺久还有来往？他来我月童，您是否早就知情？他可有与您透露过……”

“这位大人想听我说什么？”戚寸心打断他的话，盯着他道，“您是否想听我说，他的所作所为我早就知情，他施计离间我与太子殿下我也知情？既如此，您怎不直说我有通敌之心？这反正就是您心中所认定的东西，不是吗？”

“这……”那名官员胡子一动，一时语塞，隔了片刻，他垂下头，干巴巴地说，“臣……绝无此意。”

“既然不是，那么各位大人今日来父皇这里，又为的是什么呢？”戚寸心脊背挺直，回头将目光从他们这些人的脸上一一扫过。

“这贺久做了伊赫人的狗，依靠汉人身份入南黎，却算计我大黎的储君，如今亦不知他背后到底还有多少算计没说清楚。可臣却听闻，昨夜贺久伏法时，太子妃似乎伤心欲绝？”那人又开口了。

“所以呢？”戚寸心静静地看了他片刻，“他死了，我就不可以伤心吗？”

“各位大人称他为什么？”戚寸心的面色仍是苍白的，额头上甚至还有些细密的汗珠，“称他是北魏蛮夷的狗，想来那些在北魏被伊赫人强征服役的汉人在

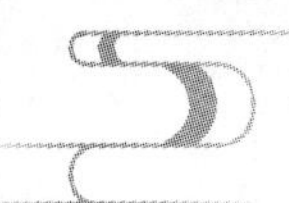

各位大人眼中，也都是该死的狗？因为他们宁愿苟活，也不愿意以死明志，明大黎汉人之志？”

“凭什么诸位大人偏安一隅，却偏要求那些在北魏水深火热里煎熬的汉人百姓去死？”她眼眶里蓄起水雾，却始终未掉下泪来，“他们曾经就不是大黎的百姓吗？各位大人好清正啊，太子奔忙多日追查北魏枢密院的密探时，也不见诸位大人这般激愤，如今你们质问我，是要我告诉你们什么？”

“说我幼时颠沛流离，也曾在东陵、在蛮夷手底下讨生活；说我不该有这样一个旧友；说我戚家纵是满门忠烈，也终究低贱如尘泥，不似诸位高门大户，没有资格做天家的儿媳？”

这位太子妃年纪如此之轻，可如今这一番咄咄逼人的话语，却惊得他们满头是汗。

“太子妃恕罪，臣等决无此意。” 一直未曾开口的窦海芳当即上前行礼。

“诸位纵是不将戚家父子和玉真夫人放在眼里，可天山明月周靖丰也不是个摆设，昌宗皇帝亲自去请来的人，太子妃到底还是他的学生。”裴寄清坐在椅子上，适时开口道。

“太子妃，臣等只是想知道这个贺久与太子妃之间的关系，绝对没有其他的意思。”窦海芳拱手。

戚寸心却只是冷眼看他，随即朝龙椅上的谢敏朝扑通一声跪下去。

“请父皇明鉴，贺久在我离开东陵后不久，便被强征去了绥离的战场，被迫与南黎汉人军为敌，儿臣绝无机会与他来往。但今日无论各位大人如何质问，儿臣也决不后悔为他收葬、为他刻碑。发生在他身上的事，不仅仅是他的事，更是在北魏的汉人百姓所经受的万千苦难中的一种。

“他曾是儿臣的朋友，也曾是大黎的子民，儿臣只希望这些大人们能够睁开眼睛看看南黎以外的世界，不要不问缘由，只究恶果。”戚寸心侧过脸，再度看向那几名官员说道。

她这一跪，仿佛有万般委屈，声泪俱下地求谢敏朝做主，倒令那几个平日里最擅耍嘴皮子的官员一脸讪讪的，一时不知该如何开口了。他们总不能也哭着去再论一番高低吧？更何况她这一招以小见大，牵扯出如今北魏汉人百姓的归属问题，还有绥离之战，他们便更不敢擅自插嘴了。

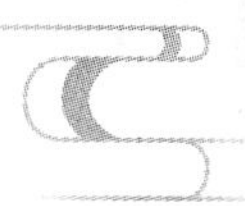

“诸位爱卿，戚家父子是我大黎的忠臣，当时宦党张友和清渠党的李氏兄弟害了他们，是朝廷有愧于他们父子。再说那玉真夫人戚明贞，是我大黎唯一的女国士，他们皆是我大黎的好臣子。太子妃身为戚家之后，又是与太子几经坎坷才回到南黎的患难夫妻，说她与那贺久早有来往，这实在难以令人相信。”谢敏朝垂眼看了会儿她乌黑的发髻，面上仍挂着几分淡笑。

“太子妃说得不错，北魏的汉人也是汉家同胞，也曾是我大黎的子民。北魏蛮夷欺辱我汉人百姓，以此彰显他伊赫人的高贵，这原也是我大黎未能守住北边导致的恶果。”他唇畔的笑意逐渐收了些，看向窦海芳等人的目光变得锐利许多，“诸位爱卿为朕之臣子，为国为民，的确也该睁开眼睛，瞧瞧外头是个什么模样了。”

“臣惶恐……”几名官员全然没了方才理直气壮的气势，他们连忙跪下，齐声道。

“谢父皇。”戚寸心垂首，眼皮却好似有千斤重，身形有些不稳，一下便倒在了地上。

“太子妃！”裴寄清吓了一跳，忙起身拄着拐杖走到她身边，唤了几声她也不应，他抬头去看谢敏朝，“陛下，还请陛下快遣人传御医！”

“刘松！”谢敏朝似乎也吃了一惊，站起身来走下阶梯。

刘松才欲进门，却见原本等在外头的太子忽然抬步进来，他作势要去拦，却撞见少年那双阴郁幽深的眼。他不禁心头一颤，随即便被谢缈一脚踢倒。

“殿下……”刘松的漆纱笼冠掉在地上，他颤颤巍巍地唤了声，却见那紫衣少年头也不回地进了内殿。他忙爬起来，匆匆跟了进去。

谢缈一进内殿，便瞧见裴寄清扶着昏迷不醒但满脸是泪的戚寸心。他上前去将她抱起来，接着一一扫过窦海芳以及他身侧那几名官员的脸，一双漂亮的眼睛里赫然透着几分阴沉。窦海芳几乎不敢对上这位太子殿下的眼睛，他连忙低下头去，而他身边的那几名官员早因太子冷不丁的这一眼，汗湿了脊背，全都缩着脖子弓着身体，大气也不敢出。

“繁青，先叫御医来给寸心瞧瞧。”谢敏朝见他抱起戚寸心要走，便道。

“不打扰父皇。”谢缈轻轻颔首，语气是冷的。他根本不作停留，转身便抱着戚寸心走了出去。

少年衣袂带风，谢敏朝只来得及瞧见他紫色的衣摆从殿门处一闪而过，随即便再也看不见人影。

谢缈抱着戚寸心从九璋殿出来，柳絮和子意、子茹等人便立即迎上去。子茹瞧见戚寸心好似昏迷了，有些着急，子意却按下她的手，撑着纸伞遮挡在谢缈与戚寸心的上方，拉着她一路往长阶下去。

走入长长的朱红宫巷内，耳畔的雨声仿佛大了一点儿。少年下颌紧绷，只顾往前走，却不知他怀里的姑娘已经睁开了眼睛，正在看他。天空中飘落的雨丝落在他的乌发、他的肩头，在这样雾气朦胧的雨天里，他的面庞是比雨雾还要更明净漂亮的存在。

“缈缈。”她开口唤他。

这一瞬，他脚下一顿，迟疑了一会儿才低下头，细细地打量她的脸。

“你骗人？”在淅沥的雨声里，他的嗓音有点儿轻。

“跟你学的。”雨滴落在她的眼皮上，她忍不住眨了下眼。

“他们怎么说也是耍了半辈子嘴皮子的人，我要是不晕过去，等他们回过神来，我未必辩得过他们。”长巷寂寂，他们换了个姿势，年轻的姑娘被紫衣少年背着，她靠在他的肩背上，声音虚弱得只有他能听得到。

“娘子聪慧。”少年稍稍侧过脸，朦胧雨雾里，他的声线仿佛也裹了些潮湿的凉意，但他看向她的目光分明是温柔的。

“太子妃在九璋殿受惊，身体不适，遣人告诉光禄寺，将鸾光殿的宴席撤了。”他唤来柳絮，轻声嘱咐。

“是。”柳絮领了命，当即便去使唤跟在后头的宫娥太监。

冷雨滴答滴答地拍打着纸伞，子意小心地撑着伞，尽量避免雨水落到太子与太子妃两人的身上。

宫巷里除却众人踩水的声音，便是离得这样近的少年清浅的呼吸声了，其他的，戚寸心也听不真切。事实上，她的神思已经变得有些混沌，连他的呼吸都好像离她越来越远了。

“缈缈，我好困。”她的声音里满是疲惫，有点儿软，或因昨夜受了寒，鼻音也有些重。

戚寸心绛紫色的衣袖覆在谢缈肩上，被风吹得微荡，此时这烟雨蒙蒙的朱红

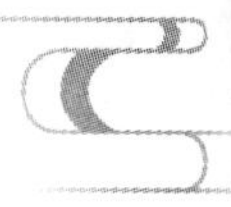

宫巷是一片凄凉景色中唯一的亮色。他忽然停下来，再度侧过脸去看她。

“睡吧。”他嗓音极轻、极柔。

好像脑内一直紧绷的那根弦，因为他这样温柔的一句话而松懈下来。戚寸心闭着眼睛，靠在他的肩头慢慢睡去。不知他背着自己走了多久，也不知这长长宫巷多久才有尽头。她的思绪都停滞了，梦里什么也没有。

窦海芳等人在九璋殿中对太子妃不敬，致使太子妃急火攻心，不省人事。太子怒而下令，命他们几人在皎龙门前受二十仗刑。

“你们做什么？我要见陛下，我要去见陛下！”在九璋殿中最先逼问戚寸心的那名官员，挣扎着挥开那些要上前来将他按在长凳上的东宫侍卫的手，欲往九璋殿的方向去。但他哪里能抵得住这些身强力壮的习武之人，三两下便被他们轻轻松松地逮回来，重重按在了长凳上。

“窦大人……”另一名官员趴在长凳上，满面惊惶地去看身侧的窦海芳。以往德宗皇帝和荣禄小皇帝在位时，他也曾同人一起谏言，也撞过九璋殿里的柱子，但受这仗刑，还是破天荒头一回。这让他没由来的心慌。

“众目睽睽之下，太子妃的确是因我们几个而晕倒的，如今太子要罚我们，陛下自然不可能拦着。”窦海芳还算平静，他一边脸压在长凳上，瞧了一眼侍卫手中的红木板子道，“我们就受着吧。”

太子妃被太子殿下抱出九璋殿的情形许多人都瞧见了，太子妃在殿中那一番慷慨陈词，明显是专说给延光帝谢敏朝听的。扯上北魏的汉人百姓和绥离之战，便正中谢敏朝的下怀，窦海芳心里是清楚的。这位新皇还是齐王时，便数次领兵出征抗击北魏大军，若非他与永宁侯徐天吉两人先后率兵抵挡住北魏的挞伐，再加上周靖丰成功刺杀了当时的北魏皇帝呼延平度，只怕北魏也不会答应与南黎签订停战书。

时年德宗皇帝只有荣禄小皇帝这么一个子嗣，自然不可能送荣禄小皇帝去北魏为质。于是，北魏便盯准了战功卓著的齐王谢敏朝，点名道姓地要他的嫡子入北魏为质。当年死于谢敏朝之手的北魏名将不在少数，他的儿子到了群狼环伺的北魏，必然不会好过，但他还是毅然送出了嫡次子谢繁青。自那之后，德宗皇帝因听信掌印太监张友的谗言，对谢敏朝逐渐有了忌惮之心，卸了他的兵权，转而培植永宁侯徐天吉。

窦海芳以为，这么多年过去了，已登宝座的谢敏朝应该没了年轻时激进好战的心思，今日听得太子妃这一番陈词后，倒令他隐约察觉出这位新帝的几分想法。自绥离战败后，朝中主和派日益保守，一有什么风吹草动，便纷纷上书，言绥离之战已损耗南黎诸多国力，短时间内不该再起刀兵。但今日太子妃的话却给了谢敏朝一个好机会，他自然不会管窦海芳等人的死活，反而能借着这仗刑警告朝中的主和派。窦海芳不必深想，便也能猜得出，明日的早朝该是何等景象。

“太子妃是女流之辈，又是天家的儿媳，她在天家面前可以委屈辩驳，可以哭得不成样子，还说晕就晕，可咱们怎么能行？”板子打下来时，一名官员疼得厉害，他紧紧地抓着长凳的边，一张老脸憋红了，“咱们这回是真栽了跟头啊……哎哟！”

窦海芳咬着牙受刑，一声也不吭，但剧烈的疼痛令他满头冷汗、战栗不止。他想起今日九璋殿中太子妃那年轻苍白的脸，到底是周靖丰的学生，竟还能想出这样的招数，以往还是小瞧她了。往后再想用那北魏汉人贺久来做文章，怕是不能了。

蛟龙门前官员们正挨着板子，东宫紫央殿内戚寸心则被外头隐约的说话声，以及耳畔小黑猫的呼噜声吵醒。她慢慢翻了个身，却不慎弄醒了小猫，几声喵喵叫，毛茸茸的小猫脑袋蹭过来，戚寸心才清醒了许多。她伸手将贴着她脖颈蹭来蹭去的小黑猫从枕头上抓下来抱着，又抬手摸了摸它。

“那些个老家伙平日里趾高气扬的，今日当着陛下的面还给咱们姑娘气受，如今却在蛟龙门被打得嗷嗷叫呢！”外头是子茹得意的笑声，“打板子的个个是咱们东宫侍卫府的人，姐你是没瞧见他们被打的样子，可好笑了，一个个的，跟老乌龟似的。”

“子茹你小声些，别吵着姑娘，她生着病呢。”子意的声音隐约压低了些。

忽有推门声响，雨天的光影暗淡，散入殿中也不过只令室内稍亮了几分。柳絮掀开珠帘进来，她身后跟着端了药碗的宫娥。

抬首瞧见床榻上的戚寸心睁着眼，柳絮忙走近道：“太子妃是何时醒的？怎么不唤奴婢一声？”

戚寸心嗓子有些发干，不大想说话。被扶着坐起身来喝了些水润了润嗓子，她才稍微好了点儿。她整个人还是困倦的，勉强撑着喝了柳絮递来的汤药就躺下了。此时谢缈掀了珠帘进来，他似乎刚沐浴过，湿润的乌发披散着，身上也换了件宽松些的常服，行走间，他的衣袂柔亮润泽，暗纹生动。

“殿下。”柳絮与几名宫娥忙行了礼，随即便掀了帘子出去。

谢缈在床沿坐下，捻了颗糖到戚寸心的嘴边。见她吃了，他便掀了被子将她抱起来往里挪了挪，随后自己也躺了上去。口中的糖慢慢融化，戚寸心这么一会儿的工夫便迷迷糊糊地要睡着了，直到他用冰凉的指腹戳了一下她的脸颊，才让她又清醒过来。

“今日是你的生辰。”他用犹如涧泉一般清亮的嗓音提醒她。

光禄寺为生辰宴筹备了好些时日，戚寸心哪会记不得今天是什么日子。她慢慢挪过来，伸手抱住谢缈的腰，就跟小猫似的，缩在他的怀里。

“也没什么好过的。”想到往日种种，她眼眶发红。

“可我送你的生辰礼，你不能不要。”谢缈垂下眼，手指轻轻地按压她薄薄的眼皮。

谢缈支起身，带着她也坐起来，随后指了指在她睡时便被人搬进来的几个箱笼。戚寸心随着他所指的方向看去，那些箱笼开着，她只一眼便瞧见离得最近的里头堆满了各色封皮的书籍。虽看不清都是些什么书，但戚寸心猜也猜得出，大概是从各处搜罗来的话本、传记、游记。除却那些，还有几个箱笼里尽是崭新的绫罗衣裙、钗环首饰。忽然，谢缈将一枚玉佩塞入她的手里。玉佩的质地极好，只是相比于箱笼里那些精美繁复的首饰，它显得简朴很多。这玉佩上只刻了一朵忍冬花，除此之外，便再没有其他纹饰。

“不好看吗？”见她垂着头愣愣地盯着手里的玉佩，谢缈有些不好意思，他微抿了一下唇，轻声道。

“好看。”戚寸心摇了摇头，捏着微凉柔润的玉佩说。

简短两字，落在谢缈耳畔便是极好的夸赞。他那双幽深的眼瞳也不禁明亮许多，他不由得又伸手摸了摸她的脑袋。

两个人就这样推开窗，裹着被子向窗而坐，看雨珠打在窗棂上，因风势不大，那零落的雨水也没飘入室内来。

“缈缈，你说神明真的能在这一日听见我的心愿吗？”她盯着落在翠竹叶片上的雨珠，鼻间满是湿润的草木清香。

“与其祈求神明，你倒不如指望我。”少年的声音平淡。

戚寸心偏过头看向身侧的谢缈。他的面庞便是在此刻暗淡、潮湿的天光下，也仍然动人。

“戚寸心，试试看。”他的手指拂开她耳畔的头发，眼神清澈认真。

她盯着他好一会儿，直到耳畔的雨声都不甚清晰了。

“我想你活得长久一些，一定要比我更长久，这样也可以吗？”她出声了。

谢缈闻言，便是一怔。

“现在我身边发生了太多我以前想也不敢想的事情。我曾以为，我可以陪着姑母很久。我以为我和小九可以做一辈子的好朋友，他能像他的名字那样活得长久。可是他们都死了。

“我想你活得长久，你不认你的命，我也不认我的，我们就这样一起走下去。”她望着他说，“做一辈子夫妻，岁岁常相见。”

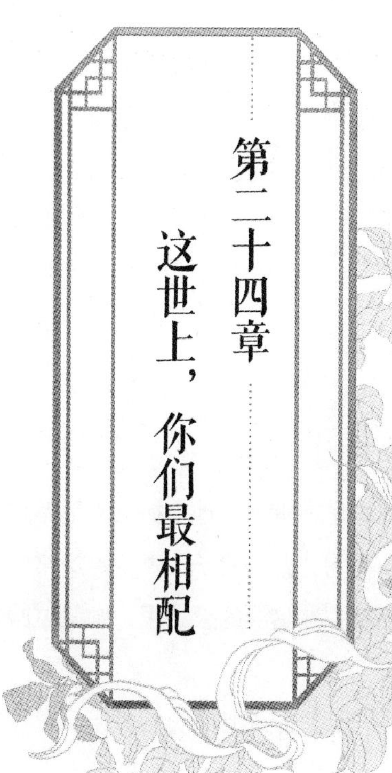

第二十四章 这世上，你们最相配

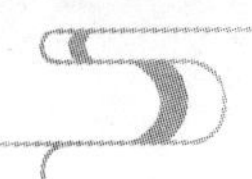

夜里添灯，雨声清脆。

此间少年，双眸如星端坐在案前。他手握一支毛笔许久，墨滴自笔端坠在白宣上，留下漆黑的一点。那句“做一辈子夫妻，岁岁常相见”，像是还回荡在他耳边。她的声音柔软却坚定，在暗淡的天光里，她侧过脸来看他的模样，是那样苍白又可怜。

“殿下？”丹玉立在一旁，眼睁睁瞧见宣纸上又落了一点，而太子殿下却毫无察觉，便小心地唤了一声。

“嗯？”少年迷茫地抬眼。

“您是怎么了？可是困倦了？要不然您还是早些休息吧？”丹玉有些担忧，这两日殿下几乎没怎么安眠过。

谢缈轻轻摇头，此时门外脚步声响起，他抬眼便见徐允嘉匆匆进殿来。

“殿下。”徐允嘉携着潮湿的水汽，走上前来垂首行礼，气息还有些急促，“羽真奇咬舌了。”

谢缈一顿，搁下了笔。

“人死了没有？”丹玉急匆匆地问。

“咬舌死不了，话却是说不清楚了。”徐允嘉说道。

“也不知陛下到底是怎么想的，审问一事不交给殿下，反倒交给二皇子，如

今好了，羽真奇不死，也是个没用的玩意儿了。”丹玉眉头皱得死紧。

“吾鲁图的人哪有那么容易撬得开嘴？”谢缈吹开茶叶，慢饮一口热茶说道，“正如我舅舅创建的涤神乡，若是嘴不紧、志不坚的人，也就去不得北魏，做不了归乡人了。”

即便羽真奇不咬舌，无论是大理寺的人，还是二皇子，又或是涤神乡的程寺云，只怕都很难从他嘴里知道点儿什么。

“既是个没用的东西，那用他走最后一步死棋也是好的。”少年眉眼微扬，眼底却是幽冷阴沉的，“如今最着急的，不是你我，而是我二哥。”

吴贵妃以为向谢敏朝吹吹枕边风，将审问羽真奇这件事揽到谢詹泽身上，便能借此抢功，哪知她却是捡了个烫手的山芋。

“怪不得今晨陛下将这件事交给二皇子时，殿下您也不着急，”丹玉霎时松了口气，露出个笑来，“这么看来，二皇子这下是被他的母妃坑惨了。”

“还有什么事？”谢缈瞥了一下徐允嘉。

“禀殿下，大理寺已经查清，羽真奇是跟着西域商队混进月童城的。”徐允嘉当即垂首道，“羽真奇的五官轮廓与中原人有别，但北魏枢密院出来的人自有颇多办法掩饰面容，再混在西域商队里也就没那么惹人注目。”

“谁的商队？”谢缈语气疏淡。

“西域女商——枯夏。”徐允嘉神情凝重，抬眼看向书案后的太子。

“怎么会是枯夏？”此话一出，丹玉瞬间瞪起眼睛。

也不知是为什么，丹玉突然感觉一股子凉意顺着后脊骨爬上来。他们剥开了一层迷雾，却好像又走入了另一层迷雾之中。

“她在这件事里，究竟是知情者，是帮凶，还是……单纯地被利用？”丹玉一时分辨不清。

“商队可还在城中？”谢缈倒是没什么情绪表露，兀自端起茶碗轻抿一口。

“商队前夜就已经离城了，臣已命人去追，他们回西域的必经之处，臣也命人快马加鞭送了信给地方官，让他们拦下商队。”徐允嘉说道。

从南黎到西域路途遥远，只要商队未出南黎，便还有追上的可能。

“羽真奇蛰伏在月童，不可能只用一个贺久，他一定还有别的后手。”谢缈的神情微冷，“绝不能让枯夏离开南黎，找到她，把她带回来。”

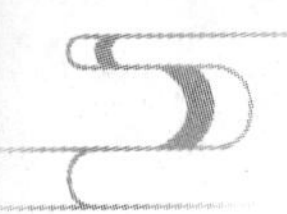

“是。”丹玉与徐允嘉齐声应道。

夜愈深，灯芯已被宫娥剪过一遭。

徐允嘉与丹玉离开时，外头的雨势已经小了许多。

谢缈掀了珠帘进内殿，灯笼柱中散发出昏黄的光，照着床榻上的姑娘纤薄的背影。一个毛茸茸的小黑球此刻正趴在她的枕边，尾巴有一搭没一搭地拍打着她的后背。他在床沿坐下，一只手将宽袖褪下了些，另一只手捏住小黑猫的脖颈将它提了起来。小黑猫顿时蜷缩着用一双圆圆的眼睛懵懂地望着他，它张嘴要喵喵叫，却被少年的手指捂住嘴巴，它便顺势舔了舔他的手指，谁知他却皱了一下眉，照例将它扔到一旁的软榻上。

戚寸心在睡梦中毫无察觉，身侧的人躺下来将她抱进怀里她也不知道，也许是晚间的那一碗汤药确有安神之效，她这一觉睡得很沉，甚至都不曾做梦。

晦暗灯影里，谢缈细细凝视她的脸，他忍不住轻触了一下她鼻梁上的那颗小小的红痣。手腕的铃铛不小心轻碰她的鼻尖，大约是温度有点儿低，她眼皮微动，皱了皱鼻子，他看着却觉得甚为有趣。谢缈将手探入被子里，如往常一样，一点点分开她在睡梦中不自觉蜷缩的手指。他牵紧她的手，是那样小心翼翼。他甚至稍稍往前，偷偷亲了一下她的唇。窗外滴答作响的雨声都压不住此刻他的心跳声，直到他被疲惫支配，也慢慢闭上了眼睛。

春雨细碎的夜，值夜的宫娥在廊前添灯，她们的动作极轻。东宫内寂静无声，彼时的后宫却并不安宁。

谢敏朝今夜宿在九璋殿，阳春宫中的吴贵妃等到半夜，才将自己的儿子谢詹泽等来。

宫娥绣屏正命人收拾一地的碎瓷片，谢詹泽走进殿来，他的面色并不算好，却也礼数周全地向吴贵妃行了礼。

“詹泽，羽真奇怎么就能咬了舌头？你的人怎么就看不住他？”吴贵妃满肚子的话，一见到他便按捺不住，“他如今话都说不清楚，你还要如何审他？”

“母妃真以为儿子能从羽真奇嘴里问出什么吗？儿子不是同您说过了吗，这些事您不必管。”听吴贵妃提起此人，谢詹泽便透出几分无奈之色。

“你这是什么意思？如今是嫌我这个母亲碍你手脚了吗？”吴贵妃原本就憋

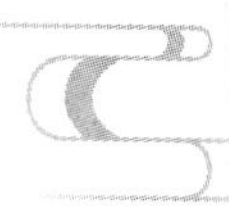

着气，此时妙目一横，语气十分不好。

“母妃……”谢詹泽皱了皱眉，抬眼看向一旁的绣屏。

绣屏连忙向吴贵妃行礼告退。待绣屏走出去并将殿门合上时，谢詹泽才又出声道：“母妃原想用贺久一事大做文章，令父皇疑心太子妃通敌，可母妃有没有想过，太子妃是周靖丰的学生，而周靖丰背后有什么？”

“他有南疆军啊，母妃。”谢詹泽轻叹一声，“父皇即便忌惮周靖丰，也不可能在此时将太子妃怎么样。如今太子妃就是周靖丰的脸面，她的行止便是九重天的行止，她声名坏了固然是好事，可偏偏今晨她在九璋殿中那一番声泪俱下，为国为民的辩驳，坦荡漂亮，最后那一晕，反成了窦侍郎等人的罪过。”

“母妃，您错估了父皇的好战之心，太子妃却算准了。”他莫名笑了一声，眸色深了几分。

“周靖丰可真没白教她……”吴贵妃今晨得了窦海芳等人在蛟龙门受刑的消息时，便气得不轻。原本是想给那小丫头一些苦头吃，却不承想反倒令自己栽了个跟头。

“母妃以为揽下审问羽真奇的差事是在帮我，可母妃想过没有，北魏枢密院是什么地方？南有涤神乡，北有枢密院，人少了舌头，还有手可以写字，可枢密院来的密探，即便他人用尽手段，也休想从他那儿知道什么有用的东西。”谢詹泽仍然是一副温雅守礼的模样，即便如今骑虎难下的局面实则是面前的母妃一手造成，但他面上也不见多少怒色。

“竟……真是本宫想错了？”到了此时，吴贵妃才恍然大悟，一时间她看向谢詹泽的目光有几分内疚，忽然又想到了些什么，她又道，“彩戏园的事，你是不是还有参与？你表面上卖了彩戏园，实际那园子仍是你的，对吗？因为太子查出柯嗣是羽真奇的人，所以你才不敢插手这件事？”

面对吴贵妃的质问，谢詹泽却不明说是与不是。他抬眼对上吴贵妃的眼睛，神情专注道：“此前是儿子想错了，儿子日后要做些什么，不会再瞒着母妃，但请母妃也不要再自顾自地为儿子决定任何事。”

“若按常理，太子昨夜抓住羽真奇的消息本不该如此之快地传至母妃耳中，太子利用母妃您将我推至此般境地，足见他智计之深。”谢詹泽端了桌上已经冷掉的茶喝了一口说，“母妃，这一局是我输了。”

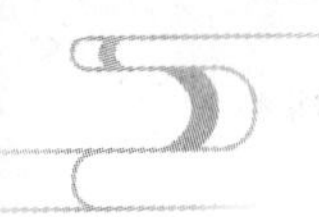

连着下了几日的雨终于在翌日天光破晓时停了，清晨拨开云雾的日光仿佛比前些日子还要灿烂些，落入天敬殿窗棂间的那些散碎光影也更明亮。

早朝时，谢敏朝下旨命永宁侯徐天吉为昭武大将军，领兵去壁上将丢失的绥离夺回来，到退朝时，也没几个主和的言官出声。谢敏朝先离了天敬殿，随后官员们陆陆续续地出了殿门，三五成群地说着话往阶梯下走。

“寸心的病，如今可好些了？”裴寄清一边往白玉长阶下走，一边问身侧的谢缈。

“嗯。”谢缈轻应一声。

“听说那贺久跟寸心是朋友，寸心昨儿过了生辰也不过是个小姑娘。先是她祖父和父亲，后来是她母亲，再到她姑母和这个贺久。她年纪轻轻，却已经见惯生离死别。”裴寄清叹了口气说道。

“但你瞧她昨日，明明生着病，却还强撑着去了九璋殿。我年纪大了，早就不同朝里那些惯爱耍嘴皮子的言官吵了，她昨日一番话说得解气，晕得也是时候。”或是想起那日九璋殿中的情形，他眉头不由得松了松，又道，“繁青，这个姑娘聪明又坚韧，如你一般，寻常的苦难并不能折断她的骨头，所以你也不用太担心。”风吹得他花白的胡须微荡，他侧过脸去瞧了瞧身边的少年。

“在这世上，你们最是相配。”他伸手轻拍少年的手臂，颇为感叹。

“殿下。”裴寄清话音刚落，后头便有一道浑厚的声音传来。

谢缈还未回头，那人便已经大步流星地到他与裴寄清的身前来：“殿下、裴太傅。”

裴寄清拄着拐杖点了点头，也没开口，只瞧着永宁侯徐天吉朝谢缈恭敬地躬身行了一礼。

“太子殿下，臣徐天吉是个大老粗，朝堂上的许多弯弯绕，臣都懒得掺和。臣这么多年来只有一个念想，那就是带兵打仗，打得伊赫人屁滚尿流，滚出中原才好。

“臣如今也没什么好遮掩的，之前殿下用臣的两个儿子逼臣上了殿下您这条船，臣心里的确不大痛快，但也多亏了殿下，臣那两个儿子才能从声色犬马的奢靡醉梦里清醒过来。

“无论如何，臣感激殿下。”徐天吉一时百感交集。

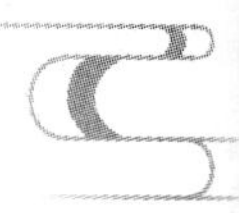

“侯爷，那也是你那两个儿子心地本就纯洁善良，只不过你这个爹从前将他们保护得太好了，他们在这月童城中又见过多少险恶？”裴寄清在一旁笑了笑，“如今收了玩心，那两兄弟看着便越发成器了。”

“但愿他们真能成器些。”徐天吉感叹一声，又正了正神色，看向谢缈，“殿下，若非您，臣怕是还没有这个机会上战场，臣这半辈子最想的，就是将伊赫人赶出中原，您的亡魏之心臣看到了。如今，臣心甘情愿与您在一条船上，与您共进退。”

一番话言辞恳切，一旁的裴寄清也听得眉眼舒展。

“永宁侯想说什么，我清楚了。徐山岚与徐山霁我会替你照看。”谢缈眉眼疏淡，轻轻颔首道。

“谢殿下。”徐天吉眉心一松，当即又拱手行了一礼，“昨日太子妃的一番话臣在朝上也听说了，太子殿下与太子妃夫妻同心，我大黎之将来，有望了。”

徐天吉沉寂多年，而今终要再披战甲，他的腰背仿佛比以往直挺了些，更有一番将军的模样。他再看向谢缈身侧老态龙钟、须发皆白的裴寄清，眼眶便有些发热，他朝裴寄清颔首，郑重道：“裴公，裴南亭裴将军未竟之业，我徐天吉替他续上！”

提及裴南亭，裴寄清握着拐杖的手指不由得收紧，他朝徐天吉点了点头。

“我与太傅在月童等永宁侯凯旋。”

晨风吹得谢缈衣袖微荡，在此时的薄雾天光里，他眉眼微扬。待徐天吉转身下阶，朝着皎龙门的方向走去，谢缈便随着裴寄清拄拐的缓慢步调一同前进。

“徐天吉是个好将军，他去壁上，或可收复绥离。”裴寄清看着徐天吉挺拔的背影说道。

“他若不好，我父皇也不会留着他了。”谢缈并无多少情绪流露。

“是啊，当初德宗皇帝卸了你父皇的兵权，转头就把兵权给了徐天吉，也得亏是这徐天吉争气，领兵出征的几仗都没有输。只是德宗皇帝后来不肯打仗了，一味求和。荣禄小皇帝继位后，张太后只顾培植自己娘家的势力，让徐天吉继续坐了几年冷板凳。可即便是这样，他倒也沉得住气。”

“若非他的确是个可用之才，依着你父皇的脾气，哪能让他安安稳稳地坐着侯爷的位置。”裴寄清一下站定，这样远的距离，他拄着拐站在这里已经看不大

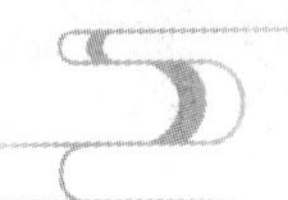

清徐天吉的背影。

“将军百战死，可憾南亭……”想起儿子裴南亭，他的声音戛然而止，一时有些说不下去了。

可憾南亭，身在沙场却并非死于沙场。

“您的腿是走不动了？”谢缈的声音打断了他的恍惚与沉思。

“如何，太子殿下莫非还要发发善心背背我这个老头子？”裴寄清收起情绪，笑道。

谢缈扯唇：“舅舅，我娘子还病着，便不同您一道了。”

说罢，那少年便率先往前去了。

裴寄清在后头看着那道紫棠色的身影，不由得笑着摇了摇头。他拄着拐，由一名宦官扶着还没走出多远，便有宫人抬着步辇来到他身边。

“裴太傅，请。”一名宦官上前来恭敬地唤了声。

裴寄清不动声色，打量着那步辇上刻的四龙纹，便知是东宫来的。他脸上的笑意更浓了些，点了点头，由人扶着上了步辇，往皎龙门的方向而去。而裴府的马车，就停在那儿。

紫垣河上总有一片忽浓忽淡的雾气弥漫，时有白鹤展翅掠水而过。戚寸心坐在楼上的窗畔，迎面便有微润的清风拂过。

“不是跟你说过了，病既还没好，便不必着急过来。”周靖丰听见她咳嗽，就伸手将窗户合上了。

“先生，我就是想来见见您。”戚寸心抿了口热茶，嗓子好了些，脸色仍然有些不好。

“贺久说到底也不过是个普通人，不能因为这世上之人崇尚心性坚韧、敢为忠义而死的志士，便去要求一个普通百姓也如此。肯割肉喂鹰的圣人毕竟是少数，这世上大多数人并非天生作恶，只是他们有所惧、有所难。若是太平盛世，他未必会面临此等抉择，更不会因一念之差杀了恩人，又为此痛苦难当，从此难以原谅自己。”

周靖丰大抵明白戚寸心为什么想来见他，眼下她身边除了裴寄清，便只有他这么一个长辈可以依靠。他也明白她不过是个小姑娘，却亲眼看到自己唯一的朋

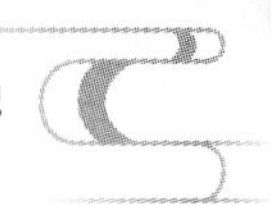

友成了战争与政治交织之下的牺牲品。

“寸心，逼你卷入纷争的是战火不止的世道，逼你朋友犯错去死的，也是这世道，不是你。”周靖丰伸手拍了拍她的肩，满眼慈祥。

他的声音落在戚寸心耳畔，却瞬间令她想起那个大雨滂沱的夜晚，小九紧紧地抓着她的手，对她说他变成这样，跟她没有关系，因为他是先杀了救命恩人的胆小鬼，然后才是她的朋友。想到这里，戚寸心的眼眶不禁有些酸涩，她的手指紧紧地握着茶碗。

“先生，我从前一直不明白您心中明明还放不下北边的失地，放不下北边受苦的百姓，却又为何那么决然地在殿上一剑断君恩，从此再不插手南黎的事。

“现在我好像有点儿明白了。有的时候，武功再高，也终究只能用在江湖上而非庙堂，绝世武功救不了一个倾颓的国家。掌握国家命运的，终非沙场上的将军、边关的将士，而是千里之外、朝堂之上的弄权者。”她放下了手中的茶碗认真说道。

周靖丰闻言，面上的神情有了几分变化。她如今已变得更通透了，这令他颇感欣慰。

“不错，我非庙堂之上可以翻云覆雨之人，无论做些什么，终究不能改变朝廷里的风云变幻。但你舅舅与我不一样，若无明君，朝堂便是一潭污泥，我不愿尘泥沾衣，遂抽身而去。他却不行，他要在其中，不沉溺，不绝望，玩弄权术大半生，为的也不是自己。

“寸心，世人敬我，却不知我不过是以匹夫之勇，杀一个北魏皇帝、几个北魏将军，却杀不死北魏蛮夷灭我汉家天下的野心。反倒是你舅舅，他半生都是泥淖里的孤军，如今失了儿子，更是孤零零的了。”周靖丰一时也颇多感触。

“先生，舅舅如今也不是孤零零一个人。”戚寸心收拾好心绪，又咳嗽了几声，“莲塘若总不见清澈，便不能看夏日的满塘荷花开，我和太子也在这污泥里，我和他会一直在这里。”

她的面容仍有些苍白，在不甚明亮的光线下，一双眼睛却清澈又坚定。

因病还没好，戚寸心今日没在九重楼里多待，听子意禀报谢缈已经到了紫垣河对岸，她便下了楼，往对岸去了。

“这几天舅舅腿脚不便，你有没有让人用步辇送送他？”戚寸心牵着紫衣少

年的手，一边往玉昆门走，一边问道。

谢缈听她开口第一句问的便是裴寄清，有些不满地抿了一下唇，却仍然颔首答道：“我已遣了人去送他。”

走入朱红宫巷中，戚寸心忽然想起她初到南黎皇宫时，身边的这个少年也曾站在这颜色浓烈的宫墙下。彼时银杏叶落了他满肩，他对她说这里并不好，可他还要在这里。那时的他与眼前的他逐渐重合，直至听见他的轻唤，戚寸心才回过神来。宫巷里静悄悄的，子意与子茹一行人在两人身后隔着一段距离。戚寸心忽然松开他的手，双手环住他的腰，像那只小黑猫似的挂在他身上，还不忘跟着他的步调往前走。

“娘子？”少年有点儿无所适从，脚步放缓了些，他的手不自觉地揽住了她的后背，紫棠色的宽袖覆盖在她肩头，被阳光照得泛着莹润的华光。

“你好好走路。”他有点儿不好意思了，出声提醒她。

“我在看路啊。”她有点儿黏人，抱着他的腰不撒手。

“是不是累了？”他摸了摸她的脑袋。

“那你要背我吗？”她仰头望他。

“可以。”少年想也不想地回答。

忽有微风吹过，杏花纷纷扬扬随风飘落，戚寸心就这样被他背着。抬手拂落他发间的花瓣，他看不到她的眼圈已是微红。

戚寸心却没掉泪，只忽然唤了声“缈缈”。

“嗯？”他下意识地偏头。

毫无预兆地，她亲了一下他的侧脸。那一霎，他听她说：“缈缈，我们要和舅舅一样，守在这里，守住南黎。”

这里一点儿也不好，可是我们仍要在这里，身入泥淖，以期来日方长。

转眼入夏，春衫渐薄。一碗冰镇梅子汤见了底，略微消去了几分暑气。戚寸心一手持扇，一手将一颗棋子扣在了棋盘上，抬眼就瞧见坐在对面的裴寄清露出笑来。她心道不好，果然下一刻，便见他从棋笥里抓出一颗棋子来，十分随意地搁在一处。

戚寸心盯着那颗棋子好一会儿，最终闷闷地说：“我输了。”

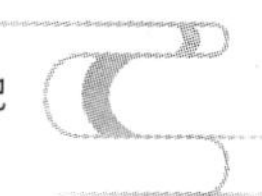

“寸心已经大有长进了，周靖丰没白教你。”裴寄清见她那蔫蔫的模样，便轻摇折扇，笑得开怀。

“可我下不过先生，下不过缈缈，也下不过您。”戚寸心自学下棋开始，只跟他们三人下过，故而脑门儿上常顶着一个“输”字。

“我好歹是个活了好几十年的老头子，若是轻易让你这小姑娘赢了去，那可真是要找个地缝钻了。”裴寄清笑着饮了口茶，“再来再来。”

炽热的阳光从圆窗照进来，落在褐色的木地板上。侍女从冰鉴内取出切好的西瓜，那瓜皮绿瓤红，清甜起沙。戚寸心拿着瓜，眼睛也一直没离开过棋盘。

谢缈一到院子，便透过圆窗瞧见戚寸心一只手上拿着块瓜皮，另一只手握着颗棋子却迟迟没落下去。她皱着眉，看起来有点儿苦恼。他移开目光，不动声色地抬脚走进门里。

谢缈到戚寸心身边坐下，不一会儿便凑到她耳朵边，轻声道：“下这里。”

戚寸心一下回过神来，先顺着他所指的方向看去，又侧过脸看他。

“缈缈。”她有点儿欣喜。

谢缈微微一笑，将她手中的西瓜皮扔到一旁的托盘里，又用锦帕替她擦手。

“舅舅，快下。”戚寸心由着他擦手，自己则毫不犹豫地照他说的落了子，又催促裴寄清。

连着好几手，坐在对面的小夫妻都在窃窃私语。起初裴寄清还装看不见，到最后一子落下，他才忍不住笑：“寸心，到底是我们两个人下棋，还是我同你们夫妻俩下？”

“舅舅已经赢我三局了，我还从没赢过。您让我这一局，以后我都不要缈缈帮我作弊了。”戚寸心也有点儿不好意思，她笑了一下，又殷勤地拿起扇子给裴寄清扇。

“好好好。”裴寄清满面笑容，这两日他总病着，也是今日戚寸心出宫来看他，同他聊天下棋，他的精神才好了些。

即便是在病中，裴寄清花白的发髻也还是梳得一丝不苟，衣裳也穿得整齐妥帖，看起来没有缠绵病榻之态。

“虽然还没收复绥离，但永宁侯徐天吉在壁上打了一个胜仗，算是挫了挫吐奚浑的锐气，你们父皇今夜特地邀百官宴饮，你们两个是真不去？”

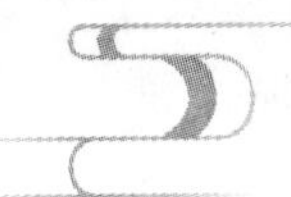

“去了也是坐在那儿被人瞧，多不自在。”戚寸心摇了摇头，“父皇既答应我与缈缈出宫来看您，我们不去赴宴，他也不会说什么的。”

徐天吉在壁上打了第一个胜仗，这对南黎来说，无疑是近期最为鼓舞人心的消息。延光帝谢敏朝无非是想借着今夜的宴饮告诫朝中的主和派，他此前派遣永宁侯出兵壁上的命令没有错。戚寸心和谢缈去与不去，倒也没什么关系。

“陛下这个人啊，在攘外安内这件事上的确是铁血手腕。”裴寄清收敛了些笑意，忽然有些感叹，“李氏兄弟一除，他便开始盘算起和北魏的战事了。”

天色将暗时，宫中宴饮便已开始，裴寄清称病在家，自然不必去宫中赴宴。府中厨房准备了一桌清淡的筵席，或因战事告捷，裴寄清心头也是十分高兴的，小酌了几杯。

戚寸心见裴寄清心情好，也陪着他喝了一两杯。到离开裴府时，她仅有几分醉意，反倒是谢缈喝了不少，一双眼睛看着水润润的，神志也不够清明了。

坐在回宫的马车上，夜风掀起了帘子，清凉的微风拂面。戚寸心侧过脸，正好看见外头一片连绵的灯火，五颜六色。壁上的战事得胜，消息已传到了月童，这月童街上便比以往热闹许多。

“缈缈。”她忽然抓住身侧少年的手腕，闭目养神的谢缈闻言睁眼，有点儿茫然。

“我要那个。”她趴在窗畔，指着一处说道。

马车在前行，少年抬眼看过去时，只瞧见街上的喧嚣热闹。

“丹玉。”谢缈唤了一声，嗓音清亮，却仍带着几分醉意。

下一刻，马车便稳稳停在路边。

谢缈先下了车，却只站在那儿动也不动。戚寸心下来往后头望了望，便牵起他的手，朝悬挂了大片灯笼的摊子上去。

铃铛的声音在热闹的人群里被淹没了。夜风是凉的，她的步履有几分轻快。在那成片的灯笼里，她盯住其中一个，是个小猫灯笼，只不过比手掌大一点儿，小巧秀气，一看就是小孩玩的。谢缈虽有点儿不大清醒，但看了看她，还是慢吞吞地伸手拿下那个小灯笼，递到她手里，让她提着。

丹玉给了钱，摊主便笑眯眯地用火折子替戚寸心将小灯笼里粉白如花瓣一般的蜡烛点燃，暖黄的光刹那间照得小灯笼的轮廓清晰了些。戚寸心便开开心心拿

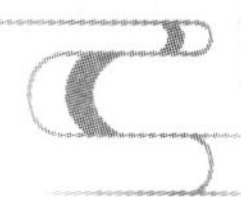

着小灯笼，跟着谢缈走了会儿。

“点上灯，好像就不好看了。”她说。

灯光把里头的竹篾映出来，小猫的眼睛和鼻子也变得有点儿怪。

谢缈闻言，也随着她的目光看去，半晌，他认真道：“好丑。”

回到东宫后，戚寸心洗漱完毕，原本的醉意已经消退。长发还有些湿，她却顾不上擦一擦，只是拿起金剪，剪去那小灯笼里多余的灯芯。铃铛声越来越近，她回过头，见一只修长白皙的手掀开珠帘，清脆的铃铛声就在少年的腕间回荡。他一身雪白宽松的衣袍犹泛莹润的光泽，外头披着一件鸦青金线对襟衫。或因衣带松垮垮的没系好，此时他的衣襟也微敞了些。乌黑浓密的长发上不断有水珠下坠，谢缈那张漂亮的面庞透着微微的红，一双眼睛仍是水润润的，醉意未消。

“缈缈，过来。”戚寸心朝他招手。

他像个听话的孩童，下一刻就乖乖走到她的面前，由着她按着他的肩坐下去，也由着她用帕子替他擦头发。换了另一方帕子替他擦去脸上的水珠，她又拿了药膏来涂他脖颈间红红的蚊子包。

“昨晚让你关窗你就是不关，自己被咬了又跟我说痒。”她小声抱怨。

“你说热。”他喝醉后，明显不是很想说话，但听见她的问话，他还是尽量简短地回答。

“那是因为你硬要抱我。”她抬头盯着他，强调道。

“我都跟你说过，夏天抱一块儿睡很热的，热得我都睡不着了。”她又说。

他却不说话了，垂着头也不看她。

“为什么不咬你？”隔了会儿，他忽然出声了，语气有些闷闷的。

“因为我不像缈缈，缈缈长得好看，血也很受欢迎。”戚寸心憋不住笑，她放下药膏，伸手去捏他的脸。

谢缈却抬起头，目光就那么从她的眉毛、眼睛，一直看到她鼻梁上那颗殷红的小痣，再到她的嘴唇。

“你哪里不好看？”他这样认真，似乎真的很不理解。

戚寸心的脸颊顿时有点儿发烫，一时不知该说些什么才好。她穿着一身浅色的衣裙，裙摆上绣满大片白色的碎花，犹如被风吹落满地的梨花。乌黑柔顺的长发披在肩上，她白皙的脸颊微红，是如此的动人。

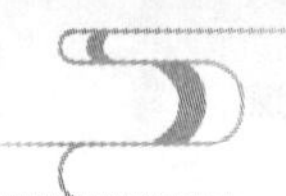

谢缈忽然站起身来，在她还没来得及反应的刹那便揽住她的腰，将她抱起来坐到身后的桌案上。他前额的短发有水珠滴下来，那颗水珠落在了她的脸颊上，惊得她的眼睫颤动了一下，却听他忽然轻轻地笑了一声。就在她抬眼时，一个轻柔的吻落在她鼻梁的小痣上。他身上清新的香味向她袭来，他的气息如此近，只是这么一下，然后他便退开了些。

小猫灯笼在夜里泛着暖色的光，她与他之间却添了片晦暗的影子。

戚寸心愣愣地望着他，又忽然往前，如他一般，轻轻地亲了一下他的鼻梁。他的眼睛眨了一下，那双琥珀般清亮的眸子里仿佛只映着小小的、模糊的她的影子。他的脸颊渐渐染上薄红，这薄红像是能传染一样，也偷偷爬上了她的脸颊。

两个人这样近，你看我，我看你，又忍不住一起弯起眼睛笑了。可是下一刻，他忽然伸手捏住她的下巴，一手撑在桌案上，就这样俯身亲吻她，气息流转，在唇齿间流连。

“娘子。”他的鼻尖轻抵着她的鼻尖，那微微的痒意，犹如羽毛一般轻轻地拂过两人的心头。

在光与影的交织之下，他闭着眼睛，气氛有种诡秘的暧昧。

“我有点儿头晕。”他的声音轻柔，还透着一丝迷离。

“嗯？”戚寸心一时没反应过来。

第二十五章 西行千里迎龙柱

先是永宁侯徐天吉在壁上打了胜仗，后有太子谢繁青的崇英军二次守住仙翁江以北的缇阳城，这便是延光帝谢敏朝登位后，最为振奋人心的两个消息。

昨夜的宫宴上，谢敏朝不但盛赞仍在壁上与北魏将军吐奚浑周旋的徐天吉，更是称赞太子用人有方。这还是谢敏朝头一回这样毫不吝啬地夸奖太子，帝王坐在龙椅上抚掌大笑，底下的朝臣却心思各异。

尤其是窦海芳之流，在今日早朝时，听闻自羽真奇咬舌后便被禁足萍野殿的二皇子谢詹泽解禁，原本还松了一口气，哪知下一刻谢敏朝便让太监总管刘松颁旨，封二皇子谢詹泽为晋王，赐封地金源。

此时封王是何意？这道旨意犹如平地惊雷，激得朝中议论纷纷，猜测四起。

阳春宫得了消息，吴贵妃便当即命宫娥绣屏唤人来帮她装扮妥帖，乘了步辇，紧赶慢赶到了九璋殿求见帝王。

谢敏朝下了朝，正坐在桌前用早膳。听了刘松的禀报，他亦是眼眉未抬，一边喝着粥，一边道：“快请贵妃进来。”

“是。”刘松垂首应声。

待吴贵妃进殿时，谢敏朝抬头便瞧见她一袭杏红宫装，乌发云髻。

他笑着朝她招手道：“鹤月啊，快过来。”

吴贵妃却未动，她什么话也没说，一双眼先发红，随即扑通一声跪了下来。

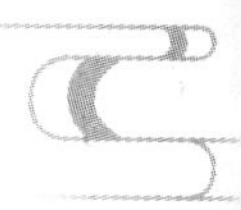

“你这是做什么？”谢敏朝垂眼看着她，声音里倒听不出多少情绪变化。

“陛下为何突然封詹泽为晋王？”她美目带泪，泫然欲泣。

“哭什么？”谢敏朝叹了口气，起身走过去拉着她站了起来，他带着她往桌前去，又按下她的肩，让她坐在自己身边。

“封他做亲王难道不比做皇子好？”谢敏朝拍了拍她的手臂，“金源物产丰富，是繁华胜地，他去那儿只怕比在月童还要舒服些。”

“可是……”吴贵妃以绣帕拭泪，声带哽咽。

“可是什么？”谢敏朝瞧见刘松已将碗筷备好，便夹了一筷子菜到她面前的碗中，“詹泽如今已是二十有二，他又不是个孩童。你啊，还是不要总惦记着将他绑在身边了，他们年轻人喜欢自在些。再说了，他去金源又不是不回来，一年总能有两次机会回来看你的。”

而吴贵妃则静默地盯着身侧这个看起来眉眼温柔、耐心哄她的帝王。

“看来陛下心意已决。”片刻后，她说。

“圣旨已下，不能改了。”谢敏朝轻叹一声，不动声色地打量起吴贵妃，“鹤月，咱们的儿子有他自己的因果，你我还是不要多掺和了。”

他的语气意味深长，可陷在自己思绪里的吴贵妃根本没注意到他言语中暗藏的深意，满脑子只有“金源”二字。谢敏朝金口玉言，谢詹泽封晋王一事已是板上钉钉，依照谢家祖制，皇子一旦封王，便要立即赶往封地。

黄昏时分，戚寸心出了九重楼，得了消息便匆匆回了东宫。她提着裙摆走上阶梯，便听见里头传来说话声。

“殿下，枯夏脱离商队一月有余，到如今才总算露了点儿踪迹。”徐允嘉正在汇报近况。

谢缈双指捏着张字条问：“京山郡？”

“再有三日，韩章应该就能抵达京山郡了。”徐允嘉说道。

铃铛声响，谢缈见戚寸心来了，便朝徐允嘉轻抬下颌道：“下去吧。”

“是。”徐允嘉应了一声，转身朝戚寸心行了礼，才退出殿外。

“缈缈，父皇怎么突然封二皇子为晋王？”戚寸心到他身边坐下后问。

“他心里在想些什么，我又如何得知？”谢缈面上平静，只是斟了一碗茶递

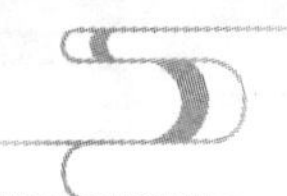

到她手中，又蓦地笑了一下，“总不可能是真心为我打算。”

明日谢詹泽便要启程往金源去，谢敏朝特地命光禄寺在今夜备下家宴，算是为谢詹泽送行。

戚寸心匆匆梳洗打扮后，便与谢缈往鸳光殿去参加谢詹泽的送行宴。

彼时天已经暗了下来，宫中各处俱已点上了灯。夏夜的树上蝉鸣声阵阵，路上有不少宫人拿着竹竿网子捕蝉灭声。

待他们夫妻二人到鸳光殿时，谢詹泽正跪在谢敏朝面前。

“父皇，儿臣这一去，往后便少有机会回宫来看您和母妃，以往都是儿臣不知轻重，惯会在外游山玩水，未能好好在父皇跟前尽孝，还望儿臣走后，父皇与母妃能好好保重身体。”谢詹泽眼眶微红道。

这感人的一幕，刚好被谢缈和戚寸心撞见。一旁的吴贵妃用绣帕掩面啜泣。谢敏朝更是少有地有几分动容，他俯身轻拍谢詹泽的肩，满眼尽是慈爱。

“詹泽啊，你一向是个懂事的，纵然从前是玩心重些，可少年人嘛，这也是人之常情，有何错处？可以后你便是亲王了，行事千万要稳重些，在金源要时刻记着谢氏的脸面，不该沾染的事，万不可再沾染。

“若是遇上什么难事，解决不了的，你尽可让人送信到月童来交给为父，千万不要自己闷声不吭。”

他犹如寻常人家的慈父一般，对着即将远行的儿子嘱咐来嘱咐去，眉目慈祥，和蔼可亲。戚寸心不由得转头去望身侧的少年，谢缈面容平静，冷眼瞧着这一幕，好像并没有什么情绪起伏。

戚寸心握紧他的手，晃了一下，铃铛声响起来。少年不由得看向她，又伸手摸了摸她的脑袋，在谢敏朝抬眼看过来时，牵着她走了进去。

“来了。”谢敏朝脸上仍挂着笑。

戚寸心同谢缈一起向谢敏朝行了礼，坐下后便有宫娥捧着金盆与干净的帕子上前来。她净了手，用一旁托盘里的帕子擦干手上的水渍，又接过宫娥递来的一碗茶漱口。

一夕之间，由皇子妃变作晋王妃的赵栖雁一直安静地坐在谢詹泽身侧，吴贵妃面上一片愁云惨雾，赵栖雁却比以往更高兴些。只因她听自己的父亲赵喜润提过，金源是个富庶之地，比月童更有水乡风情。在金源做晋王妃，总好过在这宫

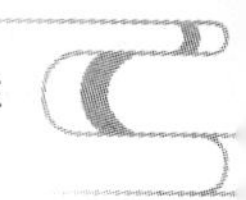

里谨小慎微，每日不落地去贵妃宫中请安。

吴贵妃脾气不好，赵栖雁总怕自己说错话，要看贵妃冷脸，又怕贵妃让教养嬷嬷借着教她规矩来磋磨她。赵栖雁受不得贵妃的冷眼与刻意的捉弄，却又不想谢詹泽夹在她与母妃之间难做，所以至今也没同谢詹泽提起过这些事。

而此刻，她有些发怔地看着戚寸心皓腕上的银珠手串，这本没什么稀奇，但其间坠着的铃铛偶尔发出细碎声响，与太子腕上的红绳银铃铛应和。今日他们两人都是一袭红衣，虽无过多举动，看着却有种莫名的和谐与默契。

“太子，”谢詹泽已在桌前坐下来，一旁的宫娥斟满酒杯，他便端起来，面含几分温雅的笑意道，“我这一去金源，我们兄弟俩便少了诸多见面的机会，今夜趁此机会，多饮几杯吧。”

“好啊。”谢缈举起酒杯，笑眯眯地说道，“听说金源是个好地方，恭喜二哥了。”

他说“恭喜”，谢詹泽倒是没什么异样的神情流露，仍是笑盈盈地慢饮了一杯酒，吴贵妃的脸色却越发不好。

吴贵妃不放心地嘱咐着谢詹泽到了金源之后有关衣食住行的点点滴滴，谢敏朝偶尔也在一旁附和一两声，谢詹泽则是面带笑意，耐心地一一应下。

戚寸心与谢缈好似两个局外人，只有谢詹泽主动端起酒杯时，谢缈才会漫不经心地端酒抿一口。

“缈缈，你吃这个。”戚寸心专心致志地剔掉鱼刺，然后才心满意足地将盛着鱼肉的玉碟推到谢缈面前，凑近他小声说。

“嗯。”谢缈应一声，又用筷子夹了八宝肉到她的小碗里。

戚寸心也不像从前那样拘谨，即便另一边坐着谢敏朝，她也敢动筷了。忽略掉桌上“父慈子孝”的戏码，她倒也自得其乐。

他们夫妻俩好像真是来吃饭的，自顾自地给彼此夹菜，又凑在一起窃窃私语。也不知戚寸心在谢缈耳边说了什么，那眉眼冷淡的少年听了，竟也露出了少许微笑。

“太子妃胃口可真好。”吴贵妃的目光落在戚寸心身上，不咸不淡地说。

“二哥封王是喜事，我觉得高兴，自然胃口好。”戚寸心迎上吴贵妃的那双眼睛，并朝她笑了一下。

吴贵妃皮笑肉不笑，捏着酒杯不说话了。

家宴一结束，谢敏朝与吴贵妃相携离开，戚寸心和谢缈正要踏出殿门，便听身后传来谢詹泽的一声唤。

“方才也没顾得上和太子多说些话，还未恭喜太子，你身边的随侍丹玉成了崇英军的统领，如今在缇阳又击退了北魏蛮夷，太子如今已是众望所归。”谢詹泽走上前来，笑着说道。

“只怕离众望所归还差一点儿，是吗，二哥？”谢缈对上他的视线。

“太子这是何意？”谢詹泽神色未动，故作不解。

“只是醉话，”戚寸心忽然出声，在谢詹泽朝她看过来时，笑道，“二哥不必放在心上，你此去金源，山高路远，我夫妻二人祝二哥一路顺风。听说金源的道观名山不少，二哥去了正好，至少不会那么想念月童。”

这番话面上听着倒是没什么，偏偏谢詹泽听出了其中隐含的几分讥诮，是以他默默地看了这位太子妃片刻，才扯了扯唇角，温声道：“太子妃说得是。”

今夜的风不甚明显，空气中更添几分燥热。戚寸心牵着谢缈的手走在回东宫的路上，道路两旁明亮的宫灯，投下他们的影子。

“娘子在想什么？”少年的嗓音是清亮的。

“我在想，为什么你二哥说话总是让人听着不舒服。”戚寸心说着，踢走了一颗小小的碎石子。

少年闻言，不由得轻笑一声。他笑起来眼睛弯弯的，戚寸心仰头望着他，又去看他身后夜幕中那遥远的月亮。她一边跟着他往前走，一边牵着他的手晃来晃去。影子在他们脚下动来动去，怎么也踩不碎。

“缈缈，我们两个人也很好的。”戚寸心忽然说。

少年没说话，只是看着她，片刻后伸手揉乱了她的头发。

阳春宫。

“詹泽，你父皇封你为晋王，要你到金源去，看来他真的已经在你们兄弟二人中做好了决定。”吴贵妃坐在梳妆台前，她黛眉微蹙，面上一片愁云惨淡。

“永宁侯入了太子门下，在壁上打了胜仗；太子随侍丹玉又成了崇英军的统领，在缇阳击退了攻城的北魏蛮夷。如今太子正是风头无两的好时候，而我刚

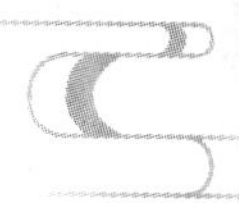

刚解禁，便得封晋王，母妃，这已是父皇极大的偏爱了。”谢詹泽立在吴贵妃身后，俊朗的面容上不见什么表情，他平静地凝视着她的背影。

“詹泽，你不能去金源，你若去了金源，”吴贵妃回过身来，她眼眶发红，伸手抓住谢詹泽的手腕，“我们母子俩，又还有什么机会可言？”

“母妃，”谢詹泽摇了摇头，“谁说我去了金源，便没有机会了？”

吴贵妃怔怔地看他，他露出一个笑，又对她说：“我在月童还有母妃。”

“金源布政使江同庆是江玉祥的侄儿，江玉祥曾是父皇麾下的副将，父皇登位后他便成了龙武将军。如今江玉祥驻军苍州，稳坐三省总督之位，我此去金源，也不算坏事。”

“你是说……拉拢江同庆？”吴贵妃恍然，“如今太子势盛，若真能得江玉祥支持，我们母子或能解此困局。”

谢詹泽微微一笑：“母妃请放心，不论父皇心中如何打算，我自有我的一番筹谋。”

“太子——”他蓦地想起今夜于殿前睨着他的那个红衣少年，声音变得很轻道，“我不在月童又如何？他也不会好过的。”

安抚过吴贵妃，谢詹泽出了阳春宫，由宫人提着灯笼，穿过朱红宫巷，于万般寂静中回到了萍野殿。

此时寝殿还亮着灯，但谢詹泽没推门进去，反而转身去了书房。他抱了坛酒在门前的阶上坐着，于这黑夜掩盖下，他的面上少了些笑意，多了几分颓色。

“殿下。”一道女声轻轻响起，犹带几分担忧。

谢詹泽抬首瞧见来人，便朝她招了招手：“冬霜，过来。”

那宫娥掌灯而来，手中的烛火照出她柔美的面庞。她微微垂首，露出的脖颈上有一根纤细的金质链子，其上穿着一颗浑圆雪白的珠子，却不是珍珠。

谢詹泽极少表露出这样的一面，或是喝多了酒，人已有几分醺醺然，此刻的他正极尽温柔地轻抚她的面庞。

“我去金源，你可还要跟着我？”他说。

“殿下去哪儿，奴婢就去哪儿。”冬霜一双眼睛专注地望着他。

静谧的夜里，谢詹泽凝视她半晌。浓黑夜色里唯有她手捧的烛灯光华柔亮。他一把将她抱进怀里，而冬霜始终那么安静柔顺。她一手轻抚他的后背，一手将

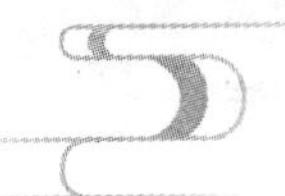

掌中的烛火放在了地上，却不经意间看到不远处廊内的一道纤瘦身影。

屋内的灯燃了半宿，赵栖雁久等谢詹泽不归。始终无眠的她听侍女说谢詹泽去了书房，便披上衣裳，急匆匆地过来了。却不料，那总是衣衫齐整、温润守礼的丈夫，此时却坐在石阶上，不在意那满阶的尘灰，不拘泥于君子仪态，正拥着个美貌的宫娥。

赵栖雁呆立在廊上，眼泪不受控制地涌出眼眶，此情此景令她浑身冷透。

翌日，晋王谢詹泽携晋王妃赵栖雁离开皇宫时，谢敏朝免了一日的早朝，特地与吴贵妃在皎龙门相送，而东宫太子夫妇却还在睡梦之中。

待到日上三竿时，炽热的阳光驱散清晨湿润的雾气，殿内变得燥热了些，戚寸心才挣扎着从一个被架在火炉上烤的怪梦里醒来。

哪里是什么火炉，明明是谢缈的怀抱。

戚寸心热得不行，从他怀里钻出来时，看到少年迷茫地睁开眼睛，她拿起枕边的扇子朝他扇了扇。

迎面的凉风袭来，他似乎清醒了些，待看清她那奋力替他扇扇子的模样，他忍不住弯了嘴角，又从她手中拿走扇子，反过来给她扇风送凉。

许是听到殿内有了声响，柳絮等人便敲门进来，在殿中添了冰。隐隐有凉气袭来，再加上谢缈替她打扇，戚寸心总算好受许多。

“殿下，太子殿下，奴才刘松，奉陛下之命，来请殿下去九璋殿。”门外忽然传来一个声音。

戚寸心一下坐起身来，又去看身侧的谢缈。他仍是慵懒闲适的，先是慢吞吞地坐起身来将扇子塞到她的手里，而后又摸了摸她的脑袋。

“今日不用去九重楼，等我回来教你习字。”他说。

但谢缈才下了床，戚寸心就一下从床上扑进他怀里，挂在了他身上。

“我跟你一起去吧。”她仰头望着他，“你去九璋殿，我就在御花园的信渊亭等你，好吗？”

有的时候，真说不清他们两个究竟谁比谁更黏人。

少年白皙的面颊微红，但他明显是开心的，于是，他轻蹭了一下她的脸颊道：“好。”

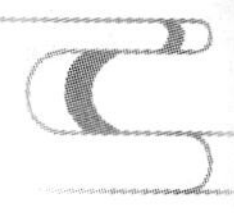

他将她放到梳妆台前的凳子上坐下，朝珠帘外唤了人进来。待柳絮奉上衣裳，他便去屏风后换衣。就这样，夫妻俩同处一室，各自有条不紊地洗漱换衣，整理仪容。

御花园信渊亭内，谢缈命人将盛满各类糕点小食的八宝盒放到亭内的石桌上，又见柳絮已备好茶水，他才算满意。

“若遇见不相干的人，不必理会。”临走前，他嘱咐戚寸心道。

正是花开好时节，御花园内花团锦簇，名为“蝶池”的玉砌栏杆内更是名花葳蕤，引得蝴蝶纷纷而来。而信渊亭临着水，只有一处是没有栏杆的，戚寸心坐在亭内，一只手握着鱼竿垂钓，另一只手则拿着块糕点。小黑猫乖乖地趴在她膝上，等着她钓上鱼来给它吃。

不多时，身后的柳絮忽然道：“太子妃，吴贵妃来了。”

戚寸心应了一声，吃完糕点，又端起一旁的茶水喝了一口。她并不回头，只等着那些细碎的脚步和说话声靠近。

今日有朝廷命妇进宫与吴贵妃赏花，畅春亭内摆了百花宴。此刻，她们这一行人正走进园子里来。

“臣妇早听闻陛下在御花园中为娘娘修了蝶池，如今一看，果然都是极品名花。”有一道含笑的女声传来，紧接着便是许多声音跟着附和。

吴贵妃仍沉浸在儿子离宫的愁绪里，听了这些命妇的甜言蜜语也不觉得开心。她随意地点点头，又敷衍地扯了扯唇，余光瞥见十几步开外的信渊亭内背对着她而坐的那道身影。

子意眼见她们一行人要过来，便与子茹走上前去挡在阶前。

“贵妃娘娘请。”子意只朝吴贵妃微笑颔首。

这是没有要见那些命妇的意思了。吴贵妃瞥戚寸心一眼，心中暗道这小丫头架子大了许多，面上却不显，由身侧的绣屏扶着上了石阶，迈入亭中。

“太子妃。”吴贵妃坐下后，看向身旁的年轻姑娘，“今晨本宫遣了人去东宫请太子妃赴宴，太子妃不是不来吗，怎么此时又坐在这儿垂钓？”

“贵妃娘娘，您一再遣人送消息给子意，说父皇今日一定会宣召太子，所以我便跟来看看。”戚寸心放下茶碗，摸了摸膝盖上的小黑猫，才转头对上吴贵妃

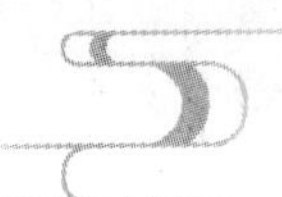

的目光，“贵妃娘娘想告诉我些什么，说说看。”

吴贵妃轻摇团扇，回过头去瞧亭外的那些命妇与她们身边的女儿。她盯住其中一名女子笑着说：“太子妃，那身着绿裳的是吏部尚书谭青松之女，年方十七，恰与太子妃同岁。”

戚寸心闻言，回头瞧了一眼人群里穿着一身水绿衣裙的年轻女子。

“想来太子殿下如今应该已经在九璋殿了吧？太子妃，那谭家女儿，便是陛下为太子殿下选定的东宫侧妃。”吴贵妃在她身侧又开口道。

此话犹如平地一声惊雷，不但落在了戚寸心的耳畔，便连柳絮、子意等人听后也是一惊。子茹的眉头皱起，却被身侧的子意拉了拉衣袖，而戚寸心的心头波澜渐起。

吴贵妃这几日都愁容满面的，到了此时她面上才浮出一个真正的笑来，她饶有兴致地打量着戚寸心道：“本宫是瞧着太子妃年纪轻，便想先与你说说此事，至少你心里也有个准备。”

“准备什么？”戚寸心也不过一瞬的愣神，她定定地看着吴贵妃，“贵妃今日不但要送儿子离开皇宫，还要忙着准备百花宴，竟还有闲心来提点我？”

吴贵妃一怔，或是没想到此前还有些怯生生的姑娘，如今同她说起话来，竟也不够客气了。

“太子妃与本宫都身在皇家，这样的事只会多不会少。”吴贵妃清冷的眉目间带有几分柔和，语气却添一丝凉薄。

戚寸心此时是背对着那一众命妇女客的，众人并看不清她的神情，唯有与她坐得相近的吴贵妃能听到她的声音。

“难为贵妃偏要在今日办什么百花宴了……我细想之下，贵妃的确是见惯了这样的事，不然怎么有这样的闲情幸灾乐祸？”

吴贵妃的面色微变。

正在此时，戚寸心察觉浮漂动了，便往上一拽。一条鲤鱼破水而出，那水花带着些鱼腥味朝着她俩迎面袭来，还溅湿了吴贵妃的半边鬓发。

吴贵妃一下站起身来，绣屏忙上前去扶。

吴贵妃盯着地面上那条奋力扑腾的鲤鱼，似有如无的鱼腥味近在咫尺。她一下挥开绣屏替她擦拭鬓边水渍的手，似乎在极力压制着自己的怒意。

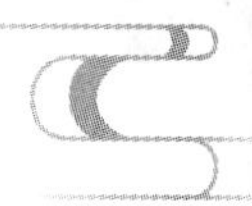

小黑猫已经跳下去逗鱼玩了，戚寸心则抬首对上吴贵妃的目光，微微一笑：“这鱼突然就咬钩了，贵妃没事吧？”

或见亭子外的那些命妇们始终注意着这里，戚寸心将鱼竿交给一旁的子茹，随后站起身走到吴贵妃的面前，低声道：“东宫不是后宫，贵妃也不是国母，有些事，还是不劳贵妃操心了。”

这一句话犹如尖锐的针刺痛了吴贵妃的心，她的脸色越发不好，但她仍没忘记亭外那一众人等的存在。她再一次审视着面前的这个年轻姑娘，然后将目光落在她手腕的银铃铛上，蓦地冷笑了一声：“太子如此待你，你竟也自得其乐。”

吴贵妃离开了，带着那一众命妇，去了另一边的畅春亭中。

戚寸心也不钓鱼了，她好像听不到畅春亭中的热闹似的，就那么呆坐着，子意等人立在一旁，也不敢多打扰。隔了会儿，子意见戚寸心突然站了起来。

“去九璋殿。”她说。

年轻的姑娘抱着猫一路跑到长长的阶梯下，跑得额前都有了细密的汗珠。她抬头去望高阶上那巍峨的宫殿，而紫衣少年恰从殿内出来看见了阶梯底下的她。

夏日的风都是燥热的，吹得她的裙摆猎猎作响，其上的银线凤纹在阳光下熠熠生辉。瞧见他后，她便停在阶梯下不动了。

“不是说在信渊亭等我吗？”谢缈走下去，顺势牵住她的一只手说道。

戚寸心原是有话要问他的，此刻却被他牵着手往阶梯下走，而小黑猫一见他便喵喵喵地叫，随后顺着他的手臂爬到了他的肩上。她盯着他的侧脸看了会儿，抿紧嘴唇不说话。

“有话要说？”谢缈接了柳絮递来的帕子，替她擦了擦额头上的汗珠。

“父皇找你做什么？”她望着他，还是问出了口，“是要给你立个侧妃吗？是那个谭家的女儿吗？”

“是有这么一回事。”少年有些漫不经心。

他话音落下，却久久等不到戚寸心开口。他侧头去看她，却见她抿着唇松开他的手，停了下来。

“不可以的，缈缈。”过了一会儿，她忽然说。

“我知道。”谢缈静静看她片刻，重新牵起她的手，带着她走入宫巷里，彼时阳光耀眼，蝉鸣在耳畔翻沸。

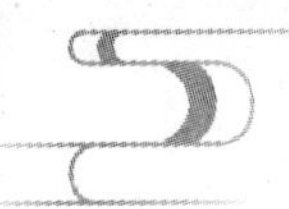

少年的嗓音清脆：“戚寸心，你不要怕。”

“除了你，我这一生不会再要任何人做我的妻子。”他在这样明亮的阳光里牵紧她的手，垂下眼帘望着她，“就像你说的，我们两个人就很好。”

他是那样纯洁、天真：“所以我希望你能一直陪着我，永远也不要食言。”

午后日头正盛，强烈的阳光倾泻于庭内的琉璃瓦檐上，折射出片片金鳞般的光泽。莲塘内荷花簇簇，偶有破水的红鲤摆尾一扫，带出滴滴水珠，落于花瓣荷叶之上，犹如一颗颗透明的冰珠。

坐在桌案前的戚寸心蓦地搁下笔，回头去望站在她身后的少年。

“刘松还给你看她的小像了？”她问。

“嗯。”他心不在焉地应一声。

谢缈才饮一口茶，便瞧见戚寸心在盯着他。她抿起嘴并不说话，而他亦将茶碗放到一旁，忽然微弯了嘴角。

“你笑什么？”她气不打一处来。

少年从她脸上移开目光，去看洒金白宣上她写的字，那字越发像他的字了。

“若非流落东陵被娘子买下，我原本并不打算娶妻的。”他的嗓音轻缓低沉，令人安心。

“你知道我回来是为了什么。”他的语气添了几分深意。

什么情爱，什么姻缘，他可没兴趣添一个枕边人，再如自己的母亲裴柔康与父亲谢敏朝那般相看两厌，无趣又难堪。

“那你在东陵时，为什么答应和我成亲？”戚寸心仰面望着他。

少年闻言与她对视，那双眼深情缱绻，他的唇畔带些漫不经心的笑，看起来温柔又干净。

“救命之恩，不得不报。”他回答。

随着他这样一句话落入她的耳中，她脑海里浮现出了“以身相许”四个字。

她的脸有点儿红，却扬着下巴问：“你很勉强吗？”

“不勉强。”他摇头，眼底压着笑意，“父皇其人，其他事或许难由我定，但娶妻是家事，他总说对我有愧，我姑且借他这几分不值钱的愧意做做文章。若他还要几分为人父的脸面，便不会再找说辞强求于我。”

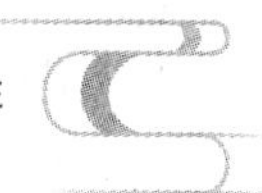

戚寸心听了，一脸恍然：“原来是这样。”

“但是娘子，只怕我们再过两日便要启程去永淮了。”他忽然说。

“去永淮做什么？”戚寸心面露惊诧之色。

“当年大黎南迁，昌宗原要定都永淮，将大黎的九龙国柱送至永淮，但因永淮常年多雨，朝中臣子多有反对，所以才选了月童。昌宗笃信玄风，其还都永淮之心至死未消，所以九龙国柱也就一直留在永淮，没有运回月童。”

九龙国柱是谢氏皇族开国时所铸的擎天石柱，对大黎皇朝有着非凡的意义，它象征着南黎的国本。

“所以他是想让你去永淮，把九龙国柱带回来？”戚寸心一下明白过来了。

“嗯。”谢缈颔首。

“先是封二皇子做晋王，让他到金源去，现在又要你去接九龙国柱，他到底在想些什么？”戚寸心皱起眉，怎么也想不明白谢敏朝这么做的缘由，“总不可能真像外头传的那样，他是在为你打算，所以才打发二皇子到金源去的吧？”

自二皇子封王之后，无论朝堂还是市井上，都满是这样的传言。许多人都认为延光帝此举，是为太子扫清障碍。

“从月童到永淮千里之遥，娘子以为，你我此去到底还能不能活着回来？”谢缈扯唇，神情淡漠。

“难道真要你死了，他才称心吗？”戚寸心沉默片刻，嗓音有些干涩。

虎毒不食子的道理似乎在皇家并不适用，她越发能清晰地感受到这宫廷深巷之寒。这寒冷，让人冷得彻骨，教人无望。

“可你觉得我会让他称心吗？”谢缈反问她，又伸手摸了摸她乌黑的鬓发道，“若他真与我念起情分来，便做不得这南黎的帝王了。他从未后悔将我送去北魏，而我也并不需要他施舍我什么可怜的情分。”

也许晋王谢詹泽往金源的路会是风平浪静的，但这一刻戚寸心知道，她和眼前的少年即将踏上的这条永淮之路一定是崎岖坎坷的。

帝王旨意，无可转圜。谢缈可以拒娶吏部尚书谭青松之女，却无法拒绝他作为谢氏子孙、南黎太子去迎回南黎国宝九龙国柱的使命。

若谢缈能迎回九龙国柱，他便是天命所定的南黎储君，便是谢敏朝也不能轻易废他。可谢詹泽不会死心，吴贵妃及其党羽也不会放过这个机会，有太多人期

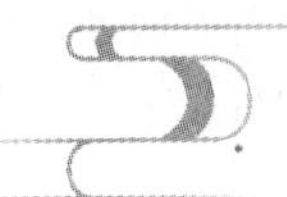

盼着他死在路上。

戚寸心忽然转过头，去看窗棂外被高檐裹在四方宫苑里的天幕。

“缈缈，我们偏要活着，好好地活着，不能让那些阴沟里的臭老鼠得逞。”

她有点儿气鼓鼓的。就好像方才她听闻刘松送了谭氏女的小像来时的那副模样，活像一只奓了毛的小猫。谢缈垂眼看她，伸手戳了一下她的脸颊。

“娘子。”他忽然唤她。

戚寸心侧过脸来看他，却被他握住了手。他捏着她的手指，用她的指腹轻轻摩挲纸上的字痕，她听见他的声音：“你的字要像我的字。”

他就在她的身后，好像已经将她拥在怀里一样。这样近的距离，她鼻间满嗅皆是清冷的淡香。他身上独特的味道，他的嗓音，都让她心如擂鼓。

“眼睛要常看着我，我希望你离我很近，我们可以一直这样近。”他俯下身，下颌抵在她的肩头，如此依赖，又如此黏人。

他的话展露出令人难以忽视的占有欲，戚寸心脸热热的，她从他掌中抽回手，纸张上仿佛还残留着他手掌的温度。

谢敏朝才同谢缈说了要他去永淮迎回九龙国柱的事，第二日便在早朝上宣了旨，一时在朝中激起千层浪。

以太傅裴寄清为首的多名朝臣极力反对，但圣旨已下，帝心难改，这已经是板上钉钉的事。

“舅舅一向从容不迫，怎么今日却愁容满面？”谢缈自天敬殿出来，与裴寄清一同往长阶下走。

“你父皇这是将你往风口浪尖上推，晋王才受了气，吴贵妃也正寻着机会，如今倒好，他们母子瞌睡来了，自有你父皇上赶着送枕头。”裴寄清面色凝重，“你去永淮的路上，怕是难得很。寸心若不与你同去，在宫中也是明枪易躲，暗箭难防，可若是与你同去，你们两人的处境也不会好到哪儿去。”

“这不正是我父皇想要的吗？”谢缈眼底带着几分讥诮，他的步履却仍旧轻盈，“北魏的吾鲁图用一个贺久尚且没能让我与娘子离心，他倒索性将我们夫妻二人绑在去永淮的这一条船上，要么一起生，要么一起死。”

“繁青。”裴寄清看着眼前的这个少年，他心中百味杂陈，一时无言，隔了

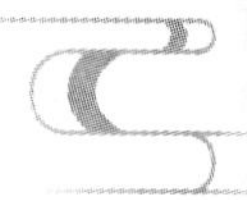

片刻才又道，“若当初裴家不与你父皇结这门亲，也许便没你，也许……”

也许他就不用来这世上走这一遭，被厌弃，被算计，永远身在这看似无休无止的血腥争斗里。

谢缈轻笑一声，眉眼微扬：“舅舅，您这是何必。”

谢敏朝的旨意一下，东宫内的宫人便开始忙着收拾太子与太子妃的行装。戚寸心去九重楼见了周靖丰一面，回来便忙着整理自己的东西。直至夜深，戚寸心才得以洗漱。

“太子妃，您的书可要带上？”从浴房出来，她听柳絮问。

她略微想了想说：“我自己挑几本带上，其他的就不带了，路上应该能买些新的。”

“是。”柳絮垂首应声。

戚寸心擦干了头发，便开始翻看从九重楼里带出来的书籍。想起过生辰时谢缈送她看的那些打发时间的话本与志怪小说，她便掀了帘子跑进内殿里翻找。

谢缈沐浴回来时，见她正坐在床上给小黑猫戴新的忍冬花项圈。

内殿里灯光明亮，但那只小黑猫黑乎乎的，要是没有项圈，它跃入阴影处，倒也真的不好找了。

“缈缈，我们要带着芝麻去吗？”她看见他，便问。

“你若想带，就带上吧。”谢缈倒没什么所谓。

戚寸心和小猫大眼瞪小眼片刻，摸了摸它的脑袋说：“还是带上吧。”

“那些都是我从你送我的书里挑选的，我想带几本路上看。”或见谢缈盯着一旁桌案上的书看，她便又开口道。

谢缈一眼瞧见最上面那本书有着色彩明丽、花团锦簇的封皮，火光照在其上，清晰地映出“春庭”二字。

“这封皮还挺漂亮的，要不我们看一会儿吧？”戚寸心拥着被子爬过来，从他眼前拿起那本书。

少年也被那浓墨重彩的封皮勾起了微末兴趣，他在床上躺下来，身侧的姑娘便立即将书塞到他手里。两人靠在同一个枕头上，待少年用白皙修长的手指翻开一页，那颜色鲜亮、墨色浓郁，极富美感的男女轮廓便展现在面前。

可是……

戚寸心瞪大眼睛，他——他们没——没穿衣服?!

她猛地抬头，下意识去看身边的谢缈。他也有点儿愣住了，但目光仍停留在书页上。戚寸心一下将他手里的书抽出来扔到床榻里侧，随即两人目光相接。朦胧灯影里，两张面庞都染上了些意味不明的薄红。

“是丹玉买的。”他忽然说。

“哦。”她干巴巴地应了一声。

气氛有点儿尴尬，两人几乎同时背过身去。内殿里静悄悄的，也不知过了多久，戚寸心的目光又落在被她随手扔到里侧的书上。虽然以前在晴光楼洗过衣裳，但她几乎都是天刚蒙蒙亮时去的，也总是走的后门，只在后院里洗衣，从未去过前院，她自然没见过这些。可能到底还是好奇的，戚寸心犹豫了好一会儿，伸出一根手指将那本书钩过来，捻着书页翻开了点儿……

“娘子，睡着了吗？”背对着她的少年不知何时已转过头来。

戚寸心一下将书推远，闭上眼睛：“嗯嗯，我睡了。”

隔了会儿，她又睁开眼睛，略有些迟疑地回过头，却正好撞见少年那一双清澈的眼睛。

窗外的蝉与蛐蛐交织的声音太聒噪，此刻他们望向彼此的目光中带着几分说不清道不明的意味。他的手忽然朝她伸来，轻轻地摸了摸她的鬓发。随后毫无预兆的一个吻，说不清到底是谁先主动的。

气息在他们唇齿间流转，心如沸水般灼烧翻腾。末了，他如此近距离地看她，凌乱的呼吸犹如炽热的风一般轻拂她的面颊。

他轻抬下颌，又亲了一下她的眼睛，好像羽毛扫过。她的大脑是空白的，也许早已被如鼓的心跳声搅得不能思考了，只是学着他，也亲了一下他的眼睛。

第二十六章

微服私访京山郡

储君西行，不但有东宫侍卫府的侍卫随行，更有崇光军两千人马一路护送。

天蒙蒙亮，清晨薄雾未消，早起的百姓在街道两旁，或在城门内外，恭敬地望着太子的车驾与随行的人马浩浩荡荡出了月童城。

戚寸心靠在软枕上迷迷糊糊半睡半醒着，听梦里梦外车辚辚马萧萧。时有微风拂面而来，她半睁开眼睛，却见坐在另一边软榻上的少年正用白皙修长的手指轻解腰间鞶带的金扣，他手指解开衣带的刹那，一身绛紫锦衣顿时松散许多，她一下坐了起来。

少年抬首，一时四目相对。

她还有几分睡意未消的惺忪，在风吹开车帘时，少年宽袖微荡，伸手摸了摸她的脑袋说："换衣服。"

戚寸心后知后觉，目光落在案上那套叠放整齐的绯红衣裙上。

少年换上的鸦青色衣袍，被偶尔掠入车内的日光一照，其上的暗纹莹润泛光，漂亮至极。单只瞧他慢条斯理整理衣袖的模样，戚寸心就有点儿出神。

"不换吗？"他察觉到她的目光，蓦地抬眼道。

"换。"戚寸心应了一声，见少年已经背过身去，她才将那一袭凤纹裙衫换了下来。

车上没有铜镜，她自己摸着头上的鲛珠步摇想摘下来，却牵拽到头发，痛

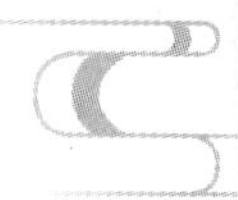

得直皱眉。少年正饶有兴致地打量着案上的首饰，回头瞥见她这样一副模样，便坐到她身旁去按下她的手。戚寸心疑惑地抬眼，发现他的目光正停留在她的发髻上。随着他轻柔的动作，鲛珠步摇被他顺利取下，他认真地盯着案上的首饰看了一会儿，从中拣出一支珍珠金蝶簪来。

“这个好不好？”他拿着问她。

“嗯。”戚寸心点了点头，由着他替自己簪入发髻。

“我们不跟车驾一起走吗？”她低头打量自己的衣裙，问他。

少年轻轻摇头：“我们自己走。”

很显然，他并不在乎这一路上究竟会遇到多少阴谋算计，只从一旁的匣子里取出一本册子来展开，其上丹青着墨，铺陈一片大好河山。

他的手指停在书上的某处说：“京山郡的面食，美如甘酥色莹白，一匙入口心神融。”

戚寸心随着他的指尖看去，“京山郡”三字之下便是数行小字，所言简短，概括了京山郡的美食与名胜。他的手指划过一片山海，再到另一处“泷州”。

“泷州炰鹏压鹅黄，醉鲟骨酥如白玉。”

神奇的是，听着他平淡的话语，看着他所指的每一处，仿佛从月童到永淮这一路上没有血雨腥风，好像她和他这一路，只是游山玩水。

她的心头消去了许多不安与忐忑，和他坐在一处看着这本册子，竟也能得了几分乐趣。

苦中作乐，大抵如此。

“不看了。”她的手忽然压在册子上。

少年不解，侧过脸看她。

“这册子把美食画得那么细致，再看就饿了。”戚寸心合上它，从八宝盒里拿出两块糕点，递给他一块。

待徐允嘉命人将另外准备的马车赶过来时，戚寸心才发现徐家两兄弟在车旁侍立。

“臣崇光军统领徐山岚参见太子殿下、太子妃。”徐山岚看起来比之前要稳重许多，此时身着常服，颇为恭谨地朝二人行礼。

“徐世子，罗大人的女儿还好吗？”戚寸心没忘记罗希光那年仅六岁的女儿

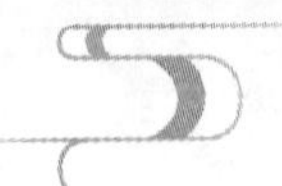

被徐山岚收养的事。

“她很好，臣走时，已托付家母照看。”徐山岚答道。

柳絮与随行的宫娥太监仍跟随车驾西行，侍卫府与崇光军都抽调了部分人暗中跟在他们后头。

虽是兵分两路，西行的路线却是一致的，这么做，是一种障眼法，也是为了方便谢缈乔装入京山郡寻枯夏。羽真奇仍在天牢中，他费尽心思来到南黎，应该不只是为了离间谢缈与戚寸心，其后隐藏的更大的阴谋，也许就在枯夏身上。

“殿下，您别让我哥送我走，我很有用的！”徐山霁被徐山岚踹了一脚屁股，疼得他龇牙咧嘴，但仍死抱着树不肯走，“殿下您身边没有丹玉侍卫，吃喝玩乐就我最在行了！我们去京山郡要先路过新络，新络的鸡肉做得最好，没有一只鸡可以活着走出新络，哪里的鸡最好吃我都知道！”

戚寸心见徐山岚咬牙切齿地又踹了徐山霁一脚。

“徐世子，”到底还是徐允嘉看不过眼，走上前去阻止这场闹剧，“二公子待在月童也未必安全，毕竟永宁侯与你们兄弟二人已入东宫门下，倒不如由着他跟着你，在你眼皮底下，也放心些。”

徐山岚闻言果然迟疑了，随后他回头去看抱着树的庶弟，最终还是妥协了。

“这是在殿下与太子妃的眼皮底下，你最好安分些，别惹祸。”他没忘了上回在彩戏园地下出的事。

“哥你放心，我肯定不惹祸！”徐山霁松了口气，点头如捣蒜，转身就吩咐身边的小厮，回家去取他的行李。

可能徐山岚踹他那两脚有点儿重，徐山霁上马车刚坐下就捂着屁股弹了起来，瞧见戚寸心身边的侍女子意与子茹都在笑，他都有点儿窘迫了。

戚寸心已经许久没有这样自在过，车上坐满了人，大家在一块儿，她看着也觉得开心。她将八宝盒打开来让他们拿糕点吃，子意坐着不动，却是子茹与徐山霁两人同时伸出手。这两人对视一眼，飞快地拿了糕点又很快移开视线。

车行大半日，太子车驾与随行的侍卫禁军自有驿站可供休憩，他们这车驾却只能停在苍翠的山林间。月辉如银箔铺在阑珊枝影里，鸣虫躲藏在繁茂的草木之中，戚寸心看着面前燃烧的火堆，有点儿失神。

“在想什么？”身侧有人问。

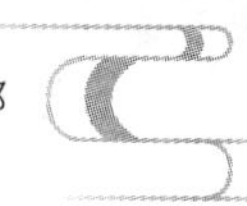

她后知后觉，抬首望他。

“我之前去缇阳的路上，和遇到的难民在一起，也在这样青黑的山林里，面前也有这样一堆火。南边的汉人百姓，过得可比北边的好许多。”

至少在南黎，不会有异族歧视汉人。

徐山霁和几名侍卫捡了干柴来烤兔肉。那时他让小厮回家取的行李之中有一个小箱子，里头全是用来烤肉的辛香料，种类繁多，样样齐全。用这些料烤出来的兔肉麻辣鲜美，油脂焦香。子茹吃得最为开心，甚至在徐山霁说想看她的银蛇弯钩时，她也大大方方地拿下来给他看了。

戚寸心啃着兔肉，跟谢缈坐在靠水的大石上看月亮。

“我们去新络，正好可以探望湘湘。”她开心地说。

“嗯。”他轻声应，有点儿心不在焉。

在如此冷淡银白的月辉朗照之下，金冠玉带的少年浑身透着一种疏离感，他没什么多余的表情，兀自盯着那泓与月华交织的粼粼湖水片刻。见戚寸心走到岸边蹲下身掬水洗手，他的目光便又停在了她的身上。

戚寸心抽出衣袖里的帕子擦干手，回头望见大石上坐着的少年正在看她，不知道什么时候，小黑猫已经趴在他的肩上，要不是它睁着眼，整只猫就要与黑夜融为一体。

“殿下，驿站那边已经有动静了。”徐允嘉接到了侍卫的消息便过来禀报。

“谁的人？”谢缈终于有了些反应。

“齿缝里都藏着药，没留下活口。”徐允嘉说道。

“这么快就来了？这才刚出月童城多久？”戚寸心有些担忧。

“他们可不会嫌早。”他倒是无所谓。

待徐允嘉离开，谢缈才朝戚寸心伸手，拉着她重新坐到大石上来。

“朝廷里的人不会动，他们只会找江湖里的鱼虾来搅弄风云。”他分析道。

“不怕，我走前先生给了我一本册子，上面详细记录了在石鸾山庄外的那些哥哥姐姐的名姓和住处。他说我要是遇上难事，就找他们帮忙。”戚寸心伸手轻拍他的手臂，“宴雪哥也还在新络没走。”

“娘子在江湖上，远比我人脉广。”谢缈用指尖轻触她鼻梁上的小痣笑道。

怕谢缈被蚊子咬，没一会儿戚寸心就拉着他回马车里去了。子意她们就在草地上铺了被褥，准备凑合一夜。徐允嘉往四周撒了驱虫的药粉，倒也不必担心蚊虫近身。

车厢桌案上的香炉里燃着驱蚊的香，如此狭小的空间，那香味便有些浓烈。戚寸心见谢缈皱了一下眉。

“子意。”戚寸心抱起香炉，唤来子意，将香炉交给她，“已经撒过药粉了，就不用这个了。”

子意忽然想起骤风的事，她脸色一变，忙垂首道：“对不起姑娘，是奴婢疏忽了……”

戚寸心摇摇头说没事，放下帘子才转过身去，就被少年一下捧住脸。暖黄的灯光之下，她一脸疑惑地望着他。

“怎么了？”

少年抿着唇好像有点儿开心，他也不说话，只亲了下她的脸颊，然后就掀开薄被躺了下去。戚寸心红了脸，瞧见他手背上有一个小小的、红红的蚊子包，便又在马车座下的匣子里翻找药膏。可药瓶底下放着的书籍，她看清最上面那本颜色艳丽的封皮，一下回过头。

“这东西……怎么在这儿？”她有些诧异。

昨晚的画面一帧帧袭来，她不自觉想起那个呼吸相近的吻，脸颊红得发烫。

“你收拾的。”少年坐起身来，淡然答道。

“啊？”戚寸心皱着眉头努力回想了一会儿，“我不记得我带上它了啊。”

“大约是你今晨忙乱之下，收在这儿的。”他的语气十分平静。

“是吗？”戚寸心看着他的眼睛，一时之间还真有点儿不大确定了。

山野间的长夜不够寂静，阵阵虫鸣声不绝于耳，间有徐徐山风吹动枝叶簌簌而响。火堆已经燃尽，此时月华如水，守夜的侍卫在明暗交织的树影间依旧站得笔直。

马车内仍残留着几分隐约的香味，少年从纷乱的梦中醒来，眼睛定定地望着车顶。他起身拥被而坐，又看了看身侧熟睡的姑娘。一阵夜风吹开车帘，在月华的映照下，他身上洒满冷淡的华光。半晌，他从自己腕上的红绳银铃里抽出一截金丝，随着铃铛细碎的声响，金丝已穿过她的银珠手串与他绑在一起。然后，他

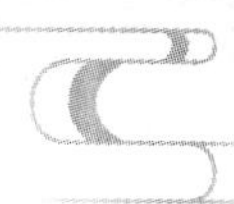

单手开了瓶塞，极为耐心地将香膏涂在两只铃铛的缝隙里，而窗外树影里羽毛洁白的两只鸟儿正在临月洗翅。做完这件事，他才在她身边重新躺下。牵着与他绑在一起的她的手，他闭上眼睛，仿佛只有这样才能安眠。

戚寸心一夜未醒，只是在睡梦里似有若无地闻到了淡淡的山茶香。待天蒙蒙亮时，她才被马车行进的辘辘声吵醒。她呆愣了一会儿，坐起身时却察觉自己的手腕被牵扯了一下。

“谢缈，”她抬起手，瞪着他道，“这总不能是芝麻弄的吧？”

小黑猫听到自己的名字也不舔毛了，抬起脑袋喵喵叫。

少年一言不发，一脸无辜地对上她的目光。过了一会儿，他才伸手给她解了束缚，慢吞吞地应了一声。

戚寸心没想到他还真会顺着她的话点头应声。

安静的车厢里，少年忽然自顾自地笑起来，也不知是在笑自己的“作案手法”，还是真的开心。

“殿下。”徐允嘉的声音从外头传来。

“说。”他只简短一字。

“涤神乡的顾副乡使带着人跟过来了。”徐允嘉跟在马车旁禀报。

“涤神乡是没事做了？”谢缈掀开车帘，看向窗外的徐允嘉，“让顾毓舒回去，他的主子在月童，并不在这。”

“是。”徐允嘉明显觉察到太子的情绪有几分异常，但他此时也不敢多问，只能垂首应了。

徐允嘉都察觉到了，戚寸心自然也有几分感应，她打量着他的侧脸，轻声问道：“缈缈，你是担心舅舅吗？”

“涤神乡创立之初是为收复失地，如今倒做起了侍卫的差事，东宫侍卫府并非无人可用，何必多添这些人？”谢缈靠在一侧，语气平淡。

戚寸心没有说话，她心里却很清楚，如今裴寄清在朝中不易，多少双眼睛在盯着谢缈，就有多少双眼睛在盯着裴寄清。涤神乡的人若总是来护卫太子，便难免会被朝堂上的有心之人抓住话柄。他们会用“公器私用”的罪名来弹劾太子，甚至用同样的手法来打击裴寄清。

那些人仰望高楼，却不思如何奋发图强继而登高望远。他们只是望着登上高楼的人，恶劣又阴损地盼望着高楼倾，江海翻，甚至不惜抱薪烧楼。

“你的蚊子包还痒不痒？”她不打算细问，只拿他手背上的蚊子包说事。

少年的目光在她的侧脸停留，一直等到她没听见回答转头瞪他的时候，他才淡声道：“痒。”

这会儿的谢缈，眼底少了点儿阴郁，嗓音也柔软了几分。戚寸心抓着他的手给他涂了药，不多时马车便到了梁西镇上，徐允嘉寻了一家客栈，他们一行人要了几间房，又让人烧了水，各自洗漱了一番。

“公子，昨夜驿站遭袭，您与夫人不在其中的消息怕是已经传出去了。”徐允嘉在楼上的栏杆前站着，等谢缈走出来时便低声说道。

“嗯。”谢缈才沐浴过，乌黑浓密的长发还是湿润的，他穿了一身宽松的雪白衣袍，神情恹恹的，“韩章哪儿有消息吗？”

“他已经找到枯夏了。”徐允嘉立即将刚得来的字条奉上。

“让他把人看紧，别生事端。”谢缈瞧了一眼便说。

“是。”徐允嘉应声道。

太子的车驾走得慢些，直至翌日清晨戚寸心等人离开梁西镇时，车驾与随行的崇光军以及东宫侍卫才将将到镇上。

从梁西镇到新络大约需要一个月，途中会经过亭江县。车行十日，他们眼看快到亭江县了。马车停在官道旁歇脚，官道旁有一条河，河畔浅滩水草丰茂，几匹马垂首饮水，马尾悠闲地晃着，粼粼水波映出它们清晰的影子。

夕阳西下，此时并无其他车马行人，只有偶尔掠过的几声鸟鸣，但徐允嘉的手指按在剑鞘上，一双眼睛十分警惕地在打量着四周。

徐山霁瞧见对面山坡上的竹笋长得好，便想借子茹的银蛇弯钩去挖一挖，谁知子茹听了却横他一眼，皮笑肉不笑道：“二公子，奴婢这东西可不是用来挖笋的，而是用来杀人的。”

“哦。”徐山霁觉得后背有点儿凉，他摸了摸后脑勺，“可是我做的竹笋炖山鸡很好吃的，你不想吃吗？”

子茹与子意在石鸾山庄本也不做厨房里的活计，她们两个都不会下厨，这一路上歇在荒郊野外时，多半是徐山霁和戚寸心做些热食凑合。子茹不明白他一个侯府二公子怎么做饭的手艺这么好，听他提及竹笋炖山鸡，她犹豫了一会儿，到

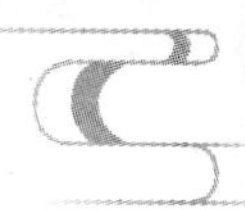

底还是摘下弯钩给他了。

“你放心，我用完会给你擦洗干净的！”徐山霁咧嘴一笑，接过她的银蛇弯钩，便兴冲冲地往对面的山坡上跑。

“姑娘，我们还有些干粮，您不必做这些的。”子意瞧着戚寸心在洗净的石板上刷油炙鱼虾，想帮忙却无从下手。

“干粮太硬了，哪有烤河鲜好。”戚寸心添了底下的柴，又说，“我以前在东陵也常做这些事。”

“可您如今的身份……”子意话说一半，却见戚寸心抬头。

“身份怎么了？”她翻看着徐山霁小匣子里的辛香料，“身份改变了也不能改变一个人的过去，我以前常做这些事，现在也不介意做这些事，我们出门在外，何必在意那些没意思的东西？”

她烤好了一只河虾，顾不得烫，剥下外壳又摘了虾线，朝不远处石头上坐着的少年唤道：“缈缈！”

少年几乎是在听见她声音的一瞬间便回过头来，见她在朝他招手，他就立即站起来乖乖地走到她的面前。

“你尝尝味道。”戚寸心将剥了壳的虾肉递到他面前，“小心，有点烫。”

少年依言俯下身来将那虾肉吃下去。

“好吃吗？”她望着他。

“嗯。”他应一声，在她身侧坐下。

“啊啊啊！”忽地，山坡上丰茂的竹林里传来徐山霁的惊叫声，谢缈迅速收敛神情转过头去。

子茹与徐允嘉率先往山坡上飞奔而去，他们看见徐山霁抱着竹笋摔倒在地。还未看清草丛后对方的脸，徐山霁手中那沾了不少泥土的银蛇弯钩便被子茹一脚踢至半空，狠狠刺入了对方的喉咙。那是个手持弓箭的男人，他虽一手捂着脖子，但鲜血还是迸射了出来。在那人倒地的一瞬，子茹已上前抽出了弯钩。

子茹手中的弯钩在抽出时便已被那人的血肉过了一遍，没有一点儿泥土，还带着滴滴血珠。随行的侍卫也迅速跑来，与埋伏在林中还未来得及下杀手的十几人缠斗起来。

子意没有轻举妄动，只是摸着腰间的弯钩，守在戚寸心的身边。破空而来的

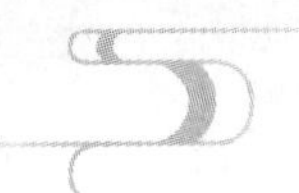

利箭发出尖锐的声响，戚寸心还没来得及开口，谢缈就已扯下腰间的白玉剑柄，纤薄的剑刃抽出，刹那间便将袭来的利箭劈为两半。

谢缈抓住戚寸心的手，带着她跃入半空。随后，他一双眼睛蓦地盯住对面山林中的一处，手中的钩霜随着他的动作激射而出。林中有了些响动，连带着停驻于树上的几只鸟也受了惊，扑扇着翅膀匆忙飞走了。徐允嘉飞身过去，从那人的胸口抽出沾血的钩霜，在谢缈与戚寸心落地时，将钩霜送到了谢缈手中。

这十几人，不多时便被东宫侍卫制服。徐允嘉在唯一的活口身上搜出了两幅画像，当即送到谢缈面前。

“公子，不过十日，您与夫人的画像便已经在这些人手里了。”徐允嘉有些愤怒。

这些小喽啰尚能拿到他们夫妻二人的画像，更不用想江湖中那些或为钱或为其他什么而刀口舔血的亡命徒，定然也已经做起了取他们夫妻性命的生意。

谢缈接过画像，擦掉钩霜剑上沾染的血迹，随即他轻瞥一眼被侍卫踩着脑袋按在地上，浑身抖如筛糠的男人，道：“还留着做什么？杀了。”

说罢，他牵着戚寸心转身，见她好奇，他又用手掰回她往后看的脑袋。

“再看下去，你怕是会食不下咽。”他提醒她。

眼下追问那活口是受谁指派已经毫无意义，反正在月童想要他与戚寸心性命的，也就是那么些人。

“哥，我扒开草丛，就看到一张丑脸，可吓死我了……”徐山霁被徐山岚从山坡上拉下来的时候，还惊魂未定。

“都让你别跟来了。”徐山岚也吓得不轻。

原打算在这里待上一夜，眼下也待不得了。天色已经暗下来，徐允嘉命人处理了尸体，一行人便趁着夜色往亭江县的方向去。

“我们既然已经暴露了，那就要再想办法了，不然这样下去，什么时候才能到京山郡啊？”

戚寸心想了想，便在车座底下的匣子里翻出来好多瓶瓶罐罐，她抬头对上少年懵懂的眼睛，真诚建议道：“缈缈，我帮你做做伪装吧。”

“不要。”他瞧见那些物件，拒绝得很干脆。

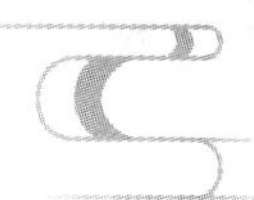

车帘被掀了一半，太阳露出模糊的轮廓，清晨的雾还未消散，此刻的车厢里传来夫妻俩的声音。

“这个味道太重了。”少年皱着眉，撇过脸不大愿意配合。

“香膏的味道是香了点儿，但不涂这个，不好给你抹别的。”戚寸心认认真真地打量着眼前的少年，见他撇过脸，她又伸手把他的脸捧回来。

戚寸心已换了一身淡青色棉布裙，有点儿皱皱的，料子并不好。她乌黑的发髻上也没什么装饰，原本白皙的脸上涂了层薄薄的粉膏，变得暗黄了些，可眼睛依然清澈漂亮。他不大情愿地由着她在自己的脸上涂涂抹抹，瞧见她这样一副认真的模样，忍不住轻笑了一声。

“笑什么？”戚寸心给他涂完粉膏，拿起子意的镜子。镜面映出他们两个人的面庞，一个黄了点，一个黑了点。她就这么看着，也扑哧一声笑出来。

易容到底是只闻其名不谙其法，戚寸心也没那本事，她只是用妆粉添了香膏，让她和谢缈的皮肤颜色变得暗了些。

“你就算黑了点，也还是很好看。”戚寸心打量着镜子里少年的脸庞，伸手摸了摸他的脑袋。

她这也不是安慰，是实打实的真话。

他不但样貌生得出色，皮肤也白皙细腻，任谁也要多看两眼，这妆粉至多只能让他在人群里瞧着不那么惹眼，却不能遮掩他的好相貌。

少年笑了一下，也不说话，只是用匕首削着手里的细竹。待那细竹光滑了些，他才满意地将竹簪插在她发髻间。他将长发尽数梳起，只簪了一支木簪，身着浅色棉布衣袍，看起来竟颇有几分书生气。

“公子，那我和阿霁就先赶车去城里了。”

徐山岚也换了身寻常百姓的朴素打扮。谢缈与戚寸心从车上下来时，他明显愣了一下，但也没敢多看。待两兄弟赶着藏好刀剑的马车离开时，徐允嘉等人已安置好了马匹，并也作了朴素打扮。

亭江县城四通八达，作为通往皇都月童的必经之地，这里一直是忙碌而繁华的。清晨的薄雾散了，日头高高挂在天边，县城城门来来往往的人已不在少数。

他们一行人才进城，便有一名乔装打扮的侍卫赶来将徐家兄弟落脚的客栈告知了徐允嘉。

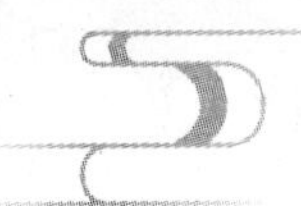

谢缈头上戴了斗笠半遮面容，在人群中并不惹眼。他牵着戚寸心的手，热闹的街市里他俩的铃铛声也不那么清晰。小黑猫被戚寸心抱着走了好久，她的手都酸了，干脆就让它爬到自己肩上待着。

就在这时，一阵突兀刺耳的敲锣声打破了街市的祥和，行人自觉退到了街道两边。

戚寸心被挤得退了好几步，谢缈适时扶住她，又将她往后带了带。斗笠之下，少年眉目稍冷似有不悦，他抬眼越过人群，打量着不远处被官差押送而来的一辆囚车。

“听说那就是昭远将军宋宪？”戚寸心听到前面一个提着菜篮子的大娘说。

“咱们又没见过宋宪将军，哪知道是不是的……县尊大人说是，那应该就是吧？”大娘身边的一个青年迟疑地插了句嘴。

“他哪还是什么将军啊，秦阳关一役后他就失踪了，都说他当了逃兵，德宗皇帝在位时，朝廷里还发过通缉令要拿他呢！”一名中年男人努努嘴，又道，“好歹是做将军的，竟然也怕死，我看他是活该。”

戚寸心皱了一下眉，却见前面的大娘听了这话，耷拉下脸，抄起菜篮子里才买的鲜鱼塞进中年男人嘴里：“这大清早的，你怕不是生吃了臭鸡蛋？”

那鱼头还在中年男人嘴里，鱼尾竟还在奋力摆动着，每一下都拍打在男人的脸上。他赶紧将鱼扔到地上，啐了一口道：“你这老妇，好没道理！”

看他要动手，戚寸心连忙将那大娘往后拉了一下。原本还在看囚车的百姓们也忙着来拉架。那大娘的菜篮子落地，另一条鱼也蹦了出去，被走在前面敲锣的官差一脚踩上，随即连人带锣摔了个大马趴。

忽地，人群里有个须发花白的老者伸出拐杖就去打那个中年男人。老者一身青黛色旧衣，发髻拾掇得齐整，眼睛也有神。戚寸心只瞧了他一眼，便不由得想起身在月童的舅舅裴寄清。

“宋宪将军也是你这个泼皮无赖能置喙的？你既不惧死，何不参军去，到战场上和那些北魏蛮夷拼？”老者一脸愤慨，“宋宪将军为我大黎朝立功守疆时你这竖子又在干什么？若不是他，若不是周靖丰周先生，绥离哪能等到今日，早就丢了！那样好的将军未得善终，反要被通缉、被处斩，这是何道理？”

从他的谈吐便知他应是一个颇有学识的文人，他的一番言语让群情激奋，原

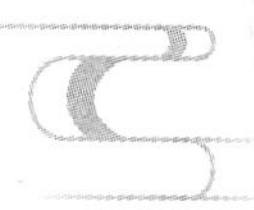

本来拉架的百姓竟开始朝那男人砸起了烂菜叶子和臭鸡蛋。要不是谢缈及时将戚寸心拉到后头的摊位上站着，她险些被一颗鸡蛋砸到了。

官差或许没想到百姓会突然来这么一出，过了一会儿，他们才上前制止劝诫，那大娘却从人群里钻出来，在戚寸心站着的木板上拿了鸡蛋青菜，又转身砸了起来。

戚寸心站得这样高，足以越过人群看到囚车里的那个人。他的头发乱糟糟地披着，已能瞧见几缕银丝。他始终安静地坐在车里，不曾转过脸来，仿佛根本不在意这场因他而起的闹剧。

“公子，他们好像是故意的。”徐允嘉观察了那拄拐的老者，片刻后凑到谢缈身侧低声说道。

谢缈没说话，只是冷眼瞧着那名县令，他身着官服从步辇上下来，正越过囚车匆匆朝这边走来。

“都在闹什么！”他的脸色并不好，显然这场囚车游街之行与他心中所想的相去甚远，他见这些人仍然挡在囚车前面拉来拽去，又听那老者嘴里的讽刺之言，更是气不打一处来，“宋宪在德宗皇帝在位时就是通缉令抓捕的重犯，尔等休要聚集在此妨碍官府办公，否则，当作妨碍公务论处！”

眼前的闹剧他无心多看，便命官差驱赶百姓腾出一条道来，又将那为首的老者给抓了。

“这个狗县令，怎么能随便抓人呢！”子茹瞧见那老者被带走，还在一旁愤愤不平地骂了一声。

谢缈一行人到了客栈，要了几间房后，便坐在底下的厅堂里吃饭，徐家兄弟就在他们的隔壁桌。

徐山岚听徐允嘉提起“宋宪”这个名字，便道：“我好像有些印象，那时德宗还在位，我爹还没担任将军之职，也还不是永宁侯，当时除了如今的圣上之外，便属宋宪将军最为骁勇。

“我听我爹说，周靖丰先生过天山杀蛮夷将领时，宋宪将军也领兵有方，抵挡住了蛮夷数次进犯绥离的铁蹄，北魏之所以答应和谈，最主要的原因是周靖丰先生成功刺杀了北魏皇帝呼延平度，但其中也还有宋宪将军的功劳，他守卫的绥离固若金汤，给了周靖丰先生促成和谈的时间与机会，但偏偏……德宗皇帝答应

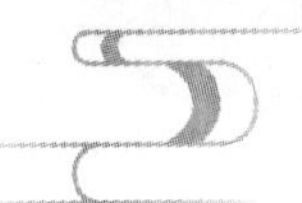

了送质子去北魏。”说到这儿，徐山岚的语气变得小心翼翼了些，悄悄地望了谢缈一眼。

“宋宪将军是和先生一样心生失望，所以才离开的吗？”戚寸心听他提起“质子”一事，心中便明了了大半。

“我爹说，”徐山岚抿了口茶，心里颇有些不是滋味，“那不过是压垮他的最后一根稻草。当年大黎南迁时，宋宪将军退至缇阳做守备。为逼他投降，北魏将领拿住了他的父母相威胁。他一声不吭地看着自己的父母被蛮夷砍下头颅，挂在旗杆上。

“后来他备守缇阳没守住，他的妻子死了，他和剩下的一百南黎兵在北魏蛮夷的追击下横渡仙翁江。当时他是背着他几岁大的女儿渡江的，等到了对岸，他才发现他女儿已经……”徐山岚有点儿说不下去了，因为这位宋宪将军的过往说来每一个字都沾着血，“他是咬着牙活下来的，用自己的军人血性去跟蛮夷拼命，这样的将军怎么会怕死？他明明已经孑然一身。”

两桌饭菜摆在眼前，几人却是心情沉重，味同嚼蜡。

夜里洗漱过后，戚寸心身心俱疲，沾了床来不及想些什么便沉沉睡去。她做了一个梦，梦里是她很小的时候，小到她仍被母亲抱在怀里，睁着一双懵懂的眼睛，滴溜溜地看着澧阳的青砖院落。

她的父亲一脸喜色，自月洞门下进来，捏了一下她的脸蛋，便去唤那坐在廊下的摇椅上拿着个紫砂壶喝茶的老者。

“父亲，宋将军从缇阳活着回来了！”他说。

“什么？”老者倏地睁开眼，起身接过他手中的信件，眯着眼睛仔细地瞧了又瞧才松了口气，面上的褶皱也舒展开来，“活着就好啊……以他的才能，若非后方粮草出了问题，缇阳何至于丢？日后他总能从蛮夷手里抢回来！如今就看陛下还肯不肯给他机会了。”

冰凉的触感，令戚寸心一瞬之间睁开眼睛，室内是昏暗的，她一时还有些分不清是梦里梦外。直至她看清面前少年的一张脸，原来是他在用冰凉的指腹触摸她的脸颊。

“你过来做什么？”她鬓发已经汗湿，拥着薄被坐起来，“我们如今明面上

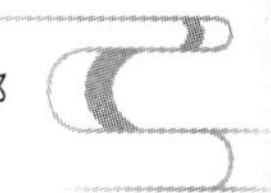

的身份是兄妹，不是夫妻。”

“我不要。”他又捏住她的脸蛋。

谢缈将她抱起来往里一放，随后便在她身侧躺了下来。

他偏过头，对上她的目光：“夫妻就是夫妻，任何时候我都不希望你同我在这方面作假。”

“我们这是为了保命。”她强调。

谢缈却不再看她，安安稳稳地枕着方枕，闭起眼睛：“你当初要与我做夫妻，也是为了保命。”

他嗓音平淡，却带着几分戏谑。

戚寸心不由得想起当初在东陵，她冒昧地问他愿不愿意和她成亲时说的那些话。他记得清清楚楚就罢了，还不忘用这话反过来驳她。戚寸心闷闷地背过身不理他了，她闭着眼睛却一时再难安眠。听着身旁少年平稳的呼吸声，她又翻过身来，望着他的侧脸。

“缈缈？”她试探着唤了声。

“嗯？”他没睁眼。

“如果今天囚车里的那个人真是宋宪将军的话，怎么办？”她心里始终装着这件事。

“你想救他？”他却问。

戚寸心想起方才那个梦，那只是她儿时深藏在心底的一段模糊记忆，但她敏锐地察觉出，那时她父亲与祖父谈论的那位宋将军，也许就是今天他们遇着的这位宋宪将军。

“他因为战争而死了父母、妻女，在这世上孤零零地活着，也许他就是靠着诛杀蛮夷、收复失地的信仰而活下来的。明明他打了胜仗，明明先生才杀了一个北魏皇帝，可德宗皇帝却还是自愿退让，伏低做小，答应北魏的无理要求，还下旨送你去北魏做质子……是德宗皇帝让他的信仰崩塌了。”

和谈是周靖丰为南黎争取来的一个喘息之机，德宗皇帝却起了偏安一隅的心思，想用退让换得一世安宁，可这怎么可能呢？北魏是绝对不会甘心与南黎平分天下的。

若非这最后一根稻草压垮了宋宪，若非他对南黎的未来心生绝望，在他请辞

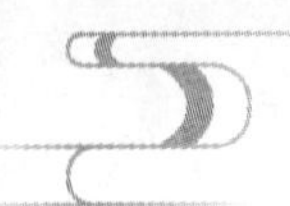

解官的折子被驳回时，他又怎会于班师回朝的路上消失。

“他是我祖父和父亲都钦佩的人，生而为人，就会有承受不住重压而崩溃的时候，我们不能要求他总是像块铁一样，有敲不碎的骨头，还必须有一颗永远也不会绝望的心。”此时的戚寸心像是坚定了自己的想法。

“他为南黎做得已经够多了。”她说着，又添一句，“但我们肯定不能暴露身份，如果要救他，就要想个别的办法。”

“戚寸心。”他唤了她一声，漂亮的眸子盯着她，“他做过将军，手上沾过无数蛮夷的血，当初通缉之下他亦能逃出生天，而今却在这小小的亭江县被生擒。你可想过，此事很有可能是他有意为之，是他自己放弃了生念。”

“我想过的，但他至少不该背负着这样的骂名去死。”她认真地看着他。

戚寸心又何尝没做过这种猜测，但她想起今日街市上的闹剧，还有那位被官差抓走的老先生。她知道，宋宪如果真的就这样负罪而死，不单是南黎的百姓会为此寒心，战场上的将士也会难以接受其半生戎马倥偬却不得善终的结果。

谢缈闻言，轻弯眼睛笑道：“好。”

室内的烛光照着她的脸，他坐在阴影里，就如同她的天真善良与他分明是至明至暗的两个极端。他不喜欢这样泾渭分明的界限，于是他轻拂衣袖，室内唯一的烛火便骤然熄灭，她也终于陷在漆黑的夜色里。

“你怎么忽然熄灯呢？”戚寸心摸不着头脑。

“困了。”他云淡风轻地说。

第二十七章 至今仍忆大将军

“郑老，饭也不肯吃，水也不肯喝，您说您这是做什么？”亭江县县令孙继川背着双手，立在牢门前，语气有些无奈，“此前是您和那些个刁民为伍，在大街上闹，您这不是让我难做吗？”

“孙继川，我只问你，宋宪将军的通缉令在荣禄小皇帝登位时便已过了期限，怎么你还要抓他？你当真为了自己的那点儿政绩，连是非黑白都不顾了吗！”郑怀英坐在牢中简陋的木床上，抬起拐杖斥责道，“你当初在我门下求学时是怎么说的？你做官是为了什么？”

“老师，”此时没外人，孙继川也不顾县尊的面子，伏低身体，好言相劝，“老师您莫要动气，这件事并非老师想象的那样，学生我也是没有办法才请老师到狱中待几日，不然外头那些刁民只怕还要闹得更狠，但老师放心，明日一早我便放您归家。”

“还请老师千万保重身体，人不能不吃饭喝水啊。”他言辞恳切。

这话才说罢，便有县衙的一名皂隶匆匆赶来，凑到孙继川的耳畔低声道：“大人，那边的消息送来了。”

孙继川抬起头，眼睛立马亮了。

“老师，我还有些公务要处理，就先走了。”他匆匆朝牢门内的郑怀英行了礼，也顾不上郑怀英是个什么脸色，便提着衣摆匆匆往外头去了。

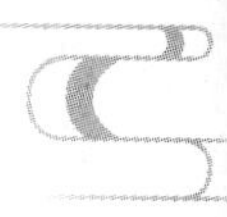

在县衙后头的院子里，孙继川见到了一位身着锦衣的青年人，他瞧了一眼那人拿在手中的一块牌子，忙上前拱手行礼道：“下官孙继川，有失远迎。”

那青年戴着幕笠，令人看不清他的面容。

“孙大人，可有什么发现？”他说。

“这……”孙继川擦了擦汗，“大人，下官三日前便已让囚车游了街，除了百姓在街上闹的那一出以外，没有其他动静。”

“那两位……莫非还没到亭江县？”孙继川小心翼翼地又添一句。

“孙大人的意思是我的消息有误？”青年的声线有几分沙哑。

“不敢不敢，”孙继川忙拱手说道，“只是我们守株待兔已经整整三日了，却仍然未见那两位有什么动作，下官斗胆猜测，那两位可能根本就不在乎宋宪的死活。”

“咱们这位太子殿下是个从北魏回来的疯子，他也许不会在意，但他的妻子是戚家人，当年宋宪丢了缇阳城，是戚家父子和裴寄清给德宗上书才力保下来的，都说这位太子妃颇有她祖父与父亲当年之风骨，那么你说，她会对宋宪见死不救吗？”青年莫名笑了一下，“到底是个十七岁的姑娘，若不能引她现身，便将这‘宋宪’杀了，让她与太子之间生出嫌隙来也是好的。”

说着，青年将一柄匕首交给孙继川。

“若她现身了，这东西就派上用场了，上面有剧毒，沾血必死。

“孙大人也不要担心，太子少时去北魏为质，他并没有见过真正的宋宪，不知道宋宪究竟是个什么模样。我给你找来的这个人，已经很像通缉令上的宋宪了，你将这匕首交给那假宋宪就好。”

青年言毕，幕笠之下的那双眼睛像是在打量着面前的这个县令，犹如蛰伏的毒蛇般凝视着他，令孙继川一时冷汗直冒。

“孙大人若做好这件事，主子自有办法为你开脱，若你做不好……”

他没有再说下去，孙继川擦了擦额头上的冷汗，忙接话：“下官知道，下官知道，承蒙主子大恩，否则下官三年前便该下狱问斩。此事下官一定办好，一定办好。”

待青年抬脚离开，孙继川便满头大汗、身体发软，若非是身边的皂隶扶着，他差点儿就要摔倒了。

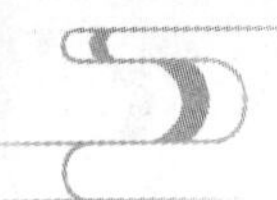

"大人，这事若做不好，只怕咱们都没有活命了……"一旁的师爷忧心忡忡地对他说道。

"若非巡抚大人搭救，我三年前就活不成了。如今巡抚又投到那人门下，我自然也成了绳上的蚂蚱。"孙继川嘴里发苦，满头虚汗，"左右都是一个死，眼下也只能这样了。"

谋害储君，哪是他这个小小县令敢想的？可如今储君西行至本县，他作为亭江县的县令，到底还是卷入其中了。

这也是没办法的事。要怪，就怪他当年起了贪墨的心思，被救下的同时，也被人永远捏住了把柄。

孙继川心事重重，这夜连觉也没睡好。翌日一早，天才蒙蒙亮，他便去了牢里请郑怀英出来。他这段日子已是心力交瘁，如今面对这不肯踏出牢门一步的老者，更有种深深的无力感。

"我一介寒门子弟，当年若非老师将我收入门下，教我读书，我怎会有今日？老师，学生念着您的好，但宋宪这件事，您就别掺和了，算学生求您，行吗？"他都快给郑怀英跪下了。

"我郑怀英到底是一介草民，哪里受得起你孙大人的面子？"郑怀英闭着眼睛，也不像昨日那般疾言厉色了。

"老师……"孙继川颇感无奈。

"大人。"师爷手中拿着把扇子过来，匆忙说道，"大人，有人击鼓了。"

"什么？"孙继川乍听此言，当即转了转眼珠，神情也有了几分变化。他刚踏出牢房，又听师爷在他耳边添了句话，脚下一顿，"是为我老师来的，不是为宋宪？"

"是，"师爷晃了晃扇子，"瞧着是个十几岁的姑娘，说是郑老的孙女儿，请了状师来，要接她爷爷回家。"

孙继川的脸色一下变得很难看，他停下来瞪了师爷一眼："郑府的小姐，衙门里其他人不认得你也不认得？"

"这……"师爷小心翼翼地说，"我确实不认得啊，大人，郑府的小姐又不常出府。"

师爷认不得，孙继川却是认得的，他只到堂上瞧了一眼，便忙命人将郑怀英

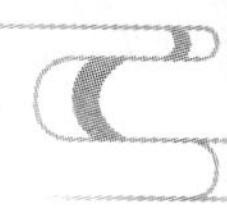

小心地从牢房里抬出来，其间又被郑怀英指着鼻子骂了一顿，直到正午时分才处理完这一摊鸡飞狗跳的事。

“大人，只怕我们等的人，不会来了。”师爷也是筋疲力尽。

孙继川呆坐许久，一脸凝重道：“看来他们是不会劫狱了。”

他们不劫狱，也就意味着这个“宋宪”无法接近太子与太子妃，也就没机会对他们下手。

宋宪将被押解至月童皇城的消息不过半日便传遍了亭江县城。翌日清早，许多百姓天不亮就聚集在道路两旁，听那官差敲锣的声音临近，便拥上去跪成一片为宋宪喊冤。那“宋宪”则如那日一样坐在囚车中动也不动，乱发遮掩下，并看不清他的全貌。

孙继川对今日的情形早有预料，故当即命官差上前拦住那些激愤之人。囚车出了城，行至白石坡。白石坡石壁嶙峋，草木连天。此时簌簌山风吹来，竟也生出几分清凉来，押解犯人的官差忍不住凑到一块儿小声谈论。

“不会真要将这人押解到月童吧？”有人说。

“那自然不能啊，大人不是说还有别的人跟着吗？要是真没人来，咱们直接回去就是。”有人答道。

待夕阳西下，押解假宋宪的官差也没等来什么人，那些始终在暗处跟着、守株待兔的杀手也扑了个空。当官差们当夜回城，推开县衙大门时，却发现他们的大人孙继川被一柄长剑贯穿腰腹，钉在了“明镜高悬”的牌匾之上。他那双无神的眼睛大睁着，而牌匾上淌下来的血早已冷透了。

与此同时，两辆马车停在亭江县往新络去的林子里，马正在溪边饮水，而徐允嘉在一旁洗剑。那柄剑上殷红的血迹入水散开，几次来回，那剑锋已不带丝毫血，露出了它原来的颜色。

“为什么要杀那个县令？”戚寸心放下车帘，回头看向谢缈。

“你可怜他？”少年嗓音轻松，目光从书页移到她的脸上。

“他有什么可怜的。”戚寸心摇了摇头。

她虽说是想救宋宪，但在得知那县令抓了郑怀英的第二日又找了由头，将几个到过囚车跟前的百姓都抓进牢里时，便隐隐觉得不太对劲。

他们这一行人没有一个是真正见过宋宪的，那日在囚车里的人也并未露出真

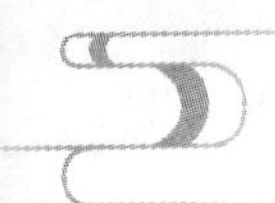

容来。之后她又让子意去那抓住宋宪的破庙里探了探情况，有个小乞丐说那个人是几天前才到亭江县的，来了就往破庙里一躺。

“宋宪将军这么多年都不见踪迹，怎么就这么巧，我们才到亭江县，他就被抓住了？再说那通缉令是德宗皇帝在位时发的，到如今早已经过了期限。就算是那县令为了政绩硬要抓他，可他来得也太巧了。”要是他们今日真去了白石坡，只怕就要落入圈套了。戚寸心觉得自己说的不无道理。

“是他们小瞧了你。”谢缈此时正在灯影里打量她，曾经在东陵围着柴米油盐酱醋茶打转的姑娘，如今已大不一样了。她在这般混乱诡谲的局势里，已学得了几分冷静从容。

“我不想成为你的累赘，所以我做什么事都会跟你商量。你不要担心我会不听你的话，只要你说得有道理，我都会听的。”戚寸心望着他认真地说，“我们一起去永淮，也要一起回月童。”

他的目光落在她的面庞上，原本冷淡的眉目好像因为她这样的注视、这样的言语而平添几分欢欣。然后他默默地看着她在自己身边躺下，就十分自然地掀开被子把她裹了进来。

他一开心，就会变得很乖巧，像个涉世不深的纯情少年。

“明天给你买八宝肉。”他说。

戚寸心看了他一会儿，没忍住凑上前亲了一下他的眼睛，然后一下背过身缩进了被子里，而他听见她在被子里笑。

车外还有子茹与徐山霁等人说话的声音，谢缈伸手将她从被子里拉出来，抱进自己怀里。他把下巴抵在她的发顶，目光往下游移，忽然低头在她的鼻梁上落下轻轻的一吻。戚寸心眼皮动了一下，没有睁眼，却转过身来回抱他。

“可以睡觉了吗？”

“嗯。”他轻应一声，终于肯闭上眼睛。

亭江县死了个县令也算不上是什么大事，自有护送储君车驾的崇光军副统领吴韶去处理。而戚寸心一行人抵达新络，已经是十几日之后的事了。

“我虽从未到过新络，但教我防身功夫的教头来过。他早年间浪迹天涯，各方美食美酒无所不知，我听得多了，自然也就记下了。”徐山霁坐在马车内，絮

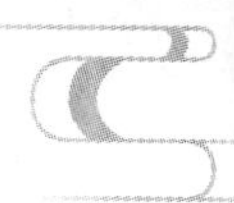

絮叨叨个没完。

“奴婢倒是看不出来二公子学过功夫。”子茹双手抱在胸前，意有所指，似是在嘲笑当日挖笋却扒出个杀手来，吓得缩在地上不敢动弹的他。

“教头教了，”徐山霁挠了挠头，讪讪道，“只是我总偷懒罢了。”

“公子，”外头忽然传来徐允嘉的声音，“我们的人已经去了苏府。”

“嗯。”谢缈轻应了一声。

马车在一家酒楼前停下来，徐山岚却显出几分异样，戚寸心下车时，回头见他还坐在那儿，动也不动。

“徐世子，不下去吗？”戚寸心疑惑地问。

“我有点儿困，就不下去了。”徐山岚莫名有些拘谨。

戚寸心有点儿摸不着头脑，却来不及多想，因为在车边站着的谢缈已经揽住她的腰将她提溜了下去。

“夫人您别管我哥，他这是怕见故人。”走入酒楼内，被跑堂的引上二楼的雅间里坐下了，徐山霁神秘兮兮地说。

“故人？”戚寸心起初并不明白。

“娘子可还记得在苏云照之前，裴湘与何人有过婚约？”谢缈端起茶碗轻抿一口问道。

裴湘……戚寸心一下想起来，苏云照死在裴府的那一日，裴湘落了胎，沾了满裙子的血。女医在裴湘房中救治她时，裴寄清在厅堂里便同他们说起过，他原先给裴湘定了一门永宁侯府的亲事。

“若只是一般的亲事不成，倒也没什么不好见面的，”徐山霁倒是一点儿也不避讳将自己亲哥的事往外抖搂，“可这门亲事，是我哥当初求着我父亲跟裴府定的，结果这裴大小姐在新络看上个苏云照，硬是毁了婚约。”

徐山霁瞧着菜上来了，但见谢缈没动筷，他也不敢动，又加了句：“其实也不能怪裴小姐，是我哥他不主动，他只瞧裴小姐打了几场马球就心仪人家了，但裴小姐怕是至今也没见过他，不知道他长什么样，也不知道他的心意。”

“我早就跟他说让他去见见裴小姐了，至少打个照面，多说几句话也成啊，”徐山霁谈及此事，颇有几分恨铁不成钢，“可他愣是不好意思，就这么耽搁着，可不就错过了吗？”

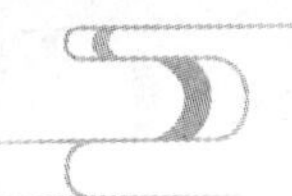

“他一个人屁颠屁颠地跑到新络来，只看见裴小姐和那姓苏的在一块儿骑马，就一声不吭地回了月童。要是他当初主动些，哪还能有那苏云照什么事啊？裴小姐如今也不至于被困在苏家这么个破地方……”

徐山霁一时嘴快，险些忘了坐在对面的太子殿下与太子妃也算是半个裴家人，当他想到这一层便一下止住话头，不敢说下去了。

“原来是这样。”戚寸心怎么也没想到，徐山岚竟对裴湘怀着这样隐晦的情意，怪不得他一到新络，听闻他们要来见裴湘，便有些不大对劲。

此时有一名作粗布麻衣打扮的侍卫匆匆掀了珠帘进来，凑到徐允嘉身边耳语了几句，徐允嘉的脸色肉眼可见地变了。

“公子，裴湘小姐出事了。”他立即走过来道。

一听此言，谢缈与戚寸心几乎是同时抬首。

天色暗淡下来，夏夜的风摇着树荫枝影，吹得檐下的灯笼也随之轻微晃荡。身着烟青色衣袍的少年牵着姑娘的手，按着她的肩在回廊的廊椅上坐下。

谢缈慢条斯理地理了理戚寸心衣袖的褶皱道：“娘子在这里等我。”

“缈缈……”戚寸心想起来，可他偏又摸了一下她的脑袋。

“裴湘不会有事。”他的嗓音清亮沉静，带着某种安抚人的魔力。他一伸手，徐允嘉便送上一个油纸袋，里头装着裹了糖霜的樱桃果。

子意与子茹守在戚寸心身边，几人一起目送谢缈走到对面亮着灯的屋子里。徐山岚好像从来不曾这样焦急过，他也想跟上去，但在他跑过去的一刹那，那道门已经关上了，他只得趴在外头听。

屋内，一男一女被蒙着眼倒挂在横梁上，他们嘴里塞着布。乍听见门开的响声，又察觉轻微的风拂面时，他们两人便“呜呜呜”地发出声音，用力挣扎。

谢缈看了徐允嘉一眼，徐允嘉当即领会。在谢缈一撩衣摆坐在太师椅上的同时，他抽出一把匕首来，毫不犹豫地割破了那中年男人的手腕。男人叫不出来，却能清晰地感知到疼痛之下，温热的血液顺着他的手淌了下去。在此静谧的环境中，他甚至能够听见血珠滴落在地面的声音。

一名侍卫上前将那男人嘴里的布巾取下。那只穿着单薄里衣的男人，因倒挂而涨得通红的脸，此时看起来十分狼狈。他的口舌得了自由，便立即叫嚣着：

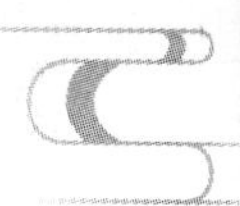

“哪里来的宵小，竟敢绑我？你们可知我苏家和月童裴家——当朝太傅是结了亲的！你们还有王法吗！”

徐允嘉长剑出鞘，剑柄重重打在男人的侧脸，打掉了他几颗牙，弄得他不得不将碎牙和着满嘴的鲜血吐出来。

“老爷，老爷您怎么了？”他旁边妇人嘴里的布巾也被取下，听见他的惨叫声，妇人便惊惶地唤他。

谢缈靠在椅背上，把玩着那犹如细竹节般的白玉剑柄，不紧不慢道：“很遗憾，我们这些人正好与裴家有仇，你这么说，只会死得更快。”

男人此前的气焰早因刚才那一下被彻底打灭。他浑身抖如筛糠，好像到此时才终于觉察出几分刺骨的杀意。

他少了几颗牙，说话都有些漏风：“公子，公子误会啊，裴家这门亲，我苏家倒不如不结！那长房的少夫人裴湘就是个毒妇！她不但亲手杀死了我可怜的云照侄儿，还霸占了我苏家长房的所有产业，成了我苏家的家主，我苏明瑞怎能不恨啊……”

“是吗？”谢缈打量着那鼻青脸肿、满嘴是血的男人，“这么说，苏二爷和我们倒也算得一路人了？”

“是啊，公子！”苏明瑞被蒙着眼，并不能看到说话人的模样，只能循着声音的方向道，“我知道，这裴湘是太傅裴寄清唯一的孙女，你们来新络，可是为了寻她？”

他小心翼翼试探的结果，便是冰冷的刀刃轻轻贴在脸上，随后又轻轻擦过他的皮肤。他吓得不轻，当即什么也不敢问了，连忙说道：“公子，公子息怒！”

“公子若是那位的人，那与关家寨便该是一路人，怎么我们夫妇二人诚心与关家寨合作，却落不着个好？”那妇人听见苏明瑞惊呼，便也叫喊道。

如果是关家寨，那就不太意外了。

谢缈不动声色，却听那妇人又道：“公子若不信，大可以去关家寨找关浮波关娘子！”

“裴湘那个贱人，她连自己的丈夫都杀，如今还要霸占我们家的产业，逼得我们夫妇二人一点儿好处都捞不着，如今这下场，都是她咎由自取！”

“你们就不怕裴家？”谢缈站起身来，手在白玉剑柄上轻轻一按，纤薄如柳叶的剑刃刹那间出现。

“我们有什么好怕的？事情都是关家寨做的，我们根本不知道，裴家总不能冤枉人吧？”那妇人竹筒倒豆子似的。

谢缈扯唇，在此间昏黄的灯影之下，他那漂亮的眸子似乎总压着几分黑沉沉的阴郁。他朝前走了几步，手中纤薄的剑刃就抵上了那妇人的脖颈，瞬间便添一道血口子。

“算盘打得响，可惜，人却蠢得很。”他嗤笑着瞥向一旁的中年男人，“苏二爷，你好像还有些话没说。”

只见苏明瑞抿紧嘴，还紧张地吞了一口口水，却没说一句话。

“东西呢？”谢缈眉眼微扬，看向一旁的徐允嘉，语气轻快地问道。

苏明瑞和他的夫人都被蒙着眼睛，此时什么都看不见，只察觉到好像有什么东西顺着他们二人的伤口钻了进去。不能视物，于是他们俩身体的感官变得异常敏锐。在那东西的作用下，众人只听他们发出尖叫，那种血肉被碾碎的痛苦折磨得他们生不如死。

戚寸心听到后忍不住一下站起来，便看见趴在门口偷看的徐山岚踉跄着后退，竟不小心摔下石阶。

与此同时，那道门开了，屋里的灯光铺散出来，少年睨一眼摔在石阶底下的徐山岚，面上没什么表情地从阶梯上下来。月辉照见他白皙的侧脸上有星星点点的血痕，明明那样漂亮的容颜，却因这点滴血色平添几分诡秘阴郁。

走上木廊，碰上了那个姑娘的目光时，谢缈却突然停了下来。在檐下灯火的映照下，他垂下眼睛，看向自己衣摆上、手指间沾染的血迹。那纤长的睫毛在他的眼睑上落了片浅淡的阴影，令人看不清他的神情。脚步声临近，他蓦然对上戚寸心的眼睛，四目相对时，却见她从衣袖里抽出一方帕子，一言不发地替他擦干净手上的血污。

“抖什么？”他却忽然握住她的手，声音冷静平淡。

“没有。”她抿了一下唇，看着他修长白皙的手指，可在下一瞬，她又紧紧回握住他的手，抬起头迎上他的眼睛。

少年的眼底是晦暗的阴影，其间暗藏的阴戾锋芒仿佛都因她掌心的温度而逐渐消融。

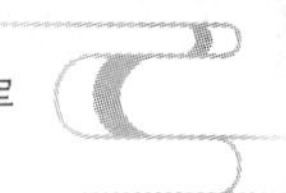

“骗子。”他微弯眼睛，轻笑一声。

苏家二爷苏明瑞为从裴湘手中夺掌家权，不惜以苏家船货行为筹码与关家寨的关浮波做交易，把苏家的船货行交给关家，关家便替他们除掉裴湘。

早在戚寸心与谢缈到新络的五天前，裴湘就已经失踪了。而今日，便是苏明瑞与关家人约好签契约的日子。

关家寨在新络的孟婆山上。在南黎人耳熟能详的一个传说里，新络是孟婆的故乡，而孟婆山上有一倒悬瀑布，自山顶往下四季长流，汇入犹如碗状的一汪泉水里。那泉水被当地人称作“一味尘”，据说是孟婆熬汤不可或缺的一味引子。这样的传说没头没尾，无从求证，但关家寨之人却借此自诩为孟婆后人，常年霸占涧泉“一味尘”，并大兴鬼神巫医，说他们虽身在阳间是肉体凡胎，却能凭此孟婆血脉与阴间的鬼魂对话。这听起来就是无稽之谈，却总有蒙昧之辈相信关家寨巫医能治病救人。短短十数年间，这些人不断抛出金银财物，使一个原本穷困的寨子迅速壮大，近年来已与新络苏家不相上下。

关家寨的人性子怪，脸上总是涂着几道或红或白的彩墨，此时领路的那人也是一言不发。路过一味尘时，其上的瀑布水雾弥漫，如雾一般轻拂人的面颊，淙淙水声不断，点滴都淌入底下碗状的深潭里。

苏明瑞与他夫人王氏一路上山已是口干舌燥，此时忽有水汽拂面，他们二人便不由得望向那一潭清泉。泉水畔是自然堆砌的形状各异的怪石，不知为何，那些怪石前摆着不少香炉，里面的香灰漫出香炉，散落在细草间。

“一味尘的水可喝不得。”领路的青年回头瞥了他二人一眼，嗓音颇有几分粗，“我们关家寨的人死了，骨灰都会撒在里头。”

这样轻飘飘的一句话，顿时令苏明瑞夫妇汗毛倒竖，双腿打颤。但当苏明瑞夫妇回头对上仆人打扮的徐允嘉，想起昨日蛊虫钻入血肉的疼痛时，他们又只得煞白着脸，什么话也不敢说，相扶着继续往前走。

与此同时，戚寸心与谢缈已赶至孟婆山下。当初宗庙祭祀，关浮波已经见过戚寸心，而今谢缈的画像怕是也已经到了她的手里，他们自然不能冒冒失失地上孟婆山。

“哥，你功夫又不好，去了也没什么用啊，万一给徐允嘉侍卫他们添了麻烦

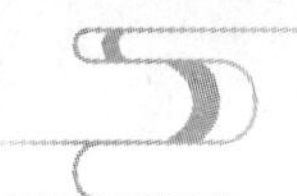

就不好了。”徐山霁还在苦口婆心地劝他的兄长徐山岚，“殿下不是说了吗，关家寨是不敢轻易杀裴湘小姐的，这应该只是他们骗苏明瑞夫妇交出苏家船货行的手段。”

提及谢缈，徐山岚便像是被昨夜隔着薄薄窗纱瞧见的一幕给刺了一下。他恍惚间抬首，望见那少年月白的衣袂，昨夜沾血的那张脸，此时却是眉眼明净，透着几分清冷。

“殿下，”徐山岚站起来，他喉咙有些发干，“关家寨盘踞孟婆山上，寨中有数百人之多，单凭徐侍卫他们，怕是不能救出裴湘小姐，臣请命，让臣快马去找吴韶带兵过来。”

“此时去找吴韶，不就等于将太子尊驾已到新络的事昭告天下？那京山郡的事还怎么能够暗中查探？大公子，你不会不知道殿下与太子妃如今的处境有多艰难。”子意皱了皱眉，上前说道。

谢缈一开始决定与吴韶兵分两路，便是想尽快抵达京山郡，查清北魏枢密院密探羽真奇与枯夏之间的关联，以及羽真奇到南黎来的真正目的。若此时放任徐山岚去找吴韶驰援新络，只怕太子车驾与随行的崇光军未到，那些蛰伏于暗处四处搜寻谢缈与戚寸心踪迹的亡命之徒，便会先赶来取他们夫妻二人的性命了。

“可裴湘……”徐山岚面上有几分颓色，他坐下去，一时什么话也没有了。

此时他明白了，太子派徐允嘉等人去关家寨并非为救裴湘，而是借苏明瑞与关家寨交易船货行一事，探关浮波的底。身为人臣，他自是不能让储君以身犯险，可裴湘的安危又当如何？

“缈缈，”戚寸心回头看了徐山岚一眼，“关浮波真的知道这件事吗？”

关家寨不该有那么大的胆子动裴湘，如今裴寄清身为太傅，是朝中重臣，即便是关浮波背靠晋王谢詹泽，她应该也没有这个胆子在此时与裴家作对，也远没有这个能力与裴家作对。

谢缈闻言，不由得看向身侧的姑娘，片刻后，他眼眉微扬，却是什么都没说，只是伸手摸了摸她的脑袋，算作安抚。铃铛细碎的声音透着几分清脆，红绳更衬出了他手腕的苍白。

暮云天边，一片金色霞光蔓延流转，对面的孟婆山上树高林深，满目青黑。谢缈静默地坐在林中石上，夕阳余晖在他衣袖间遗留几分浅金的色泽，直至对面

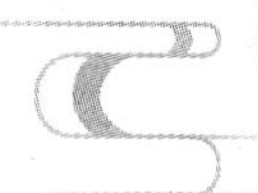

山上忽有群鸟惊飞，扑翅鸣叫，他才猛一抬眼。

不多时，竹林中平添了些响动，数道身影出现在林中，子意与子茹本能地摸向腰侧的银蛇弯钩，待瞧见从阴影里走出的那人的面容，她们又缓缓松开了手。

“殿下，关浮波一月前便已外出，今日见苏明瑞和王氏的，是关浮波兄长的儿子关天璧。我们去时，走的也不是寨子正门，是从小路被引上去的。这关天璧甚是警惕，身边有能人相护，我们并未贸然动手。”徐允嘉忙禀报道。

“还有，”徐允嘉小心抬头，“关天璧说裴湘小姐两日前就已经死了，尸体是在一石洞内火化的，我去查探过了……”

他说着，便将一只玉镯以及几片衣服的残片取出来：“这是在石洞中发现的，据关天璧所说，裴湘小姐的骨灰，已经……撒入‘一味尘’里了。”

“不会的！”徐山岚瞧见徐允嘉手中的玉镯，瞳孔一缩，一瞬站起来道，“一定是那关天璧在哄骗苏明瑞！”

“对啊，咱们也没见到裴湘小姐的尸骨，万一是那关天璧胡诌的呢？”徐山霁忙去扶住徐山岚。

戚寸心一时心乱如麻，即便如今徐允嘉捧回的玉镯是她曾在裴湘的腕上见过的，但要以此去推断裴湘已死……她本能地不愿相信。

天色还未彻底暗下来，阵阵清风拂面，却有些寒凉，她抬眼瞧见对面孟婆山上红白两色的布幡随风摇摆。

她强迫自己冷静些，说道：“现在只有抓住关天璧，我们才能知道湘湘到底是死是活。”

“关天璧少年时便在新络城中犯过人命案，此后被关浮波拘在关家寨三年不得而出，即便后来关浮波不再限制他，他自己也变得深居简出，不常下山了。”徐允嘉将自己打听到的消息如实道出。

关浮波一生未嫁，膝下也无一儿半女。而关天璧的父亲早逝，关浮波对待关天璧，便如亲子一般疼爱，就连她放到关天璧身边的那个护卫，也是功夫高深的能人。

“子意，”戚寸心想了想，忽然回过头，“后日就是关家寨的月坛会？”

“是。”子意不明所以，却仍点了点头。

月坛会是关家寨每月一次的集会，那些笃信关家寨巫医的百姓都会在这一日

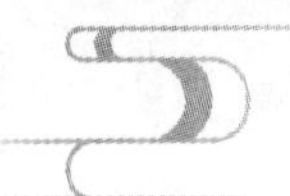

上孟婆山观“一味尘”，供孟婆，求巫医治病。

“想在月坛会做文章？”谢缈只听她这一句话，便猜出她的打算。

“嗯，这些年关家寨积累的香众不在少数，如果在月坛会上添些乱子，闹得大些，关家寨那几百口子人总有疏于防备的时候，我们混在其中，也许能找到些机会。”戚寸心说完，又有些不大确定地望向他，“我说的对吗？”

她有点儿踌躇，似乎对自己的想法并没有多少信心。

谢缈将她的不安尽收眼底，片刻后，他牵起她的手，朝林间小径走去。

他边走边对她说：“很对。”

关家寨的月坛会催生了新络城中面具制作的兴起，一些香众敬鬼神也怕鬼神，总会在这一日戴上各种青面獠牙的恶鬼面具前往孟婆山参加月坛会，以此来阻止所谓的“鬼气”近身。

翌日，徐山霁一大早便去城中的面具摊子上买回来一大堆面具，幸而他多花了些钱找了好些人帮他去买，不然他一个人买这么多，势必会引起一些不必要的注意。

“什么阻止‘鬼气’近身，我看这就是关家寨敛财的手段之一。每月都要开一次月坛会，去的香众都得事先买好面具，以往月坛会上用过的，回去还都得烧了，这不摆明了就是坑钱吗？”东西买回来，他瞧了又瞧，又啧一声，“这些玩意儿看着就不吓人，反倒挺滑稽的，要不是非得戴上才能进，小爷我才懒得买这些破烂。”

徐山霁正说着话，一转头却对上一张朱红扭曲的脸，吓得从凳子上摔了下去。他屁股生疼也来不及揉，就瞧见摘了那朱红面具的子茹挑眉道：“二公子，不是不吓人吗？”

徐山岚坐在一旁神情凝重，徐山霁始终顾忌着兄长的情绪，也没咋咋呼呼的，站起来小声说：“那是你突然凑很近。”

戚寸心挑了两个面具，却在院子里找不到谢缈。这是徐允嘉暂时赁来的院子，并不算大，四四方方的天井，将天地都收揽在这方寸之间。

檐上的少年在喝酒，风吹着他的衣袂猎猎而动。天边朝阳还未将这晨雾蒸发殆尽，在此般朦胧的天色里，他腰间丝绦的颜色最为鲜明。

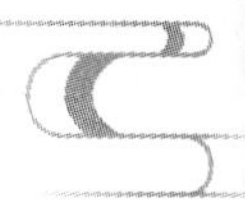

底下的小姑娘拿着两个面具，正在东张西望。他坐在檐上看了会儿，耐心地等她寻找，见她始终没有抬头往上瞧，才飞身下去揽住她的腰，带着她重新回到了檐上。

戚寸心坐在檐上时还紧紧地抓着他的手臂，他的身上带着轻微的酒香。她想起刚刚飞翔的刺激，当时两个面具差点儿从手中掉下去。谢缈拿过她手里的一个面具，漫不经心地打量着，又举起来遮挡住面容看向她。

戚寸心透过面具看见他的一双眼睛，在晨光里如此剔透漂亮。

“娘子，若是裴湘还活着，你我要活着离开新络也许会很难。”他的声音浸了几分酒意，却丝毫不显沉重。

裴湘如果还活着，要从关家寨那数百人眼皮底下救出她，只怕仍要动用新络的官府，以及随车驾西行的崇光军。如果真走到那一步，那么谢缈与戚寸心就相当于暴露在各方势力面前，一时不知多少明刀暗箭将向他们袭来。

“那缈缈会不救她吗？”戚寸心却问他。

“我若不救她，那个老头只怕会气死。”少年放下面具，一双眼睛望向檐上大片的日光，他语气却很冰凉。

他从不轻易袒露心迹，犹如坚冰一般凛冽又凉薄的眸子里，有教人看不清的心思，即便是此时谈及裴湘与裴寄清，他也仅仅只有这样一句冷淡的言语。戚寸心却分明从其中感受到几分属于他的温度。

此时的清晨薄雾微消，明明是最为静好的时刻，也不知为何，她心头却是酸涩的，以至于眼眶微湿。

“再难，我们也要在一起。”她说。

忽然，少女伸手拿了他的酒壶来仰头喝了一口，烈酒入喉，呛得她一阵猛烈地咳嗽。

少年伸手轻拍她的后背，待她顺过气来，他问：“好喝吗？”

戚寸心被呛得眼眶发红，眨了一下眼睛便有泪珠滑下脸颊，腹中好似有一簇火，烧得她心肺发烫。

她摇头，轻声说：“苦的。”

“是吗？”

少年闻声，微弯眼睛，此时青灰暗淡的天色逐渐被日光照得明亮许多。他忽

然俯身衔住她的嘴唇，唇齿纠缠间他的气息犹有微甘的酒香，带着几分莫名的凶狠，勾得她心如擂鼓，仿佛心肺灼烧的烈火已经蔓延至整个脑海。

此时在底下说话的几人根本没有注意到檐上的情形，大片天光照进天井，照得枝叶在平整的地砖上铺了零碎的影子，直至檐上的青瓷酒壶被他的衣袖拂落，摔在树下的一片浓荫里，发出清脆的声响，碎作满地的瓷片。

这声音如同击破水面的石子，戚寸心用手抵住他的胸膛，侧过眼时已隐约瞧见木廊阶前闪过子茹鹅黄的裙袂。只要子茹走下阶梯，抬头一望，便能瞧见他们两人此刻的热烈。

“说谎。”他的气息有点儿乱。

谢缈的嗓音带着几分软绵绵的醉意，含糊而微哑。看着她迷离的双眼，他用指腹轻轻地触摸她殷红柔软的嘴唇，而戚寸心几乎不敢多看他那双琉璃般清澈的眼睛。

子茹走下阶来，盯着浓荫里的碎瓷片看了一眼，随即抬头，便瞧见檐上那对少年夫妻正抱在一起，她看不清戚寸心的脸。

“徐山岚。”谢缈的衣袂微扬，忽然唤了一声。

坐在木廊内的圆桌前神思恍惚的徐山岚并未听到他这一声唤，还是徐山霁拍了拍他的肩，对他说：“哥，殿下叫你呢！”

徐山岚一下回过神来，立即站起身走到院中，垂首行礼道：“殿下。”

“去找吴韶。”谢缈只简短一句。

徐山岚仰头对上少年那双沉静的眼睛，片刻后他躬身拱手：“是！”

戚寸心侧过脸来，看着徐山岚奔向院门的背影。

她知道，事到如今，她和谢缈再没有退路了。

第二十八章 月坛会

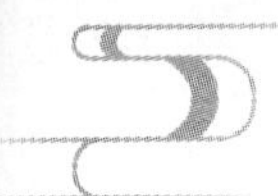

正午时日头炽热，山林间的青黑树叶被炙烤得微卷。孟婆山上的关家寨里许多人来来往往，忙着布置明日的月坛会。

身着铜绿锦衣的青年坐在楼上纳凉，身边的侍女正替他打扇，一个身形魁梧的男人手按着腰间的弯刀，立在他身边一脸严肃，动也不动。

“姜凡，吃一块。”青年悠然自得，让侍女将玉盘中的西瓜捧到男人面前，瞧见他摇头，青年便啧了一声，“你啊，就是没趣儿。”

“少爷！”一道急匆匆的声音传来，随即便有人重重踩着楼梯跑上来。

青年皱着眉，斥他：“慌里慌张的做什么？”

那人苦着一张脸，喘了口气便忙道：“寨主、寨主回来了！”

“什么？”青年乍一听这话，腾地一下从藤椅上起身，“姑母不是去金源了吗，怎么突然回来了？”

“小的哪敢问。”那人的声音小了下去。

“关秋染在哪儿？”青年忽然想起了些什么，急急地问道。

“小的来找少爷您的时候，就瞧见三小姐跟着寨主去引泉厅了！”那人忙垂首回道。

青年的脸色瞬间阴沉了些：“这个死丫头，我就知道她那日同我说的都是假话，姑母一回来，她就什么都说了。”

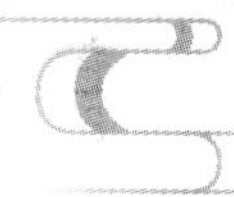

“少爷，寨主的人来了。”眼尖的奴仆瞧见底下不远处走来几人。

青年跟着来找他的几人到了引泉厅。他迈入门槛，朝里面望了望，却并未瞧见关秋染的身影。

“天璧。”一道稍显低哑的女声传来，带了几分压抑不住的怒意。

关天璧只瞧见那晃动的红白两色的流苏帘子，便忙垂下头，恭敬地唤了声：“姑母。”

他有些按捺不住，又试探着问：“姑母，秋染妹妹来过了？她和您说了什么？您千万不要信她，三叔他们一家一向……”

说话间身形瘦小的中年妇人掀帘出来，她用一双眼睛紧紧盯住这个比她高出许多的青年，厉声打断他：“我走时同你说过什么？苏家的事你不要插手，你为什么不听？”

“姑母，您不是一直惦记着苏家的水上生意吗？”关天璧抬头，“我如今将船货行弄来了，您有什么不满意的？”

“我准许你这么做了吗？”关浮波神情恼怒，“你以为你是个什么东西，我把月坛会交给你来办，你便以为可以插手我关家的生意了？关天璧，你是嫌你断两根手指还不够吗，如今竟还敢动裴湘？那可是当朝太傅的亲孙女，关天璧，你最好是还留着她的性命，不然整个关家寨，都要被你拖累！”

她的话犹如毒刺般狠狠地扎进他的血肉里，他不由得去看自己残缺的右手，这个位置几乎天天都缠着一截绸布，那缠住的是自己缺损的手指。

关天璧的神情一下变得有些怪异，他用有些尖锐的嗓音说：“可惜姑母回来得晚，关秋染告状告得也不及时，裴湘已经死了，在石洞里已经被烧化了，骨灰都被扔进一味尘里了。”

“当年我在新络城内杀了两个人，姑母断我两指，如今我杀了个裴湘，她又值我几根手指啊？”关天璧的语气很轻，却有种阴森的感觉。

他的眼睛慢慢地对上关浮波的目光：“姑母竟也有怕的时候。”

他露出来的笑，在这晦暗的厅堂内显出几分扭曲，可下一刻，他便被关浮波一脚踢倒在地。与此同时，她手中的峨眉刺轻转，猛地擦着他的脖颈狠狠嵌入了地砖缝隙中。

“惹了裴家，你以为断几根手指就能平息此事？”关浮波在他身侧蹲下来，

嗓音干哑，“你杀了裴湘，裴家和太子都不会放过我们关家寨。天璧，这么多年，你还是没什么长进，我对你很失望。”

关天璧紧盯着近在咫尺的那根峨眉刺，他虽眼眶发红却在笑，还笑得阴沉。关浮波当即命人进来将他扶出去，关起来。

“寨主，是我的错，我没有看紧大少爷。”脸上涂了两道红白彩墨的老者拄着拐走上前来，低声说道。

“是他这几年装得太乖顺……我将月坛会交给他，他便忙着夺了苏家的船货行，”关浮波立在大门处，望着外头一片明晃晃的光线，脸上流露出些许复杂的神情，“他做事如此不计后果，要我如何放心将关家寨交给他？”

“寨主的意思，可是要考虑三小姐？”那老者小心翼翼地问道。

闻言，关浮波的神情冷下几分，她摇头道：“三弟屡屡与我作对，他教出来的女儿又有几分可信？天璧是我养大的，寨主的位子，只能是他的。”

“裴湘的事，你找姜凡问问看，若人真的死了，那么便将船货行的契悄悄送回苏家去，并将此事推给苏家。”关浮波眉宇间透出几分疲惫，“晋王在金源遇刺，如今尚在昏迷之中，且月童的局势还不太明朗，我们现在也只能走一步看一步了。”

“是。”老者应了一声。

孟婆山的月坛会比别处的庙会更为热闹。翌日，天色还青灰暗淡，便有不少人已经顺着山路往上走。上山的香客皆穿白纻，戴着形态各异的面具，偶有几个提灯的，在此间薄雾浓云里行走，显得诡秘异常，好似百鬼游行一般。

戚寸心和谢缈等人跟在后头，他们没有提灯。

行至青黑密林中，路有些看不清。戚寸心小心地注意着石阶，冷不防走在前面的少年迈上一级阶梯后忽然停下来。

她隔着面具抬头，正见他骨节分明的手指抓着他腰身的殷红丝绦，递到她的面前。

戚寸心愣了一下，随即抓住他的丝绦。而谢缈已然转身抬步往前，她也便抓着他的丝绦随着他往上走。

实际上，为避免所谓“病气”近身，所有上山的香客都不能携手相扶，他们习惯遵此说法，山径上的行人无一人逾矩。

路过一味尘时，瀑布发出的声音不绝于耳。那碗状深潭前散落着香灰与未燃尽的黄纸，而那些香客也纷纷停了下来，对着深潭双手合十，躬身行礼。

戚寸心拽了拽丝绦，想要提示谢缈，可前面的人依旧岿然不动。她只得趁着天色未明，伸手去按谢缈的后脑勺，让谢缈跟着她一起敷衍着弯腰。

依照关天璧所说，裴湘的骨灰便是被撒在了这里，戚寸心不由得再度抬眼去看那漫出石潭往下淌的流水。也许是察觉到了她的情绪，谢缈看她一眼，伸手按下她的脑袋。

白纻衣袍被山风吹得鼓荡着，众人顺着山径再往上，便是关家寨的寨门。彼时晨雾初融，朝阳逐渐从云层之间显露真容，浅金色的日光大片大片地倾洒下来，照着寨中人那涂了几道红白彩墨的脸。

“涂得跟野人似的……”徐山霁在后头小声地说。

“就是，故弄玄虚。”子茹也十分赞同。

寨中的高台上供奉着一尊石刻的孟婆雕像，那些香众一踏入寨中，便去那高台底下跪拜磕头。

数十名年迈的巫医，穿着彩色布条编制而成的斗篷坐在各自的案前，闭着眼睛把玩手中龟壳磨成的牌子。在水渠中央的圆台上被火把包围的老妪，面上涂着浓重的彩墨，教人看不清五官。她嘴里念着晦涩难懂的话，手舞足蹈地摇晃着满身的铃铛，极尽癫狂。

眼前这一幕，说不出的诡异阴森。偏生这些戴着面具而来的香客看起来十分虔诚，说跪下就跪下，说祈福便往水渠里扔钱。

戚寸心看见一个走路颤颤巍巍，用棍子作拐杖的老翁跪在一名巫医的案前。他从怀里掏出一个折叠整齐的手帕，展开三层帕子后，露出来一个小小的布袋。他将布袋里头的碎银子、铜钱统统倒入案上的铜器里，努力让自己跪得端正些。

“巫医大人，”他虔诚地说着，又将一张字条小心地递上去，“我不识字，这是请村里上过一年学的小孩儿写的，我再说一遍我老婆子的生辰八字和殁年，您给瞧瞧他写错了没？”

那巫医眼皮也不掀，老翁已自顾自地说了自己已逝的妻子的生卒年，那双浑浊的眼里满是期盼，他最后问道：“巫医大人，您问问下头，看我老婆子还在不

在奈何桥边上不肯投胎啊？”

巫医有几分怠惰地摸了摸胡须，他在老翁专注的目光下胡乱拨弄着龟壳牌子，又从中摸出一张来，只瞧了一眼，便道：“她仍不肯走呢，只怕你还要多来劝劝她。”

老翁闻言，垂头也不知想着什么，隔了会儿，他嘟囔了一句：“她怎么这么倔啊……那您帮我跟她说，咱家今年没收成，家里已经揭不开锅了，我也许用不了多长时间就去了。”

老翁像是自说自话似的，拄着拐站起来，也没瞧见那巫医是个什么表情，反正他走了半宿的路到这儿来，也不过是为了这么一件事。他破旧的衣衫上补着大大小小的补丁，上头还沾着不少尘灰。戚寸心看他拄着那根棍子，一个人慢吞吞地往寨门去了。

“真荒唐……”徐山霁低声道，“他们怎么就这么相信这些巫医的鬼话？”

戚寸心还在看那老翁的背影，直到他走出寨门，她才收回目光，轻声道：“有的人活得太苦了，他们相信巫医，如同信奉神佛一般，多半也是想抓一根救命的稻草，好让自己能够在苦难里找到一丝慰藉。”

有些身在苦难中的人会憧憬神仙救世，憧憬地府有门，渴望自己的一生能够得到理想中的救赎。事实上，这不过是他们为了逃避现实的自我麻痹。戚寸心不是第一次见到这样的人，曾经她的母亲也是这样。

“荣老！”忽然有一个涂着彩墨的年轻人匆匆跑到一名光头长须的老者面前说道，“刚出寨子的那个老头，在山径上就跳进一味尘里，撞上石头死了！”

他的声音并不算小，足以令在场的人都听个清楚。戚寸心猛地抬头，她知道那人所说的老头就是方才从这里走出去的、步履蹒跚的老翁。

“一味尘岂是什么人都能玷污的？”那光头老者眉头皱得死紧，当即打发人道，“快将他捞出来，送到山下乱葬岗去！”

只因巫医的一句“她仍不肯走”，老翁也许在走出寨门的那么一会儿的时间里，认真端详过自己的残生。“箪瓢织尘网，瘠田无粒香。半生输税尽，老来死饥肠。”既然活着无望，倒不如一死了之，去寻那奈何桥畔苦等他的妻子。哪怕是被关家寨的人当作污秽一般从一味尘中捞出来，扔到乱葬岗里曝尸荒野，他也不会知道了。

“他们这是在害人……”徐山霁喃喃说道。

徐山霁此前一直在月童皇都，自然从未见过这样荒诞无稽的把戏。关家寨借鬼神敛财，他们并不在乎这些香客们钱多或是钱少，因为积少成多，也就成了金山银山。

那巫医是为了继续敛财而说的那句“你还要多来劝劝她”，却阴差阳错让那老翁的生念陡然没了，一心要去地府黄泉与他的妻子团聚。但很显然，关家寨的人并没有因此而显露出任何不安或愧疚，那被唤作“荣老”的光头老者只叫了人去打捞尸首，连看也不去看一眼。

恍惚间，戚寸心见一名戴着鬼面，不知年岁几何的香客将一把银子抛入水渠，击打出清澈的水花，而被燃烧的火把围在圆台上的老妪好似对这突发的意外也并不关心，仍旧是手舞足蹈，念念有词。有些明显得了病，止不住咳嗽的，或直不起腰的人，正在那些巫医的催促下饮下一碗又一碗符水。

忽然被轻拍了一下手背，戚寸心回过神来对上身边少年面具后的眼睛，他并没有说话，眼神沉静又从容。她没忘记此行的目的是什么，收敛心神，混在人堆里，有样学样地找巫医治“顽疾”。

符水其实就是草木灰兑水，只不过味道平淡怪异。戚寸心儿时也被母亲强逼着喝过一回，可这回她借着宽大的衣袖遮掩，全给偷偷地倒了。

关家寨是会为香客准备午食的，用的是关家寨人接来的瀑布流水，并非底下深潭里的水，毕竟潭内这些年来，也不知撒过多少人的骨灰，而那骨灰混在潭水里，又流淌至山石底下去碾作尘泥。对于这些香众来说，这便是孟婆的恩赐。

美其名曰，这凡人饮了一味尘，或可有机会在梦中遇见他心中惦念的黄泉往生之灵。

“瞧瞧他们这话术，”徐山霁跟在后头往荐香堂去时，小声嘟囔道，“日有所思便会夜有所梦，他们也不将话说得太满，若谁梦到了心心念念的已逝之人，便是他的造化，若是梦不到，便是他心不诚。”

在荐香堂用饭都是单人单桌，背对背坐。此间夏日，关家寨备下的饭食蔬果倒也清淡解暑，但戚寸心呆坐着没动，只盯着小碗中的白稀粥看，她又想起那些方才在外头将自己背来的小半袋米粮虔诚上供的香客。

大到锦衣玉食的富商，小到箪瓢屡空的穷苦人家，或送钱或送米粮，将这关

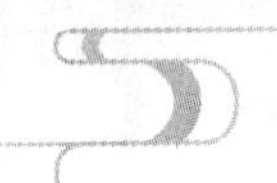

家寨养成了山中恶虎。如今用来招待他们的这些饭食，只怕也都出自这些香客的馈赠。戚寸心脑子里仍是那个衣衫褴褛、步履蹒跚的老翁，她觉得眼前这小碗中的每一粒米都沾着殷红的人血，令人恶心。

荐香堂内静寂无声，常来的香客显然早已习惯了这里的规矩，用饭也是动作极轻的。

另一边的引泉厅内，身形矮小的关浮波倚靠在太师椅上，手中拿了个碧玉烟杆子，正半眯着眼睛吞云吐雾，听荣老禀报今日发生的事。

“不过死了个人，他既是自己跳下去的，与我们关家寨又有何干？官府若要问，咱们也没什么好怕的。” 她眼也不抬地说道。

“是，我已经叫人料理了。”荣老低头说道。

“姜凡那儿如何，问过了没有？”这显然是关浮波现在唯一关心的事。

“问过了。”谈及此事，荣老的面色明显添了几分凝重，“人……好像真的死了。”

关浮波一下抬眼，烟雾缭绕间，她那双眼睛带着几分阴戾。她稍稍坐正，咬着玉烟嘴沉默了半晌，才叹了口气道：“荣生，这两年我还以为天璧学乖了、听话了。哪知他本是个天生的坏种，他要争要抢，脑子却偏不够用。”

“寨主……”荣老犹豫了片刻，还是说道，“少爷之所以这样，只怕还是因为他急于得到您的认可。”

关天璧与关浮波之间远不像平常人家的姑侄那般，关浮波性子古怪，教养关天璧也十分严厉。

几年前关家寨还未攀上如今的晋王，关天璧在城中喝酒闹事，杀了两个无辜民女，关浮波给新络知府送了大把的银钱，又断了关天璧两根手指才算平息了这件事。

自那之后，关天璧的性情变了许多，一旦生气便要发狂，砸东西都是轻的，还多次提刀在寨中砍人。

因为这，关浮波对关天璧的管束便越发紧了。她将他关在寨中，硬生生关了那么几年，关天璧才总算好转了些。

关浮波之所以将这个月的月坛会交给关天璧来办，便是想瞧瞧他的能力。哪知他太贪心，竟与苏家二爷苏明瑞私底下做交易，将当朝太傅裴寄清的亲孙女裴湘偷偷绑回寨中，以此与苏明瑞交易苏家的船货行。

“你找个机会，将苏家船货行的契送回去，如今只能将这件事推到苏明瑞夫妇的头上去了。太子车驾应该就快到新络了，也不知太子和他那个太子妃如今究竟在哪儿。晋王殿下出事前命我回来截杀他们夫妇，可如今咱们派出去的人却连个消息都没有。”关浮波内心不大平静，她此刻眉头紧拧，晋王遇刺一事已经令她心神不安，如今偏又出了这么一档子破事。

天色比昨日暗得快些，远处几声闷雷响过之后，那日光便被阴云迅速遮盖，却迟迟不见落雨。来月坛会的香客在孟婆祠虔诚地跪了一下午，眼见着有几分要下雨的势头，可众人今日来时谁也没带伞，于是便在孟婆祠的大门处踌躇着，不知该如何是好。

关家寨是不留外客过夜的，但对于戚寸心与谢缈几人而言，这时黑下来的天色显然更合他们心意。

戚寸心瞧了徐山霁一眼，见他点头，她便知时候到了。身旁的谢缈有些心不在焉的，正用手拨弄着腰间白玉剑柄垂下的流苏。

关家寨的人还未来得及将灯点至此处。在此般晦暗的天色里，于众多身着白纻衣衫，戴着各色狰狞的面具，宛如夜行鬼魅的人群中，谢缈的身上更有种冷清阴郁的气质。

“什么声音？”忽然有人说道。

“吱吱”的声音在此般不甚明晰的境况下刺激着所有人的感官，宁静的屋内透着阴森恐怖的感觉。不远处的灯影被乍现的“黑云”遮蔽的刹那，戚寸心忽然被身旁的少年揽住腰身，一跃而起，飞至枝叶繁茂的树丛里，他们稳稳地坐在了粗壮的树干上。

或因山雨欲来，微凉的夜风有些急促，拂过她与他白色的衣袂。而那团“黑云”逼近，才终于显露出它真实的样貌来。

“是夜蝠！”有人激动地大声喊。

蝙蝠入夜而出，在新络的传闻中，它们是指引鬼魂去往黄泉的灵物，因此许多人自然而然将其与孟婆联系起来。在新络人眼中，蝙蝠即夜蝠，并非不祥之物，而是孟婆的灵使。

众人何时见过眼前这诡秘的一幕，数不清的蝙蝠成团地朝着他们涌来，他们

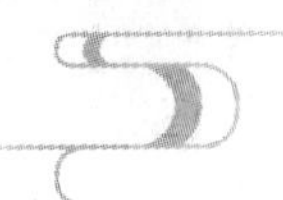

匆匆忙忙躲开，却见它们一只又一只，速度极快地撞在孟婆祠的大门上，“叩叩叩”的声音，便好似人在用手敲门一般。

正在此时，戚寸心听见徐山霁趁势在里头吼了声：“天啊！灵使叩门，赐福延吉了！”

荣老收到消息带着人赶来时，那些围观的香客们为追赶“灵使”已经乱成一锅粥。他们忘了关家寨的规矩，随着蝙蝠闯入寨中各楼。徐允嘉等人也趁此混在其中，窜行于各个房屋，为的便是找出关天璧。

“黄鳝血还真好使。”徐山霁回头望了一眼孟婆祠的大门，转身瞧见子茹与子意已经走出老远，他便连忙跟上去，“你们别丢下我啊，我害怕……”

整个关家寨灯火通明，照得寨子里亮如白昼，而此刻的关家寨人从未见过这样的阵仗，他们显然小瞧了这帮被他们“教化”过的香客遇见此般“神迹”后的癫狂程度，什么规矩、恫吓，统统都不管用了，一时间整个寨子鸡飞狗跳。

戚寸心和谢缈悠闲地坐在树上，瞧着底下那些来来往往忙着拦人的关家寨寨民乱成了一团。

“果然先生收藏的书，即便是闲书，也是有用的。”她兴致勃勃地说道。

什么灵使叩门，不过是她曾在九重楼中看过一本记载动物习性或喜好的闲书，其中一页写着：“黄鳝之血，腥味重。而蝙蝠嗅觉比人更为敏锐，它们最为喜爱这样的气味。”

戚寸心询问过徐允嘉关家寨的大致样子，知道了他们寨子的房屋皆涂红漆，所以她便想了这么个办法。他们混在香客中，每到一处都由徐山霁与子意、子茹悄悄往柱子或大门上涂抹黄鳝血，以此引来成群的蝙蝠。那些人未必闻不到似有若无的腥味，只不过他们见了所谓的“神迹”，自然也不会有工夫细想这些。

谢缈抬眼，瞥一下半空中扑翅的银霜鸟，他轻道一声：“走吧。”

戚寸心闻言，便立即乖乖地抱住他的脖颈。这时，他却停了下来。隔着面具，他先对上了她的眼睛，而后又忍不住摸了一下她的后脑勺，揉乱了她的头发她也不知道。下一瞬，他便揽住她的腰，带着她循着那羽毛洁白的鸟展翅的方向飞身而去。

关天璧被锁在阁楼内，下午喝了顿酒，就这么半醉半醒、迷迷糊糊到了夜里。外头雷声阵阵，但寨中灯火比以往还要明亮许多。他从床上爬起来，踢开脚边的酒坛子，走到门前时隐隐约约听见不少人的吵闹声。

“外头怎么了？”他问外头守门的人。

“大少爷，是香客们闹起来了。”一人恭敬地答道。

因为这场忽然出现的闹剧，原本守在关天璧门前的十几人也被抽调了一半去拦那些胡乱瞎闯的香客。

“闹起来了？他们怎么敢？”关天璧还以为自己听错了。

“今晚也是怪了，突然来了好多灵使，那一个个的，都往孟婆祠的大门上撞，他们都说是灵使叩门。”另一人侧过脸来，隔着门窗说道。

灵使叩门？什么乱七八糟的。

关天璧实在有些摸不着头脑。但他也来不及细细思索了，因为下一瞬，守门人的身躯便重重撞上了门窗，吓得他仓皇后退。他看见雕花门破裂倒地的同时，那几人血溅当场。

关天璧定定地瞧着数道身着白纻衣袍，戴着面具的身影。一时雷声轰隆作响，灯影明灭间他不由得后背发凉，害怕地往后又退了几步。

“你们……你们要做什么？”他试图逃跑。

一柄弯刀破空而来，谢缈及时带着戚寸心闪身躲开，而徐允嘉适时抽出藏在宽松衣袍内的软剑来，迎了上去。

“姜凡救我！”关天璧一瞧见那道带着风而来的魁梧身影，便大喊一声。

但徐允嘉以及几名侍卫将姜凡阻挡在外，使其短时间内无法往前，更不能迈入门槛一步。

这里的动静很快就会引起关浮波的注意，所以谢缈当即牵着戚寸心进门。几名侍卫先上前将关天璧擒住，把他按在桌上不得动弹，随后，谢缈松开戚寸心的手，示意她转过身去。

戚寸心显然已经察觉到他想做什么了，她没迟疑，依言转身。

谢缈显然没有耐心与这关天璧耗着，在戚寸心转过身的下一瞬，他便抽出侍卫腰间的一把匕首来，刀锋几乎没有停顿，径直刺穿了关天璧的手掌，那力道大到刀尖甚至嵌进了桌面。

“啊啊啊！”关天璧痛得惨叫起来。

“关公子，听说你将裴寄清的孙女裴湘杀了？你行事如此不计后果，可考虑

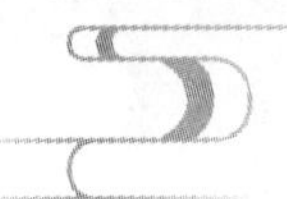

过我们这些同裴寄清结下仇怨的人？”他略微转动刀刃，硬生生地绞着他手掌的血肉，听见关天璧痛苦的叫喊，他却轻笑一声，不紧不慢道，“你抢了我们谈生意的筹码，是否便算是欠了我们一笔债啊？”

他故意称自己与裴寄清有仇怨，这样，假若裴湘真的死了，关天璧也不能用她还活着的假话来哄骗他。

“公子，公子既与裴太傅有仇怨，我这么做也是为公子您出了一口气啊！”关天璧痛得神思混沌，“裴太傅没了裴湘这个亲孙女，一定大受打击，他已经那么老了，先死了儿子，又死孙女，说不定……说不定他这回接到消息，就直接气死了呢？”

“她真的死了？”谢缈追问。

戚寸心一听关天璧这话，一颗心顿时跌至谷底，她不管不顾地回过头去，便正好瞧见那血淋淋的一幕。

“死了，真的死了！我让姜凡杀的，就在底下的石洞里火化的！”关天璧痛苦地嘶喊。

真的死了！戚寸心呆立在那儿，始终无法回神。

谢缈撤下刺穿关天璧手掌的匕首，下一瞬关天璧求饶的话还未出口，两名侍卫的软剑便已经抵上他的脖颈。鲜血迸溅出来时，那两名侍卫便松了手，关天璧就这样趴在桌上一动不动，只睁着一双不甘的眼睛，那殷红的血从他的脖颈间迅速扩散，滴落在地面。

“公子，关浮波来了！”徐允嘉的声音传来。

关浮波带着人正匆匆赶来，才至楼下，她便瞧见楼上有什么东西忽然坠下。她下意识地侧身躲开，却听荣老惊慌失措地唤了声：“少爷！”

关浮波猛地回身，在檐下闪烁的灯火映照下，她看清了那摔在地上，双目大睁，浑身是血的死尸的脸。

“天璧！”

雷声轰隆，夜幕漆黑。关浮波仰面一望，正见楼上栏杆内戴着鬼面具的数道身影。一根峨眉刺从她手中破空而出，在半空迅疾旋转着朝楼上去，却被正与姜凡打斗的一名戴着面具的人以剑身挡下。当的一声响，峨眉刺刺破灯影重新落入关浮波手中。

“公子，你们快走！”徐允嘉的虎口被那峨眉刺震得发麻，他握紧剑柄，回头喊道。

然而此时，底下已经有大批提剑拎刀的寨民赶来，其中又有一部分人不大一样，他们的穿着与寻常寨民不同，皆身着棕绿衣裳，耳郭上挂着鸟羽。

谢缈只是瞧了那些身影一眼，便隐约看出几分异样。他当即抽下腰间的丝绦来，将戚寸心的手腕与他的手腕绑在一起。隔着面具，他似乎瞧见了她眼底的水雾，于是他顿了一下，伸手去摸腰间的白玉剑柄。

“娘子，我们不走了。”他语气沉静。

说话间底下便已有不少人顺着楼梯上来，数名侍卫堵在楼梯处将他们一一杀死，又踢下楼去。

那些身着棕绿衣裳的人明显都是武功高强之辈，他们施展轻功，飞身而起，剑指楼上众人。

徐允嘉才躲过姜凡的弯刀，转头迎上另一人的剑锋，他先是闪身躲过，以手中之剑相抵，然后趁机将一样东西取出并打开来，一簇烟火随着一声响迅速升空，并在夜幕里迸发出一片彩色的炫光。

关浮波只抬头望了一眼，与此同时，远处天边电闪雷鸣更剧，随之而来的一场雨让人猝不及防，一颗颗雨珠砸在人的脸颊隐有几分痛。

“你们到底是什么人？为何杀我侄儿？方才又是放的什么信号？”关浮波恶狠狠地盯住其中那名身形颀长、丝绦殷红的白衣身影。

“关寨主只当我等皆是受灵使所遣，来这人间一遭除去邪祟的转世凡胎。”面具遮挡了谢缈的面容，此时的他居高临下，在这淋漓的雨中，他的嗓音却比雨声还要动听。

“一派胡言！”关浮波忍受不了这样的愚弄。

此刻的关浮波来不及多看一眼被荣老等人抬到檐下的关天璧的尸身，她施展轻功往楼上去，手中的峨眉刺飞速旋转，在昏黄的灯光下，那峨眉刺尖锐的棱角皆化作凛冽的冷光。

子茹、子意与徐山霁赶来时，正瞧见这打得不可开交的混乱场面。子茹匆匆回头，让徐山霁自己找个地方待着，千万不要露面。徐山霁点头如捣蒜，随后他往四周张望了一下，瞧见不远处的墙根儿底下堆积了不少杂物，便跑过去，藏到

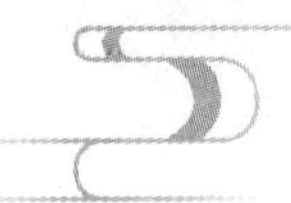

杂物堆里。

谢缈抽出钩霜，剑刃精准地击打在关浮波的手背上，带出一条血痕，趁此空当，他带着戚寸心踩着栏杆一跃而起，旋身踢在关浮波的左肩。

关浮波吃痛拧眉，她迅速稳住下坠的身体，稳稳地落在雨地里。刚落定，便见那手握一柄纤细长剑的白衣身影带着另一人也已稳稳地落在地面。

“关寨主不是孟婆的血脉吗？今夜灵使叩门，关寨主怎么也不恭迎？如今我等遵灵使指引而杀了寄居于这肉体凡胎的邪祟，关寨主还不跪地诚谢灵使大恩？”他剑刃上沾染的血不过顷刻之间便已被雨水冲刷干净，冷冽的剑锋指向檐下的死尸，字字看似认真，却又隐含几分讥讽。

关浮波身材矮小似十二三岁的稚嫩少女，但那张脸早已染上风霜的痕迹。此时她的面容因愤怒而变得有些狰狞，她知道，此人是不会好好答她的。

“都给我听着，杀光今夜寨中所有的外人！”关浮波浸了雨水的声音更显嘶哑阴冷。

很显然，她并不担心自己这么做会引来什么麻烦，因为如今的新络知府早已经与他们关家寨是一条绳上的蚂蚱，她有的是办法将这些贱民的命债，扣到这些杀她侄儿的人的头上。

此言一出，那些在后头躲着，不知事情真相的香客们都慌了神，瞧见寨民手中的刀剑朝他们袭来，他们转身就跑。

关浮波的峨眉刺再度脱手飞出去，谢缈收放丝绦，敏捷地使自己与戚寸心避开旋转而来的峨眉刺两端尖锐的棱角，随后将戚寸心往身后一带。他手腕一转，就这样用剑刃几经来往，分毫不给关浮波近身的机会。

雨幕之下，戚寸心并不能将那两根峨眉刺看得清晰，关浮波的动作实在太快了，那东西在她手中转动起来，戚寸心只能瞧见寒光闪烁。而谢缈的招式此时也迅疾多变，不过不论关浮波如何动作，他始终能从容应对。反倒是他的剑锋几次挑破关浮波手中的峨眉刺，极为精准地钩破她的手指。

兵器交锋时，峨眉刺擦着剑身发出尖锐的声响，乍现的火星子顷刻又被雨水湮灭。晦暗的光影交错下，打斗之声不绝于耳。

雨水顺着关浮波的下巴滑落，她浑身早已被雨水淋湿，在朝谢缈掷出两根峨眉刺的刹那，她的一双眼睛却蓦地盯住了谢缈身后的戚寸心。她一个旋身，在衣袂激荡出水花时，迅速摸出腰间的一枚暗器。

戚寸心几乎来不及后退，幸而谢缈反应敏捷，及时借助丝绦将她往自己身侧一带。同时一把匕首忽然飞来，击打在暗器上发出清脆的响声。那暗器被打得偏了方向，尖锐的棱角堪堪划过戚寸心的脖颈，留下一道细微的血痕。

戚寸心下意识地偏头，便见那匕首嵌入檐下的柱子上，刀柄是晶莹剔透的琉璃。那不是莫宴雪的匕首吗？

“秋染，你这是做什么？”关浮波的声音在雨幕里响起。

戚寸心一回头，见到的是一名身着杏红衣裙的女子。她撑着一柄纸伞，腰间悬挂的，正是那柄匕首的琉璃刀鞘。

那明明是她从先生那儿求来给宴雪师哥的，怎么如今却在这女子的身上？

此时谢缈瞧见戚寸心脖颈间的那道血痕，眼神在顷刻间变了。雨珠滴答滴答地拍打在面具上，他根本不给关浮波再次质问那女子的机会，持剑往前，招招狠戾。关浮波匆忙应对，却因挡不住他诡秘凌厉的剑招而踉跄着后退。

“救命啊！”那边的徐山霁正在大叫。

原本想要救人的徐山霁，转眼就被两个寨民发现了。他带着香客缩到墙角，瞧见那两个寨民举起来的刀，便吓得朝他们使劲扔东西。但可以轻松拿起来的物件并不多，他抄起个扫帚就往那两人脸上抡，其中一人轻轻松松砍断了扫帚，手上的刀刃眼看就要落到徐山霁的脖颈上。

一把银蛇弯钩忽然而至，钩住刀刃的刹那，徐山霁只瞧见一道纤瘦的身影落至他的身前。随即弯钩见血，那两个寨民的脖颈已经血肉模糊了。

“没事吧？”少女回头，她脸上的面具早已丢了，雨珠顺着她鬓边的浅发一颗颗滑落。

徐山霁望着在朦胧水雾里少女的脸，愣愣地摇头。而此时，那名唤作秋染的年轻女子带来的一帮人也加入眼前的乱斗里。看样子，却是与关浮波手底下的人打起来了。

这时，有个黑发白衣的青年掠风而来，他手中的一柄长剑落地再收回，顷刻间便收割了三个人的性命。他轻踏于房檐之上，耳边听见铃铛细碎的声响，四处找寻中望见正与关浮波打斗的白衣人身后那名身形纤瘦的女子，女子手腕上隐约可见银铃铛。

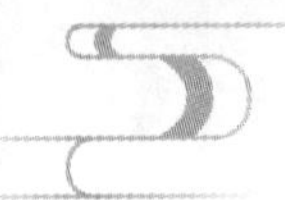

“三百九十六妹！”他高唤一声。

戚寸心回头，正见檐上的俊朗青年足尖一点，朝她掠来。与此同时，谢缈回眸瞥见他，沾了雨水的长剑于半空一挥，发出铮然声响的同时，也斩断了他与她之间的丝绦。在那青年落地的瞬间，谢缈将戚寸心推到他面前。

“保护好她。”谢缈深深看了戚寸心一眼。

戚寸心被青年扶住手臂的刹那，便见谢缈已再度提剑朝关浮波袭去，此时他再没了顾忌。他的身影穿梭于雨幕中，犹如鬼魅一般，强劲的内力借着剑刃击碎了滴落的雨珠，剑锋抵上峨眉刺，发出清脆的声响，令关浮波几乎握不住手中的武器。

不远处，杂乱的雨声里有脚步声靠近。关浮波闪身躲开时，回头又瞧见一群带着刀剑匆匆赶来的人。来人所提的灯笼闪烁不定，却能看清灯笼上的一个“苏”字，而领头的正是苏家的三爷苏明安。

关家寨几百号人，如今却有一小半听从关秋染的命令，这苏家忽然来的这么一群人也有两三百之多，大多是他们苏家请的护院，还有裴湘从裴府带到新络的护卫。

关浮波到此时才终于明白，方才那升空的焰火是在通知苏家这些人。所以，这些人混在香客里，杀她的侄儿关天璧，是为……裴湘？

她来不及思索更多，那白玉纤柳般的长剑已将她逼得力竭，只这么一晃神的工夫，她便生生受了一掌。

胸口气血上涌，关浮波吐了一口血。在她踉跄后退的刹那，那白衣身影已飞身掠至她身前。她瞳孔微缩，下意识地用尽力气将峨眉刺对准他刺下去。可这一刻锋利的剑刃早已刺穿了她的胸口，而她手中的峨眉刺也震碎了眼前狰狞的鬼面具。面具落地，冰凉的雨水顺着那人鬓边的两缕须发滑下。关浮波看见的，是他那双幽深眼瞳里映着的一片阴沉郁冷。

“寨主！”荣老回头瞧见这一幕，可在下一瞬，他也被莫宴雪从背后刺穿了腰腹。

“太——太子……”关浮波睁大双目，紧紧地盯着眼前这少年白皙的脸庞，她嘴唇颤抖，口里不断涌出殷红的血。

关浮波并未见过当朝太子的真容，仅看过他的一幅画像。依照晋王谢詹泽的

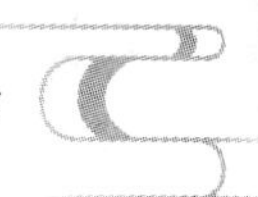

安排，她赶回新络为的便是截杀太子，却不承想，她要找的太子就这么悄无声息地到了她眼皮底下。

纤薄的剑刃抽出，血溅在少年的侧脸，却又很快被雨水冲刷不见。关浮波双膝跪地激荡起几层水花，她那双眼始终紧紧地盯着他。忽地，她下垂的手臂竭力一动，一道寒光乍现，却在还没来得及袭向谢缈时便被一个不知从哪儿来的斗笠给挡了一下，峨眉刺受力后移，在顷刻间反刺入了关浮波的咽喉。关浮波后仰倒地，她一双眼睛大睁着，渐渐没了神。雨水击打在她惨白的面颊上，晦暗的光，照着她咽喉处峨眉刺的尖端所坠的水珠，凛冽生寒。

谢缈面无表情，偏过头看向院门那一片阴暗之处，直至一人走出来。那是一位头发花白、面容沧桑、衣衫褴褛、不修边幅的老者。

“三小姐小心！”一道浑厚低沉的声音传来，竟是那身形魁梧的姜凡发出的，他手中弯刀一挥，便将靠近秋染的一道棕绿身影抹了脖子，原来这女子竟是关家寨的三小姐关秋染。

早在关秋染出现时，姜凡便不再与徐允嘉缠斗，转而对付起关浮波的人。

此时姜凡弯刀染血，着急地回过头去看关秋染，却蓦地瞳孔一缩。雨幕之中，他缓慢地看向自己血淋淋的腹部。关秋染手中的长剑，在他转身的一刹那便笔直地刺穿了他的身体。

“三、三小姐……”姜凡咬着牙，满脸不敢置信。

关秋染却没什么情绪，她毫不犹豫地抽出剑来，带出一片血迹，又冷眼看着姜凡倒在雨地里没了声息。

“关家寨的人听着，关浮波已死，谁要是想跟着她去，大可以继续顽抗！”她像是什么事情都没发生一样，朗声道。

此话一出，果然许多寨民犹豫起来。不过片刻的工夫，他们便被苏家和关秋染的人制服。唯有那些身着棕绿衣裳的人还在拼死相抗，尽数死于徐允嘉等人之手。在关秋染与苏家人的保护下，那些香客也都顺利地逃了出去。

莫宴雪才松了戚寸心的手臂，便见她跑到了那少年的面前，他不由得撇了撇嘴，轻哼了一声。

“缈缈，你没事吧？”戚寸心匆忙打量着谢缈，见他衣袖边缘有大片殷红的血迹，便去抓他提剑的那只手，但撸起他的衣袖后，她却并没有在他手臂上看到

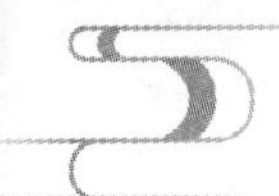

任何伤口。

“她的。”谢缈微扬下颌，瞥一眼地上已经断了气的关浮波。

戚寸心松了一口气，面前的少年却伸出另一只手，解下她脑后的系带，摘了她的面具，随手扔在了这血腥污浊的雨地里。

“民女关秋染，拜见太子殿下、太子妃！”

忽地，这样一道清脆的女声传来，戚寸心与谢缈双双回头，便见那被雨水血污浸湿了衣裙的年轻女子朝他们跪了下来。此时庭内已经没有什么香客了。

“草民苏明安拜见太子殿下、太子妃。”那苏明安也连忙上前跪下。

寨民与苏家人跪倒一片，齐呼千岁。

戚寸心与谢缈示意众人起身，而关秋染也带他们一起来到室内。

所有的因果便在此时，于众人眼前徐徐展现……

第二十九章 三小姐的故事

关天璧是关浮波大哥的儿子，而关秋染则是她三弟的女儿。多年前关浮波从她兄长手里接过关家寨寨主的位置后，便开始借由孟婆山的传闻，将关家寨的人传扬为孟婆血脉，并以此来敛财。关秋染的父亲并不赞成关浮波做这些装神弄鬼、祸害乡民的事情，却终究左右不了关浮波。

“姑母行装神弄鬼之事敛财还不够，竟还卷入了皇家争斗，成为晋王的鹰犬。父亲与我都深知她这么做，终将使我关家寨陷入万劫不复的境地，但父亲体弱，卧病在床，寨中多数人又对姑母唯命是从，我们父女两个实在势单力薄。”窗外风雨渐大，关秋染对着灯火说道，“有许多事，我们是无权插手的。”

“所以三小姐才要借太子之势肃清关家寨？”戚寸心已经擦干头发，她一下站起来，满怀期盼道，“裴湘在哪儿？她没有死，对不对？”

那姜凡明明是关天璧的护卫，徐允嘉言其武功高强，但今夜戚寸心见他与徐允嘉过招时却躲闪颇多，像是故意不用全力的样子。甚至在关秋染出现后，他更是直接倒戈，与关浮波手底下的那些人打斗起来。如果姜凡是关秋染的人，他口中所说的杀裴湘一事便不一定真。若姜凡没有杀裴湘，那就是关秋染故意扣着裴湘不放，任由事态扩大，直至这消息传至她与谢缈的耳边。

关秋染这么做，便是想借谢缈之手，除掉关浮波。但有一点戚寸心此时尚不确定，如果姜凡是关秋染的人，那么她方才又为何要杀了他?

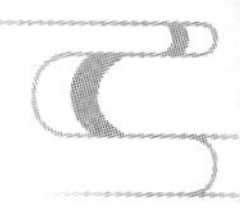

“太子妃容禀。”关秋染一撩衣摆跪下磕了一个头，“民女深知裴湘小姐若是死在关家寨，必将牵连整个寨子数百条性命，所以无论如何民女都不能看着关天璧犯下此等大错。如今，裴湘小姐正在我院中，只是姜凡给她喂了十日醉，只怕还要几日才能清醒过来。”

“三小姐好算计。”谢缈靠在椅背上，语气平淡。

“太子殿下天资聪慧，民女这点手段在殿下这里怕是不够看的，”关秋染恭敬垂首，将姿态放得极低，“若非殿下有心成全，民女今夜也不能成事。”

“你早就知道？”戚寸心闻言看向谢缈。

“没有很早。”他瞧见她皱眉，便伸手去抓她的手腕，语气也不自觉地温柔了些，带了几分讨好，“因为只是猜测，怕你失望，所以才不想告诉你。”

谢缈从来不是个毫无准备便迎头直上的人，关浮波与她三弟不和，乃至关秋染不受关浮波重用之事，他都已查得清清楚楚。只有关家寨内部有嫌隙，裴湘才有活命，但若他猜错关秋染这一步棋，提前告知戚寸心也不过是给她希望，又令她失望而已。

“三百九十六妹，那姜凡是个狠角色，当初苏明瑞夫妇设局引裴湘去报恩寺，便是他带着人将裴湘掳来关家寨的。”莫宴雪忽然出声，待戚寸心的目光落在他身上时，他颇有些心虚地摸了摸鼻子，“她身边有从裴府带来的二十多名护卫，我瞧着他们个个身手都好，就……离开了一阵子，没想到被那姜凡钻了空子。”

“可姜凡既是三小姐的人，你方才为何还要杀他？”戚寸心一脸疑惑地看向关秋染。

“他不是我的人，不过是个有所图的鼠辈。”关秋染跪得端正，谈及姜凡，她的眸子里泛着冷意。

“他图什么啊？”徐山霁捧着热茶，忍不住插了句嘴。

“图她的人啊，还能图什么。”莫宴雪靠在柱子上，双手抱臂，睨着关秋染，懒懒地说道，“关三小姐不过顺水推舟，假意与他私定终身，骗得那傻大个团团转。”

他吊儿郎当的语气里却莫名透着一股酸味。而一旁的关秋染静默着。再联想到关秋染手中的匕首，戚寸心确定宴雪帅哥应与她有旧情。

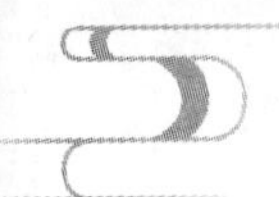

“姜凡此人心狠手辣，并且油盐不进，民女只得出此下策。”关秋染再度朝戚寸心与谢缈拱手道。

若非姜凡方才顾着救她，也不会被她抓住机会给他一刀。

“殿下，民女斗胆，请殿下饶恕除巫医以外的寨民，民女保证，我关家寨往后决不再借孟婆之名，行惑乱人心之事。”

关秋染说着便又俯身叩首。

这一夜大雨滂沱，直至东方既白，雨势才总算小了些。有逃跑的香客在知府衙门击了鼓，故一大早新络知府便遣了官差不顾泥泞上孟婆山查探情况。

“你不露面，官府那儿怎么办？”戚寸心在裴湘的床前待了片刻，又听见徐允嘉在门外的禀报，便问谢缈。

“那就是关三小姐的事了。”谢缈神情淡淡，“关浮波死了，可她这么多年给新络知府的好处并不少，身为新寨主的关秋染自有办法解决此事。”

“可是，”戚寸心回头去看仍未醒来的裴湘，“我们只怕等不到湘湘醒来就得走了。”

“莫宴雪既会留在这里，想来她也不会再出什么事。她若醒了，便将她送回月童去。”谢缈站起身来理了理衣袖上的褶皱，随即牵起她的手走了出去。

“殿下。”等在庭内的苏家三爷苏明安谨慎地唤了一声，他甚至不敢抬头直视谢缈。

“苏家有你苏明安也算万幸。”谢缈语气轻缓道。

可这话却令苏明安后背直冒冷汗，他只得再将身体伏低了些。

“是殿下……不，是公子给了我三房活命的机会。”苏明安恭敬地说道。

苏明瑞夫妇拎不清，苏明安却还是清楚的。昨夜见了徐允嘉之后，他便知道，此时若不听太子令，苏明瑞夫妇所为之事必定连累整个苏家，到时他们三房也逃不脱杀头的罪名。

“守好裴湘，她再出事，你苏三爷就没这么好运了。”谢缈看也不看他，牵着戚寸心的手走下阶梯，朝院门走去。

待出了苏府后门，戚寸心便赫然瞧见马车旁站着徐山岚，她愣了一下。

“世子什么时候回来的？”她问道。

“也是刚到。”

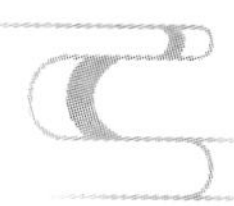

徐山岚笑了一下，站直身体，但见谢缈率先上了马车转身要拉戚寸心上去，他犹豫了一下，还是唤住了戚寸心。

“夫人，她……还好吗？”他终是问出了口。

“她被喂了药，要过两日才能清醒。”戚寸心松开谢缈的手回过头来，“世子，你要去看看她吗？”

徐山岚犹豫了一下，回身瞧了一眼已经关闭的苏家大门，还是摇了摇头：“她没事就行。”

明明他是这样在乎裴湘，日夜兼程，命也不要地去搬救兵，可如今真得了裴湘无碍的消息，却偏偏望而却步。戚寸心并不理解徐山岚。

如今太子车驾及崇光军已经进城了，而昨夜的乱局因关秋染与苏家的插手都已平息。因并未用到崇光军，他们这一行人自然也没有暴露行踪，自可继续西行去京山郡。

“徐允嘉，去将人请来。”戚寸心才在车内坐下，便见谢缈掀帘说了一句。她正不明所以，不一会儿却见车帘被人掀起，一张陌生沧桑的面孔映入眼帘。

此刻的谢缈正襟危坐，语气轻松：“从亭江县到新络，宋宪将军跟了一路，怎么，如今还打算跟下去？”

原来昨夜在关家寨中，扔出那斗笠挡下关浮波最后一击的老者，便是宋宪。

“宋宪早已是声名烂透的逃跑将军，却偏有人借罪臣之名来引太子殿下与太子妃上钩，”马车辘辘响，宋宪双手撑着根木棍坐在车内，他的面颊被胡须掩盖大半，掺杂银丝的头发也是乱蓬蓬地披散着。

他蓦地抬眼看向坐在太子身侧的年轻姑娘：“若非戚永熙、戚明恪父子上书作保，当年缇阳在罪臣手中丢掉时，罪臣便已经死过一回了。”

“此番是有心之人算准太子妃作为戚家的女儿，必会如其祖父与父亲一般，竭力挽救罪臣的性命。”他又说。

“所以破庙里的那个小乞丐，是将军您刻意安排的？”戚寸心几乎是一下便反应过来。

那幕后之人计划周密，本不该露出破庙里的这个纰漏，戚寸心之前想不通，姑且也只能算作是那人百密一疏，如今见了这位宋宪将军，她才发觉这所谓的

"纰漏"，竟是宋宪的刻意安排。

"的确。"宋宪凝视着她的面庞，随后轻轻点头，又垂下眼帘，"还望太子殿下与太子妃莫怪罪臣当时不便露面，也只能用这来提醒您二位警觉些。"

"既然亭江县的事已了，那剩下的事本也与你无关，不知将军因何一路尾随至新络？"谢缈的语气慢慢悠悠的。

"殿下与太子妃这一路不好走，罪臣只不过想再送一段。"宋宪戎马半生，也是见惯风霜之人，此时面对这身居太子之位的少年郎，他却看不透他，"出了城，罪臣便会离开，但若殿下有心治罪，罪臣……也甘愿服罪。"

他所说的治罪，便是指他当初在班师回朝时逃离了。

谢缈闻言，平静的目光落在他的身上："看来将军三番两次解我危局，皆已抱着必死之心。"

要么死在这乱局里，要么，死在他手里。

宋宪垂首，并不多言。

马车在城门外停稳，外头已有侍卫来打帘，谢缈扯唇道："德宗皇帝在位时的通缉已过时限，此事也与我无干，宋将军的这条命，我要来也是无用。"

宋宪抬首看向他，片刻后屈膝在车内跪下，一时诸多复杂的情绪翻涌，他嘴唇微动，却只道了一声："殿下……保重。"

当宋宪下了马车拄着棍子往前走了几步时，戚寸心才发觉他的左脚像是出了些问题，走起路来深一脚浅一脚的。在他那沾满血泪的传闻里，宋宪永远是钢筋铁骨、顶天立地的将军，纵然后来他的通缉令遍布南黎，大多数百姓也仍未忘记他为家为国、驰骋疆场的英姿。可如今看这稍显佝偻的背影，谁又能认得出他便是当年的铁血将军？

"缈缈，一个消失了那么多年的人忽然出现，你说，他是为了什么？"戚寸心忽然出声。

谢缈看了她一眼，又随着她的目光去看帘外那道身影，而后摸了摸她的脑袋，轻声道："去吧。"

很显然，他已经知道她想做什么了。

戚寸心闻言偏头望他，随即一下子站起来下了马车，一边朝那身影跑，一边喊："宋伯伯！"

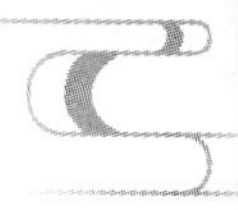

宋宪听到身后传来清澈的女声，脚步一顿。他回过身时，瞧见那身着水绿棉布裙的小姑娘正朝他奔来。

“宋伯伯，您就这么走了吗？”戚寸心小跑着到他面前，轻喘着气问。

“亭江县的事情已了，我早该走的。”宋宪微微笑时，下巴上的胡须颤动着，他看向眼前这姑娘的目光，总不自觉地带着几分慈祥。

“亭江县的事情了了，那么您的夙愿呢？”她却道。

夙愿？宋宪一顿，随即不由得又笑了一下：“太子妃这是何意？我一个跛脚老头子，如今不过是苟延残喘，过一天算一天，哪还有什么夙愿未了？”

“我不相信。”戚寸心定定地望着他，“宋伯伯顾念我祖父与父亲当年上书保你的情分，不愿我因您而落入圈套，所以才在亭江县暗中助我与殿下。若您真的什么都不在乎了，您根本不会跟着我们到新络，早在我们离开亭江县时，您就走了。”

宋宪面上的笑意因她这一番话而逐渐消失，他的手不自觉地摸着手中的棍子，一双眼睛盯着她半晌，才出声道：“依你之见，我是为了什么？”

“宋伯伯看到它了。”戚寸心伸手一指。

宋宪随着她所指的方向看去，此时的清晨虽薄雾散尽，但昨夜一场雨遗留下的浓云仍未被轻易拨散，仅能在云层之后瞧见淡金色的痕迹，那是这稍显暗淡的天地间唯一显眼的亮色。

“它？”宋宪仰起脸，在这晨间湿润的空气里，他不修边幅的模样却好像是最为潦草的一笔，“它是谁？”

“也许是我和殿下的舅舅，”还未彻底挣脱云层的日光看起来一点儿也不刺眼，她就那么望着，“也许是殿下，是我，也是宋伯伯。”

她说着，又去看他：“只要目的一致，也可以是很多人。”

宋宪握着木棍的手不由得一紧，他面前的这个小姑娘拥有一双清亮的眼睛，如此朝气蓬勃，如此满怀希冀，可宋宪望着她这样一双眼睛，却迟迟不能用“天真”二字作为对她这个人的注解。即便他早在战火与皇权的倾轧下变得绝望，他也不忍心在此时击碎她的理想。

因为那曾经，也是他的理想。

“你可有怀念过从前的平静日子？如今被迫卷入这些争斗中，你就没有害怕

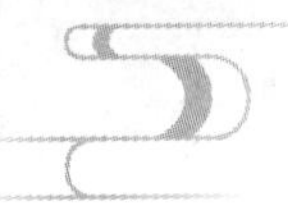

过？”他忽然问她。

“若能过平静的日子，我当然愿意去过，”戚寸心几乎是没有多加思考就回答了他的问题，或许是因为这个问题，早在小九离世的时候，她便已经想过很多遍且想得很清楚了。

“可是现在已经没有那样的净土了，如果有，宋伯伯也不会回来。我的姑母因国恨而死，我的朋友因战争而亡，我走到今天这一步，时常会害怕，但从没有后悔过。南黎北魏不可共存，我终究是要和殿下在一起，为了收复河山，哪怕再难也要走下去。”接着她又说，“宋伯伯，您愿意相信殿下和我吗？”

她的神情如此坚定，恍惚间，宋宪透过她，仿佛看到了戚家父子的影子，他紧紧地握着那根木棍，早已冷寂的心口平添一丝难以忽视的悸动。

“我有些好奇，娘子究竟说了些什么，才让这个对谢氏皇族心灰意冷的将军回心转意？”谢缈随手将她手中的茶碗接过，放到桌上说道。

吸铁石嵌在碧玉碗底，只要与镶嵌于桌面的铁质托底相触，茶碗与桌子便会牢牢地吸在一起，不至于在马车行进的颠簸中洒了茶水。

“你们家有什么值得他回心转意的？”她说着，想越过他去拿桌上的糕点，可话音刚落，她还没来得及拿到那块芸豆糕，便被他按住手臂，随即猝不及防地整个人趴在他怀里。

他白皙修长的手指捏住她的脸蛋，迫使她抬头对上那双漂亮的眼睛，他一句话也没说，戚寸心便蔫儿了下来，改口道：“知道了知道了，你和他们不是一家，和我才是，行了吧？”

“宋宪极善排兵布阵，尤其与伊赫人作战的经验十分丰富，我不开口留人，是嫌谢氏丢脸，当初是他们逼得宋宪出走，我没有再强留他的道理。”谢缈捧起她的脸，双眸微弯，“还是娘子聪慧，替我留住了他。”

“那是宋伯伯他原本就心有不甘，不是因为我，”戚寸心被他这样望着，脸不争气地红了，声音也变得小小的，“这几年他颠沛流离，一定见了不少民生疾苦，这都是战争所致，他始终还是想要将伊赫人赶出中原。”

不是为了什么谢家的天下，而是为了百姓和他妻女的血海深仇。

“是他在缈缈的身上看到了一丝可能，不然谁也留不住他。”她又说。

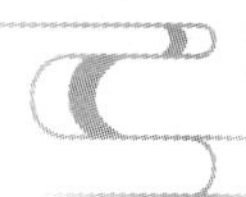

他一顿，道："我身上有什么可能？"

"收复失地的可能，赶走伊赫人的可能，还有……"或许是因为谢敏朝还健在，即便这会儿马车里没有别人，她也还是凑到他耳朵边悄悄说，"做一个好君王的可能。"

这样其实有点儿冒犯他的父皇，可谢缈听了，轻笑一声，他的目光再度落在她白皙的脸上，他的手指轻轻触碰了一下她鼻梁上的小痣。

"娘子，我是不是说过，我也许远没你想象得那样好。"

他从北魏活着回来，原本就只是为了掌握他能握住的权力，让盼着他死的人先下黄泉，让伊赫蛮夷滚出中原。

"可我觉得你哪里都好。"戚寸心不以为然。

他听了，忍不住抿起嘴笑着把她抱进怀里，亲了一下她的脸颊，又靠在她的肩上，说："在那之前，我们要先活下来。"

戚寸心闻言，心绪便沉入心底像块石头一样。她低头看他，手指碰了一下他纤长的睫毛，见他眨了一下眼睛抬起头，她又朝他笑了。

"我们一定可以长命百岁。"她说。

"金源来的消息，晋王已经醒了。"徐允嘉立在廊上恭谨地将一封信奉上。

临着栏杆的少年被檐外淅沥的雨打湿了手，他用那沾着水珠的双指捏起信纸，只略微扫了几眼，便听开门声响起。抬眼时，戚寸心已走进房中。

徐允嘉见她走过来，便垂首行礼，退了出去。

"去哪了？"谢缈等她从屋内走到廊上来，才问。

"这样的阴雨天，宋伯伯的腿疼得厉害，我就让徐二公子和子茹去买些现成的药酒，再配些药材回来。"戚寸心见他一侧的衣袖被雨水沾湿，便将他往面前拽了拽，又说，"我母亲有个药酒方子很管用，只是现在泡的药酒至少要过半个月才会起效。"

少年皱了下鼻子："难怪。"

"什么？"她疑惑地问。

此时暮色四合，檐下的一盏灯笼被雨水浸湿，烛火几经挣扎，到底还是在这一瞬熄灭。少年忽然俯下身来，也许是才沐浴过，他身上有冷香袭来，那双眸子

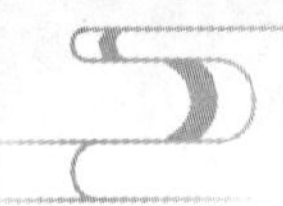

也仿佛还浸润着水汽般，湿润柔亮。

戚寸心不禁眨了眨眼，她忽然不敢呼吸了。

却听他道："娘子的身上沾着药味。"

"啊？"戚寸心迟疑了一下，随即侧过脸躲开他的目光，又嗅了嗅自己的衣袖，背过身打了个喷嚏，吸了吸鼻子，回头来看他，"好像是有点儿苦。"

"嗯。"他站直身体，轻轻颔首，视线停在她有些发红的鼻尖。犹如变戏法一般，戚寸心见他雪白的衣袖微荡，白皙漂亮的手指间便多了一颗奶酥糖。她还有点儿发愣，那颗糖就已经到了她的嘴里。

"又没有喝药，吃什么糖？"她咬着奶香浓郁的酥糖，抿唇笑了一下。

"有药味当然要压压。"少年一双清澈的眸子始终专注地盯着她的面颊，颇为认真地说。

"哦……"戚寸心压住上扬的嘴角，有点儿开心，见他另一只手里拿着信纸，便好奇地问，"那是什么？"

少年倒也是无所谓，径自将信纸递到她面前。

信上只有寥寥一行字，戚寸心接来瞧了，便抬头说道："你二哥命真大。"

少年闻言，忍不住轻笑一声，如画的眉眼也更为生动了些。

"缈缈，"戚寸心将那纸折起来，凑到他的面前，"你悄悄告诉我，他这回受伤，是不是跟你有关？"

"是肖怀义的叛军，与我何干？"少年扬眉，语气平静。

德宗在位时，南黎境内便多了一支叛军，大约有几千人之多，但一直不成气候。只是那出身草莽、练就一身好武艺的叛军首领肖怀义，是个极善隐藏踪迹的，这些年来，他没少给南黎官府找事，南黎官府却一直对他束手无策。

戚寸心看他这神情，就知他一定在其中做了些什么，却还是忍着笑，点点头顺着他的话说："也对，跟我们有什么关系。"

晋王这一回，是打碎了牙也只能往肚里咽，叛军首领肖怀义尤恨谢氏皇族，这回的刺杀，无论如何也与谢缈扯不上关系。如果不是晋王忽然遇刺，也许她和谢缈在新络遇上的，就不会只是一个关浮波那样简单了。他们这一路来都是被动地承受着各方的围追堵截，若不是谢缈这一招釜底抽薪奏了效，只怕她与谢缈此时还出不了新络。

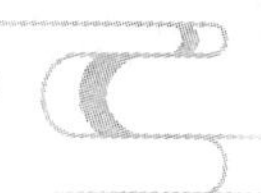

“他那么大个祸害怎么就没死呢？”戚寸心嘟囔了一声。

“他身边不是没有得力之人，娘子别忘了，他母妃吴氏一向很会为他打算，肖怀义能让他受伤，已经很是尽力了。”

谢缈伸手摸了摸她的脑袋，一双眼睛弯弯的。

“不急。”他语气轻缓，意味深长。

“姑娘，该用晚饭了。”门外传来子意的声音。

“缈缈快走，我方才问过了，今晚有水陆珍！”戚寸心一下牵住谢缈的手，拽着他往里走。

铃铛就在她与他的袖底，随着他们两人轻快的步履而响，细碎的清音比檐外的雨滴还要清脆好听。

在这靠水的延平镇上，有一道出了名的好菜——水陆珍。取梭子蟹肉、大银鱼、鸡胸肉、白虾肉等细细剁成泥，再用蛋清、花椒粉、盐等调料，加些白酒，作丸饼，蒸熟入羹，味鲜而美，这便是此处的名菜水陆珍。

“延平镇地方不大，这水陆珍倒真是不错。”徐山霁尝了尝碗中的羹汤，眼睛都亮了。

那跑堂的将两道菜送上桌，听了徐山霁这话，便笑着道：“我们用的河鲜和鸡肉都是新鲜的，不鲜不成水陆珍，请各位客官慢慢享用。”

说罢，他便退出房去，将门带上了。

戚寸心舀了一碗给谢缈，又添了一碗给宋宪。

宋宪乱蓬蓬的头发此时已清洗干净，换了身还算周正的褐色长袍，胡须也剃掉许多。如今他不但看着精神许多，好像比之前还要年轻些了。

“看什么？”戚寸心才与宋宪说了几句话，回头便见谢缈正在看她。

少年却什么也没说，只是轻轻摇头，端起一旁的酒杯抿了一口，他的食欲并不好，即便是戚寸心觉得很合口的水陆珍，他也吃得极少，仿佛他此时在这饭桌上的兴致，便是喝几口酒，或给她夹菜。

“缈缈吃这个。”戚寸心给他夹了一筷子鱼肉。

他瞥了一眼，还是拿起筷子，乖乖地吃了。

夜渐深，戚寸心与谢缈洗漱过后，还没什么睡意，便索性在栏杆前看雨，雨声嘈杂，却更衬得人心里有种难得的宁静。

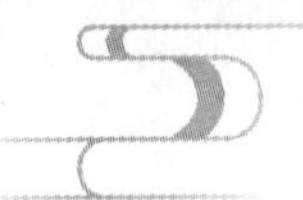

湿润的水汽拂面，戚寸心在灯下用针线给小黑猫缝补它破损的项圈，草草几针便好，她转身唤了芝麻，那只黑乎乎的猫便“嗷呜”一声一下子冲到她面前来，她俯身将它抱到膝盖上，又去唤身边的少年。

“缈缈，你把项圈给它戴上。”

少年不言，却乖乖拿了桌上的忍冬花项圈给它戴上，随即又拎着它的脖颈将它放到一旁的凳子上，它却偏偏一下跳上他的肩，趴在他身上，还要来蹭他的脸，却被他伸手挡住。

一时无话，直到戚寸心开口说：“再有半个月，我们就能到京山郡了。”

“嗯。”他有些漫不经心。

“你好像不大高兴。”她终于确定了他的异样情绪，歪头看他。

少年就在灯火底下，他的衣袖白得像雪，边缘处还能隐约瞧见未干的水痕，像是小猫的爪印，也许是方才他给小猫戴项圈时沾上的。那小黑猫坐在他的肩上，黑乎乎的一团，只有眼睛是亮亮的，而他脊背挺直坐得端正，仿佛无论什么时候，他都是这样极好的坐姿。

“娘子，”他对上她的目光，在淅沥的雨声中，隔了片刻才开口道，“你好像对谁都很好。”

“可我不喜欢这样。”他说。

听了这话的戚寸心愣住了，她想了想说：“我也没有对谁都很好。”

“你看我对你二哥好吗？”她故意问。

“提他做什么？”他的语气有点儿发闷。

戚寸心忍不住笑了：“这世上的好分很多种，亲人、朋友、夫妻之间，都是不尽相同的。”

显然，少年是未经这些人情世故的，他听她这样说，一双眸子仍带着几分浅浅的迷惘。

戚寸心一时也不知该怎样同他说清楚这其中的不同，在此间昏黄闪烁的灯火下，她索性牵起他的手晃来晃去，她的声音仿佛也裹上了这夜里潮湿的雾气。

“反正，我和缈缈是天下第一好。”

第三十章 才艺双绝

京山郡在南黎境内颇负盛名，灵山秀水，奇石名花，多少文人墨客都歌咏过此处的锦绣风光。

戚寸心与谢缈进城后不久，天色便暗了下来，他们也没找什么客栈，而是径直去了韩章等人几月前便在城中买下的一间小院子。

马车趁夜停在寂静长巷中，子意一进院便掌着灯去厨房里瞧了一眼，见肉和菜是齐全的，便挽起衣袖开始下厨。这一路上，她已学得不少菜式。

“宋伯伯，药酒是给您擦关节的，您怎么都给喝了？”戚寸心摇晃了两下空空的罐子，一点儿声也听不见了。

“内服应该也管用吧？”宋宪在外头这么些年染上了嗜酒的毛病，一时半会儿是戒不掉的，这会儿面对戚寸心，他有点儿不好意思，“你母亲留的这药酒方子真不错，滋味也极好。”

“您还是少喝点儿酒吧。”戚寸心叹了口气，想了想说，“我看下回还是给您弄药油好些。”

宋宪闻言，不由得又抬眼去看在桌前摆弄药酒罐子的姑娘，他笑了一下：“一把老骨头了，当然会生锈，我看夫人也不必忙，也不是日日都下雨，这点儿疼，我老头子也忍得。”

“那可不行。”戚寸心将瓷罐重新封好，回头来看他，“风湿不好受，我母

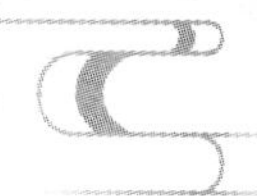

亲以前就是这样，明明有缓解的法子，偏要忍着是什么道理？”

“买些市面上的药酒也使得，依着夫人的身份，没必要为老夫亲自配。”不单单是药酒，连如今他拄着的这根拐杖，也是戚寸心让人买的，她事事周到，将他当作长辈一般，什么都替他打点好了。

戚寸心接了子茹递来的茶碗抿了一口，朝他笑了笑：“现在是在外头，宋伯伯不用在乎这些。”

侍卫多点了几盏灯，顿时照得院落里亮堂堂的，子茹去厨房帮着子意忙活了一阵，便张罗起两桌好饭。

徐山霁在院子里同徐山岚说话，子茹却忽然从厨房中走了出来，兴冲冲地喊：“二公子，你能过来一下吗？”

徐山岚话还没说完呢，就瞧见徐山霁一下站起来，一溜烟儿跑到对面去了。

“这是我照你的法子做的香炸玉簪花，你尝尝看味道对不对？”子茹将他领进厨房里，指着灶台上的瓷碟道。

“哦……”徐山霁瞧了一眼，忙拿起筷子尝了一口，侧过脸要说话时，却撞上她那双亮晶晶的眼睛。

“不好吃吗？”子茹见他没反应，便皱了一下眉。

“二公子，是差什么了吗？”子意好奇，拿了筷子夹了吃，下一瞬她便忙倒了杯水喝，“子茹，这东西还是不要上桌了。”

子茹瞧见子意的反应，筷子捏在手里，却不打算下筷了，她撇撇嘴道：“做饭比杀人难多了。”

“我觉得还好，就是，”在子茹的目光看过来时，徐山霁的声音逐渐变小，“就是咸了点儿，火候小了点儿，花蕊少了点儿……”

也许是见子茹的脸色越发不好，他一下闭嘴，不说话了。

今夜的风带有几分清凉，子意等人忙着将饭菜摆到厅堂的桌上，戚寸心推门进了正房，却见谢缈掀了帘子出来。

“要去哪儿？”戚寸心拉住他的衣袖。

“见个人。”谢缈握住她的手，看了一眼院中的灯，“你用过饭就洗漱睡下吧，不必等我。”

戚寸心摇了摇头：“我跟你一起去。”

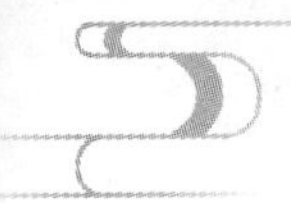

谢缈对上她的目光，片刻后伸手摸了摸她的脑袋。

“娘子是不是一刻也不能离我？”他的嗓音清亮又温柔。

“没有。”她有点儿不好意思地撇过脸。

他一双眼睛弯弯的，轻轻地笑了，夜风灯影之下，他的衣袖微动，投下犹如水波一般晃动的影子。

当初枯夏离开月童城后不久，便脱离了商队不知去向，纵是韩章将商队扣下，也始终未能得到什么有用的消息。直到枯夏在京山郡现身，韩章才受命动身，暗中往京山郡查探枯夏的下落，而后他便一直待在京山郡，并未擅自行动。

“京山郡产盐，这里有个盐帮，常年盘踞在清凉河以北的地方，其中多为匪类，京山郡太守多次派人围剿皆不成功，枯夏如今在盐帮之中。”韩章将自己所知道的都如实说了出来。

枯夏藏身盐帮，而这盐帮靠清凉河行走私之事，借绵延起伏的山势躲避官兵的清剿，多年来逍遥法外。

“她是怎么跟这里的盐帮扯上关系的？”戚寸心想起那张同绿筠一样的脸，疑惑地问。

“这个臣暂时还没有查清。”韩章垂首答道。

雁停楼是城中最大的酒楼，此时方才入夜，正是宴酣之时。

戚寸心稍做伪装，脸色变得暗黄了不少，又在脸上多点了几颗麻子，打眼一瞧倒是不算起眼。谢缈的脸也变得黑了些，手中一把折扇半遮，此时同戚寸心一起上了楼。

“这些土财主胃口怪，偏要什么生切海鳖……”邻桌作书生打扮的青年抿了口酒，瞧见底下的热闹，便同身旁的人说道。

“你以为他们是胃口怪？人家那吃的是席上的面子。”与他同坐一桌的另一人摇头感叹，“生吃活物，我实在不能，怪不得你我不比人家家大业大。”

戚寸心听见了，不由得往底下一望，见那围满了人的圆桌上，正放着他们所说的那道菜。一个蓄着胡须的中年男人身形魁梧，在招呼他那些兄弟动筷。

“那就是曹满江。”韩章的声音压低了些，“盐帮副帮主张渠的副手。枯夏一直藏在永济山中不出，如今我们可从此人下手。”

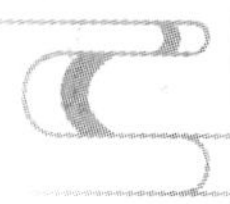

也许是近来做成了什么生意，曹满江常在城中与人喝酒吃宴，但今夜瞧着，他的脸色似乎并不好，像是有什么心事。

“京山郡的太守是裴育宁？”谢缈状似随意地打量了一眼底下的曹满江，冷不丁地出声。

“是。”韩章应了一声。

裴育宁是裴寄清的二弟裴寄明的长子，德宗在位时，得益于裴寄清在朝中的地位，裴家二房迁至京山郡，裴育宁便得了京山郡太守之位。

“他这太守做的，当真窝囊。”谢缈轻笑一声，眉眼是冷的。

嫌骨头难啃，这裴育宁倒也索性懒得啃了。

“公子，要去永济山，只怕要动用大批官差，或可跟崇光军一道去，但这样一来，可能会惊动枯夏，一旦她逃跑，要再找她就难了。”待跑堂的将菜上齐，徐允嘉才开口说道。

这便是如今摆在眼前的一大难处。永济山被盐帮占据多年，说不准盐帮在里头藏了多少逃命的法子，或是抵抗官兵的手段，隔了一条清凉河，那永济山便如铁桶一般，实难靠近。即便偷着进去了，山高林密，也不知其中有多少用来防着外人的陷阱。

“既然我们不能去，那便让她自己出来。”谢缈端起茶碗抿了口茶，平静地说道。

“这……”韩章有些不太明白。

戚寸心想了想，忽然放下筷子，看向他：“你是说，绿筠姐姐？”

枯夏将羽真奇带入月童城的缘由尚不明了，但有一点是清楚的，那就是她的确几年前便在找她的双生妹妹，为寻绿筠，她付出了许多。这不但是涤神乡查出的消息，也是戚寸心那回见枯夏时，真切感受到的一点。

眼下再也没有别的办法，曹满江暂时不能动，便索性借他，放些消息去永济山里也是好的。

“且试试看。”谢缈端着茶碗，一双冷淡的眼睛睨着底下那一桌的热闹，“先不要惊动官府。”

“是。”徐允嘉与韩章皆低声应了。

夜渐深时，戚寸心与谢缈出了雁停楼，街面似乎洒过水，石板路是湿润的，在灯火下还能看见水痕。

“我们来就是看他一眼？”戚寸心牵着他的手，一边走一边问。

“认认脸，以后见了也不算陌生。”少年语气轻快，还带了几分笑意，“再者，娘子方才不是吃得很开心？”

韩章与徐允嘉为掩人耳目，与他们同坐一桌，但谁也没动筷，谢缈心里装着事，不过只饮了几口茶，只有戚寸心一人只顾着闷头吃饭。

“菜都上桌了，不吃不好吧。”她的脸微红，有点儿不好意思。

“娘子说得有理。”他轻轻颔首。

乘马车回了暂住的巷子，戚寸心与谢缈才下马车，徐允嘉便接了一名侍卫递来的信件，只略微听了几句话，便忙上前唤谢缈。

“月童来的信，是周靖丰先生给夫人的。”徐允嘉将那信奉上。

“先生？”戚寸心面露惊诧，她不由得看了谢缈一眼，见他轻抬下颌，她便伸手接过信件拆开，取出里头的信纸展开来。

院门前的灯火照出纸上苍劲有力的字迹：“石鸾山庄有变，我须回长泽。此事蹊跷，恐为连珠之祸，你若至京山郡，则千万小心。”

连珠之祸，即一绳所系，一珠为引，牵连它珠，万般生变。

月童皇宫。

冒着雨一路奔回阳春宫的宦官躬身停在殿门外，不敢带着一身水汽入殿，只能在檐下将自己听来的消息说给吴贵妃身边的绣屏听。绣屏听完后打发走了他，忙转身去殿里禀报。

“娘娘，陛下今夜……不过来了。”绣屏的语气小心翼翼的，不敢抬首去看吴贵妃。

吴贵妃乌发云鬓，金丝缠牡丹步摇坠珠带宝，在这满室明亮的灯火中闪着光，她细长的眉似浸润着远山薄雾间清冷的黛色，一双美目睨着眼前没了热气的满盘珍馐，而窗外淅沥的雨声难免让人心烦意乱。

“都撤下去。”她轻抬下颌。

已有小半月的时间，吴贵妃皆不得见延光帝谢敏朝。

绣屏唤人进来将桌上的膳食撤下去，又扶着吴贵妃在软榻上坐下，她小心地

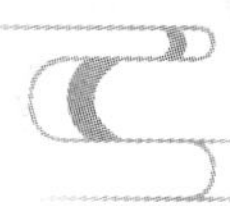

开口道："娘娘，要不要奴婢命人去膳房给您备一碗燕窝粥？您什么也不用，身体怎么吃得消呢？"

"本宫如何吃得下？"吴贵妃摇了摇头，倚靠在榻上，由着绣屏替她揉按肩背，"朝中正有人盘算着要陛下立后呢，如今陛下更是来都不来阳春宫了，只怕他还真有了立后纳妃的心思。"

"娘娘……"绣屏抿了抿唇，斟酌了一下才道，"陛下虽没来宫里瞧您，但每日也是命了人来问安的。娘娘与陛下是多年的情意，陛下那边的人不是也说了，近来壁上战事吃紧，想来陛下要处理的政务太多。"

"是啊。"吴贵妃半睁着双眼，目光在灯火映衬之下多少显出几分迷离，"按本宫这样的身份，他抬举本宫做贵妃已是背负了许多风言风语的，这已是天大的恩赐了……"

虽说着这样的话，吴贵妃的指节却禁不住慢慢蜷起来，眼底添了几分湿润："可他如今成了陛下，纵是本宫曾与他有千般情分，也难保不会被更为娇艳鲜嫩的花儿吸引了去。"

蓦地，吴贵妃竟无端想起在御花园信渊亭内闲坐钓鱼的那个小姑娘。

她还想起那日自己对那小姑娘说的一句话："太子妃与本宫都身在皇家，这样的事只会多不会少"。

谭家的女儿入东宫为侧妃一事被太子轻飘飘地压下，谢敏朝再没提起过。吴贵妃憋不住询问，却只听谢敏朝说繁青年纪尚轻，那戚寸心也还是个小孩儿心性，他们这样刚成亲的少年夫妻自然待彼此都要珍重些，她此时提这事，还是不合时宜的。

什么少年夫妻？当时初听此言，吴贵妃便觉心头被针扎了一下似的，她不由得想起当年谢敏朝十几岁时迎娶的第一位王妃——谢宜澄的生母，如今，已被追封为懿纯皇后。若谢敏朝还是齐王，吴贵妃一定会追问他，是否一直对那位原配王妃有着少年难忘的情意。反正她在王府多年，早已被他宠成骄矜的性子，无论她说什么话，他都不会计较，更不会生气。可如今，他已经是南黎的帝王了。

她从未如此清晰地感到他与她之间不知何时已有了一道深渊。她再不敢像曾经的自己那样放肆了，只能将所有的猜疑与酸楚都藏在心底，让它们在夜里反复磋磨自己，以至难以入眠。

“你下去。”吴贵妃忽然背过身去，教人无法看清她的泪眼，只语气冷硬地命令绣屏。

“是。”绣屏应声行礼，随后朝殿内的宫娥摆了摆手，众人一同轻手轻脚地退了出去。

夜里雨声大作，吴贵妃在软榻上慢慢睡去，其间历经一场混乱不清的幻梦，雨声越发大起来，在梦里好像颗颗雨珠砸在她的耳畔似的，她猛地惊醒，正听到绣屏在外头叩门。

“娘娘，九璋殿有消息送来。”

待绣屏进殿，吴贵妃扶额起身。才听了她一两句话，她便妙目一横，紧盯着绣屏道：“他果真瞧见了？”

“是，刘洪还偷听到他干爹与人说话，御医进九璋殿已不是一回两回了。”这消息实在令人心惊，即便殿中只有绣屏与吴贵妃二人，绣屏说话时还是压低了些声音，“这消息之前并未走漏半分，是刘洪今夜眼尖，恰巧瞧见殿中内侍端去洗的痰盂里有不少血。”

刘洪正是太监总管刘松新认下的干儿子，得了刘松提拔，如今在九璋殿外做事，但在刘洪改姓之前，他恰好得了阳春宫的恩惠，如今又得了吴贵妃这边的好处，他自然肯透些消息过来。

“怪不得……”

吴贵妃恍恍惚惚的，想起谢敏朝半月前从她这儿离开的那个清晨，他的脸色瞧着便有些不好，人也疲乏得很。那时她只以为他是因为处理积压的政务没休息好，如今看来，却另有原因。

“若只是小病小痛，陛下又为何要将此事隐瞒下来？”吴贵妃明显觉得事情有些严重。

谢敏朝早年间征战沙场，落了一身伤病，后来兵权旁落，他在月童做闲散王爷才慢慢调理好身体。吴贵妃以前不是没瞧见过谢敏朝病发呕血的样子，那时她衣不解带地照顾了一段日子，见他好转才放下心。

“他一定是旧疾复发了，”吴贵妃脸色变了，有些坐立不安，她在殿中走来走去，“我早同他说过的，他那伤病难愈，最忌劳碌，平日里哪怕他肯闲一些，何至于又遭这样的罪……”

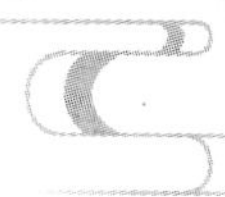

吴贵妃满面忧色，难免不会去想，他此番生病只怕要比想象的严重得多，否则他又何必将此事压下，秘而不宣？

壁上正打仗，而他又是才登位的新帝，此时要是传出些什么，只怕会引起朝中动荡。

“可他怎么连我也瞒呢？”她喃喃道。

耳畔是淅沥的雨声，让吴贵妃心中更加焦躁，她抬脚想踏出殿门，可才迈出几步，她又停了下来。殿内的灯早灭了一半，明暗交织的光影中，她思绪万千，过了半晌，忽然唤了一声绣屏。

“你找人将此消息尽快带去金源给晋王。”

这几日京山郡的夜月楼要比其他秦楼楚馆热闹些，只因楼内来了位才貌双绝的花魁，名唤绿筠。

她常以青纱覆面，即便只是抱琴于帘后见客，也能教人瞧出她肌肤胜雪，风姿绰约，更勾得那些个纨绔子弟竞相追之捧之。今夜，那绿筠要招入幕之宾，引得台下诸多公子哥几番抬价，最终还是一个身形魁梧，蓄胡须的男人以五千两之高价竞下。

只见花娘满脸笑容地将那男人迎到楼上去，而楼下靠窗而坐的徐允嘉，静静盯着男人身后作小厮打扮的瘦弱身影，慢饮一口酒后，转身便走。

夜月楼的后巷没了诸多热闹，冷冷清清的只几盏疏灯，昏黄的灯光照不清这深巷的轮廓。

“公子，曹满江带着人去了。”徐允嘉立在马车外低声禀报。

“没别人跟着？”一个清脆的声音响起，随后便有一只手掀开车帘，隐约露出半张面容。

“没有。”徐允嘉答了一声，又添一句，“曹满江身边那人，的确像是枯夏的模样。”

车内的少年忽然安静下来，也不知在想些什么。

“等人出来，你知道该怎么做吗？”帘子放了下去，少年面容冷峻，声音带着几分寒意。

“是。”徐允嘉应了一声，随后他的身影便没入这无边夜色。

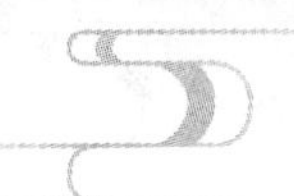

静谧的长巷里响起两辆马车的车轮声，此时方才入夜，城门还未紧闭，守城的官兵只掀开帘子瞧了几眼，便懒懒道一声“放行”。

马车出城不久，便有数道身影骑马而来，于宽阔的官道上，他们一路相随至林间溪畔。

子意点了几盏灯笼拿出来挂在马车篷盖上，戚寸心掀帘出来时，宋宪正握着他那根不起眼的木棍子，他双手一拧，木棍便在噌的一声响中变成了双剑，随后他便挽起袖子在溪畔磨剑。

“宋将军，您这东西……”徐山霁看呆了。

“不过锈剑两把，二公子见笑。”

宋宪笑意平淡，也不知是因这微暗的灯火与面前的波光所衬，还是因为旁的什么，他那双饱经沧桑的眼睛竟莫名泛着的凛光。那是在战场的杀伐中经年累月练出的杀气。

“今晚少不得要见血。”他平静地补充。

徐山霁听见他这话，一时心头更加不平静，他走来走去，坐立难安。

“二公子，子茹的功夫在我之上，何况夜月楼内还有我们的人，她定能平安出来。”子意瞧出他有几分不安，便出声说道。

“啊？”徐山霁闻声抬头对上子意的目光，他嗫嚅几下，“我知道……”

戚寸心抱着猫，瞧见那身着鸦青色圆领锦袍的少年正坐在溪畔的石头上，手里扔出一颗石子，便在水面激荡起片片水花。她走过去，在他身边安静地坐着。

“娘子可知枯夏今夜入夜月楼，意味着什么？”少年捏了颗石子塞入她手里，又抓着她的手腕带着她投掷出去，只见那颗石子在水面接连擦出漂亮的水花。他微弯眼睛，眼底的笑意却极冷。

“羽真奇只是个幌子，枢密院派来的人不止他和小九。”戚寸心自己捡起一颗石子扔出去，却是击破水面，刹那间沉了底。

不多时，林中马蹄声响，惊得树丛里的鸟振翅掠过，更扰乱了草木丛中蛐蛐的鸣叫。

戚寸心与谢缈几乎是同时回头，见徐允嘉与一位绿衫女子走在最前面。那女子正是子茹，但她的打扮与平日里大不相同，今夜她一袭绿衣，绾起发髻，鬓边的绿芍药更衬得她发丝乌黑，那夜月楼里的花魁——绿筠——正是她扮的。

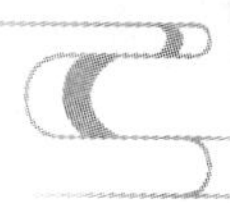

那曹满江与枯夏都蒙着眼，双手被缚在马上，一路被他们带到此地。几名侍卫下马，将他二人押了过来，徐允嘉当即一脚踹在曹满江的腿弯，迫使他跪下。与此同时，子茹也用银蛇弯钩击打了一下枯夏的腿弯，使得她跪倒在地。

“你们是何人？知不知道老子是谁？”曹满江破口大骂，却被剑刺中腿骨，痛得大叫。

“何必装模作样，你今日在等谁，你还不知道？”徐允嘉冷笑一声。

一旁的枯夏一声不吭，但戚寸心走近了些，才在灯笼的映照下，看清了她有些颤抖的身形。枯夏的发髻早已散了，卷曲的长发尽数披散在身后，戚寸心的目光落在她稍显干枯的发尾，随后又去看她细长如柳叶般的弯眉。她当即伸手摘了枯夏眼睛上的黑布，在枯夏眼睫微颤，抬眼对上她的目光时，戚寸心明显看出她有一瞬的愣怔。

“她不是枯夏。”戚寸心猛地看向走到身侧来的少年。

谢缈闻言一顿。

“枯夏的头发是从小烫过的，她惯用的是西域护发的花油，那种花油只产于西域，效用比中原的好太多，所以我上次见她时，她的头发柔顺亮泽，只有像我一样是才烫不久的，才会这样干枯，不好梳理。”戚寸心之前为伪装成枯夏，烫卷了自己的头发，要不是等头发长了些，剪掉了一部分发尾，只怕现在仍然不好梳理。而西域的花油来得珍贵，她在宫中时也曾用过，相比于其他的花油的确要好上许多。

她的视线再度落于那“枯夏”的面容上：“我曾有一故人，她画眉只爱用石黛与青雀头，尤其青雀头，只产于东陵，她最爱在里头添些珍珠粉，这样才能有种比黑色更显，却并不张扬的色泽。”

“我说得对吗？”戚寸心定定地望着她，“绿筠姐姐。”

水面波光潋滟，四下清风簌簌。

年轻女子乌发披散，在昏暗灯光的映衬之下，她的面容更显出几分清丽，她轻轻抬头，将面前这个小姑娘细细打量了一番。

“你这丫头，从前我竟瞧不出你还有这样的能耐，如今你是大不一样了。”她微微泛白的嘴唇轻启，嗓音如夜莺般婉转。

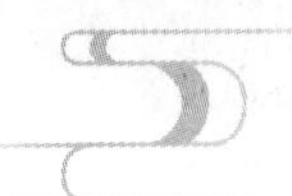

她仍旧是她。不同于枯夏眉眼间的几分英气，绿筠表面上从来都是一副弱柳扶风之姿，内里却偏如青竹一般无论处于何种境地都韧劲十足地挺着，那张嘴也从不饶人。

曹满江乍听见这番话，脸色变了又变，下意识出声："你不是枯夏？"

戚寸心观他这反应才明白过来，盐帮似乎并不知道她不是枯夏。她刚想上前几步，却忽然被身侧的少年攥住手腕，他那双琉璃般的眸子冷冰冰的。戚寸心朝他摇了摇头，又将猫塞到他怀里。

"绿筠姐姐，这到底是怎么一回事？枯夏离开月童后，她是如何找到你的？你又为什么会与她换了身份，留在这里？"戚寸心走上前去将绿筠扶起来道。

绿筠站起身来，腿弯还有些隐隐作痛，但她仍旧勉力站直。

"枯夏是为我才做的这桩生意。"她说。

"为你？"戚寸心不解。

一缕秀发轻拂过绿筠那苍白的面颊，她的目光再度落在戚寸心的脸上。记忆中好多个东陵的清晨或午后，她斜靠在楼上轩窗前，素手抛下一把铜子儿，便能引得这小姑娘在底下认认真真地捡来捡去，她则轻摇团扇，笑个不停。

绿筠凄然一笑："怪我，竟妄想在烟花柳巷里寻一个良人。"

她本是从南黎被卖到北魏东陵的。在被卖到东陵晴光楼前，她在澧阳的青楼里已做过一年的挂牌花魁，那时她正是十六七岁的年纪，卖艺不卖身，只靠一把瑶琴，就引来无数公子哥的竞相追捧。

其中有一位文雅端方的年轻公子，不似他的酒肉朋友那般张扬恣肆，他一身书卷气，说话也是温温柔柔的，每回入楼也只是自己坐着，不要美人，不要酒肉，只静静地听她弹琴。打听之下方知他原是个琴痴，来青楼也不过是听外头盛传她琴技一绝。绿筠与他也并无多少交集，直至某一日，他忽然将一本《琴学》交给了她的丫鬟。

"姑娘极有天赋，但授你琴艺的先生本领有限，致使姑娘再难进益，此《琴学》专为补姑娘短处而作，愿姑娘百尺竿头，更进一步。"这是他在扉页留下的唯一一句话，此后他再没踏进楼内一步。此后有时绿筠也会借口请教使人送信于他，如此通信半载，她始终没再见他一面。

那时南黎与北魏尚能维持表面和平，他家的生意在北魏做得比在南黎要好。

他最后的一封信，是他随父亲去北魏江通做生意却被父亲困在江通时托人寄来的。他在信上说他并不同意父亲举家定居江通的决定，并说他一定会找机会回到南黎为她赎身。但还没等到他回来，青楼倒了，她被人从南黎卖到了北魏，几经转手，进了东陵的晴光楼。此时，她已不是当初那个卖艺不卖身的自己了。

绿筠原本不打算再同他联系，但颜娘死了，晴光楼被封，她将所有的积蓄与颜娘搜刮来的钱财悉数奉上，才换来自己脱了贱籍。

“我去江通只是想看他一眼，随后便打算回南黎，哪知他认出了我，对我深情款款不计前嫌，”绿筠一双眼眸染上浅淡的水雾，她忽然轻笑一声，“试问几个女子听了他这样的话不动心？尤其是我这样的烟花女子。

“我还当他是什么南黎的好儿郎，他却当我是他偷着养在笼子里的画眉。不过几月光景，我便发现他早有一位伊赫妻子，借着这位妻子娘家的势，加上他自家的家财，他顺顺当当做了个江通知府。”

她眼眶微红：“枯夏那时还在东陵寻我，却不知我已深陷江通，我要逃，已是不能了。”

“绿筠姐姐……”戚寸心望着她微红的眼睛，心内一时五味杂陈。

她原以为那日黄昏，绿筠离开东陵之后，往后半生都该得到她从前难以触碰的自由，谁知她离开了晴光楼的四方天井，却又囿于江通的金丝笼内。

枯夏掌握着西域往中原那条道上最大的商队，她不做北魏的生意，人却出现在东陵。算算时间，那时来东陵调查戚寸心的枢密院密探应该还未离开，这消息报入枢密院，他们要查枯夏为什么出现在东陵也并不难，而枢密院作为北魏最大的情报收集机构，他们要找出绿筠远比枯夏自己大海捞针要容易得多。

“都是我自己惹来的祸事，你也别用这种眼神看我。”绿筠到底还是一滴眼泪没掉，反而收敛了些情绪，“枯夏为救我而受制于人，枢密院不肯放掉她，要她藏身京山郡作饵，是我以死相逼和她换了身份，代替她留在这儿的。”

很显然，北魏枢密院这么做，为的便是引谢缈盯住京山郡。

“当我得知城中出了个‘绿筠’时，我便知有贵人前来。”绿筠说着看向戚寸心身边那抱着一只黑猫的锦衣少年，“当初在晴光楼里，我观小公子这般姿容举止便不似普通人，只是寸心这丫头当时那十二两的善心，如今也说不清到底值不值得。”

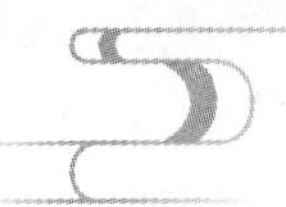

身份是尊贵了，命却不知能不能保得住。

谢缈闻言，眉眼微扬，语气轻飘飘地道：“你若是想做个哑巴也可以，不如你先告诉我，你既受人所制，今夜又是如何出来的？”

少年仙姿佚貌，嗓音也清亮动听，但这一番话好似隐隐裹着冰霜般令人脊背生寒。

“我尚有几分可用得上的手段。”绿筠稍稍侧过脸，看向那跪在地上，眼睛仍被黑布蒙着的曹满江，此时她的一双眼睛带着森森寒意，“男人总是会有心软的时候。”

“京山郡的盐帮真是好大的胆子，竟敢与北魏蛮夷私下勾结？”徐允嘉狠狠地踩上曹满江受伤的腿骨。

曹满江疼得厉害，满头冷汗道：“什么北魏蛮夷？各位饶命！我们只不过是京山郡的小小盐帮，即便是走私贩盐，我们也不可能将这生意做到北魏去啊！”

“还要嘴硬？”徐允嘉的剑已经抵在了他的脖颈处，只要一拉便能划出一道血口子来。

“我说的都是实话啊！我发誓！”曹满江抖如筛糠，“这枯夏，不，这绿筠姑娘并非什么北魏蛮夷交给我们的，而是，而是……”

“是谁？”徐允嘉逼问道。

曹满江登时脱口而出：“是京山郡太守裴育宁！”

此话一出，林中寂寂。

“好啊，如今你还敢诬陷太守裴育宁？”徐允嘉的第一反应便是此人定是在扯谎。

“我所言句句属实！裴育宁的儿子早前与京山郡的另一位富商合伙做了几桩生意，还是我们盐帮替他们送的货。这女子也是他儿子交给我们的，又送了几箱银子来让我们看着，这事儿原只有我们帮主和副帮主知道，前段时间我和副帮主一块儿喝酒，副帮主喝醉说漏了嘴，我才……我把我知道的都说了！”曹满江的声音都是颤抖的。

“公子……”徐允嘉握剑柄的手一紧，抬眼去看灯影月辉下的少年。

戚寸心也不由得看向他。在不甚明亮的光线里，谢缈微垂着眼帘，教人看不清他的神情。

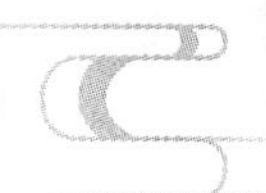

“那富商叫什么？”他忽然问道。

“陈维良！”曹满江察觉到剑刃已经刺破了他颈间的皮肉，“叫陈维良！他去月童城与人合伙做生意，结果死在那儿了。”

徐山霁满脸惊诧，失声道：“那不是……彩戏园明面上的那个东家？那个大胖子吗？”

那时彩戏园被封后，他与兄长徐山岚去大理寺做证时，他隐约记得签字画押的证词书上所写的彩戏园持有者有两人，一人名为贺久，另一人名为陈维良。

山风阵阵，林间树叶窸窣而动，这一瞬，戚寸心只觉得脊背发凉，大脑嗡嗡作响。

连珠之祸。

一绳所系，一珠为引，这一珠，原来还是彩戏园。

“缈缈……”戚寸心不由得去握他的手，少年却仿佛有些失神，他的掌心也是冷的。

“您不该再往下查了，否则，您是会后悔的……”谢缈的脑海里瞬间回想起当初在阴冷的牢狱之中，彩戏园总管柯嗣那个怪异的笑。还有那句“再往下，也许就是您的舅舅了。”

或许是察觉到了什么，原本在少年怀里的小黑猫哆嗦了一下子，随即跳到了戚寸心的手臂上。就这么忽然一下，戚寸心下意识松了握着他的手，慌忙接住小猫。也正是这一刻，少年忽然扯下腰间的钩霜，在剑抽出的瞬间，刺穿了曹满江的咽喉。撤剑时，鲜血迸射出来，星星点点沾在他的手背，甚至溅上了一旁绿筠的衣袂。绿筠的脸色更为苍白了，双膝一软，她踉跄后退几步，勉强倚靠住一棵树才不至于摔倒。

徐山霁也吓得往子茹身后一躲。戚寸心却还抱着猫，怔怔地去望少年被点滴血迹衬得更为苍白的侧脸。

“有人来了。”宋宪双眼一眯，目光在青黑的林中一扫。

很快，他们就瞧见底下远处的官道上有了一片连绵的火光。随着那些人不断靠近，众人发现来的竟是官兵。

那足有几百人之数的官兵站在谢缈面前，为首的中年男子身着靛蓝大襟袍，头戴懒收网巾，发髻梳得十分整齐。

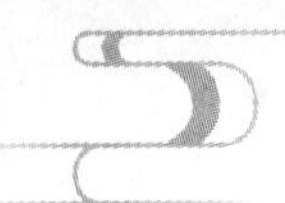

“殿下！”那中年男子朝着谢缈恭敬俯首。

他瞧见火把之下，锦衣少年手握一柄长剑，泛着寒光的剑锋上，血珠正一颗一颗滴落下来，待身后的火把将这片林子照得透亮时，他便正对上那少年的一双眼睛。

谢缈将沾血的剑刃在曹满江的衣服上潦草地擦拭了两下，而后他微微扬眉，眼瞳里却郁郁沉沉，阴戾丛生。

“育宁表兄……”他说，“滚过来。”

第三十一章 撷云崖历险

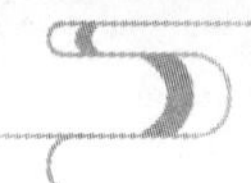

夜来山野藏雾，空气湿润，即便已是暮夏时节，草木丛中仍有稀稀拉拉的蝉鸣与蛐蛐声。

灯火在竹楼的纱窗前映出一道消瘦的身影，此刻有人正伏案作画，徐徐微风将半掩着的纱窗吹开。只见那色泽鲜亮的彩墨在他笔下铺陈开来，纸上画出的轮廓扭曲可怖，却是森然白骨。

“碎玉，怎么还不休息？”有人推门进来，嗓音有些哑。

灯下作画的少年约莫十三四岁，生着一张秀气的面庞，肤色十分苍白。他猛烈地咳嗽了几声，手中的毛笔微抖，有一滴墨不受控地在纸上洇开，这幅画便因这点痕迹而毁于一旦。

少年扔了笔，没什么血色的唇微抿着，而后伸出清瘦的手指，于青筋浮现的刹那，将整幅画揉成了一团废纸。

“兄长派出去的人回来了。”他瞧了一眼窗外。

“盐帮果真是一群乌合之众，只听了一个女子的甜言蜜语，那曹满江便敢冒险带她入城。”青年摘了幕笠，脸颊上有一道疤痕，耳畔则是一道青黑的刺青。

“这南黎太子谢繁青果然不容小觑，枯夏一到夜月楼，他便看出了其中的异样。非但没跟去夜月楼，反让人将枯夏与那曹满江带去了城外……若不是有眼线及时来报，恐怕今夜谢繁青就真的顺顺当当地离开京山郡了。”

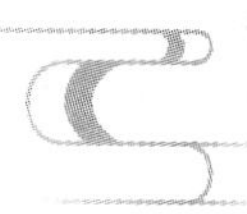

“兄长不是将消息透露给了裴川皓？只怕他父亲裴育宁此时已经见到谢繁青了。”少年气弱，说话也是慢吞吞的。

“裴育宁是去了。”青年在一旁的桌案前坐下来，“依照你我原本的打算，是要借这枯夏引谢繁青一步步地查出彩戏园原有裴家的一份，裴家一旦牵涉其中，谢繁青便会陷入两难之地。相信南黎的皇帝应该也很好奇他会如何应对，否则又怎会在这个时候要储君西行永淮，迎回九龙国柱？”

青年冷笑一声又道：“这南黎皇帝果然不喜他这个从北魏回来的儿子。”

陈维良受柯嗣指派，寻得机会，唆使京山郡太守裴育宁唯一的儿子裴川皓在彩戏园里也插上一脚。月童寸土寸金，加之裴川皓在京山郡的生意失败，他又不想通过科考入仕，正迫切地想要向裴育宁证明自己的经商能力。陈维良便以此为诱饵，诱他上钩。

南黎有律法，凡是入月童皇城的外地生意都要经过层层审查，所费时间甚久，即便裴川皓的父亲是京山郡太守，也不足以为他疏通月童城的关系，只因审查商户的权力当时还紧握在太傅裴寄清的政敌李适成手中，李适成怎么可能会给裴家人行方便?

裴寄清为官清正，从不以权谋私，裴川皓又自小惧怕他这位伯祖父，自然连上门提一提此事都不敢。按理说，此事再怎么算也只是裴川皓的个人行径，但偏偏裴川皓为求稳当，回裴家祖宅偷着找出了裴寄清的一个旧印信，盖在了经商审查文书上。有了裴寄清的私印，哪怕是旧的，这件事的性质也发生了变化。

裴川皓自以为盖了裴寄清私印的文书只会在松渝巡抚的手上，并不会送去月童，而远赴月童买下彩戏园是陈维良的事，合作只在他们两人之间，并不会牵扯到月童彩戏园的买卖契约里去，却不想，这里头的水远比他想象的要深得多。

“单凭一个旧的私印，还动不了裴寄清。”名为碎玉的少年重新在雪白的宣纸上着墨，他形销骨立，一脸病容，“兄长此前在亭江县冒充谢詹泽亲信设局杀谢繁青的计划失败，眼下拔去裴寄清这颗钉子的时机已经到了，不知兄长是如何打算的？”

青年听罢，饮茶的动作一顿，抬眼看向书案后那仍未脱稚气的少年：“你似乎已经知道怎么做了。”

少年闻言，泛白的唇微扬，从一旁的书本里抽出来一封信。

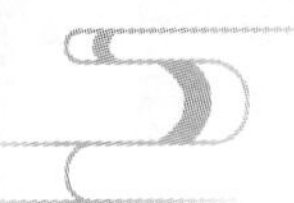

“在羽真奇的掩护下，兄长与我费尽心思才查出了这么一个惊天秘闻。南黎皇帝谢敏朝同他那兄长德宗皇帝大不一样，他曾几经沙场，多年的隐忍和蛰伏后终于名正言顺地坐上天子之位，绝非一个昏庸的帝王。”碎玉扬了扬手中的信，又说道，“这东西在你我手中的用处并不大，但若是给了另一个人，南黎皇室可就热闹了，兄长杀不了裴寄清，但有人可以。”

青年一瞬间便明白过来：“你是说……晋王？”

随即他站起身来，接过碎玉手中的那封信，一双稍显阴鸷的眼睛里露出几分笑意：“如此一来，壁上的战局或可因此改变。”

听见碎玉又是一阵咳嗽，青年的眉头就皱了起来，那张因疤痕而显得有些凶的脸上流露出些许担忧。

“新药还是没多少效用，看来我还要再找别的方子试试。”青年的关心之情溢于言表。

“兄长何必为我奔忙？我这条命又还能吊多久？”碎玉眼也不抬，兀自在纸上铺陈笔墨。

“碎玉……”青年面上添了几分愧色，“当初要是我早些去缇阳接你，你也不至于在来麟都寻我的路上染上这样重的病症……”

“兄长说这些话做什么？”

碎玉忽而想起那个漆黑的夜晚，路遇征兵，他身上的牌子早被人偷了，证明不了身份。彼时，他不要命地往前跑，后头是提着刀追赶他和其他几人的北魏官差，他望见前方林子里的一簇亮光，便踉跄着跑过去。

对上林中那么多人时，他愣愣地站在原地没动。下一刻却被人攥住手腕拽了过去，那姑娘的眼睛让他至今难忘。

慌忙间，她十分迅速地扯下她身上的斗篷裹在了他的身上，随即又散下他的发髻，往他脸上抹了一些灰。明明那些官差提着带血的刀赶来问询时，他感觉到她和他一样在颤抖，但她的面上却那么镇定，镇定得就像前面为他所做的遮掩都不曾做过一样。

“至少我如今还活着。”他收敛心绪，专注于笔下。

青年见他不愿多提这些，便也不说了。思及今夜在城外的事，他又说：“我们的时间不多了，好不容易发现他们的踪迹，要趁谢繁青和他那个太子妃戚寸心

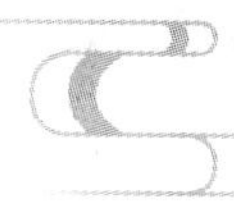

还没离开京山郡境内，杀了他们。”

“即便是为了裴川皓，裴育宁也不敢以下犯上，他是利用不上的，要杀太子夫妇，只能我们自己来。”碎玉抬眼看向青年耳侧的那道青黑刺青，“兄长，这是你我最后的机会了。”

青年自然也清楚，他捏着那封信刚要出门，却忽然像是想起什么似的，回过头来：“你似乎还没瞧过太子夫妇的画像？”

碎玉已经低下头，认真地去勾勒纸上的线条了。

“兄长不会错认他们就是了，部署刺杀是你的事，我不参与。”

林间燃烧的火把照得人脸颊微红。身着靛蓝大襟袍的京山郡太守裴育宁跪在沾了血的草地上，未擦干血迹的剑已抵在了他的脖颈。

他面如死灰，几乎不敢多看面前的锦衣少年：“殿下，臣……知罪，是臣教子无方。”

“太守大人，你可知如今朝中的形势？可知太傅在月童又过着何种如履薄冰的日子？”徐允嘉此时才知彩戏园背后的真相，饶是他平日最为稳重冷静，也有些压不住情绪。

裴寄清让裴家二房迁离月童，实则是不希望裴家人卷入皇城那不见硝烟的争斗之中。裴育宁想起当初他才任京山郡太守之时，裴寄清特地命人从月童寄来的一封信。信中，裴寄清全无位高权重之人的气势，只是像一位长辈那样对他谆谆告诫，言裴家虽远离月童，却仍身在风口浪尖，要他谨言慎行，要他谨记家风，为官清正，为子心孝，为父慈爱，要正己身，也要正儿女之身。

“殿下……”裴育宁双眼一热，全然不顾满地血腥与身后那数百名官差的目光，俯身重重磕头，“臣愧对殿下，愧对太傅！”

“育宁表哥若真的知错，”谢缈冷眼瞧着他，用衣袖擦了擦脸颊的血迹，俯下身时，他的嗓音很轻，却教人遍体生寒，“你现在就回去，将你那个好儿子亲手杀了。”

裴育宁身形一僵，猛地抬头对上少年那双犹如浸润过冰霜的眸子，他满身冷汗，一下瘫软在地。

“舍不得？”少年轻笑一声，“也对，育宁表兄若是舍得，今夜便该绑了你

那儿子来见我。”

“裴太守舍不得你的儿子，可裴家其他人包括你那儿子都要被你害死！太傅一生为官清正，竟让你们父子成了他身上的污点！”徐山霁一见裴育宁这副软脚虾的模样，便忍不住开口。

戚寸心抱着猫站在那儿，目光落在裴育宁身上，在这一刻她才终于厘清了彩戏园背后的一团乱麻。

北魏派来的，除了羽真奇之外还有别的密探，他们引谢缈查到京山郡裴家，难道只是为了让他陷入两难？

戚寸心总觉得在这一层以外，似乎还有更大的阴谋。可那到底是什么？

裴育宁的脸色十分难看，他虽知偷盖裴寄清旧私印一事没那么容易危及裴寄清，但值此多事之秋，难保不会有有心之人趁机发难。裴川皓不死，这桩事怕是过不去的。

“殿下，”裴育宁一脸颓色，嘴唇颤抖着，“我知太傅在朝中多年为的是家国天下，太傅之胸襟，罪臣裴育宁难以企及。身为裴家子孙，我有负家父临终前的教诲，也有负当初太傅的殷殷关切。”

“为人臣，罪臣尚不能清除京山郡走私贩盐的盐帮；为人父，罪臣更是纵容太过，教导不够。”裴育宁说着，闭起眼睛，两行浊泪淌下来，“罪臣不敢再累及太傅，累及殿下，今夜回城，罪臣定会向圣上上书请罪，并……将我儿裴川皓下狱治罪。”

当年，祖父有言裴家人必要拧成一股绳，不可自杀自斗，不可为外物外人动摇家族根本。如今却是他裴育宁玷污了裴家的声名。

“表兄还不算太过糊涂。”谢缈轻瞥剑上残留的血迹，“你最好记得今夜这番话，若你敢用什么假死或替死的手段帮裴川皓逃过此劫，到时死的，就不止他一个了。”

谢缈牵起戚寸心的手上了马车，他的神情始终有些阴沉，似乎比平日里更令人难以接近。随裴育宁而来的几百名官差全都得了他的命令，跟随太子马车一路至京山郡边界。

戚寸心的手腕被他握得有些紧，她忍不住往后缩了一下。

他这才回过神来，指节一松，看向她道：“疼？”

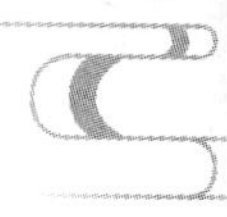

“也没有很疼……”她抿了抿嘴唇。

少年垂首端详着她微红的手腕，而后用他冰凉的指腹轻揉了一下：“娘子，我们不去永淮了。”

他的嗓音听不出多少波澜，戚寸心看他片刻，轻声应：“好。”

“你还疼不疼？”他头也不抬，还在认真地揉她的手腕。

她望着他，压住心头的酸涩：“不疼。”

西行永淮迎九龙国柱是天子旨意，作为储君，谢缈不去永淮反要回月童，这便是抗旨。

“殿下此时回去，若陛下治罪……”徐山霁与徐允嘉并辔而行，他瞧了一眼后头的马车，欲言又止。

“北魏枢密院费尽心思，不会只用这么不痛不痒的一招。”徐允嘉手握缰绳，面色凝重。

死一个裴川皓便能解决的事，并不值得北魏枢密院苦心孤诣用这样狠毒的连环计，一定有什么后手在等着他们。

徐山霁略略思索片刻，恍然道：“你的意思是，裴太傅的私印只是其一，也许还有其二？”

也许那第二招，才是最为致命的。

先是太子西行，再是天山明月周靖丰离开月童，这背后，只怕还有更大的阴谋，若此时继续去那永淮，谁也说不准在月童的裴寄清会陷入怎样的困境。即便谢缈不说，徐允嘉跟在他身边多年，大抵也能明白他在遵循圣旨与裴寄清之间做了怎样艰难的抉择。

“允嘉兄，”徐山霁沉默地打量着远处薄雾晨光里朦胧的远山，向来习惯说笑的他此时却神情凝重，“殿下真是……难啊。”

从前万般富贵在他眼前，教他认不得什么是战争，什么又是人间疾苦，他虽是侯府庶子，日子却比这位南黎的太子殿下过得要平静舒心。到此刻，他才真正明白，谢缈从北魏回到南黎，又一步步登上太子之位，这并非上天的眷顾，而是他自己步步为营的算计。

“殿下所愿，亦臣所求，再难又如何？”此刻天幕呈现出一种鸭蛋青般的色

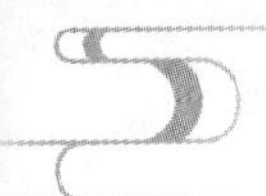

泽，而在湿润的雾气里，徐允嘉侧过脸看他，“只是二公子这一趟硬要跟来，如今是否后悔了？”

“没有。”徐山霁摇头摇得果断，“以前我浑浑噩噩度日，来这一趟才让我变得清醒些。”

他话音刚落，便有一支利箭破空而来，在他还没来得及反应过来的时候，徐允嘉已经迅速抬手，剑从他的剑鞘里滑出几寸，十分精准地挡在徐山霁面前。当的一声，箭头抵在了剑身上，下一刻便坠落在地。

徐山霁双目大睁，还没松口气便忙着拉紧缰绳控制受惊的马。一时间所有侍卫抽出剑刃，随行的京山郡官差也都警惕起来。

“保护公子！”韩章大喊一声。

宋宪掀了车帘出来，那看似不起眼的棍子已成了两柄长剑，他虽一条腿有些问题，但从车上飞身下来的动作很利落。

道路两旁的林子里不断有箭雨袭来，众人忙以手中的剑抵挡，而谢缈与戚寸心还是稳坐在车内未动。子意守在戚寸心身边，子茹则扯下腰间的银蛇弯钩飞身出了马车。

子意一边密切注意着外面的情况，一边回头说道：“一夜过去，这已经是第三回了。”

戚寸心不由得去看身侧的谢缈，他似乎尤为倦怠。即便外头刀剑之声不绝于耳，被风吹开的帘外弥漫起血腥的味道，他也没有睁眼。可就在她看向他的下一刻，他却忽然睁开了眼睛，伸手迅速将她揽过来。在戚寸心即将撞上他的一刹那，一支利箭穿透帘子向他们袭来。她仰头望向谢缈的同时，也看到了他身后那钉在内壁上微微颤动的箭矢。

“姑娘……”子意吓了一跳。

徐允嘉掀开帘子探身一望：“殿下，您与太子妃没事吧？”

“无碍。”谢缈言语简短，目光落在窗外，见韩章已经割破了那林中放冷箭的黑衣人的脖颈，他随即看向徐允嘉，“叫宋宪来。”

“是。”徐允嘉应一声，忙去唤宋宪。

外头已经不剩多少声响，想来那些黑衣人应是暂时撤退了。

“殿下。”宋宪掀帘进来。

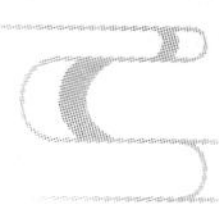

子茹紧跟着也进来，在子意身边坐下，用帕子擦拭沾血的银蛇弯钩。

“宋将军，我有一事交付于你。”谢缈说道。

宋宪当即垂首：“殿下请说。”

“我虽不去永淮，但随行的崇光军必须带着我的车驾去永淮，我要你现在就去找徐山岚，告诉他，我改了主意，让他不必赶回来，你和他一起去永淮。”谢缈的嗓音沉静无比。

“殿下，若没有崇光军跟着，您与太子妃该如何回月童？这路上诸般险境，您……要怎么办？”宋宪拱手抬头看向面前这不过十八岁的少年，一时心中五味杂陈。

“我的车驾若不去永淮，只怕我还未回月童，朝中便已有参我的折子了，”谢缈或察觉到戚寸心的目光，他侧过脸对上她的视线，“如今多的是人要我和娘子的命，只怕他们还当我要往永淮去。”

太子车驾继续西行便是一个最好的障眼法，能令谢詹泽、吴贵妃的人，以及那些想杀谢缈、戚寸心的亡命徒齐聚永淮，如此一来，他们回月童所要遇到的压力也会小许多。至少如今，这一路上也只有北魏枢密院的人阴魂不散。

“这封信交给你，只有你与徐山岚随崇光军抵达永淮时才能打开。”谢缈从桌下的抽屉里取出一封信递到宋宪眼前，“那时宋将军自会知道我交付给你的第二件事。”

宋宪望着那封信，伸手接来时只觉有千斤的重量。

“殿下，为何是罪臣？如今殿下正处危境，罪臣怎能此时离开？”

谢缈闻言，那双饱含倦意的眼睛露出了些笑意，在昏暗的光线里，他神情平和地淡声道：“你宋宪当年也是个将军，怎么如今竟甘愿来做我的护卫？”

即便谢缈没有言明，但宋宪只听他这样一句话，便意识到眼前这位太子殿下让他去永淮，并非是那么简单的事情。也许答案就在他手中的这封信里。

马车还在行进，宋宪思及这一路上各种势力向这对少年夫妻展现的万般杀机，他的胸中不禁涌出几分悲凉。犹如他当年在率军回朝的路上，听闻德宗皇帝不顾南黎的脸面，亲口应下北魏所有的无理要求时，那萦绕于心难以消解的悲凉与绝望。

明明他打了胜仗，明明有那么多的将士为了这场艰难的胜利而付出了年轻的

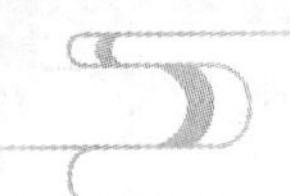

生命。可那么多人流的血，却因德宗皇帝与保守派的懦弱而毁于一旦。而那年被软弱的南黎君王送到北魏蛮夷手里的质子，就是此时在他面前的这位殿下。

“罪臣……”宋宪的喉咙有些发紧，他眼眶微热，“罪臣曾以为，殿下成了南黎的弃子，这一生……应该是回不来了，就如同罪臣当年心中驱除蛮夷的心愿一般，这辈子都无法实现。”

“可殿下终是回来了，”他有些哽咽，仿佛是因这位少年储君而回想起自己的大半生，“罪臣到底还是割舍不下，舍不下我南黎未收复的失地，还有我未报的家仇。”

“宋伯伯……”戚寸心眼见着从他眼眶里滑下泪来，忙拿了帕子塞入他手里，“我与殿下的心愿，同您的心愿是一样的。”

戚寸心特地找了一个布兜来，将八宝盒里的糕点统统装进去，又拿了小巧便于携带的几坛酒装进另一个布袋子里给他，随后扯出一个笑容来。

“若我和殿下能平安度过此劫回到月童，殿下居庙堂，宋伯伯居沙场。还请宋伯伯相信，殿下决不会像当初的德宗那样辜负您的抱负、您的忠心。”她的笑容真诚又温暖。

宋宪定定地望着她片刻便收敛起情绪，随即胡乱用手里的帕子擦了一把脸。他忽然一撩衣摆跪了下来，就在这个逼仄的马车内，于这危机四伏的山野间，朝谢缈拱手行了大礼。

“罪臣定不负殿下嘱托！”他的肩膀在微微颤抖。

眼看就要出京山郡地界，所有人开始原地休整，也即将各奔东西。此刻的山林间，拥有了片刻的宁静。

徐山霁将自己的马牵来给了宋宪，自己则进车里坐着，而那些一路跟着的京山郡的官差也到了要返回城内的时候。

“娘子何时变得如此大方？几千两送出去，眼也不眨。”谢缈说的是她方才用匕首将缝在衣裳内衬里的银票取出来，偷偷塞入宋宪包袱里的事。

戚寸心口干舌燥，喝了几口水才道：“宋伯伯去找徐世子他们，路上也要用钱的。”

“我也不是事事都不舍得钱的。”她强调。

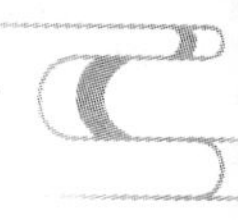

谢缈闻言，那双沉静的眼瞳里竟也浮现了几分浅淡的笑意："是，譬如你当初买我用了那十二两积蓄，后来为给我寄信，也舍得花上二百两。"

这也许是足够令他开心的记忆，赶了一夜的路，他也仅有此时才露出点儿轻松的神情。

徐山霁以为自己幻听了，猛地一抬头："什么十二两？"

他敏锐地抓住了这么一个关键的数目。

买，买谁？他是不是听见了什么了不得的秘闻？

子意立即推了推子茹的手臂，子茹起初有点儿懵懂，但对上姐姐的目光，反应过来后便踹了徐山霁一脚，示意他不要说话。徐山霁被踹得有点儿疼，抱住膝盖，也觉得自己失言了，忙垂着脑袋像个鹌鹑似的。

"你提这个做什么？"戚寸心有点儿不好意思，凑到谢缈耳畔小声地告诫他，"你被我买过，是什么光彩的事吗？"

"为何不光彩？"他也如她一般放低声音，侧过脸来同她耳语。

戚寸心和他面面相觑，发现他好像真的没有觉得哪里不光彩。

"为什么？"她又凑过去，声音依旧小小的，只有他能听得清。

他的眼睫颤动，薄唇微抿着，仿佛要他袒露心事是一件极难的事。可偏偏她偷偷地捏了捏他的手指，还要凑近他，跟他小声说话。

"缈缈，为什么？

"缈缈。"

戚寸心并不死心，又戳了戳他，还是压着声音和他说悄悄话。

面对她这样一双清澈的杏眼，少年此时竟有些不知所措，马车的车轮声足以掩盖外面的许多声音。窗外的风涌入，吹着他鬓边的发，他垂下眼帘，终于妥协一般，嗓音极轻地说了这样一句。

"大约是那天，我第一次有种得救的错觉。"

暮夏的清晨已有几分凉意。身披一件黛蓝披风的碎玉倚靠在车内，面庞稍显苍白的他此时轻咳了几声，将随身携带的药丸送进嘴里。那药丸从瓶中取出时便散发出极为难闻的气味，但他是眼也不眨地吃下去，连口水也懒得喝。

"他们已经出了京山郡，这一路来，我们的人也未能伤及南黎太子夫妇分

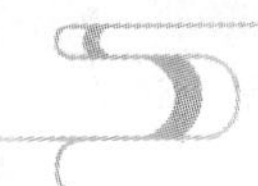

毫。”车帘被吹开来，天光顺窗进入马车内，照见他的脸，“原以为谢繁青定会与崇光军统领会合，那样的话，你便会难办些，但架不住想杀太子夫妇的人如过江之鲫，一旦太子夫妇遇险，在月童的太傅裴寄清一死，兄长与我，便能向义父交差了。”

“他这是要回月童，赶着去救裴寄清吧。”坐在另一边的青年眼底浮出冷意来，“这谢繁青倒真是不简单，如此一来，我们便只能靠自己了。”

“兄长，时间不多了。”碎玉提醒他。

“放心，当初金蝉枪江西乾死在南黎太子妃去宗庙的路上，他的叔父江双年早已视戚寸心为眼中钉，江双年的枪法可不一般，他不就在离京山郡不远的业城吗？我已经让人去业城了。”

青年耳畔的刺青显得有些诡秘，他的眼神阴鸷：“再者，北魏也不是没有能人，义父不是派了兰涛过来？当年先皇呼延平度被周靖丰刺杀后，义父便三请兰涛入宫保护当今圣上，如今的金鳞卫都是经他调教出来的，他此次前来，想来是义父说服了陛下。”

“碎玉，看来陛下也想趁此机会将谢繁青和戚寸心置之死地。”

先是福嘉公主与五皇子死于谢繁青之手，再是谢繁青逃出北魏回到南黎做了太子，这于北魏皇室而言，是莫大的耻辱。

兰涛是北魏天子近前第一人，他是伊赫人中颇具传奇色彩的武学奇才，只是此人脾气古怪，多年醉心于中原武学，不常与人比试，从未显山露水。他的声名不显，皆因他向来只钻研武学，并不掺和南北两边的争斗杀伐。此番兰涛受皇命潜入南黎，足见北魏皇室对谢繁青夫妇之重视。

“义父与陛下果然还是忌惮九重楼。”青年说道。

碎玉禁不住咳嗽几声，随后才慢吞吞地说：“九重楼没有那么高不可攀，只是那天山明月周靖丰的声名太盛，他振臂一呼，便多的是南黎义士应声前来。再者，他身后还有十万南疆军。南疆人诡秘心狠，稀奇古怪的手段更是令人胆寒，他们若从山里出来，于北魏无益。此前周靖丰已立誓不再为谢氏做任何事，但他收的这个学生戚寸心偏偏是太子妃，周靖丰不会做、不能做的事，她未必不会，所以她必须死。”

青年闻言，不由得触摸了一下放在一旁的长剑，随即让外头的人停车，又对

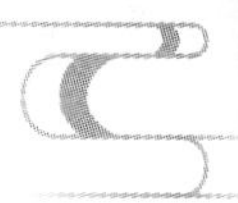

碎玉道："兰涛此时大概已经跟上去了，我也该去了，你不要跟得太紧，我会留人护着你。"

天色逐渐暗淡，已有夜幕降临之势。

"我们为什么不过业城？如今我们这又是走的哪条道？"徐山霁骑着马，跟在马车旁边，询问徐允嘉。

"走南边，撷云崖。"

"撷云崖？"

徐山霁接过徐允嘉从衣襟里摸出来的地图，在上面找到那处时，他一下抬头："允嘉兄，你没搞错吧？撷云崖可不敢乱去，那下边就是南疆人的地盘，但凡是做生意的，哪怕是吃皇粮的，谁也不敢轻易走那条道啊，你就不怕南疆人给你下蛊啊？"

"蛊虫而已，我也略懂。"徐允嘉说着，手指轻点自己腰间的皮革鞶带，那儿系着一只小巧的木瓶。

"啊？"徐山霁盯着他那物件看了一眼，忍不住打了个寒噤。不知为何，就感觉后脖颈儿有些发凉。

"你这瓶子里不会装着虫子吧？"他连忙问道。

"哪儿来的？"他又追问。

"涤神乡的乡使程寺云程大人是南疆人，当初在东陵，他曾赠予我一些，并教了我一些培育的办法。"这本也没什么好隐瞒的，徐允嘉也不避讳。

"好端端的，你学这个做什么？玩蛊虫，你不怕啊？"徐山霁没少听南疆那些蛊虫食人的传说，这会儿他手臂上的鸡皮疙瘩都起来了。

"殿下喜欢，程乡使便对我倾囊相授了。"徐允嘉轻描淡写地说。

徐山霁忍不住回头望了一眼马车，顿觉后脊骨更凉了，他扯了扯嘴角道："殿下的喜好，还真是……"

或见徐允嘉的目光有些不善，他一下改口，再不敢妄议储君，连忙打着哈哈说没事。

"走撷云崖是为绕开业城，我们只走撷云崖上的路，自然也不会与南疆人打照面。"徐允嘉再度目视前方。

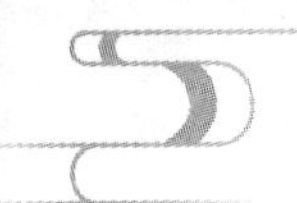

金蝉枪江西乾的父母虽亡，但他在业城还有个叔父江双年。江西乾刺杀太子妃不成，反倒葬身月童的消息早前闹得沸沸扬扬，此事累及江双年，令其成了如今朝廷仍在通缉的逃犯。

江双年早年在业城开宗立派，招揽门徒光大江家枪，早已积攒了一批人脉与忠徒，在业城嚣张横行。自江双年失踪后，他的无极门也被朝廷搅得四分五裂，那些江家门徒说不定还在业城藏着，便是那江双年也是极有可能回到业城的。

那江双年未必真疼他的侄儿江西乾，但无极门败落，他也成了丧家之犬。所以他对太子、太子妃，不可谓不恨。

之前他们来时路过业城，是做好了伪装的。但此时枢密院的人紧追不舍，难保他们不会将这消息透给江双年的那些门徒，趁此机会来一个两面夹击。江双年多年扎根业城，无极门虽败落了，但他积攒的人脉尚存，若他有心阻拦，只怕会多出许多麻烦。

马车内戚寸心靠着车壁正在浅眠，她好像做了个梦，可是梦里的一切都是模糊不清的，她什么也记不得。只觉着耳畔添了水声，清泠泠作响，好像离她很近很近。

突然“喵呜”的声音冷不丁地响起，戚寸心只察觉到衣袖被拽了一下，她瞬间睁开眼，却见身畔的少年正微微俯身，拎着那只黑猫的后脖颈儿，而它毛茸茸的爪子里透明尖锐的指甲正钩在她的衣袖上，已经钩出了几根线头来。

原来它就是始作俑者。

少年还没发现她已经醒了，仍在认真地将小黑猫的指甲从她衣袖边缘的绣线里弄出来。

那只小黑猫睁着圆圆的眼睛，试探着用另一只不伸指甲的爪子去触碰谢缈的手腕，它的尾巴还摇来晃去的，好巧不巧地打在他的侧脸。他一顿，抬眼瞪着它圆圆的眼睛。

戚寸心憋不住笑了一声，见少年抬首朝她看过来，便坐直了身体。此时子意与子茹都不在马车内，她见小黑猫还被他拎着后脖颈儿，傻乎乎地动也不动，便伸手去将它抱过来摸了摸。

少年适时将一碗茶递过来说：“喝了醒神。”

戚寸心接过来喝了一口，许是茶叶比之前放得多了些，茶浓而稍苦，但一入

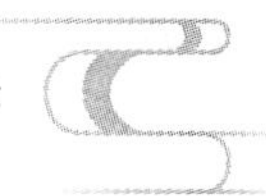

口就能令人打起精神。

就在她刚要说些什么的时候，马车却忽然停下。她身形不稳，眼看着便要扑倒了，幸亏谢缈及时扶住了她的手臂，将她拉回了座椅。

“殿下，情况不对。”徐允嘉的声音从窗外传来。

“我们已经避开业城了，如果不是江双年，那就还是北魏的那些人。”在帘子被风吹开的时候，戚寸心顺势往外瞧了一眼，她不由得皱起眉，“他们怎么跟狗皮膏药似的，一旦沾上就撕不下来了？”

狗皮膏药，也算恰当的比喻。

谢缈抬眼打量她：“怕吗？”

“一路上都见过多少这样的场面了，我还怕什么……”戚寸心下意识摇了摇头道。

忽然有重物落于马车篷顶的声音响起，她还没来得及反应便被谢缈揽住腰身，在马车四分五裂，篷顶陷落之际，随着谢缈一跃而起。随后，谢缈带着她飞身落到道路一旁粗壮的树干之上。

月亮既出，银辉散漫，他们居高临下，瞧着底下那些忽然出现的黑衣人。剑影刀光冷冽，谢缈似乎察觉出一丝异样。戚寸心也将小黑猫放进随身挎着的绣花布兜里，它乖乖地趴在里面只露出来一个猫脑袋。

下面黑衣人越来越多，戚寸心往下一望，注意到其中那名戴着幕笠的男子。

“这一路还没见过他现身。”她看出那男子便是这些人的首领。

“看来他今夜是觉得很有把握？”戚寸心本能地觉察到一些不对劲，她不由得看向谢缈。

“谢繁青。”忽有一道苍老的声音传来，犹如洪钟般，带着浑厚的内力清晰地回响在这林间野径。

戚寸心循声望去，便见一位老者从对面的阴影里走出来。他生着一张轮廓深邃的脸，皮肤皱皱巴巴的，头发已见斑白，但身形高大魁梧。树影婆娑，倒让人有些看不清他的相貌。

“你在北魏皇宫六年，老朽竟丝毫没发现你原是会武的，”老者精神矍铄，一双阴鸷的眼睛紧盯着他，“若我早知，那时便该领教一番你的功夫。”

接着，他又语气森然道：“连在虎牢里做人奴都未能踩断你的脊骨，殿下真是能忍，会演，还会算。”

虎牢是北魏尽人皆知的皇宫内院私牢，多是关押宫中汉人奴婢的地方，他们不能如伊赫奴婢一般有正经的住所，只能夜囚虎牢，白日才被放出做苦工。

虎牢，戚寸心当然是听过的。

可谢缈作为南黎质子，竟也住在虎牢吗？

她下意识地抬头望向他，却又像是想起什么似的，忽然伸出双手捂住耳朵。而谢缈也恰在此时，侧过脸来与她四目相对……

第三十二章 愿与他生死相随

月华落于林间，漏出银霜如簇。少年衣袂殷红，凌空微荡，他的面容在阴影中并不清晰，唯有一道声音于飒飒风中带着毫不掩饰的讥诮。

“我虽曾身陷虎牢，也比不得你兰涛。乌落宗德三顾茅庐，便能令你甘心入宫做个宦官。”

谢缈将腕上的铃铛取下，摘了近旁的叶子塞进缝隙，使其再难发出声响。

他才将铃铛小心翼翼地塞入衣襟，底下那老者便已飞身朝他而来。

那兰涛手中一柄长刀向谢缈劈来，强劲的罡风扑面，谢缈迅速抽出钩霜，挡住刀锋的同时，揽住戚寸心的腰，带她侧身下落。

子意与子茹同时抛出银蛇弯钩，快步赶来。那弯钩钩住了兰涛的刀刃，却又很快被他转手打了回去，她们顺势接过弯钩，又分别与那兰涛过了一招，却纷纷被兰涛的长刀震得踉跄后退。子意嘴角已见血，心下亦有些骇然。这老者的内力远比她想象的还要深厚。

徐允嘉正与戴幕笠的青年缠斗，野径上刀剑相接之声不绝于耳，此时的众人乱作一团。

徐山霁瞅准机会，将后头那辆马车上的绿筠给带了出来，跑到林子里躲着。

待子意与子茹跑到戚寸心身边，谢缈适时提剑而起，削落的枝叶如针一般朝兰涛袭去，兰涛举刀劈开枝叶，紧跟着谢缈跃入半空。

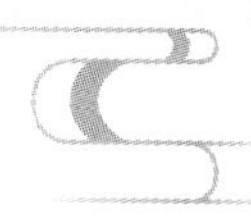

“子意，你没事吧？”戚寸心见子意唇边带血，额头上也有了细密的汗珠。

子意摇了摇头，强忍着胸口的疼痛说：“姑娘不必担心。”

说话间，子茹手中的弯钩刺穿了一名黑衣人的脖颈。她与子意先护着戚寸心后退几步，而后子意钩住另一个黑衣人的剑，迫使那人上前几步，随即子茹十分默契地旋身而起，双足重重踢在那人的胸口，将他狠狠踩在地上，再以弯钩刺入其胸膛。

戚寸心看见兰涛手中的长刀泛着寒光，好似林间簌簌的风也在他刀锋间被划出清晰的线条。谢缈的剑招柔韧，刀剑相碰的火星子转瞬即逝。他与兰涛的动作都极快，在此间月辉之下，教人看不真切他们的身影，只有刀锋剑刃间撞出的罡风引得周遭树木摧折。

兰涛不愧是北魏皇帝身边的第一人，他虽已年迈，但出招凌厉果决，此时握刀的手被谢缈一剑划破，虎口生疼之际，他竟也能凝神伸手，拍出一掌，击中谢缈的左肩。

一时间，两人同时后退，各自临风立于树顶。兰涛瞥了一眼自己手上的血迹，还有破了的袖口，再抬眼去看那少年时，便见他正用指腹抹去嘴角的血痕。

“殿下本无习武天资，这身根骨是用了法子换的。”兰涛那双眼睛微眯起来，“老朽听说，洗髓易筋的滋味堪比将浑身的骨头碾碎重组，那种疼，这天底下不是没有人试过，却没几个扛得住。”

“殿下能忍常人之所不能忍，实在令人敬佩，可惜，纵使你如今的内力已经足够深厚，可老朽到底比你多活了几十载。”兰涛微微一笑，花白的胡须轻颤，睨了一眼底下被子茹与子意护在中间的戚寸心，“今夜无论是殿下，还是你的太子妃，都要葬身此地。”

谢缈轻抬剑锋，那尖端的血珠下坠，正是兰涛的。

“试试看。”他说。

兰涛冷哼一声，随即再度施展轻功朝谢缈袭去，他的每一招相较于之前更凌厉，周身浮动的内息更是霸道逼人。

谢缈的剑顺势挽住了袭向他的钢刀，他往后一扯，随即翻身重重踢向兰涛握刀的手，正踢在他的伤口上。兰涛吃痛，却没松手，反而挣开他的剑刃，转身狠狠回劈。

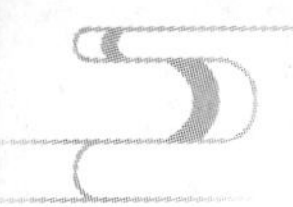

与此同时，徐允嘉才躲开那青年的攻击，一旁的韩章便顺势上去，剑锋刺破青年的幕笠，直逼他的眼睛。那青年施展轻功连连后退，韩章的剑尖往上一挑，只将其幕笠打落。在此间不甚明亮的光线之下，徐允嘉与韩章皆瞧见这人脸上的一道疤痕，还有他耳畔的刺青。

那刺青，与当初谢缈手臂上的刺青如出一辙。

青年剑挑马车上的灯笼，朝韩章与徐允嘉掷出，灯笼被徐允嘉一剑劈开，落地燃烧成一团火焰。

“缈缈！”

戚寸心被子茹带着退了几步，躲开一个黑衣人后，便亲眼看见半空中谢缈被兰涛的刀刺中腹部。

谢缈身形一矮，在兰涛俯身刺来之时，他将剑插入浅滩碎石之间，借力翻身，险险躲开了这次攻击。他的剑招快如闪电，那沾水的衣袂也红得像烈焰。

兰涛冷笑一声，丹田中的气息急剧流转。他周身的水珠仿佛也成了利箭一般，狠砸在少年身上。他将强大的内力裹挟着狠戾的杀气聚于刀锋，眼看就要抵上谢缈的脖颈。

戚寸心瞳孔微缩，本能地要朝谢缈跑去，却被子意攥住手腕挣脱不得。

与此同时，徐允嘉和韩章配合默契，那面上带疤的青年根本架不住他们二人的夹击。

“殿下！”

徐允嘉回头瞧见浅溪的那一幕，便放弃合攻，刚要施展轻功朝谢缈奔去，却见谢缈迅速后仰躲开了兰涛那致命的一击。

兰涛与谢缈再次立在了溪水里，那水面堪堪没过他们的膝盖。谢缈浑身湿透，苍白的面庞上还有点滴水珠，更衬得他眼瞳幽深。

不一会儿，刀光剑影亦再次映于水面，谢缈每一招都带起阵阵水花，他握剑的指节已经发白，仿佛这此起彼伏的水幕也未能削减他招式的凌厉。兰涛的刀锋划破他的肩，瞬间引得鲜血流淌出来，他却毫不在意。而他的剑也同时划破水面逼近兰涛的面门，就这样，两人刀剑相抵，互不相让。

“谢繁青，你内息乱了。”兰涛的脸颊添了道血口子，血淋淋的，胡子也被削了半边。

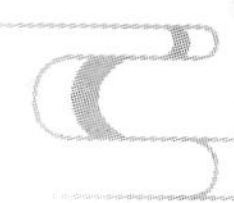

“能接我数百招，这已是你的极限了。”他冷冷地提醒。

少年的眼瞳仿佛映着这世间最为激荡的波浪，苍白的面颊沾着星星点点的血迹，两缕湿润的乌发散落于鬓边，在兰涛再度提刀挥向他时，他却忽然用手握住了那锐利的刀刃。兰涛一怔，眼见少年手掌的鲜血流淌在刀锋上，随后他便见谢缈泛白的唇微弯，那笑意竟有几分森然。

瞬间，兰涛只觉得自己握刀的手像是被什么蜇了一下，月华朗照之下，他瞧见自己腕上多出了一个朱砂似的圆点。那伤口极小，血液甚至未流淌出来便已凝固。他心下不禁有些异样，握刀柄的手才用了些力道，便察觉脉门阻塞，一种莫名的疼痛袭来，仿佛是有什么会动的活物在啃咬他的血肉一般。

是蛊虫?!兰涛变了脸色，右臂突然没了力气，那柄极重的长刀也从他手中滑落了下去，激荡起千层水波。谢缈趁此机会，手腕一转，锋利的剑刹那间便斩断了兰涛的左臂。

兰涛痛得龇牙咧嘴，想要调整内息再次袭向谢缈，却见他已轻点水面，施展轻功转身飞入林中。

“殿下，您与太子妃先走！”徐允嘉与韩章带着人来挡在兰涛身前。

“缈缈……”

戚寸心看他浑身是血地飞身朝她奔来，她唤了一声，便被他拦腰抱了起来。随即他借着一旁的树木一跃而起，带着她朝密林深处奔去。

像兰涛这样武功高深的人，那只蛊虫并不能伤其性命，至多使他在短时间内承受血肉被啃食的疼痛，从而难以凝神应对。但很快他就能依靠强大的内力将蛊虫逼出。

“别让他们跑了！”兰涛捂住鲜血淋漓的断臂，一张面庞更显狰狞。

另一边山林寂寂，有辆马车正静静停留在荒野之上。一名护卫将灯笼点了一盏又一盏，小心翼翼地放在马车里那面容稚嫩秀气的少年身边，他动作极轻，并不敢打扰伏在案上作画的少年。

朱砂染满画卷，青墨铺陈于纸上。如若仔细观察会发现，那画卷上赫然画着森森骸骨，残肢断臂，好不吓人。

车外微风吹拂，碎玉抬眼瞥一下被吹开的车帘，禁不住喉咙的痒意又咳嗽了

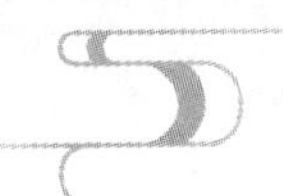

几声，一名护卫将热茶奉上，他便接过来喝了一口。

“也不知兄长与兰涛是否得手。”他搁下茶碗，垂眼打量自己手上沾染的朱砂与墨痕，“还真有些好奇。”

“兰涛总管是陛下身边的人，这么多年也不知帮陛下挡了多少南黎人的刺杀，想来那谢繁青还没那个本事从他手底下逃出生天吧。”护卫小心地说道。

“兄长原本还想利用江双年，哪知这位南黎的太子殿下剑走偏锋，偏绕过了业城。”碎玉眼底浮出一丝浅浅的笑意，轻轻地叹了一声，“兰涛不来，我们还真没有什么胜算。”

他说着，便伸手拉开车座底下的抽屉，从里头随便挑拣了几样彩墨出来，再要拿帕子擦手时却不慎扯出其中的一封密折来。那密折散开了几页，露出里面勾描的画像。

“谢繁青”三个字映入眼帘，碎玉一顿，随意擦了擦手上沾染的颜料，竟也来了点儿兴致，于是将那折子取了出来。这是北魏枢密院院使吾鲁图的密折，内容他是知道的，却是从兄长口中听来的，他也并未见过这折子里的画像。

碎玉随意瞧了一眼，便将其扔在案上，折子的另一端却不巧从桌角坠了下去，那内页便铺展开来。

此时明亮的烛火照亮了内页上的字迹与那两幅画像，他手中重新握起的笔却骤然落在了膝上。隔了许久，他不敢相信般地捧起那密折。纸上的画像勾勒得细致入微，就连她鼻梁上的一颗殷红的小痣也十分清晰。

他的大脑有一瞬空白，半晌后，他的目光落在画像一旁的小字上。

“来人！”碎玉当即掀帘出去。

又一名护卫闻声跑来，他抓住来人的衣襟，将密折上的女子画像举到护卫眼前道：“她就是戚寸心，南黎的太子妃？”

两道身影在林间极速飞跃，夜风擦着脸有些生疼，戚寸心鼻间满是少年身上的血腥味，过分浓密的树叶挡住了太多月亮的光华，她在这样晦暗的光线里有些看不清他的脸。谢缈的呼吸变得急促而凌乱，戚寸心几乎是毫无准备便随着他从半空下坠。

预想的疼痛没有袭来，她听见他的一声闷哼，随即她睁开眼睛，却发现是谢

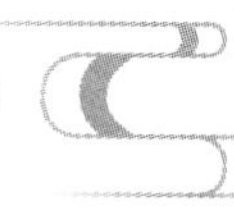

缈将她护在怀里，而他的唇畔又添了许多温热的血。

“缈缈！”戚寸心连忙将他扶着一起坐起身，她的手掌又在他腰腹间触摸到了温热的血。

“娘子，还记得我今日给你看过的地图吗？”谢缈轻轻喘息，勉力提剑，指向一处，“朝那个方向，我们去撷云崖。”

“我记得的。”戚寸心点点头，她的眼眶已经湿润了，可眼下耽误不起时间，她扶着谢缈站起来，往他所指的方向走去。

林子里似乎有了些异动，树下的阴影里蛰伏着毒蛇一般，正用一双冷冰冰的眼睛注视着他们。戚寸心的后背已经被冷汗浸湿，她不敢回头，只能扶着谢缈尽己所能地快步往前。

“缈缈，你疼不疼？”戚寸心不小心又碰到他的伤口，哽咽道。

“不疼。”少年声音有点儿轻，已经在尽力回答她。

戚寸心不敢让眼泪模糊视线，她已经腾不出手擦眼泪，只能强忍下去，咬着牙继续朝林子里去。

夜色笼罩下的密林更显诡秘幽深，兰涛等人并不能准确判断戚寸心与谢缈逃去了哪个方向，只能分头搜寻。

戚寸心听见一阵窸窸窣窣的声音，还没来得及反应，便被谢缈带着闪身后退。然后，她看见他手中的钩霜犹如一道银光飞了出去，那几乎要与夜色融为一体的黑衣人便个个倒地不起。当钩霜再回到他手里时，已沾满鲜血。

“走。”谢缈说道。

戚寸心忙扶住他摇摇欲坠的身体，尽可能地快步往前走。谢缈似乎有些虚脱，走了十几步便有些踉跄。戚寸心没注意，在他身体压下来时也被带着摔倒在地。她没有办法，只能用尽力气将他往丰茂的草木后挪动。

很快便有凌乱的脚步声传来，燃烧的火把照得林中半明半暗。此刻，戚寸心抱着谢缈蜷缩在草丛里，动也不敢动的她心都悬到了嗓子眼儿。声音渐渐近了，那些人踩在细草上发出的声音清晰可闻，戚寸心的手指不由得蜷缩起来，她也屏住了呼吸。

“小公子，”她忽然听见一个声音，“您怎么来了？大公子不是说您……”

“既然这里搜过了，还愣着做什么？”紧接着是一道青涩中带着几分虚弱的

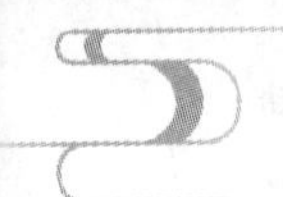

嗓音，“快去其他地方搜搜啊！太子夫妇若是跑了，你们就死在南黎好了。”

“属下这就去。”那人应一声，便唤着众人朝着另一边匆匆跑去。

火把的光亮逐渐远去，林子里寂静到除了风声便是草丛内近在咫尺的蛐蛐鸣叫声。戚寸心仍旧没动，她蜷缩在草丛里许久，直到外面似乎真的没有了动静，才犹豫着要不要探身出去，却忽然听到一阵轻缓的脚步声。

一声声，令人毛骨悚然。

“姐姐，是你吗？”

一道声音忽然传来，同时有灯火映照于她头顶凝露的草叶之上，她在露水灯光里抬头，正对上那少年苍白稚气的面庞。

戚寸心一下站起身，将谢缈挡在身后。她的裙袂触碰得草叶微晃，少年便隐约在其中瞧见一抹殷红的衣袂。

“真的是你。”他仔细端详她。

见戚寸心满眼警惕，他似乎有些失落，但也只是片刻，他便恢复了正常。

“姐姐不记得我了吗？你在去缇阳的路上救过我。”他望着她，瞥了一眼她的身后，“你那天也是这样将我藏在身边，翌日临走时还给过我两个烧饼。”

他说得详细了些，戚寸心便很快想起自己往缇阳去时，同一群难民夜宿山林，曾救过一个被北魏官差追杀的少年。那时她情急之下在他脸上涂了许多灰，也没注意过他的样貌，并不知他洗净之后，原是眼前这般秀气干净的模样。

“你是北魏枢密院的人？”她没忘了方才自己听到的话。

一个不肯被强征入伍，被北魏官差追杀的汉人少年，怎么如今却成了北魏枢密院的人？

“不算是。”他摇头，随即道，“我姓殷，名碎玉，我的生父殷如文曾是南黎的正三品通政使，因抱朴党之首何凤行的蓄意构陷含冤而死……就如同姐姐你的祖父与父亲一样。”

“所以你就去了北魏？”戚寸心没料到他曾经是南黎通政使的儿子。

“依照南黎律法，我父亲所犯之罪足以牵连我殷家上下，我与兄长既是逃犯，自然不能留在南黎。”殷碎玉咳嗽了一阵，才又道，“我兄长殷长岁带着我离开南黎后，便将我放在缇阳城的表亲家里寄养，而他则独自一人去了麟都。”

殷长岁做过北魏枢密院手底下的汉人奴，所以他耳畔才会留有伊赫人给汉人

奴隶刺的刺青。

“在北魏，少有汉人可以得到与伊赫人一般的地位，但我兄长不一样，他不但得到了他想要的地位，更成了当今北魏丞相乌落宗德的养子。”

殷长岁多次识破南黎潜伏于麟都的归乡人，死在他手中的归乡人不知凡几。便是谢缈逃出北魏皇宫后，画像未出麟都就被调换一事也是殷长岁查清的，涉事的汉人官如今已不知烂在了哪座荒冢里。

殷碎玉朝她微微一笑：“若非姐姐当初救我性命，我只怕还等不到我兄长，更不会被义父收作他的第二个养子。我这义父，他与别的伊赫人不一样，他从不轻视汉人。”

“此前我不知姐姐便是南黎太子妃，如今知道后，却更不敢信，”他定定地望着她，“姐姐祖父与父亲的死都是因南黎谢氏昏聩无能所致，为何姐姐却还要做谢家的儿媳？”

“你该恨谢氏、恨南黎。”他说。

“怎样才算作是恨呢？”戚寸心却反问他，“如你和你的兄长一般，投靠北魏吗？”

“难道姐姐还对这烂透的南黎，心存希冀？”殷碎玉不解，“南黎朝堂这般内斗的可笑行径，难道你还没看透吗？伊赫人兵强马壮，入关已有三十多年，北魏攻占南黎只不过是时间问题，你我都该顺应时局。”

“顺应时局？”戚寸心摇头，“若我还在东陵，若我还只是万千百姓中的一人，我或许会相信你今日所言。可往缇阳的那条路上，你不是没见过北魏官差是如何对待汉人的，你那时也差点因此死掉，若伊赫人真的占了南黎，这天下彻底成了伊赫人的天下，你以为他们又会如何对待我汉人百姓？”

“我义父之名，想来姐姐也听过。他最是主张汉人与伊赫人平等，轻视只是暂时的，将来天下大定，一切都会变得不一样。”殷碎玉认真地说道。

戚寸心只觉得这话听来好笑，伊赫人歧视汉人三十载未改，北魏皇室尚且如此，纵然乌落宗德有心，他也无力。而殷家这对兄弟只有眼前的家仇，并不关心其他人的疾苦。但说到底，他们的父亲的确死于南黎的党争，而他们的疾苦也不过是万千受疾苦的汉人中最无奈的一种。

“姐姐，你救过我，所以今夜，我理当救你。”殷碎玉的目光停在她身后，

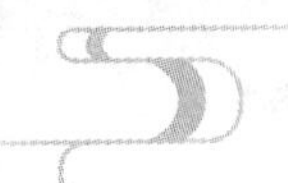

莫名有些冰冷，“但他必须死。”

戚寸心闻言下意识地伸出双臂挡在谢缈的面前。

她也许并不知道自己此时的模样有多可怜。殷碎玉眼里的她，一张脸被细草割出几道血痕，乌黑的发髻凌乱，沾着露水。她身上并没有什么作为南黎太子妃的标志物，此刻，她的手掌满是未干的血迹，连身上烟青色的棉布裙也沾染了不少脏污。

“姐姐，你看你跟着他又能得到什么？”他打量着她的脸，慢吞吞地说道，“他的父皇与皇兄都想让他死，你在他身边，你也会死。”

戚寸心见他身后的黑衣人已经抽出一柄长剑来，那剑锋闪着寒光。她虽被吓得瞳孔微缩，却仍旧挡在昏迷的谢缈身前，未曾挪动半步。远处有火光朝这里移动，也许是兰涛等人，她再度看向眼前这个只有十三四岁的少年。那少年回头，也望见了那片朦胧的火光。

很快，他们就要过来了。

再回头时，殷碎玉却见戚寸心竟已回过身去努力地将昏迷的谢缈扶起来。他的神情变了，身侧的人已经举剑横在了她脖颈间。那样近的距离，也许再近半寸便能划破她的脖颈。

“姐姐，我说过了，你只能自己走，你带着他，是走不了的。”殷碎玉再次强调。

戚寸心看着近在咫尺的剑，下一刻，却忽然抬手用钩霜的剑锋指向他。

“住手！”殷碎玉有一瞬的愣怔，见护卫的剑锋即将划破她的脖颈，他当即阻止道。

钩霜带血，其上散发出的血腥味令他有些胸闷。他望见那姑娘的眼睛，竟比剑锋还要冷。

“殷碎玉，你就当我从没救过你，也不必施舍给我你的这份善心。”她脸色苍白，眼眶微红，神情十分坚定，“反正我与太子生死一处，决不离心。”

殷碎玉不明白，明明戚寸心与他一样，至亲皆死于南黎的党争，可她为什么还要与这南黎的太子在一起，甚至甘愿与他同生共死？

谢繁青，他本就不是谢敏朝最心爱的儿子。曾在北魏为质的他，若不是南黎还有个裴寄清，他定然孤立无援。她在他的身边，又能有什么好的结果？

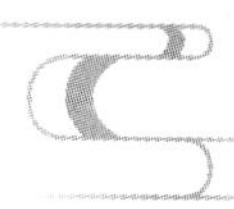

“姐姐，我不想杀你。”殷碎玉朝她摇头，“可你为什么要为难我？”

“很为难吗？”戚寸心仍旧紧握着手中的钩霜，却忽然转了话题，“碎玉，是哪两个字？”

“散碎飘零骨，随风作玉尘。”殷碎玉不知道她为何会转换话题，却仍旧温声答道。

“这是你父亲为你取名时的意思吗？”戚寸心却问他，在他发怔时，她又问，“他希望你在这乱世中随风而去，哪怕是以汉人之躯，投靠北魏？”

当然不是！“千仞洒来寒碎玉，一泓深处碧涵天。”这才是殷如文当年为他取名碎玉的本意，宁可粉身碎骨，也要持有这一身的清正之气。可殷碎玉，将这句话已经忘却很久了。

“你要恨谢氏、恨南黎，都是你自己的选择，正如你无法改变我，我也无法改变你。南黎确有沉疴顽疾，但相较于歧视汉人的北魏蛮夷，我更愿意努力拔除南黎的蚀骨之毒。因为，只有汉家天下，才是中原汉人的家。”戚寸心望见越来越近的火光，她回头再看向眼前这少年，“我已经没有时间听你的劝告了，你要怎么做，都随你。”

她话音才落，便移开手中的剑，躲开那名护卫横在她脖颈间的剑刃，扶着谢缈往月华照不见的浓黑深处走去。

“小公子，难道就这么让他们走了？”另一名护卫瞧着，一时有些着急。

殷碎玉侧过脸，望着那姑娘单薄的背影，她明明已经被昏迷的少年压得步履踉跄，行走艰难，却仍旧尽力地一步一步往前走。

“杀了谢繁青。”殷碎玉命令道。

戚寸心根本没办法回头去看身后的情况，只能小声地唤谢缈的名字。

“缈缈，你快醒醒。”

身后冰冷的刀光袭来，她还毫无察觉，但或许是她一声声的轻唤让谢缈有了几分清醒。关键时刻，他睁开眼十分迅速地夺了她手中的钩霜，而后一剑刺穿了那人的喉咙。下一秒，他的手却狠狠地按在了自己臂上的伤口上，因为他知道，现在的他只能依靠这样剧烈的疼痛来勉强保持清醒。

那人的鲜血溅到戚寸心的脸上，她却来不及擦拭，只望了一眼站在不远处的殷碎玉，便继续扶住摇摇欲坠的谢缈，奋力往前走。

“小公子，好像是他们的援兵到了！”一名在远处望风的护卫跑来，气喘吁吁地说道。

援兵？殷碎玉眼皮微动，崇光军已经往永淮去了，他们哪里来的援兵？他抬眼望向远处那片在山林里停滞不动的火光，细听之下，似乎能听见刀剑相接的厮杀声。

殷碎玉再度回头时，那片青黑密林早已将那对夫妻的身影淹没。山风簌簌，拂过他宽大的衣袖。这一刻，他始终立在原地，没再挪动一步。

突然，一阵猛烈的咳嗽打破了此间的寂静。咳得满嘴鲜血的殷碎玉，却在恍惚中想：今日一别，也许她还有生的可能，可他应该活不到再见她的时候了吧？

戚寸心扶着谢缈穿过一片漆黑的树林，时有月辉从林间洒下来，散落在地上化作如霜的银光。一路上，她丝毫不敢停顿，怕殷碎玉杀心又起，也怕兰涛等人穷追不舍。而谢缈勉强跟随她的步履前行，只是他的神思已经恍惚。

撷云崖有一条通向崖底的栈道，崖底向南延伸的整片大山都属于南疆的地界，多年来南疆人少有上撷云崖的，更没有什么汉人敢到崖底去。

南疆人擅养蛊，而谁也不清楚他们的蛊虫究竟有多少种，但中原没少流传他们以蛊杀人的诡秘传闻。

可眼下，戚寸心和谢缈已经顾不了那么多了。崖底的栈道狭窄且陡峭，幸而戚寸心一直带着那支鲛珠步摇，鲛珠散发出柔和的光，照着他俩脚下的路。

“缈缈，不要睡。”她喘着气提醒他。

谢缈的意识逐渐模糊，快睁不开眼去看她，就算听见她的声音，也是隔了好久才迟钝地应一声。

“戚寸心。”隔了片刻，他突然说话，不过那声音极轻，仿佛说得很艰难。

戚寸心干脆停下来，扶着他靠在一旁的石壁上稍作休息。她用衣袖擦去他额上的汗珠，却见他半睁着的眼睛里没有一点儿光。

他忽然对她说：“你自己走吧。”

“我不。”

戚寸心胸腔内翻涌的酸涩再次涌至鼻尖，她抿起嘴唇，绷紧下颌，扶住他再度往崖底艰难地挪动着。

“如若兰涛敢下撷云崖，你我都会死。”此时他的大半重量都压在了她身

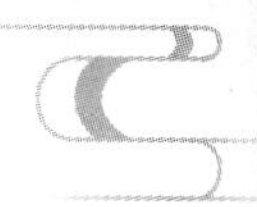

上，压得她脊背微弓，可她依旧紧紧地抱着他，仿佛不知疲倦，仅靠着自己的意志坚持着前行。

“我知道。”

她一直忍得很好，但听见他说这样的话，便再也忍不住，眼泪一颗颗砸到地上，而后她吸了吸鼻子，努力平复心绪。

“就算是死，我们也在一块儿。

“你不要惹我哭，我不想哭。”

她艰难地腾出一只手来先擦去眼泪，又拿来他手里的钩霜砍去栈道两旁丛生的杂草，一时惊得诸多萤火虫飞起，星星点点好似天幕中的星子。

一轮圆月高悬于遥远的天际，却始终朗照着两个人。撷云崖太高也太险，戚寸心虽双腿打颤，后背湿透，却还是分毫不敢放松。她咬着牙搀扶着谢缈顺着栈道往下走，这过程漫长又煎熬。

崖底的草木更为丰茂，参天的树木几乎将月光完全遮住，林内弥漫着潮湿的草木味道。那些萤火与戚寸心挂在布兜带子上的鲛珠步摇，便是这林内唯一的光亮。她几乎是靠着毅力带着谢缈一步步挪下去的，即便双足每走一步都疼得厉害，双腿已经酸痛发麻，她也不敢停歇。

一望无际的林海中终见一片草木稀疏的地带。不远处，碎石洒满浅滩，一条长河横亘在眼前，月辉照着水面，好似散碎的宝石浮在河面上。可突然，一阵眩晕来得毫无征兆，她身形不稳往前踉跄了一下，不够明亮的光线并未照见她脚下那片葳蕤野草中竟还藏了一道沟壑。

她一脚踩空，连带着谢缈一起摔下山坡，她的脑袋正好撞上一棵树，不过一瞬之间便失去了意识。谢缈在恍惚间，朝她的方向伸出手去，他沾血的指节竭力舒展，当终于抓住她的手时，他才放任沉重的眼皮垂下，陷入了无边的黑暗里。

戚寸心做了一个潮湿冰冷的梦，梦里一片漆黑，还有渗入骨髓的阴冷气息始终萦绕。可是后来，漆黑的梦境里投下来一片月光，照得她脚下好似水面一般。她低头一看，竟在其中看到了母亲的脸。从离开澧阳的那日起，母亲已许多年不曾这样对她笑。她跪坐在那一层水波上，始终无法真正触碰母亲的笑脸，只能眼睁睁地看着母亲转身，走入一道门内。

那是澧阳的宅院。母亲坐在父亲的身边，而父亲的另一边是哼着戏词在藤椅

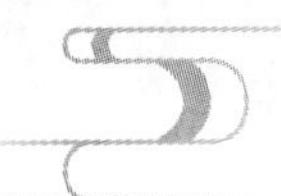

上摇摇晃晃的祖父。那一刻，跑进宅院的姑母是那样年轻鲜妍，她穿着一身海棠花色的衣裙，笑得明媚又漂亮。

隔着一道水面，她忽然见祖父从藤椅上直起身来，正襟危坐，笑眯眯的，那笑容牵扯起脸上数道松弛的皱纹。

她听见他说："寸心，你做得很好。"

戚寸心不受控制地掉下眼泪，泪水模糊了祖父那张苍老慈爱的面庞，她揪紧衣襟，几乎是大哭着从梦中醒来。当她睁开眼，才发现眼泪早已湿了枕巾。脸颊的伤口沾了泪，有点儿刺疼，蒙眬间她看见一团黑乎乎的东西向她靠近，随后喵喵叫的声音传到耳边，她才发觉是小黑猫。

戚寸心猛地坐起身来，适逢推门的吱呀声响起，明亮的光线令泪水满面的她一时有些睁不开眼睛。

"怎么哭上了？"来人瞧见她满脸是泪的狼狈模样。

戚寸心胡乱抹了一把眼泪，便是擦痛了脸上的伤口也毫不在意。此时她看清了面前这个皮肤有些暗黄的中年妇人。这妇人满头银饰，一身蓝布裙，脖颈间也戴着纹饰繁复的银项圈，手上还端了一碗热气腾腾的药。戚寸心回过头，又瞧见了躺在床榻里侧，仍在昏睡的少年。他身上的伤口似乎都被处理过了，腰间与手臂都缠着细布，隐隐带着血迹。

妇人将药碗放到桌上，瞧着那只坐在戚寸心身边的黑猫，说道："若不是听见这猫儿叫，我们夫妻俩还发现不了你们，你们倒是胆子大，敢下撷云崖。"

她瞥一眼戚寸心，随即出去端了一只瓷碗进来，又将碗放到桌上。见戚寸心回过头来，她便指着碗中的烤麻雀，语气不好也不坏地道："好歹是这猫儿捉来给你们两人的，如今你夫君重伤昏迷，也不知还挺不挺得过来。你也别浪费了它的这番心意，都吃了吧。"

想来，这里应是南疆了。

第三十三章 南疆

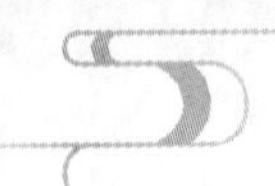

南疆人多多少少有些排外，撷云崖外头的事他们一般不会多管，汉人怕南疆人，南疆人也不会亲近汉人。戚寸心和谢缈之所以得救，全因这位叫作麻吉的妇人向来喜爱毛茸茸的小动物，尤其爱猫。

那天，麻吉循着猫叫声到河滩上时，正瞧见那只油光水滑的胖黑猫坐在昏迷的一对男女面前，它还将嘴里咬的麻雀放到他们二人交握的手边。

"要不是有那两只家伙，没等你们穿过那片林子，我养在那边的虫子就会钻进你们的身体里，它们真是吃了我不少的蛊虫。"麻吉瞥了一眼檐上羽毛洁白，正在洗翅的鸟说道。

随后，她将采满背篓的草药倒入地上的竹篾簸箕里，却见原本立在门口的戚寸心忽然拿了个小凳子也坐了过来。戚寸心也不说话，只是帮着她，和她一起择出夹杂在药草中无用的野花野草。

麻吉顿了一下，抬眼看她："你们到底什么身份？今早我瞧见那林子里头，可有好几具尸体。"

"我也没那杀人的癖好，若他们肯知难而退，一两只虫子是不会要他们性命的，偏生他们还带着火把，我的虫子见了火可是要发狂的。"她的语气不咸不淡，似乎根本没把死了的那几人放在心上。

"我与夫君是从缇阳来的，缇阳的生意赔了，我们原本是打算去投奔他在业

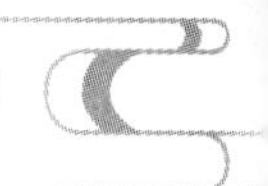

城的叔父，哪知叔父家早搬空了，人也不知去了哪儿。我们稀里糊涂的，还被业城江家的这群人一路追杀。”

戚寸心抿了一下唇，手上择草药的动作没停：“我们跑到这底下来，也是没有办法。”

“你叔父是业城夏家的家主夏缘？”麻吉眼皮也不抬。

“您是怎么知道的？”戚寸心故作惊诧。

麻吉扯了扯嘴角：“真是夏缘，那江家人追杀你们也不奇怪了。江双年被他那侄子江西乾牵连的时候，夏缘落井下石，害得江双年险些被你们南黎朝廷拿住，现如今无极门败落，江双年的那些忠徒没处撒气，你们此时去夏家投亲，可不就是现成的出气筒？”

“您怎么会知道这么多……”戚寸心这回是真的有些诧异，没想到这妇人知道这么多撷云崖外头的事，同时她也暗自松了一口气，幸而她找了个到业城夏家投亲的借口，如此说那些追下山崖来的是江家人也算合理。

“我们可不是河对面深山里的老古板，”麻吉抬了抬下巴，示意她去看对面那一片绵延无垠的大山，“我夫君偶尔会上崖去你们汉人的集市。”

“汉人瞧见我夫君的打扮便会吓跑，他只好备一件汉人的衣裳。”麻吉撇撇嘴，似乎觉得没趣得很。

“你们既是汉人，为什么身上却带着我们南疆的寄香蛊？”麻吉状似不经意地，看向戚寸心腕上的银珠手串。

麻吉脾气怪，警惕性也很高，戚寸心从一开始便察觉到了。此时她摸了摸腕上的铃铛，它不响了，她才想起是因为谢缈那夜把树叶塞入了他的铃铛。那蛊虫被迫舒展身躯，而她的这只也因为那一只的异常而躯体变大，所以铃铛也就不会响了。

“我在缇阳有位叔叔，他身边有位姓萧的女子，我唤她作萧姨，这寄香蛊是她送给我们夫妻二人的。”戚寸心摸着铃铛，说道。

姓萧？麻吉终于抬头，静默地审视她片刻，才道：“萧姓，的确是我们南疆的大姓。”

“缇阳……”麻吉总觉得这地名有些熟悉，她垂着头择了一会儿草药，拧起眉头思索着，忽然恍悟，“那女子可是叫萧瑜？”

戚寸心迎上她的目光，点了点头，又道："您认识她？"

"我可不认识。"麻吉笑了一声，"她是萧家的长女，萧家在我们南疆，可是三大姓之一，也是大司命身边的三姓护法之一。"

戚寸心之前也听过萧姓在南疆是大姓，所以她才借萧瑜之名，让这寄香蛊的来源显得合理些，但乍听麻吉这一番话，她还是有些吃惊。想不到那萧瑜，竟是萧家的长女。

"按理说，如今萧家族长的位置该是她的，只是她多年前只身一人离开南疆，前两个月才回来。如今大司命年老体衰，他们三个大族斗得厉害，也不知她能不能挑起萧家的担子。"麻吉又道。

"她回来了？"戚寸心有些意外。

"是啊，萧家人亲自接她回来的。"麻吉说着，便将挑拣过的草药全都倒入竹篾筛子里，放到太阳下去晒。

"她与你既然相识，你倒是正好找萧家人去。"麻吉显然觉得留他们两人在家里有些麻烦，她也不是那么好心的良善之辈。

"我夫君如今伤重，不好挪动，再者，我们也不敢去河对岸的山里，麻吉婶婶如能救我夫妻二人，我感激涕零。"

戚寸心不是听不出她的弦外之音，但眼下南疆大山里情况不明，她并不能贸然去找萧瑜。她想了想，转身回了屋子，在自己的布兜里翻找了一番，除了鲛珠步摇，她将所有的首饰与银钱都取出来，交给了麻吉。

"除了这些，只要是我能帮得上忙的，麻吉婶婶都交给我来做。"戚寸心说罢，便拿起一旁的扫帚，去扫那些择出来的野草野花。

麻吉捧着一袋子沉甸甸的银钱，还有好些精致漂亮的首饰，瞧着小姑娘扫完了草叶，又去太阳下替她铺开筛子里的草药，说不惊愕是假的，麻吉还没碰见过她这样能干的汉人姑娘。

"你们汉人的菜式，你会多少？"她盯着那姑娘忙碌的背影，忽然道。

戚寸心闻言，当即跑到台阶上来："我会的很多。"

只是在太阳下这么一会儿的工夫，麻吉便见她白皙的面庞被晒得有点儿微红，她不由得有些怀疑。

"瞧着你们夫妻二人也该是富贵人家养出来的，你真会下厨？"

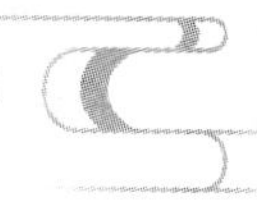

“我夫君出身好，但我家只能算是普通人家，我叔叔在缇阳开过酒楼，我未嫁时也去楼里帮过忙，耳濡目染学得了许多菜式。”

戚寸心说的话半真半假，郑家的家业被强占后，郑凭澜也的确开过一个酒楼，但那时戚寸心还在东陵，甚至还没入东陵府尊府里做烧火丫鬟。南黎如今人人皆知太子妃曾在东陵做过女婢，戚寸心只怕说出这些，会引起麻吉的疑心。

麻吉闻言，不由得回头望了一眼门内那床榻上仍昏迷的少年，随后她便将那些首饰都塞回了戚寸心手里，只留了那袋银钱。

“这些东西我没甚稀罕，若真想我治好他，你只管做饭和喂猫就是了。”

麻吉养了十一只猫，有的是她丈夫从撷云崖上带回来给她的，有的则是误入撷云崖底，被她给捡回来的。

“要不，你将你的猫儿送给我？”麻吉回头见那只黑乎乎的胖猫在栏杆上晒太阳舔毛，便又对戚寸心道。

戚寸心抿起嘴唇，过了片刻才说：“芝麻是我送给夫君的，麻吉婶婶，我可以做饭的，天天不重样，您看可以吗？”

“不重样？”麻吉来了点儿兴致。

“我会的菜式有几百道，虽然做不到永远不重样，但几个月不重样应该是可以的。”戚寸心如实说道。

她在东陵府尊府的厨房里虽不是掌勺的，但一直帮忙的她又怎么可能什么也不会？葛府尊在吃上极尽奢靡，她在厨房里做事，自然也学得不少菜式。

“猫儿是有灵性的，我即便向你强要了来，它也是要伤心的，我方才的话你就别放在心上，你只管好好做饭就是。”麻吉看她一眼，只说了这话，便去厨房舀了一瓢水喝。

那日麻吉是吓唬戚寸心的，谢缈虽失血过多，但用了药止了血，命也算勉强保住了。只是后头要治疗他有些麻烦，需要麻吉的丈夫所古兴每日天不亮就去山上采药，麻吉并不打算留着他们这两个麻烦。但戚寸心偏偏会不少汉人的菜式，在这儿住了九天，她几乎每天早晨都会早起跟着所古兴和麻吉一起去陡峭的山上采药，回来便忙着准备一日三餐，空闲时间还要喂猫和照顾仍在昏睡的谢缈。

她额头上的伤口结了痂，也不用再裹着细布。就这一日日忙着，麻吉也从未听她喊过一声累。她做起这些事来利落又熟练，麻吉也不得不信她似乎真是个普

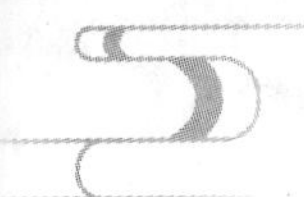

通人家的女儿。

“你夫君与你的身份差距这样大，你又肯为他做这么多，那他呢？他待你如何？”麻吉纳着鞋底，瞧着那才替少年擦了脸，端着盆水出来的戚寸心。

“他待我也很好，身份的差异是我以前会烦恼的事，但他从不为此烦恼，”戚寸心把小黑猫抱过来摸了摸，在麻吉身边的小凳子上坐下，“他只会一遍遍地想，怎样才能留住我。”

“这样说来，他倒还真是不大一样。”

麻吉还没见过他们这样的夫妻，门第不在那富家公子的眼里，却是这小姑娘的心结。但如今看来，她这个心结也已经解了。

谢缈这两日夜里已经不怎么发烧了，戚寸心心里一直悬着的大石落了地，此时面上也能扯出一抹笑来。

“麻吉婶婶，我去喂猫了。”

所古兴时常会去为家里的猫钓鱼来吃，戚寸心将鱼处理成鱼糜，这几天常用这些喂它们。

午后有些闷热，所古兴和麻吉正在房中午睡。戚寸心坐在谢缈的床前盯着他看了一会儿，又将打瞌睡的小黑猫抱到他的身边和他一块儿睡。转过头，她瞧见栏杆上搭着麻吉和所古兴的两件外衣。那衣裳脏了，今晨采药时麻吉在山上滑倒后沾上了泥，所古兴去拉麻吉，也同样沾了一身泥水。于是，她去树荫底下的老井里打了水，将麻吉的衣裳放进盆里浆洗。浣衣的声音，在这晚夏还算炽热的太阳下显得格外清凉，她不知这声音入了一个人的梦，更不知他被这声音唤醒，此时已睁开眼睛正看着窗外那树荫底下坐在小板凳上洗衣裳的她。

多像是在东陵的那个夏日，也是这样炽热的阳光，她也是在这样的树荫底下洗衣，一回头，便瞧见被关在铁笼内狼狈的他。

戚寸心并不知谢缈已经醒了，她慢慢将皂角揉碎，却触摸到麻吉的衣角有什么软软的东西。扑哧一声，她眼见衣角里钻出来一条雪白带花的小虫子，那虫子一下跳到了她湿润的手背上。

“啊啊啊！”

戚寸心吓得失声大叫，她一下子站起身来，伸手要去拍掉手背上的虫子，却只感觉被蜇了一下似的，那虫子转瞬在她手背伤口流出的血液里化开。但她分明察觉到像是有什么东西跑进了自己的身体中。

谢缈听见她的叫喊，瞳孔微缩，顾不得才结痂的伤口，他扶着床沿起来，也不管被惊醒的小黑猫，踉跄着出门将跑上阶来的姑娘抱进怀里。

“缈缈？”她看到他，忽然忘了害怕。

腹部的伤口裂开了，殷红的血浸湿了少年雪白的衣衫，他还没说话，就看见木廊尽头的那道门开了，一对中年夫妇匆匆走了出来。

“怎么了这是？”被搅扰了睡眠，麻吉的脸色有些不好。

她抬眼瞧见谢缈便愣了一下，随即又看见了院里的水盆，心下便明白过来。于是她忙走过去，冷不防那少年扯下腰间的白玉配饰，刹那间剑锋已对准了她的眼睛。他眼底戾气极重，暗沉沉的，教人后背生寒。

“缈缈，是麻吉婶婶救的你。”戚寸心忍着疼，拽住他的衣袖。

少年没多少血色的唇微抿，垂头瞥她一眼，剑锋仍然停在麻吉的眼前。

“年轻人，如果你再不让麻吉给你妻子引蛊的话，她的手臂就废了。”所古兴忙说道。

戚寸心也朝他摇头：“放下。”

少年对上麻吉那双平静无波的眼睛，到底还是依戚寸心所言，收了钩霜。麻吉一声不吭，回屋拿了几样东西来，替戚寸心及时放了血，才将方才那只跑进她身体里的蛊虫给引了出来。

麻吉说：“衣裳我和所古兴自己会洗，偏你这丫头什么都要做，我的衣裳里藏了多少蛊虫你知道吗？”

戚寸心的脸色还有些发白，耷拉下脑袋。很快，她便有些头昏脑胀，若不是身后的谢缈及时扶住她，她就要从凳子上摔下去了。仅仅只是闭了一下眼睛，她就觉得眼前变得模糊了起来，所有事物在她眼里都仿佛笼着纱一般，待她再次睁开眼时，却雾蒙蒙的。

“麻吉婶婶，我看不清了……”她的声音有些发抖。

麻吉见少年的脸色变了，便抢先道：“只是余毒而已，再过个十来天，你的眼睛自然就会好的。”

那虫子是麻吉近来最喜欢的蛊种，有剧毒。即便她及时替戚寸心将蛊虫引了

出来，但她体内还会有毒素残留，这不但会影响她的视力，还会使她手臂疼痛，甚至嗜睡。但只要用些药，至多十天，这些症状就都会消失。

“你这几日就什么也别做了。”

饶是麻吉这般性子怪的人，也很难不为小姑娘这几日所做的事而心生动容。这姑娘模样生得好，人也勤勉，不但做饭做得好，天天不重样，还会帮她做一些精致漂亮的绣活。

屋漏偏逢连夜雨，戚寸心原以为能和谢缈捡回两条命就已经算幸运，哪知她如今又中了蛊毒，视线模糊，手臂也时常刺疼。她不知道什么时候太阳下山，也不知什么时候晨光乍现。一如麻吉所言，她常是嗜睡的，有时只与谢缈说上一两句话，她便会不知不觉地睡过去。

“缈缈，我不想睡的。”她醒过来还有点儿懊恼。

“睡也没事。”他话音才落，便见她忽然凑得很近，顿了一下，谢缈伸手摸了摸她的脑袋。

他已经习惯了，这两日她时常会这样，凑得近，才能将他看清些。

“娘子，银霜鸟只剩一只了。”

寂静的午后，鸣蝉早消失在了立秋的前夜，他拥着妻子，看向窗外。

“那徐大人他们应该很快就能找到我们了吧。”

戚寸心只听他这话，便循着有光亮的地方望去，但那光线落在她眼睛里雾蒙蒙的一团，她看不太清外头的屋檐。

两只银霜鸟一直由徐允嘉驯养，此前在仙翁江遇险，她与谢缈流落山野时，也是其中一只银霜鸟为徐允嘉引路，他们才找来的。可那晚混乱之下，也不知徐允嘉他们脱险没有？

“希望他们都能平安。”戚寸心忽然说道。

下午所古兴在山上打了两只兔子回来，打算等麻吉晚上回来烤兔肉，但天都黑透了，麻吉仍迟迟不归。所古兴正打算点盏灯去外头寻她，麻吉却忽然回来了。她不但回来了，还带来了三个人。

“姑娘！”戚寸心才被谢缈牵着走到门口，便听到了这样一个熟悉的女声。

“是子茹吗？”她试探着开口。

天色暗淡下来，她的眼睛就更看不清了。

“姑娘，您的眼睛怎么了？”子茹脸色一变，忙上前来扶住她的手臂。

“不小心碰了蛊虫就看不清了，过几天就会好的。”戚寸心解释道。

“姑娘，是奴婢和子茹不好……”子意瞧见她比之前还要消瘦些，快步走到她身前来，忍不住掉泪。

“表弟、表弟妹，我们可找着你们了！”徐山霁感到麻吉的目光落在他的后背，犹如针刺一般，他一个激灵，连忙上前喊。

戚寸心认出了他的声音，愣愣地朝那个方向看去。谢缈的目光停在他的脸上，平静无波，但徐山霁还是没来由地冒了点儿冷汗。

“郑姑娘，你不是说你们夫妻是到业城投奔夏家的？这两名女子自称是你的侍女，这位徐公子，又称你是表弟妹，你怎么没说，他们跟你们夫妻是一路的？”麻吉的声音冷不丁地传来。

戚寸心说自己的叔叔是郑凭澜，那么麻吉自然当她姓郑。

“她们的确是我妻子的侍女，我们夫妻路遇追杀，情势紧急，便遣了她们二人去京山郡寻表兄相救。”谢缈语气沉静。

表兄……徐山霁听谢缈亲口说出这两字，便哆嗦了一下。

“是这样没错，我是紧赶慢赶带人来，幸好你们都没事。”徐山霁抹了一把额头上的汗。

“有这两只鸟，找到这儿来也不稀奇。”麻吉瞧了一眼檐上，昨夜不见的一只银霜鸟，如今果然回来了，“你们三个敢下撷云崖，也算有些胆识。”

麻吉虽说与对面山里的许多南疆人不大一样，但她也还是有些排外。

“既然接你们夫妻的人来了，那么明日你们便离开这儿吧。”

所古兴将处理过的兔子拿来在院子里烤了，麻吉则弄了些南疆人喜爱的生拌菜，他们的口味偏酸辣，生拌菜的味道也极鲜，对于从未吃过南疆菜的徐山霁来说，这无疑是一种新奇的体验。他也少了几分对麻吉、所古兴夫妇的畏惧，饭桌上也能与所古兴说上几句话，谈及京山郡的富庶繁华。

麻吉静静地听着，见徐山霁这般侃侃而谈不似作假的模样，她倒也信了他是京山郡来的。

“我可以自己吃。”

戚寸心触摸到谢缈手里的勺子，她有点儿不好意思当着这么多人的面被喂

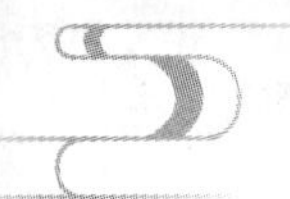

饭。谢缈看了她一眼，就牵着她的手站起来到廊上去，两人靠坐在廊椅上，背对着院子里的五人。

“张嘴。”他将勺子递到她嘴边。

月华无边，廊内只点了两盏灯。徐山霁回头瞧见他们两人的背影，有一瞬觉得自己嘴里的兔肉好像一点儿也不香了。

当他再转过头时，见麻吉也在看廊内的两人，便打着哈哈笑了一声。

“我表弟和表弟妹可真是感情深厚。”

麻吉家只剩下一间卧房，晚饭用毕，麻吉便让所古兴收拾了堆杂物的屋子，搬了一个简易的小床进去。徐山霁自己铺好了被褥，已经做好在这个有点儿霉味的屋子里凑合一晚的打算。那仅剩的一间卧房，留给了子意与子茹两人。

徐山霁才上床，便见一道身影出现在屋外，他一下站起来，“殿下”两字还未出口又被他咽下，只低低地唤了声公子。

“允嘉兄收到公子的消息便在撷云崖上没动，依公子所言，只有我与子茹、子意下来。”他小声禀报道。

“枯夏将绿筠带走了？”谢缈走进来，淡声道。

“公子怎么知道的？”徐山霁吃了一惊，随即拍了一下脑袋，“难道公子早就知道绿筠这一路上都留了记号？”

难怪徐允嘉见枯夏带人马来也并不惊讶。枯夏怎会真的将她妹妹丢在京山郡自生自灭，她离开，一定是去搬救兵的。当时，谢缈命徐允嘉将绿筠带上，便是在逼枯夏一路追来救她的妹妹。这样她便别无选择，只能帮他们解决麻烦。

院内风声急促，天边不时有几声闷雷响起。眼看第一场秋雨便要落下。

戚寸心昏昏欲睡，开门的声响令她清醒了些，她在灯火映照下隐约看见了谢缈的身影。

“缈缈？”

谢缈轻应一声，见她披散的长发还是湿的，便拿了一旁架子上的布巾来。戚寸心坐起身靠在他怀里，由着他伸手往后替她擦头发，没一会儿她就打起哈欠，眼看便要睡着。

“娘子。”他忽然出声。

“嗯？”她迷迷糊糊地应一声。

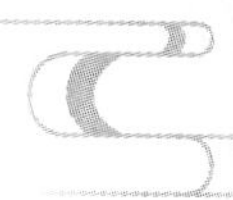

“你在我身边好像过得一点儿也不好。”他的嗓音很轻，像是在她的梦里。

戚寸心却在听到他这句话后睡意去了大半，她没动，额头仍旧抵在他的胸膛，只是隔了会儿，说：“你怎么会突然这么想？”

“只是想到你也许会跟我一起死，”少年用布巾轻柔地擦拭她的头发，他说这话时顿了一下，似乎是想起那夜她搀扶他在陡峭的山崖下艰难前行的模样，还有她汗湿的鬓发和发红的眼眶，“我就有点儿舍不得。”

明明以前，他只会想着该如何将她抓得更紧一些。

他停下替她擦拭头发的动作，一双手捧起她的脸，她脸上的伤口已经脱了痂，还有些微粉的痕迹。

窗外终于下起了雨，一声声拍打着窗棂，发出脆响。

她看不太清他的脸，却听见他清亮的嗓音：“戚寸心，你一个人长命百岁其实也很好。”

一股酸涩直冲鼻腔，眼泪比脑子更快，水雾便已将她原本就不够清晰的视线再添一层朦胧。她敏锐地察觉到了什么，可是嘴唇动了动，却始终未能点破。

擦完发，他衣袖一挥，桌上的烛火便灭了。

戚寸心被他抱在怀里，枕着一窗风雨始终难以安眠，她忍不住去握他的手，只听一阵衣料摩擦的窸窣声，她觉得他的呼吸好像有点儿近。她听见他轻轻地叹息了一声，而后一个吻就这么毫无预兆地向她袭来。他的嘴唇柔软微凉，他的舌顺着她的齿缝生涩地深入，他们气息纠缠着连呼吸都变得灼烧起来。

半晌，他轻轻喘息着，又温柔地亲了一下她的鼻尖。

这样黑的夜掩盖了两个人脸颊的薄红，雨声也令两个人的呼吸声显得不那么明显。她伸出手慢慢地触摸他的脸庞，捧着他的脸，又回亲了一下他的嘴唇。

少年的呼吸有些乱，但在她略有些颤抖的手触碰到他的衣带时，他忽然握住了她的手腕，他有点儿慌乱。

“戚寸心……不可以。”他像是对自己说的。

“你是觉得，你不会回来接我了，对吗？”戚寸心的声音落在他耳畔。

少年身形一僵，一瞬抬眼，但在这样漆黑的夜里，他并不能看清她的脸。他还没有想好该如何告诉她，她却已经什么都猜到了。

隔了半晌，他将她紧紧地抱在怀里。

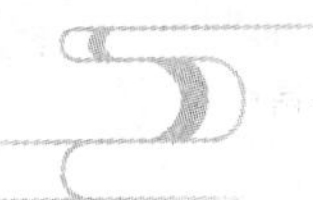

“我会的。”他说。

戚寸心一时无话，只用手指揪紧他的衣襟，却好似沉默的对峙一般，她始终不肯退步。纵然他什么也不说，她也能明白他已经做了最坏的打算。

窗外雨势更盛，他的吻终究还是再度落下。

凌乱的气息好似带着炽热的温度，他的手指生涩地解开她的衣带。如果不是这样的黑夜，他们也许谁也不敢多看彼此一眼；如果不是这样的黑夜，一切的感官不会敏锐到肌肤相贴的每一瞬都令人战栗沉沦。伸手不见五指的室内，少年手腕的铃铛一声声地，仿佛敲击着他的心。

戚寸心神思混沌，迟钝地发觉颈间添了一抹湿润，她试探着伸出手去，少年细微的喘息声近在咫尺，她的手指触摸到他脸颊的泪水。仿佛他并不愿意被她发现一样，谢缈那带着某种羞耻意味的吻狠狠落下，在她颈上留下道道痕迹。随后，她呜咽几声，落在脸颊的泪也被他轻轻抹去。

铃铛的声音很清脆，在耳畔响啊响，也不知是他的，还是她的。长夜无尽，雨声淅沥。

戚寸心恍惚间听见他说：“娘子，我会很想你的。”

这个充盈着潮湿水雾的雨夜，淹没了谢缈始终未能说出口的心事。可她知道，什么都知道。

他从未受到过所谓天命的眷顾，他是政治联姻下不被期待的“恶果”，走到今天这一步，全凭他不肯信命，也不肯认命。他敏感又不安，抓住她的手便会去想该如何才能握得再紧一些，屡次的试探，屡次的谎言，都是他既自尊又自卑的别扭心思。

但是现在，他会对她说舍不得。他预见了即将来临的风雨，那也许是一条死路，所以他才会对她说“不可以”，他怕她再跟他走下去，怕她就这样和他死在那吃人的泥沼里。

可戚寸心并不希望他这样想，在他急促的呼吸里，羞怯地触碰之下，她倔强地回应他。

天色露出些许亮光，戚寸心迷迷糊糊地再被抱上床榻时，床上已换了绵软的被单，她明明很困了，却还紧紧地抓着他的手。

“我已同所古兴夫妇说好，他们答应继续留你避难，”乌发雪衣的少年坐在床榻上，由着她握着自己的手。如此暗淡的天色里，他认真地凝望她的脸庞："娘子，你就在这里等我。"

他是这样依依不舍，躺下去再度将她抱进怀里，微凉的指腹轻轻触碰她颈上微红的痕迹。她瑟缩了一下，脑袋却埋进他怀里。她不说话，谢缈就这样静静地拥着她。

"很快，我就会回来接你。"下颌轻抵她的发顶，他说。

很快吗？戚寸心不知道。

她还是一言不发，放任袭来的困意将她的神思裹挟，本能地逃避起这摆在眼前的别离。

下了一夜的雨停了，积在瓦上的水珠顺着檐角往下滴答着，少年终于还是松开了怀里的姑娘，他坐起身来，小心翼翼地替她盖好被子。此刻的她蜷缩着，看起来脆弱又可怜。片刻后，他薄唇微抿，下了床推门出去。

徐山霁在那放杂物的房里辗转反侧了一夜，天还没亮便起身了。他推门出来时就看见对面廊上的那扇门一开，随即那雪衣少年抬脚走了出来。

廊上沾了雨水，仍是湿润的。少年衣衫单薄，微湿的衣袂带风。徐山霁还没来得及开口唤一声，便见他走到卧满了胖猫的廊椅旁，从花色各异、懒洋洋的猫堆里，抓出那只黑得很显眼的胖猫。

小黑猫大抵是夜里在外头闹腾过，身上的毛还是湿的，它被谢缈拎着脖颈抓起来时，还是蒙的。谢缈触摸到它湿湿的毛发便皱了一下眉，转身走进屋子里，随后便拿了一方帕子将它按在床头胡乱擦拭了一番。几下之后，小黑猫一下成了个奓毛的毛球，它还没来得及喵喵叫，就被他顺手塞入了戚寸心的被子里。

只见黑乎乎的猫脑袋从戚寸心怀里钻出来，呼噜呼噜的声音好像也没有吵醒她。随后，那道门终于还是关上了，掩去了他雪白的衣袂，也阻隔了弥漫的雾气与晨光。

铃铛声渐远……也许，再也不会响了。

床榻上拥着黑猫、双眼紧闭的姑娘，却在此时睫毛微颤，有两行清泪无声地从她脸上滑落下来。

也不知过了多久，推门声再度响起，这回吱吱呀呀的，只开了一道缝。子意看见床榻上的姑娘不知何时已坐起身来，就那么靠着墙壁，抱着那只黑猫，在一

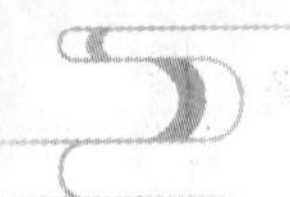

片未被晨光映照的阴影里，垂着眼睛，令人看不清她的神情。

“姑娘……”她怔怔地唤了一声。

谢缈是孤身一人离开的，徐山霁和子茹、子意都留在了这里，他上了撷云崖，徐允嘉等人在崖上等了一夜，此时见谢缈好端端地出现在眼前，他们才松了一口气。

“韩章呢？”谢缈扫了一眼。

“殿下，韩章他……”徐允嘉提及此事，神情变得沉重许多，嗫嚅片刻后才道，“他死了。”

就死在那夜，死在殷长岁的手里。

崖上风声呼号，谢缈鬓边的发被吹得轻晃，他望了眼草木葱茏的崖下。

“若你我还能活着回来，再将他带回月童。”

“殿下，”徐允嘉的眼眶微红，他将才收到的密信奉上，“陛下忽然病重难理朝政，晋王已经离开金源，在他回月童的路上，太傅就已经被下狱了……”

谢缈的面庞在厚云堆积的晦暗光线里透着苍白的冷感，崖上的清风吹得他宽大的衣袖猎猎作响，半晌，他冷笑一声。

麻吉和所古兴一大早就出去了，昨夜下了那样大的一场雨，麻吉要去看看她放养在林子里的蛊虫们。

徐山霁将厨房里剩的半只山鸡炖了一锅汤，做了鸡汤饭端给戚寸心，她竟也吃了两小碗。

“姑娘，如今您余毒未清，公子也是担心您，想来很快就会来接您的……”子茹一向不太会说话，憋了一会儿才笨拙地安慰了这么一句。

“我不能等着他回来接我。”

戚寸心的眼睛仍旧看不太清，只能依稀辨认出他们。

“什么意思？”徐山霁不太明白。

“他知道他这一去，走的也许是一条死路。”戚寸心捧着温热的茶碗，南疆人并没有饮茶的习惯，这里的茶香味不足，苦涩非常，“他仅仅是不想我和他一起回到月童的泥沼里。”

正如他昨夜忽然说的那句话。不谙世故的少年，即便他从来极端又偏执，也已在不知不觉中，不肯再像从前那样。无论自己是否身在泥潭，无论自己是否一身狼狈，也要用铃铛紧紧地将她绑在身边，一起生，一起死。

那个少年，已经长大了。

“我留下来，并不是愿意等他。”茶碗内氤氲的热气轻拂她的脸庞，“我出来时，先生曾将紫垣玉符交给我，还告诉我，他当年与南疆大司命交好，我持紫垣玉符，便等于坐拥十万南疆军。”

“十万南疆军？”徐山霁吃了一惊，一双眼睛瞪大了些，他忍不住回头去望门外那一眼望不到尽头的绵延山脉。

“那还等什么？我们快去见那个大司命，这样也能尽快追上公子他们！”徐山霁连忙说道。

子意瞧了戚寸心一眼：“只怕没那么简单。”

若只凭一个紫垣玉符便能号令南疆军，戚寸心也就不会等到谢缈离开才提及此事。

“麻吉婶婶说，大司命身边有三姓护法，即三大家族，一个萧家，一个丰家，一个岑家。”戚寸心接着又说。

南疆与南黎的界线便是这道撷云崖，撷云崖以南的大片高山河谷都是南疆的天下，南疆人不是南黎子民，他们是生长于此，不受约束的群居异族。他们永远神秘，永远令人惧怕。

“他们是异族，不是汉人，再加上他们的大司命年老体衰，这三姓家族明争暗斗，早不是先生当初来此地时的情形。只怕就算我拿着紫垣玉符去山里，他们也不会让我活着见到南疆大司命。”

“这可怎么办啊？”子茹急得挠头。

“那看来周先生的这个办法是行不通了……”徐山霁原以为看到了希望。

戚寸心摇头：“先生不能永远帮我，我总要自己找到解决的办法，我不能总是依靠他，也不能由着缈缈一个人去面对危险。”

那夜殷碎玉可能真的因她曾经的救命之恩而动了恻隐之心，但他与他的兄长殷长岁为杀谢缈一路穷追猛打，他又怎么可能会轻易放过谢缈。他们一定还有后招，并且，这后手足够致命。谢缈知道自己回月童也许会死，但他还是要去。戚寸心也知道，但她并不想阻拦。

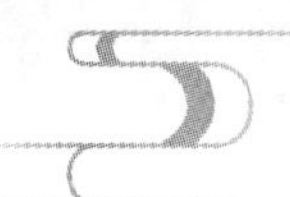

“我和缈缈说好的，我们要活着，要让这个南黎变得不一样，这样才能上下齐心，将伊赫蛮夷赶出中原。”她眼睛仍有些红肿，但此时没掉一滴眼泪，“如果不能，我们死了，也算眼不见为净。”

“姑娘……”

子意与子茹同时出声叫道，两人眼眶都有些发红。

“若真到那个时候，”饶是徐山霁这么一个总不着调的人，此时心头也难免多了一丝悲凉酸涩，“南黎也算是真的烂到根了。”

那么救来，何用？

“现今最要紧的，是子意、子茹你们赶紧联系石鸾山庄，看看我师娘和师哥师姐他们到底如何。”面对如今的境况，戚寸心不得不打起十二分的精神，“再看就是，请徐二公子替我写封信，我再找个借口，让麻吉婶婶送到对面山上去。如今我们唯一的突破口，就是萧家的族长萧瑜了。”

在缇阳城时，戚寸心与萧瑜相处的时日虽短，但也足够她了解萧瑜的为人。萧瑜能在郑凭澜身边多年如一日地守候，也能坦荡承认她佩服戚明贞的作为，即便是缇阳城破后，面对北魏兵士高举的刀刃，萧瑜也没有扔下她不管，戚寸心相信她会是一个可信之人。

“我不能只在这里安静地等他，我必须得到南疆的支持。”戚寸心本能地朝着窗外有光照进来的方向望去，柔和的风拂过她白皙的面颊。

“然后我要回去找他。”

她要与他做一样的选择：若不能劈开混沌，那就同赴来生。

第三十四章 借兵

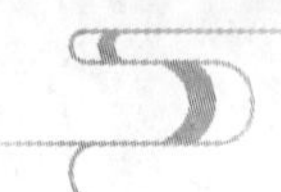

戚寸心谈及要给萧瑜送信，麻吉倒也爽快，抽了几口叶子烟，只笑了一声：“想通了？萧瑜好歹是个族长，你去认她，她给你用的药只会比我这儿的好。”

麻吉做事雷厉风行，她当日便独自撑着竹筏，到对岸的山上去送信了。只是山深林密，她这一去，竟到翌日天擦黑时才带着人回来。

萧瑜起初还不大相信戚寸心会到这里来，但信上的署名确是“戚寸心”三个字，而信中又有提及缇阳城和郑凭澜，她带了些人便随麻吉来了。阔别许久，萧瑜进屋时，戚寸心正在发怔，随后萧瑜便发现了戚寸心的异样。

“你的眼睛怎么了？”

“萧姨。”

戚寸心循声往门口看去，萧瑜身后是一片灯笼的光，而戚寸心的眼睛比前两日要好得多了，这样的距离，她能隐约看清萧瑜的轮廓。

“我们两口子睡个午觉的工夫，她就将我的衣服洗了。”麻吉举着铜烟杆，靠在门框上插了一句嘴。

同是南疆人，只听麻吉这样一句话，萧瑜还有什么不清楚的。她将手里的苗刀扔给随行的一名年轻女子，然后就在戚寸心对面的凳子上坐了下来。

“我们南疆女人的衣服你也敢随便碰？”

“要是知道有虫，我肯定不碰。”戚寸心诚实地答。

“你要是早些让麻吉来找我，你这眼睛也许还能好得快些。”萧瑜仍旧是那样古怪的性子，连说这样的话，语气听着也不柔软。

“我听麻吉婶婶说，您近来也是麻烦事缠身，所以我盘算着，走前再见您一面便好。”戚寸心依稀看见萧瑜乌黑的发髻间微微晃动的银质流苏。

“走？”萧瑜将她上下打量一番，“如今你这样，要走到哪里去？你那夫君呢？他将你丢下了？”

“没有。”戚寸心摇头，“他只是有事要做。”

萧瑜扯了扯唇角，当着这么多人的面，她也没往下问。

“你我好歹在缇阳城是共过患难的，你又叫我一声萧姨，我看你还是缓些时候再走，先跟我回萧家寨，把你这余毒彻底清了再说。”

“族长，您真的要带这几个人回寨子里？他们可是汉人。”那抱着苗刀的年轻女子皱了皱眉，忍不住出声道。

立在戚寸心身侧的子茹闻声抬眼，对上那女子不善的目光，子茹也狠瞪了她一眼道：“姑娘说的这话，倒好像我们汉人是什么了不得的洪水猛兽？”

“子茹。”子意拽了一下她的衣袖。

“对于你们汉人来说，我们南疆人才是洪水猛兽吧？见了我们就跟老鼠见到猫似的，生怕我们的虫子钻进你们的骨头里。”那年轻女子轻笑一声，抬手摇晃了下腕上那串苗银手链，发出清脆的声响，顷刻间便有几只极小的虫子从她手链上缀满的小铃铛里探出头来。

“桑阮。”萧瑜侧过脸看向她，她的语气是平淡的，但萧桑阮逼人的气势明显一下弱了许多，她收回手，小虫子们也不见了。

戚寸心的眼睛不方便，所以这两日的饭都是子意做的，她学什么都很快，武功招式如是，厨艺也如是，至少她做的饭菜麻吉是没有开口说过不满意的。

夜里用过饭，萧瑜便要带着戚寸心渡河往对面山上去，他们这一行人坐了三条船，萧瑜带来的人共用两条，她则跟戚寸心他们四人在一条船上。

河面雾气茫茫，船上的一点渔灯映照于水面，便好似夜幕里的一颗孤星，与遥远的月辉浅浅交织在粼粼波光里。

“萧姨您为什么回来？”戚寸心抱着小黑猫，靠坐在船上，即便是临着这般微凉的夜风，也不能消解她因蛊毒而被放大的困意。

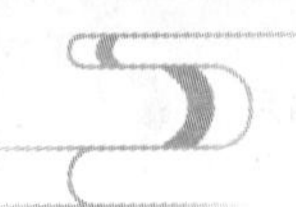

"能是为什么？"萧瑜轻嗤一声，"你郑叔叔明明是个男人，却跟你们汉人故事里那些守节的寡妇似的。你姑母死了，可把他的心也带着一块儿入土了。"

"我原先将他身边的人都吓走，就是想一个人守着他，好让他依靠我、爱上我，可他就是个焐不热的石头。"萧瑜的神情变得很淡漠，"所以说，老娘这些年也累了。"

戚寸心闻言，一时也不知该说些什么，她从未料到，郑凭澜会对她的姑母有着如此深的情意，即便所爱之人已化为白骨，他竟也甘愿奉上余生。

"如果你姑母没有那入涤神乡的魄力，只怕他也不会对这份情意如此难忘，但偏偏你姑母不是个一般的女子，他……也甘愿爱她的大义。"

萧瑜在郑凭澜身边这些年，如何会不了解他？此间乱世，他一个读万卷书的书生尚囿于家业而无力报国，心中自有一腔抱负难以施展，而他所爱之人却敢深入北魏报家仇洗国恨，他对戚明贞，当真是又爱又敬。

"我一个南疆人，可没你们眼里的家国，与他又岂是一路人。"

萧瑜并非今日才有此觉悟，却是如今才有勇气割舍这份十数年的单相思。她向来是不愿过多沉湎在这般沉重情绪里的，于是索性揭过，也懒得再说，转而问起了戚寸心的近况。

"你明明已是南黎的太子妃，如今却出现在这里，这应该不是巧合吧？"

"若非被人追杀，我未必敢下撷云崖。"戚寸心不自觉地摸着颈间的那枚玉佩，"但我留下来，确实有我的目的。"

"如果紫垣玉符在你的身上，那么你的目的便是要借兵。"萧瑜自然也听说了她成为九重楼少主的事，她如今不但是南黎的太子妃，还是天山明月周靖丰的入室弟子。

"你如今的变化还真是大，"萧瑜重新将她审视一番，"比起从前那实诚单纯的样子，好像还真添了几分贵气，要不怎么说，皇家最是养人呢？"

"只是跟着先生多读了些书，知道了些道理。"戚寸心说。

"知道那些大道理有什么用？"萧瑜面上的神色冷淡了许多，"倒不如还是懵懂天真些的好，你也就没这胆子借兵了。"

"戚寸心，你不会真以为你如今拿着紫垣玉符来，就能借走十万南疆军吧？可别怪我没提醒你，我南疆大司命与三姓护法敬佩的是周靖丰，而不是你，大司

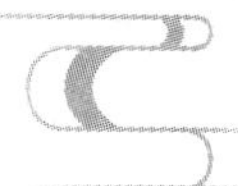

命甘为周靖丰驱遣，却并不代表他会借兵给你。”

“我知道。”戚寸心轻应一声，“先生当年已经发誓不再为谢氏皇族做任何事，即便他将紫垣玉符给了我，你们南疆也未必真能遵守这个约定。”

“大司命老了，如今三姓护法争来斗去的，本就不齐心了，即便大司命有心成全你，只怕三姓氏族也无人服你。”

“那么萧姨呢？您会帮我吗？”戚寸心却问。

萧瑜闻言一愣，片刻后才又哼笑了一声：“你们南黎的事，与我们南疆有什么关系？”

“如果是山里的其他南疆人，也许他们会这么想，但萧姨您在外头，在南黎待过，也在北魏待过，您应该清楚，南疆如今尚能偏安一隅，但若北魏铁蹄挥师南下，境况也许就会不一样了。”

戚寸心本能地朝着萧瑜的方向望向她。萧瑜眼底不禁添了几分异样，她定定地望着面前的这个姑娘，发觉她竟有种超乎寻常的睿智与冷静。

“你长大了。”她说。

一时间两人陷入沉默，萧瑜当然不可能只凭她三言两语便被说动。

“你夫君怎么忍心让你一个人面对这些？”也不知过了多久，萧瑜的声音再度传来。

“他不忍心的。”她的声音很轻，“可是我也不忍心他一个人回到那个地方，我必须抓住眼前这唯一的机会，哪怕再难。”

萧瑜回过头来，再次看向这个姑娘，她一时也难以说清心中究竟是怎样奇异的情绪，半晌才开口：“你嫁给他，原本就是选了一条死路，你若还是以前那样的普通人，也许还轻松些，何必要做天家的儿媳，又何必卷入九重楼与江湖之间的纷争里？”

“不，萧姨。”戚寸心安抚着怀里喵喵叫的小黑猫，“我仍然坚信即便是女子，也应读书明理、知天下事，这是先生教给我的道理。若我还是以前的我，我只会在战火里祈求着被别人搭救，但如今我能做的，却是搭救别人。”

小九的死，早让她明白覆巢之下无完卵的道理。身处乱世，便无净土。

萧瑜满眼惊诧，她原以为这小姑娘借兵不过只是想解她夫君的燃眉之急，却不想她竟还心存这样的宏图大志。

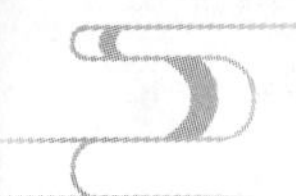

难怪……难怪郑凭澜会说，戚家的女儿都是一样的。

萧瑜静静地盯着她，隔了会儿才道："我帮不帮你，取决于你能否让丰家和岑家服你，他们服你，你才能有机会见到大司命，可我得提醒你，此事太难。"

萧瑜侧过脸去，迎着河上清风，她鬓边的银流苏被吹得叮当作响。

"我总要试试看。"

戚寸心说着便抱着小黑猫躺下去，船身在水面上微微晃荡，徐山霁和子茹就在船尾摇桨，激荡起淙淙水声。她大睁着眼，也仅能看到月亮模糊的轮廓，是毛茸茸的一团光。在忽然静谧到只剩水声的世界里，困意慢慢将她的眼皮压得很沉很沉。梦里是一片盛大的天光，晃得人眼睛疼。她从长阶上跑下来，又去仰望东陵畅风亭，那个少年如雪的衣袖，还有收束他纤细腰身的殷红丝绦从栏杆缝隙里垂下来，随着清风飘摇。

谢缈漂亮的眼睛里满是依依不舍："明天会来吗？"

"每天都来！"她的眼睛也亮晶晶的，朝他招手。

梦境被沉郁的黑色压得碎裂，木桨激起的水声又在她的梦里成了缠绵的雨水。他变得离她很近很近，低哑的声音落在她的耳畔：

"娘子，我回来接你的时候，一定给你买八宝肉。"

晨间的雾气微浓，数匹马在林间饮水食草，马蹄轻踩着淙淙流水，吹着早秋微凉的风。

少年衣袖纯白，默默地坐在石上擦拭钩霜，或因一身的伤还未痊愈，又风尘仆仆地赶了一路，此刻他的脸色仍是苍白的，眼睑下衔着两片倦怠的浅青。他似乎有点儿失神，擦拭剑刃的动作有些迟缓，那双眼睛也不知在看向何处，总有些雾蒙蒙的。

"殿下，那边传回来的消息，晋王此番回月童，江玉祥的确领兵随行。"徐允嘉将一张字条递到他眼前。

江玉祥便是金源布政使江同庆的叔叔，他曾跟随还是齐王的谢敏朝出征抗击北魏蛮夷。谢敏朝登位后封他为龙虎将军，如今驻军苍州，是掌握金源、潜德、保丰三省军事大权的正二品总督。

"徐天吉在壁上打仗，崇光军已随我的车驾去了永淮，如今月童的守城禁军

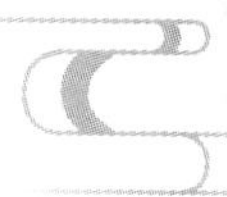

不过六万，崇英军又在缇阳，这个江玉祥手底下有精兵四万，谢詹泽豢养的私兵足有一万，而偏偏此时我父皇病重的消息不胫而走。”少年睨着纸上的字，没多少血色的脸上露了点儿笑，“徐允嘉，你说月童城中见风使舵之人见谢詹泽与江玉祥带兵回月童，他们又会作何选择？”

先是吴贵妃之流以裴家勾结北魏为由，要太傅裴寄清入狱接受大理寺审查，再是谢敏朝病重的消息传出。这朝堂的水算是彻底被搅浑了。

“如今太傅身在大理寺，只怕月童城要乱了。”徐允嘉的脸色十分凝重，“可臣分明已经遣人将裴育宁父子与彩戏园有关的消息送去了月童太傅府，太傅他……为何毫无准备？”

京山郡太守裴育宁亲自监斩，将自己的亲骨肉裴川皓砍了头的事已经上呈月童，此事亦在月童闹得沸沸扬扬，裴育宁更是已经在去月童请罪的路上。很明显，单靠此事并不能真的扳倒裴寄清，但吴贵妃与谢詹泽能在裴寄清入大理寺受审之际做许多事。

“也许不是没有准备，而是事情超出了他的预料。”

吴贵妃母子必定抓住了裴寄清的痛处。裴寄清是南黎朝堂上主战派的主心骨，谢敏朝重病不起，裴寄清又被下狱，此时朝中必是风起云涌，其中定有墙头草会在此时偏向谢詹泽与吴贵妃。

山风吹着林间的树木簌簌作响，藏在云后的日光也迟迟不出，这天色呈现出一种晦暗的模样。谢缈的衣袖被这山雨欲来的风，吹得来回拂动。他轻咳几声，站起身时，那束着的腰身更衬得他身形清瘦。

“走吧。”

“马上便要过一个小镇，殿下可想吃些什么？”徐允嘉想去扶他，却见他轻轻抬手，无声拒绝，便也只得跟在他身后，问了声。

少年闻言，却忽然站定。他的乌发被风吹起，手指轻触着苍白腕上那颗不会响的铃铛，他回过头来。

“可有八宝肉？”

八宝肉？徐允嘉愣了一下。

少年的眼睛定定地望向远处的一片云山雾海，昨夜他仅有那么一小会儿是睡着的，但只那么一会儿，他就好像回到了她的身旁。

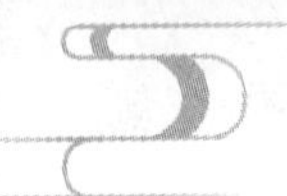

“我梦见她和我说，她想吃了。”

迦蒙山是南疆圣山，三姓护法集聚于圣山的半山腰，各自建寨而居，而在圣山山顶的天烛峰上，则坐落着大司命的圣殿。所有通往圣殿的路都有三姓护法的人守着，除了三大氏族的族长与嫡系，没有任何南疆人或外人可以轻易上天烛峰，见大司命。

萧瑜带着四个汉人回了萧家寨的消息不过一夜就传遍了整个寨子，寨中没去过撷云崖的南疆人接二连三地跑来看热闹，但即便他们人多，也没显出几分热闹，这是因为此时窗外那么多双眼睛只是静静地盯着看，那目光说不上友善，反倒还有点儿瘆人。

“他们的眼神就跟想放虫把咱们咬食干净似的。”

徐山霁冷不丁对上几双眼睛，便不受控制地打了一个寒颤。

“他们要真敢，我就把他们寨子给烧了，虫子又不是烧不死的东西。”子茹双手抱臂靠在柱上，冷冷地扫了一眼外头那些南疆人。

“我的眼睛好之前，你们不要轻举妄动，南疆的风俗习惯我们全然不知，我们在这里要事事小心，不要犯了他们的忌讳。”

戚寸心的眼睛缠着一圈细布，是萧瑜给她用了外敷的药。

“是。”子意与子茹齐声应。

不一会儿便有人推门进来，是那向来不拿正眼瞧他们的萧桑阮。她的腰上挂着一把银鞘匕首。待萧瑜先走进来，她才紧跟着进了门。

“内服外敷的药都得日日用，你的眼睛很快就会越来越清明。”萧瑜瞧了瞧戚寸心眼睛上的细布，开口说道。

“我记下了，谢谢萧姨。”戚寸心点了点头。

“你们也不用担心外头那些人，他们都是没见过汉人的，来这儿也不过是瞧个热闹，没我的命令，他们不敢把你们怎么样。”萧瑜瞥见徐山霁那警惕的模样，便冷冷地添了一句。

“族长，丰家寨的人又将龙渊泉给占了！”

有个青年跑到门口来，大约是一路没歇过，他一直用手在抹脸上的汗，看起来汗涔涔的。

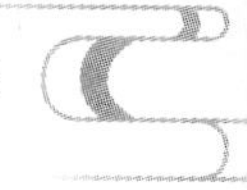

“他们这又是做什么！”萧瑜眉头一拧，也顾不上和戚寸心再说什么话，只让人将送来的饭菜放下，便匆匆出去了。

萧家寨的饮食明显比麻吉家的要好上许多，几道生拌菜便配有五种口味的清香蘸料，米饭的分量也比麻吉家要多一些。戚寸心摸索着用勺子安静地吃饭，徐山霁在这样一个古怪的地方却有些食不知味。

隔了会儿，他还是没忍住，低声问道：“夫人，您可有什么打算？”

戚寸心慢吞吞地吃下一口米饭，而后问他：“你觉得南疆的稻米比京山郡的如何？”

“南疆这米粒大，又晶莹饱满，比京山郡的稻米口感要好上太多，只是这么一小碗，在麻吉家我就吃不饱，在这儿还是吃不饱。”徐山霁答得诚实。

“他们这里好像没有什么主食的说法，米饭与这些肉和菜没什么区别，都只是一顿饭的其中一味。”子意开口说道。

“那是因为迦蒙山的山势与其他地方不同，所古兴不是说了，迦蒙山以北的南疆百姓种稻要比他们容易得多。”所古兴比麻吉要和善，这些都是徐山霁和所古兴闲聊时听来的，“但因为迦蒙山是南疆人心目中的圣山，大司命还在天烛峰上，三姓护法自然也不会离开这里，但这样一来，他们在这样地势不一般的山上种稻就是一件难事。”

迦蒙山上的水源少，所以山上的南疆人无论是种田还是吃水，都需要依靠人力去搬运，但这到底是杯水车薪，所以他们种的田并不多，收成也极少。

“龙渊泉快干了，所以百年来共守一泉的萧家寨和丰家寨才会因抢水闹矛盾。”这是麻吉告诉戚寸心的，方才那青年说龙渊泉被占，更印证了这一点。

“夫人您可是想从此处入手？可这个，我们能怎么做呢？”徐山霁皱了皱眉头，“我们总不能让那龙渊泉再度出水吧？”

戚寸心摇头：“龙渊泉即将干涸是谁也改变不了的，我知道这个道理，在外漂泊多年的萧姨如何会不知？她不顾族人反对，主动带我们回萧家寨，并非只是念及我与她在缇阳的一段缘分，她这样的女子，一生也只为我郑叔叔一个人优柔寡断过。”

若要治戚寸心的眼睛，萧瑜本可以让人送药到麻吉家便好，她作为萧家寨的族长，一个南疆人，绝不可能会贸然带他们四个汉人回寨子里。

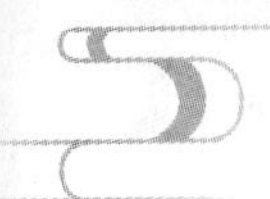

“那她是什么目的？”徐山霁没料到，原来这事情的背后竟还有这样复杂的一层。

戚寸心摸索着将碗放到桌上说：“她要我替她解决这件事，一旦解决了水源问题，也就化解了萧家寨与丰家寨的矛盾，从而避免两寨争斗愈演愈烈。”

“可我们又上哪儿给他们找水源去？要是离他们寨子太远，他们不一样还是用水难？”子茹正蹲在一旁用小鱼干喂小黑猫，闻言便转过头来插了一句。

“等我的眼睛看得清了再说吧。”戚寸心看起来倒也不着急，她又捧起碗，让子意给她添了小半碗汤，“你们多吃点儿肉，他们的炒山猪肉可好吃了。”

夜里由子意帮着洗漱过后，戚寸心躺在床上还没有睡意，大抵是萧瑜的药效果真要好些，她明显没有前些天那样困乏了。

“姑娘，你要什么颜色的丝线？”子意在随身带着的包袱里边翻找边问道。

戚寸心想了一下，说：“红色。”

红色最鲜亮，看着也吉祥。

“姑娘这是想编什么？您的眼睛只怕还不方便……”子意将红丝线整理好，交给她。

裹着外敷药的细布已经摘了，戚寸心的眼睛清清凉凉的，纵然看不太清眼前的丝线，但她借着灯光慢慢摸索着，也能编。

“百珠结丝绦……我一天只编一个结，穿一颗珠子，慢慢地编也是可以的。”她抿唇笑了一下。

“奴婢帮姑娘拿着，姑娘想要什么珠子？”子意沉默片刻，不忍多问，只能轻声道。

“猫眼石。”

戚寸心想起自己曾经给谢缈做的那件衣裳钉的猫眼石扣子，一颗颗的，在太阳底下剔透又漂亮。但还是他的眼睛最漂亮。

这一夜过去，翌日清晨，天才蒙蒙亮，寨子里就闹哄哄的。戚寸心刚刚醒来，便听见徐山霁在敲门。子意帮着她穿好衣裳梳洗过后打开房门，戚寸心在不甚明亮的晨光里，瞧见黑压压一片看不太清面容的人朝着这边过来了。子意与子茹警惕地将她护在身后。

“好你个萧瑜！才当上族长，就敢领着外头的汉人上我们迦蒙圣山？”一名老者的声音虽显沧桑，却仍然中气十足。

“丰鹜叔叔，昨日您放任你们丰家寨人强占龙渊泉，今日您又带着人强闯我萧家寨，您是打算与我萧家寨彻底撕破脸了？”萧瑜赶来时便满脸阴沉。

“萧瑜，你不要避重就轻，现如今，是你在圣山窝藏汉人，你既叫我一声叔叔，便该听我的，将玷污圣山的汉人扔到蛇洞里去！”名唤丰鹜的老者说着，便用一双浑浊的老眼在戚寸心四人身上来回扫视。

蛇洞？徐山霁只听这名字，便觉得后背有点儿发凉。

“大司命都没说汉人来了便是玷污圣山，丰鹜叔叔，您这又是说的什么话？”萧瑜冷笑一声，“他们是我请来的客人，不是您可以随便处置的。”

“我看你出去的这些年心都野了，你这样的人，如何做得萧家寨的族长？你们萧家寨是没人了？”丰鹜沉声道。

眼看他们之间的火药味越发浓烈，那丰鹜要唤人来将戚寸心四人拿住，却被萧瑜身边的人给挡下来。

“萧瑜，你犯了圣山的忌讳。”丰鹜提醒她。

“什么是犯忌讳？”戚寸心忽然出声。

一时所有人的目光都停在她的身上，但因她看不太清他们的脸，所以她也并不觉得不自在。

“你这汉人丫头看着年纪还小，怎么这般想不通，要上我圣山？”丰鹜微眯起眼睛，语气有些冷，“你这一来，怕是没命出去了。”

“那若要我说，”戚寸心朝着他声音传来的方向望去，“即便龙渊泉干涸，我也有办法保住你们两寨的水源呢？”

“你这样的小丫头，能有什么办法？”丰鹜起初听她这话，不但不信，还觉得有些好笑。

“我若是想不出来办法，只怕就要被您这位老前辈扔到蛇洞里去了。丰家寨能强占龙渊泉一时，却改变不了它即将干涸的事实。据我所知，丰家寨的人比萧家寨人还要多，你们守着一个快干枯的泉眼又能到几时？到时，你们又要去抢岑家寨的澜地湖吗？”戚寸心话说得坦坦荡荡。

事实上，澜地湖的蓄水并不如龙渊泉丰沛，当初三寨划分水源时便定好，龙渊泉属于萧家寨与丰家寨，而澜地湖则属于距离它更近的岑家寨。可如今，龙渊

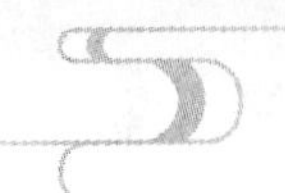

泉却要干了，这已经危及萧家寨与丰家寨的生存，只怕岑家寨也迟早会牵连进这水源之争里。

丰鹜咬着烟杆子抽了一口叶子烟，那双眼再次将戚寸心上下打量一番道："你倒是说说，你有什么法子？"

"我如今眼睛不方便，尚不知圣山的具体山势，还请丰老前辈多给我几天时间，待我余毒彻底拔除后，我再给各位一个说法。"戚寸心说道。

丰鹜一时没说话，像是在犹豫要不要信她，萧瑜见状，便开口道："丰鹜叔叔，我们两寨也曾有交好的情分，想来大司命也不希望我们因为水源而交恶，毕竟我们三姓氏族都是大司命座下的护法，如今您既然没有别的解决办法，不如就暂且相信我这位客人，等她眼睛好了，试试她的办法。"

此时的萧瑜有些不像她平日里的古怪性子，她的态度足够谦和，倒让带着人气势汹汹闯寨的丰鹜脸上有些挂不住。

"萧瑜啊，我也不是存心为难你，龙渊泉里的水一日比一日少，谁看了不心焦啊？若她真能有法子，也算解了我们两寨的燃眉之急，"丰鹜说着，目光再度停留在戚寸心的身上，"但若不能，她可是要付出代价的。"

戚寸心能感觉到丰鹜的视线，但她面上仍未表现出什么不安的神情，甚至没再说一句话。

待丰鹜带着丰家寨人离开之后，萧瑜的脸瞬间阴沉了下来，她忽然回头盯住一旁的萧桑阮。

"你祖母在哪儿？"

"可能在石楼？"萧桑阮最怕看到萧瑜这种脸色，她低头不敢与之对视。

萧瑜冷笑一声，当即甩了她一巴掌道："桑阮，她是老糊涂了，怎么你竟也犯蠢？"

萧桑阮捂着脸，眼圈儿都红了。到底是谁将消息泄露出去的，此时此刻，在场的人也都心知肚明了。

阳光逐渐将晨间的薄雾驱散。负责给戚寸心他们送饭的中年妇人始终冷着脸，每回都是放下食盒，一言不发转身便走。今日萧瑜在此，她多了一套对族长表示尊敬的礼数，将早饭一一从食盒内取出来摆上桌才离开。萧瑜将随身带着的苗刀放到一旁入座，那把苗刀是她族长身份的象征。

“萧桑阮的祖母是我祖父收的义女，我父亲几月前去世，她以为她成为族长是顺理成章的事，但偏偏我回来了。”

她吃了一口糯米饭，只简短几句，便向戚寸心道清了其中的原委。萧桑阮的祖母之所以这么做，明显是为了给萧瑜找麻烦。

“萧桑阮不拦着她祖母，是因为她与许多南疆人一样，不喜欢汉人进入我们的领地。”

香甜的糯米饭里还有清凉的水果丁，戚寸心慢吞吞地咽下。

“萧姨在决定带我们回萧家寨时，是否已经预见到这个局面了？”

萧瑜闻声一怔，不由得抬眼看向坐在对面的这个姑娘。此时，屋内只有戚寸心与萧瑜两人。

“萧姨完全不用将我置于此种境地，毕竟我有求于南疆，只是我不明白，萧姨为何如此确定我能解决此事？”

“你是周靖丰的学生。”萧瑜放下碗筷看着她，“若你不能，你也不用担心丰鹫会将你怎么样，我敢带你回来，便一定也能让你活着出去。”

“若真到那个时候，借兵一事，就免谈了，对吗？”戚寸心说道。

萧瑜没反驳，扯了扯嘴角：“只得到我一个人的支持是没用的，所以我即便答应你，也是徒劳。”

正值早秋，南疆这时节极少出太阳，已经连续下了几日的雨。因外敷药草与内服药丸的效果极好，戚寸心的眼睛一日比一日清明，如今已经看得清东西了。

“姑娘，您这是做什么？”午饭用罢，子意将煎好的汤药端进屋子时，却见戚寸心身上披了蓑衣，正要戴斗笠。

“去瞧瞧龙渊泉。”

戚寸心接过药碗，鼓着脸吹了吹碗上浮起的热气后，一鼓作气喝了下去。舌尖满是苦涩的药味，但在这里，她每回喝完药，都没要过糖。

“奴婢陪姑娘去。”

子意将药碗收拾好后，叫上了子茹与徐山霁，拿了蓑衣斗笠。这里的人，少有用油纸伞的。他们还没出寨门，萧桑阮便带着一群人过来了，那些男男女女个个腰间都佩有一把弯刀，即便几日过去了，他们对这四个汉人仍旧是一副不善的

神情。

萧桑阮走路时，她那缀满小铃铛的手链便会响个不停，戚寸心听着那轻盈的银铃声，不由得摸了一下自己腕上的银珠手串。她的铃铛如今是哑的，已经不会响了。

“郑姑娘，你们这是想去哪儿？”萧桑阮的语气并不好，那双微挑的凤眼里隐含几分警惕。

“去龙渊泉。”雨水打在戚寸心的斗笠边沿，“不知桑阮姑娘可不可以替我们引路？”

萧桑阮的目光在他们四人间来回扫过：“好啊。”

一行人出了萧家寨，顺着山径往龙渊泉的方向去，子茹瞧着走在最前面的萧桑阮，不由得撇了撇嘴。

“瞧她那样子，防我们跟防贼似的，真想揍她一顿。”她低声道。

“可不是吗。”徐山霁也深表赞同地点点头。

龙渊泉如今的水深不够，裸露出来不少山石，这几日下了雨，水才涨了一点儿。萧桑阮见戚寸心只瞧了一会儿龙渊泉的蓄水，便什么也不说，顺原路回去了。她兀自冷哼一声：就知道这汉人女子不过是做做样子。

一连半个多月，萧桑阮都跟着戚寸心他们四人往各处去瞧瞧看看，下至迦蒙山底下的那条河，上至岑家寨的澜地湖，他们都看了个遍。就连萧家寨的农田，戚寸心也常去看。

三个大寨的南疆人谁也不知道这汉人姑娘整日跑来跑去，究竟打的是个什么主意。

“那日我正割我田里的早稻哩，她在田埂上看了会儿，也下来帮我割了几捆……”在寨中望火楼上做针线活的南疆妇人正和身边人闲聊。

“她身边还有两个侍女，瞧着也不像是普通人家的女儿，下田的事儿她也肯做？”有人觉得稀奇。

“富贵人家的女儿瞧见我们这些农事，大约也是觉得有趣，你让她再做几日瞧瞧，她还肯吗？”一个忙里偷闲地抽叶子烟的老汉插了句嘴。

萧瑜在底下听见他们的话，也只停顿了一下，便往戚寸心他们四人住的院子里去。进院时，她见太阳地里摆着一张桌子，上头搁着笔墨纸砚，戚寸心正坐在桌前写写画画。

“堂堂太子妃，竟下田帮人割稻子？”萧瑜走近了些，才开口道。

“萧姨。”戚寸心闻声抬头，先是朝她笑了笑，才说，“我想瞧瞧你们的稻子，又不好直接去要，所以就帮着割了几小捆，趁机瞧了瞧。”

子意送了碗水来，萧瑜喝了一口：“你瞧稻子做什么？”

“你们的稻种比京山郡的要好太多，若是田地多些，你们的收成就会比以前更多，若是天下安定下来，你们的米卖出去，说不定也能改善你们圣山三姓氏族的生活。”戚寸心将自己心中所想的说给了她听。

萧瑜一顿，她看向戚寸心的目光有几分复杂。

“萧姨，您不要跟我说您没有这样的想法，您从外头回来就让人开垦梯田，这梯田是潜德独有的，那里同南疆一样多山，前些年经当地农事官推行，依山势开垦，而山势不一之地，也有各不相同的梯田形式。

“这些都被整理进了南黎皇宫的文渊阁内，我闲暇时也看过的。”

戚寸心说着，又将自己画了许久的册子推到她眼前：“您与我都知道，龙渊泉一旦干涸，你们就只能从山下的那条河引水上山，您想到了这一点，但也仅仅是造出了龙骨水车。这是我依照迦蒙山势拟定的引水渠，最好用竹子盛水运水，一定要涂上好的桐油，这样它就不会腐坏，还有水车安放的最佳位置，以及引水渠开凿的路线，我都已经想好了。”

九重楼与南黎皇宫的文渊阁收揽天下各类宝籍，尤其那文渊阁内有关民生水利或农事的藏书众多，即便戚寸心从未去过潜德，她也能从那些由大学士们精心编纂的书里窥见南黎的大半民生。

先生说，她该往上看，也要往下瞧。所以除了经史子集或周靖丰必要考她的考题，戚寸心对一些事关民生的书籍也有涉猎。书不怕杂，如周靖丰所说，读书就是为了开阔视野，即便脚步不能达天涯，眼睛也能在纸页上看清这人世间。

“要是这引水渠能成，”萧瑜瞧着那一笔笔勾描细致的纸页，对于眼前这姑娘，她心头的情绪很复杂，“不但我会站在你这边，想来丰鹜也会服你。”

萧瑜说话办事一向雷厉风行，她命人将龙骨水车安放在迦蒙山下的河里，又与丰鹜商量着将修凿引水渠的事提上了日程。

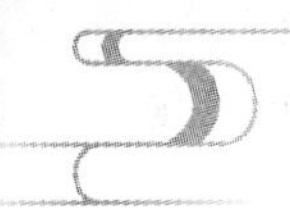

三个多月的时间过去了，天气越来越冷，戚寸心时常去瞧水渠的进展，要是有竹筒装置没做好的，或是水渠位置有偏差的，她几乎都能在第一时间及时给予补救。无论是萧家寨人还是丰家寨人，对她的态度都有了些改观，他们不再对她冷漠警惕，许多人见了她，也常会唤她一声“郑姑娘”。便是她失足滑到水渠里，也是几个南疆人最先将她拉上来的。

戚寸心毕竟是第一回尝试做引水上山的事，这过程其实并不顺利。单在竹筒运水这个方面，她就碰了不少壁，但她也不气馁，失败了就再试，如此往复了不知多少回，才总算成事。

河水终于被引上山那日，是萧家寨与丰家寨最热闹也最祥和的时候。就连岑家寨的人也赶来瞧稀奇。

“他们热情起来也是真热情。”徐山霁瞧见院子里堆放了不少的瓜果礼物，有些咋舌。

这些天来，他们都累得够呛。

“姑娘这几个月人都瘦成什么样了？他们若是再不知道感激，又成什么人了？”子茹靠在门框上，回头望了一眼正在喝药的戚寸心。

“只要他们肯对汉人的态度有所改观，我们借兵的事，也许就有希望了。”徐山霁叹了一口气。

“姑娘，您既受了风寒，便早些休息吧。”子意将空空的药碗接过来，忍不住劝了一声。

“我把这颗百珠结编好就睡。”

戚寸心垂着眼睛，才说了这一句话，便忍不住咳嗽了好一阵，咳得她心肺生疼，但她手上编丝绦的动作没有停。隔了会儿，她忽然抬头望向门外，月亮被屋檐遮挡了半边。

“子意，已经是冬天了。”

“是啊，姑娘。”子意也不由得随着她的目光看去。

戚寸心怔怔地望着那个不完整的月亮，她的声音变得很轻。

“真希望我能赶在他的生辰前回去。”

真希望那时，还没下雪……

她不在他身边的时候，最好永远也不要下雪……

月童城。

裴府的大门满挂白色丧幡，被檐下一盏又一盏的灯火照得分明。门口的两座石狮子在地上落下狰狞扭曲的影子，满地萧瑟枯叶，被风吹得像是无根的游魂。

裴湘一身缟素立在灵堂内，身旁的尤氏已经哭晕了过去，几个丫鬟手忙脚乱地将她扶起来。老管家顾不得哭，忙让她们将尤氏抬去房中，自己则遣了奴仆请大夫。再回来时，他瞧了一眼那灵堂上的灵位，便忍不住悲泣出声。

“大小姐……”他颤颤巍巍地走到裴湘身旁，唤了一声。

“您不吃不睡，老太爷在底下瞧了，也会心疼的。”老管家满脸是泪。

裴湘一点儿反应都没有，她只是静静地盯着牌位上的金色字痕，在那两根白烛摇曳的火光映照下，那颜色有些刺眼。直至庭内忽然添了刀剑出鞘的清晰声响，裴湘一下转头，正好瞧见被程寺云等人持剑包围的那个人的背影。

在庭内还算明亮的光线里，程寺云瞧见那身披斗篷、头戴兜帽的人转身露出的苍白下颌，目光下移，他才认出他腰间的白玉剑柄，以及他腕上红绳所系的银铃铛。

“殿下？”

程寺云微红着眼，当即命所有人放下刀剑，一时院中所有涤神乡的人尽数跪下向谢缈行礼。

当裴湘看见谢缈掀开兜帽，露出那风尘仆仆的脸时，她的嘴唇才开始情不自禁地微颤起来，好像这莫大的悲哀被一瞬点燃。

谢缈一步一步地迈上石阶，走入堂内。

明亮的灯火之下，牌位上的“裴寄清”三个字清晰地映入他的眼帘。

“晋王手握凤尾坡一役十万血债的真相，并以此要挟，逼他放弃你。”裴湘立在他的身侧，眼里满是水雾，却迟迟没有泪珠滑出眼眶，“前日他假意答应，从大理寺回来，昨夜与我和我母亲吃了一顿家宴，夜里便服了毒。”

凤尾坡十万将士身死的事只有五万是真，可那五万将士却并非死于与北魏蛮夷的拼杀，而是死于谢敏朝与裴寄清的合谋。

这才是北魏密探殷氏兄弟来南黎探察出的最大秘密。吴贵妃也不知道的机密，却被殷氏兄弟掌握，这只能说明，谢敏朝的身边有人与殷氏兄弟勾结。

此事虽是谢敏朝与裴寄清的合谋，但如今谢敏朝病重不起，晋王已经入城将

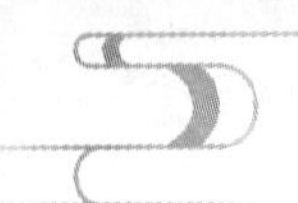

整个皇宫围得水泄不通，他完全可以将此事扣在裴寄清一个人的头上。晋王的目的，是想让裴寄清交出涤神乡，让他放弃谢缈。一旦裴寄清转变立场，那么朝中一向与裴寄清为伍的官员，便会跟随他做出选择。

裴寄清深知晋王是真有胆子将凤尾坡一役的真相公之于众的，可一旦这件事闹得尽人皆知，在壁上的徐天吉与他手底下的兵又会如何想？南黎的百姓又会如何想？晋王相信强权之下，万民莫敢生乱，但裴寄清却清楚，民心、军心，实乃一国之本。他受此要挟，却又实在不肯因此而偏向晋王，所以摆在他面前的路，便只剩下一条。他一死，晋王的算计自然落空。

谢缈一言不发，冷风吹得他衣袖微荡，他那双眼里竟映不出烛火的一点儿光亮，空洞洞的。捏着白玉剑柄的手，指节近乎发白。他好像变得有些恍惚，头疼也来得很突然，就在这神智不清的一瞬，他踉跄着退了几步，踢倒了烧纸的铜盆，顿时火星子与扬尘四散开来。

“殿下！”

徐允嘉连忙跑上前去扶他，却被他狠狠推开。钩霜的剑刃抽出，剑锋抵在地砖的缝隙里，才让他勉强站定。此时，他的发被风吹得凌乱，而他几乎连自己的声音都快要听不清。

“他留了什么话？”

“都在那上面刻着。”

裴湘满眼是泪，她轻吸一口气，伸出手指，指向那棺木上镶嵌的金箔。

白烛的火光摇曳着，映照着那金箔之上镂刻的一行遒劲有力的字，那是裴寄清对自己这一生唯一的注解。

——虽千万人，吾往矣。

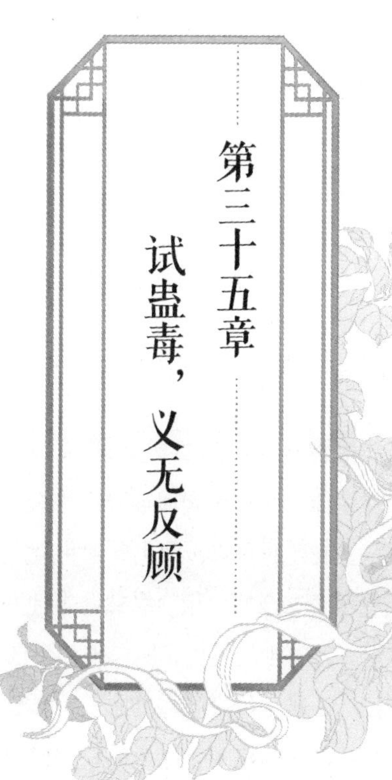

第三十五章 试蛊毒，义无反顾

昨夜家宴过后，裴寄清将裴湘叫到书房里说话。或因多饮了几杯酒，老人家沧桑的面容有些泛红，他将自己此番入大理寺受审的缘由全都说给了她听，凤尾坡表面十万、实则五万将士身死的真相，他也向她和盘托出。

“湘湘，你父亲接受不了这样的真相，纵然此事他亦被蒙在鼓里，但他还是承受不了内心对惨死的那五万将士的愧疚，所以他才会选择一条死路。”

裴寄清从抽屉里取出一直被他仔细收藏的血书，颤颤巍巍地递到她手里。

“他是个好将军，可终归是我这个做父亲的，害得他这样痛苦难当。”

“为什么？”裴湘被那血书上的字刺得眼睛生疼，她本能地不愿相信这一切，可裴寄清望向她的眼神几乎要将她压得喘不过气，“我一直以为您是一位好官，我一直以为我们裴家不一样！”

她眼眶发红：“祖父，他是您的亲生骨肉！是我的父亲！”

即便送去战场的那封信是谢敏朝以裴寄清的名义送到裴南亭手里的，可终归，也是裴寄清默许的。

“若非如此，南黎到如今还打不了壁上的仗，荣禄小皇帝和张太后只会一退再退，一让再让，他们母子守不住我大黎仅剩的半壁江山。”

裴寄清坐在书案后，仿佛任何时候，他的姿仪都是如此端正。

“值此多事之秋，唯有心怀不屈之战意，雷霆之手段的人，才有可能挽救南

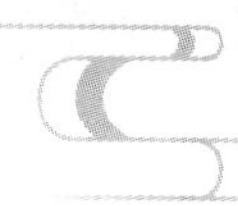

黎这座将倾的大厦。”

“你是说当今圣上吗？他有什么手段？小叔叔是他的亲骨肉，可在他的眼里，他何时有待他像待晋王那般好过？他让小叔叔去迎九龙国柱，不就是要他去死吗?!”裴湘眼眶里的眼泪一颗颗砸下来。

“他已经是昌宗皇帝最优秀的儿子了，早年间，也唯有他这一位亲王数次上战场抗击北魏蛮夷，他灭北魏之心，数十年如一日。”

裴寄清显得很平静，但从大理寺出来后的他，看起来似乎比以往更添老态，他定定地盯着裴湘，说：“但我也不仅仅是因此而选择助他登位，更为重要的，是因为他是繁青的父亲。”

“湘湘，当今陛下早年便在频繁的战事里落下了沉疴痼疾，但他做了帝王，繁青就是储君。”

谢敏朝能否在有生之年收复失地，其实当初的裴寄清并没有多少把握，他所思所想的，不过是为谢缈铺路。助谢缈成为太子，要他往后走的每一步，都可以名正言顺。

“湘湘，我不是南亭的好父亲，也不是你的好祖父，我这一生都在为了一件事而争斗筹谋，我忽略你们父女太多太多，这是我欠你们的，只怕这辈子，是还不了了。”

裴寄清轻轻地叹息落入初冬的冷风里，裴湘紧紧地捏着满是血字的布帛，问他：“您就没有后悔过吗？”

“我不能后悔。”他毫不犹豫地回答，随即竟还朝她笑了一下，带得他花白的长须微动，“湘湘，你还在，裴家就在。”

可惜裴湘神思恍惚，她震惊于父亲之死的真相，那时还不能原谅这位为国而弃家的“狠心”祖父，她根本没在意他最后说了什么，负气之下，转身便走。

可是她却不知，她迈出那道门槛，此生，便与祖父阴阳两隔。

再见裴寄清，他已是一具冷冰冰的尸体，在书房的木案后，靠在太师椅上坐得端正，一身绛紫官服，发髻梳得一丝不苟。

木案上一张洒金宣纸，墨色铺陈纸上，只孤零零一句“虽千万人，吾往矣”，便已足够囊括他的一生。

裴湘无论如何也想不到，她的父亲死于凤尾坡的数万血债，最终，她的祖父

也是因此而亡。

“殿下，晋王的人正朝裴府来了，只怕您一入城，他就得了消息。”程寺云听了一名归乡人传的话，连忙上前拱手说道。

“小叔叔，您今夜不该来。”裴湘擦去眼泪，“您若是落到他手里，我们就没有胜算了。”

一身素服的她始终身姿挺拔：“小叔叔放心，我再也不会冲动行事。”

她的目光落在黑沉沉的棺木上：“我决不会让祖父的心血白费。”

“殿下，快走。”徐允嘉顾不上其他，上前扶住谢缈便带着他往外走。

几乎是在徐允嘉等人带着谢缈离开裴府的下一刻，晋王派来的几百精兵便将裴府围了个水泄不通。漆黑的长巷里没有点灯，唯有一轮圆月的清辉散落满地，犹如银霜一般让人心生寒意。

回月童的这一路上时有殷氏兄弟不死心派来的刺客，故谢缈身上的伤始终未愈合，可紧赶慢赶，还是差一天……就差一天！

谢缈毫无预兆地朝前喷出一口鲜血。

“殿下……”徐允嘉立即扶住他。

凛冽的夜风吹着少年的衣袂，他唇畔带血，一双眼睛半睁着，浓密的睫羽几乎将眼中的神光遮住大半。他始终一言不发，像是陷在了某种梦魇之中，只紧紧地握着手里的钩霜。

“繁青，在北魏要好好活下去，将来终有一日，舅舅会接你回来。”

他忽然想起，离开南黎那年，只有裴寄清对他说了这样的话。苍白的指节被锋利的薄刃割破，那血顺着剑锋一滴滴滑落，此刻的他，眼底已是一片阴戾。

半夜忽然来袭的暴雨噼里啪啦打在屋檐与窗棂上，雷声在天边炸响的刹那，闪电短暂将寂静的室内照亮。戚寸心从梦中惊醒，猛地坐起身来。

“姑娘？”

子意一向最为警醒，她只在断断续续的闪电中隐约瞧见对面床榻上戚寸心的身影，便匆匆起身披了件衣裳点上灯。子茹也醒来了，正揉着眼睛望着这边。

“姑娘怎么哭了？”

子意拿着烛台走近，照见了戚寸心满眼的泪花。此时她还有几分茫然。

“子意。”

“我在呢，姑娘。”子意伸手轻拍她的后背。

子茹也下了床走了过来：“姑娘，您可是做噩梦了？”

“我梦见缈缈了。”屋外的雨声令她心中慌乱，“他流了好多血……”

子茹摸到她的手是冰凉的，便将被子往上扯了扯，把戚寸心裹在里面。

“姑娘，梦都是反的。”子意安抚她道。

小黑猫窝在靠墙的床榻里侧，它懵懂地睁着一双圆眼望着她们三人，然后舔起了自己的爪子。

戚寸心之前常随身带着的忍冬花布兜，自她中了蛊毒后就再没碰过。这段日子，她几乎都忘了它。直至此时，子茹将被子扯来裹到她身上，她才发现床榻里侧的被单底下露出来一截青色带子。戚寸心伸手将被单扯开些，竟见布兜上的扣子是开的。

“姑娘，这是有人动过了？”子意的脸色变了。

戚寸心将布兜拿过来，把里头的东西一股脑儿地倒出来。她的一袋碎银子，一些首饰都在里面，只有香膏少了一盒。鲛珠步摇她一向是贴身带着的，并没在这里头。

“有人怀疑我们的身份了。”她笃定地说。

紧接着，她的手触摸到布兜的底部，总觉得有些硬硬的，内衬的布料有些薄，早前就破了个小洞，戚寸心还没来得及缝补。她的双指探进那小洞里去摸索着，随即便抽出来一张又一张整齐叠好的银票，抽着抽着转眼便是厚厚的一沓。

“这些银票……”子茹一下愣住了。

当戚寸心的手指探到最里面时，她触摸到了有别于银票的柔韧纸张。她取出来后，借着烛火将那张纸展开来。纸上描摹地形的墨迹明显有些陈旧，右上方则有一行小字，显示地图最中央标注出的那座凌空的山峰名唤“星危”。

而星危山的主人正是谢缈的母亲——裴柔康。

转瞬之间，戚寸心想起在月童皇宫时的某个春夜，谢缈陪着她看一本《恶鬼集》时，她谈及自己小时候被邻居的小孩儿装鬼捉弄，每到七月十五的鬼节，她都会怕得不敢睡觉，所以她的母亲每年七月十五都会给她买辟邪的糯米糕吃。当她问到他的母亲，他认真地想了很久，才说他的母亲只给过他一样东西。

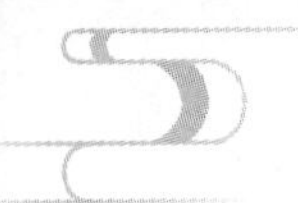

那时她不忍再问，今夜却在这张地图上找到了答案。他当郡王时没有封地，然而却有“星危”二字作封号，原来这两字也不是凭空来的。

星危山在两百年前，是精通机关术的巧匠李蔚然为逃避帝王迫害，而在彤海附近，为隐居找到的一座巍峨险峻的荒山。李蔚然不愿自己的子女与几百学徒被一道圣旨招入宫中世世代代为官奴，所以便与他们藏在彤海荒山，将当初的荒山上下改造成内藏万种机关的奇山。

山上最高的山峰直插云霄，仿佛连接天河云海一般，夜里总有星辰闪烁，远看便如悬于山巅，摇摇欲坠一般。

故，荒山得名——星危。

谁也不知道星危山以山石草木为壁垒，其背后到底是怎样的一番天地。李氏耗时百年建造的“桃源”，原来不是一个荒诞的传说。两百年后，它成了裴柔康留给谢缈唯一的遗物。或许是乱世之下，裴柔康隐约预见了谢缈将要经历的血雨腥风，所以星危山，是她留给他的退路。

可如今，这地图却在戚寸心的手里。泛黄的纸上有一处墨迹是新的，她认得他的字，一笔一画风骨清俊，字里行间皆是深情。

“若等不到，便不必等。你知道吗？这世上其实是有一个桃源的。戚寸心，我把它送给你。”

眼泪滴滴答答地落在遇水也难湿的春膏笺上，窗外雷声阵阵，她捧着这张薄如蝉翼的纸，眼睛已经很难看清他的字迹。她想起他离开前的那个雨夜，少年依依不舍的声音仿佛又落在她的耳畔。

“娘子，我会很想你的。”

戚寸心再也忍不住，失声痛哭。

谢缈那么倔强，一身的傲骨，从不允许自己在待他不公的这个乱世里，回头去看他母亲留给他的退路。无论如何，他都要在那样的泥沼漩涡里挣扎，反抗，哪怕是死。

“姑娘……”子茹一时有些手忙脚乱。

戚寸心挣开子茹裹在她身上的被子，赤着脚踩在冰凉的地上，她脑海里全是梦里那少年身上殷红的血，她哭的声音近乎嘶哑。

“我要快点回月童，我不能再等了……”

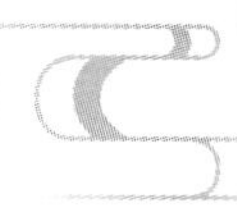

后半夜发了高烧，戚寸心的风寒加重，天不亮萧瑜便请了寨子里的大夫来为她瞧病开药。子茹将药煎好时天色已经明亮许多，她望了一眼院门，神情不像平日那般畅快。

子意走下阶来要接过她手中的药碗，却见她摇头。

“我来吧，姐，这也许是我最后一次服侍姑娘了。”

“子茹……”子意的眼睛有些发红，“你……真要那么做？”

“姐，你也看到了，姑娘夜夜做噩梦，这几个月为了他们的引水渠都瘦成什么样了？萧家寨和丰家寨如今对我们的态度是改观了，可还有个岑家寨呢？”子茹垂下眼睛，“我不想姑娘的努力功亏一篑，也不想北魏的奸计得逞。”

“姐，既然现在有一个机会摆在眼前，我为什么不利用？”青灰色的天光里，子茹神情淡然，“别忘了你答应过我的，等今日岑家寨把婚书送过来后，再告诉姑娘。”

说罢，子茹端着药碗绕过子意便往屋里去了。戚寸心半睡半醒被子茹扶着坐起身来，喝了几口药后，她好像被这苦涩的味道刺激得清醒了些。外头忽然有了急促的脚步声，那人踩着院子里的积水，很快便来到门前。

是萧桑阮。

“郑姑娘，出事了。”她朝屋内喊道，“你表兄和岑家寨的岑乌珺在阳尘道打起来了。”

“什么？”戚寸心还没来得及开口，便听子茹这一声问，随即也站了起来。

“子茹姑娘，岑乌珺那样的块头，那把子力气，在我们圣山上都是数一数二的，那位徐公子为了抢他手上的婚书就敢答应跟他比试，也真是勇气可嘉。”萧桑阮双手抱臂，靠在门框上，一双眼睛上下打量着子茹，语气莫名带刺。

“什么婚书？”戚寸心敏锐地抓住其中的字眼。

“郑姑娘竟不知道？”萧桑阮有些诧异，见戚寸心一脸茫然，她又皱了一下眉，“那姑娘可真该好好问问你这婢女，我不记得你们汉人的奴婢，可以不经主人的同意，便私下婚配。”

忽地，子茹摘下银蛇弯钩迅速抛出去，萧桑阮的脸色一变，当即后退躲闪，那锋利的钩刃下一刻便嵌入门框之中。萧桑阮险些摔倒，在勉强稳住身形之后，抬眼便望见子茹那双带着冰冷杀意的眼睛，她心下凛然，面上也是一阵青一阵

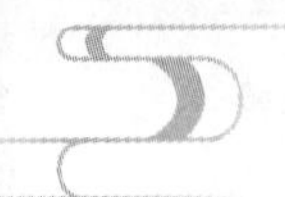

红，到底还是气冲冲地转身走了。

“子茹，什么婚书？你要嫁给谁？”戚寸心想起萧桑阮方才说过的话，便又问，“岑家寨的岑乌珺？”

岑乌珺是岑家寨族长岑琦松的次子。

“姑娘……”子茹动了动嘴唇。

“岑乌珺跟随他父亲来瞧萧、丰两寨的引水渠时，瞧上了子茹，便……遣人来问过她的意思。”子意跪下去，“姑娘，子茹她是想……”

她话还没说完，便被戚寸心打断：“是想与岑家寨结这门亲，好方便我上天烛峰见大司命？”

“不，姑娘。”子茹也跪下来，“这只是其一。”

戚寸心目不转睛地看着她，问道：“那你告诉我，其二是什么？”

子茹迎上她的目光，又忽然躬身垂首，一字一顿道：“奴婢与岑乌珺两情相悦，望姑娘……成全。”

戚寸心刚要开口，却又是一阵咳嗽，子意忙起身倒了一杯水递给她，却被她伸手挡开。

“子茹，这话你不要跟我说，你去跟徐二公子说。”

乍听戚寸心谈及徐山霁，子茹神情微变，但也只是片刻，便一言不发。

“你不喜欢岑乌珺，就不要做这样的糊涂事，若他们不愿让我见大司命，不让我借兵，即便你嫁给岑乌珺，也于事无补。”

戚寸心撑着床沿站起身来说：“快，去阳尘道。”

阳尘道是迦蒙山上两片密林间唯一的一条阳关大道。没有参天的树木遮挡，若是日头好些，连飘浮的尘埃都能照得粒粒分明。但昨夜才下过一场暴雨，今日山上各处都是湿漉漉的，天色也仍是阴沉的。

戚寸心三人到阳尘道时，看见不远处围得水泄不通的热闹人群间，有些南疆人正慌忙往两侧退开。这一刻，人群让出一条路来，而地上有个青年在泥水里滚了几圈，吐了血。

徐山霁鼻青脸肿的，他下意识地用手去擦唇角，却将泥水抹到了脸上。他呸了一声，牵扯到脸上的伤口，痛得他眼睛泛红。那名身上挂着不少银饰的年轻男

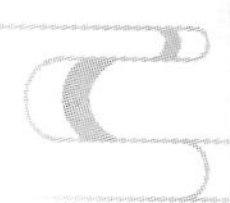

人极为魁梧健硕，五官轮廓也十分深邃，此时正站在那儿，冷眼看着那不经打的汉人青年在泥水里滚过。

天边闷雷炸响，眼看一场雨又要来临，徐山霁挣扎着在一片唏嘘嘲讽声里站起身来，抹了一把脸上的泥水和血，在雨丝轻压眼睫的刹那，他回头望见立在戚寸心身边的子茹。向来收拾得齐整的他，今天可真是满身狼狈，那张原本俊秀的面庞此时也满是伤，一只眼睛还肿胀得睁也睁不开。

子茹愣愣地望着他。当他迈着艰难的步履一瘸一拐地朝她走来时，她的眼眶里不受控制地积蓄起泪花。

她看见他一边走，一边将攥在手里的那殷红的婚书撕了个粉碎，碎纸片被他随手抛了出去，也被雨水浸润着压入泥泞里。

“子茹姑娘，这家伙属狗的，打不过就咬人，还玩阴的，他始终不肯认输，我又不想将人打死。”岑乌珺憋了一肚子气，他手上沾的血几乎全是徐山霁的，手臂上的伤口却是徐山霁咬的。

“子茹姑娘，他到底是不是你的心上人？”岑乌珺指着徐山霁问。

事实上，岑乌珺还没见过徐山霁这样的，明知打不过，他还要应下来，哪怕岑乌珺要将他打死，他也死不认输。

“如果他是，你又为什么要应下与我的婚事？”岑乌珺沉声道。

“那是因为他们四人另有所图！”忽地，一道苍老的声音传来。

戚寸心转身，见一大群人朝他们走来，走在最前面的除了丰家的族长丰鹜与岑家的族长岑琦松外，还有一个拄着拐杖被人搀扶的老妪。那老妪生着一双吊梢眼，那眼睛不论盯住谁都带有几分阴冷锐利，此时她的目光停在戚寸心身上。

“郑姑娘，你说是吗？”

“老夫人这是何意？”

这老妪戚寸心见过，她便是萧瑜祖父的养女——萧媞。

“郑姑娘不妨先说说，你如何会有月童皇宫里的稀罕玩意儿？”萧媞脸上浮起一个笑，将小巧的瓷盒里那一点儿青玉色的香膏展露在众人眼前，“这东西我已找人去外头问过了，这可是你们汉人普通人家一辈子都难得的东西。”

“好歹七八十岁了，做起偷盗之事如此娴熟，真是不知羞！”子茹将摇摇欲坠的徐山霁扶住，回头便骂了一句。

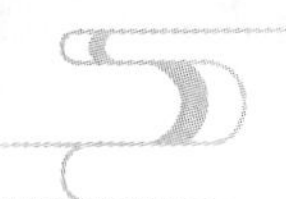

“姑娘是宫里的贵人，又如何会与我的侄女儿萧瑜相识？你来我南疆为我们修渠引水，到底为的什么？”萧媞根本不理会子茹，只是紧盯着戚寸心，句句咄咄逼人。

戚寸心昨夜便已经发现自己的布兜被人动过，此时这萧媞拿着香膏来逼问，她也不见丝毫慌乱。

“萧老夫人觉得我是什么目的？”她迎着萧媞的目光，反问道。

“姑娘在此收买人心，只我们萧家寨和丰家寨还不够，如今还要自己的丫鬟勾引岑族长的小儿子……还想见大司命，只怕姑娘想做的事，并不小啊。”萧媞冷笑一声，“你当我们南疆人是傻的？我侄女萧瑜会受你蒙骗，可老身不会！”

“郑姑娘，你到底是不是南黎皇宫里的人啊？你既是那儿的人，又到我们南疆来做什么？”丰鹜也忍不住问道。

丰鹜还是很感激她的，这引水渠一建成，不但解决了他们吃水的问题，也解决了他们就近取水种稻的问题。可偏偏萧媞拿着那贡品香膏来，说这郑姑娘是南黎皇宫里的人。

“老夫人，皇宫里的香膏也未必没有渠道流出来的，这也不是什么天下罕见的奇物，难为您一把年纪行窃，却只堪堪抓住了这么一个不痛不痒的把柄。”戚寸心朝她笑了一下，“您既从未出过南疆，又如何能知月童皇城的情况？您又怎么就如此肯定我是宫里的人？”

“这……”萧媞一时语塞。

“是啊，媞婆，这么一个小玩意儿，汉人皇帝也不会那么小气只准宫里人用吧？”丰鹜偏头看向她。

“媞婆！”淅沥的雨声里，萧瑜肃冷的声音忽然而至。

所有人转头，只见萧瑜提着一把苗刀，身边还跟着萧桑阮和几十名提刀的年轻南疆女子。萧媞微眯眼睛盯住萧桑阮，萧桑阮不由得垂下头，不敢与之对视。众人让开一条道来，萧瑜走到萧媞的面前。

“趁着我不在，您这是在做什么？”她伸手指向戚寸心，“她是我请来的客人，如今又是帮我们引水上山的恩人，您故意为难她，是要过河拆桥？这种没脸的事您也敢做？”

“萧瑜，你这是什么话！”萧媞的脸色变得有些难看，“她是什么人你真的

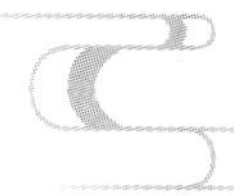

清楚吗？你贸然带她上山来，可有问过我！”

“我为何要问你？我是萧家的族长，而你不是。”萧瑜冷笑。

这话显然戳到了萧媞的痛处，让她的眼睛变得更加阴鸷。

细密的雨丝落在人的面颊上很轻很轻，飞鸟振翅的声音在此刻显得有些突兀，戚寸心抬头，瞧见那只银霜鸟的尾羽。

“我是周靖丰的学生，南黎的太子妃戚寸心。”她忽然开口。

萧瑜一怔，下意识地看向她，没料到她会突然亲口向众人透露身份。

雨声沙沙的，带着潮湿的气息，而此时的阳尘道上鸦雀无声。

戚寸心从怀里取出那枚一直贴身藏着的紫垣玉符，在众人的眼前展示。

周靖丰、紫垣玉符，所有的南疆人都听过这两个名字，也知道周靖丰是汉人里唯一高悬的明月。便是萧媞，即使她一直觉得戚寸心不是个普通的汉人，也实在没有料到，这位“郑姑娘”竟然就是九重楼的少主，南黎的太子妃。

“我见大司命，是为借兵。”戚寸心终于将自己的来意和盘托出。

又一道惊雷砸下，在场的所有南疆人无不面露惊诧。

“太子妃既是为借兵而来，为何不一开始就说明来意？”岑琦松是见过紫垣玉符的，当年他也有幸见过周靖丰，他一观这玉符，便知其真假。

“我来时便说明来意的话，三位族长会答应让我见大司命吗？你们会借兵给我吗？”戚寸心将紫垣玉符收入袖中暗袋。

岑琦松果然沉默了下来。

“当初的约定，是大司命与周靖丰周先生的约定，大司命敬佩他，我们也敬佩他，可不是任何人握着紫垣玉符来南疆，我们都会答应。”岑琦松重新审视着面前这个姑娘，“我们南疆身处西南，过得安定，你们汉人跟伊赫人的战争，与我们也没什么关系。”

“我看她就是想让我们南疆归顺南黎！”萧媞面露警惕。

“郑……”丰骜才要唤一声“郑姑娘”，又停顿了一下，神情变得很复杂，“我们南疆人决不归顺南黎，一个引水渠，你还收买不了我们。”

“来人，快将他们抓起来！”萧媞趁此机会，忙唤后头的人。

“谁敢！”萧瑜挡在戚寸心的身前。

就在这一瞬，凌空而来的剑气拂开阳尘道两旁的树木，顿时枯叶缠绕着雨丝

乱舞，强劲的风向他们袭来，擦得人脸颊生疼。一道纤细的身影好似乘风而来一般，手持一柄长剑，转瞬落于戚寸心身前，那沾雨的剑锋直指人群中的萧媞。

萧媞吓了一跳，仓皇后退，若非萧桑阮及时上前扶住她，她便要摔倒。

"砚竹师姐。"戚寸心望见她的侧脸。

砚竹闻声回头看她时，眉眼间的凌厉之色少了几分，她口不能言，只能朝戚寸心点点头，算是一种无声的安抚。

"笑死人了，死老太婆一把年纪还偷我三百九十六妹的东西，真不害臊。"林间藏了许久的青年轻踩枝叶旋身落地，手抱一柄长剑，雪白的衣衫沾了雨水，衣袂却仍旧轻盈。

"荷蕊师姐，这儿呢这儿呢！"他抬头瞧见施展轻功就要掠过的粉衣女子，便无奈地唤了一声。

名唤荷蕊的女子刚落地，紧接着便又有不少年轻男女身姿轻盈地掠入阳尘道，这么一会儿，已有百来人。

"你是周先生身边那个小丫头。"岑琦松盯着砚竹看了一会儿，忽然道。

当初周靖丰在南疆时，身边曾跟着一个学武的天才女童，遗憾的是，她是个哑巴。但是只有她知道如何躲避撷云崖下遍地的蛊虫，也只有她如此熟悉迦蒙圣山的路。

"太子妃可真是煞费苦心。"岑琦松的脸色变得沉重了些。

"我助你们引水上山，不为拉拢，我也无心拉拢，不过是以真心换真心，"戚寸心从砚竹身后走出来，"我没有要南疆归顺南黎的意思，我知道你们不愿，所以我来只是为了借兵。"

"岑族长说得对，南疆如今偏安一隅，北魏与南黎的战火从未累及此地，但请三位族长想一想，如今的北魏，汉人是贱奴，伊赫人一定要分出个三六九等，也一定要踩踏汉人的尊严与性命，来彰显他们的血统高贵。

"一旦南黎败了，这汉人仅剩的半壁江山归北魏所有，这天下从此就是伊赫人的天下，我汉人为最下等，三位族长以为，天性好战的伊赫人可容得下北魏国土之内，还有你们这一片未被纳入北魏疆域的地方？"

她此话一出，岑琦松的眉头果然皱了皱。

旁人不清楚，他会不清楚吗？南疆身处南黎腹地，若是北魏将南黎灭国，那

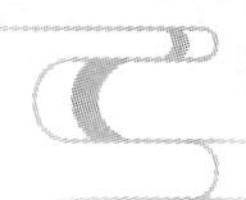

么南疆又当如何自处？唇亡齿寒的道理，他不是不懂。

“我们有蛊毒，不怕死的伊赫人尽管来！”丰鹜扯着嗓子道。

“丰族长怕是低估了伊赫人。”戚寸心看向他，“他们也许会怕蛊毒，可你们能保证，他们就不会干脆放火将你们赖以生存的十万大山烧个干净？”

到那时，无论是人，还是蛊虫，都无法逃过遮天蔽日的烈火焚烧。

岑琦松扯了扯唇，说道：“太子妃既是来求人的，就该有求人的态度，我们不喜欢听这个。”

说罢，他走到一个常用来接雨水的石臼旁，扯下萧桑阮手上的银铃手链，又脱下他指上的戒指扔进去。不一会儿，石臼里便爬出来许多的蛊虫。

岑琦松回头看向她：“我们南疆人不是不喜欢朋友，太子妃为我们引水上山本是大恩，可借兵一事，事关我南疆子弟的性命，若你今日敢将手放进去，此事也不是没有商量的余地。”

“姑娘……”子意心下一紧。

戚寸心记得麻吉的那只蛊虫深入她血脉里的剧痛，石臼里活生生的蛊虫此刻她根本不敢多看，她怕那种疼痛，怕到根本不敢回想。

“我说你们是不是有毛病？要借就借，不借就不借，怎么还让我小师妹把手往虫子堆里放？三百九十六妹，我们干脆走……”

莫宴雪的声音戛然而止，荷蕊的神情也变了。所有人都在这一刻亲眼看到了戚寸心将手探入石臼内……砚竹反应最快，要去拦她时，却被她躲开了。

戚寸心看也不敢看，手却就这么直直地放了下去，蛊虫遇见陌生人的血肉就变得疯狂起来，它们一个个地钻入她的皮肤，啃噬她的血脉。随后，得到示意的戚寸心将手拿了出来，剧烈的疼痛让她面色煞白，五根手指全部破皮流血，血珠顺着她的手指滴落下去，被雨水冲淡。

“郑姑娘你……”丰鹜一时怔住了。

岑琦松说不惊愕是假的，这姑娘看着羸弱，可她的胆识却远远超出了他的预料。但也只是一瞬，他便面色如常。

“太子妃为南黎如此牺牲，看来连南黎皇室的脸面你也舍得下，是否我如今叫你跪下，你也能为南黎的百姓跪我们？”他又步步紧逼道。

“你们不要欺人太甚！”徐山霁看着戚寸心被蛊虫啃咬了满手的伤口，一时激愤大喊道。

戚寸心勉强忍着疼痛，她的嘴唇已没有半点血色："若能达我所愿，是跪，是辱，我都不觉得有半点难堪，脸面这东西，我在乎它，它才重要，可这东西，没有南黎重要，也没有我夫君重要。"

"若三位族长应我借兵一事，我又有何不能跪的？"

雨水滑落脸颊，她的神情平静坚定。

萧瑜愣愣地望着她，眼底不知何时添了几分温热湿润的泪意，她嘴唇微颤，半晌后又闭了闭眼睛，才看向丰鹜与岑琦松。

"丰鹜叔叔、岑家哥哥，请你们相信她，她是南黎的好太子妃，她看过我们的稻种，帮我们引水上山，她甚至还想着待天下大定，便要在撷云崖上开放南疆与南黎汉人的交易集市，帮助我们走出困境，要我们活得像外头的人一样富足。这是我当年离开南疆时的目的，可我回来也只是改善了我们的耕种，若不能开市，若我们仍像以前一样排斥外面，不愿睁眼看外面的世界，我们南疆的子民永远也无法摆脱眼前的困境。"

她深吸一口气说道："她从没想过要我们南疆归顺南黎，她很尊重我们的想法，也愿意给出承诺。我们就带她去见大司命，让大司命同意借兵吧，南黎若是没了，我们南疆……又该如何自处？"

"琦松，要不然……"丰鹜一时有些动容，他胡须微动，一双眼睛不由得看向身侧的岑琦松。

自大司命病重后，近两年只有岑琦松一人得以上天烛峰的圣殿里拜见大司命，这在萧家寨与丰家寨的人心里，便是大司命对岑家寨的偏心与倚重。所以近些年，他们三寨之间才会斗得这样厉害。

此时，雨势渐小，阳尘道上满是水雾。岑琦松静静地盯着戚寸心苍白的面容，片刻后，他忽然对着戚寸心弯腰拱手。

"太子妃的决心，大司命看到了。"随后他稍稍抬头，目光落在戚寸心满是鲜血的手上，"我这就替太子妃将蛊虫逼出来。"

他刚上前两步，砚竹的剑锋便已对准他的咽喉。

"师姐。"戚寸心唤她一声。

砚竹盯了岑琦松片刻，到底还是收了剑。

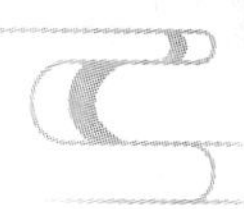

“你要是敢耍什么花招，老娘就将你们迦蒙山烧了！”荷蕊在后头威胁道。

岑琦松神色如常，萧瑜与丰鹜到此时才反应过来，大司命在天烛峰上闭门不出，并不代表他老人家什么都不知道。

岑琦松用匕首轻轻划破戚寸心的手臂，他握住她手腕的一刹那，便催动内息将她血脉中的蛊虫尽数逼了出来。砚竹一直注意着他，见他有如此深厚的内力，一时也不免有些惊诧。

“她的蛊虫虽有毒，但起效不会太快，”岑琦松瞧了一眼一旁的萧桑阮，为了让这场试探尽可能显得真实些，他才临时起意，扯下她的手链与他的戒指一块儿扔进石臼里，“至多是啃咬皮肤时您会疼痛难忍。”

“而我戒指里的蛊虫不会危及您的性命，它们是食花饮露长大的，咬人也不痛不痒，却是我南疆最珍贵的蛊种，遇血即化，有了它往后再不会有任何蛊虫敢近您的身。”

“您耗费心力为我圣山引水，这是大司命送给您的谢礼。”他松了手，再度俯身低首，“大司命请太子妃上天烛峰一见。”

天烛峰是迦蒙圣山的最高峰，巍峨的圣殿有着南疆最为神秘瑰丽的一面，在沙沙雨幕与缭绕雾气间更显缥缈。天烛峰上的男女都穿着黑紫两色的衣袍，无论是发间还是衣衫上，都有繁杂精巧的银饰作点缀。而他们将一把银鞘弯刀挂在腰间，尽显异域风情。

戚寸心仰头望了一眼那攀附在主殿石檐上一尾栩栩如生的大蛇，大蛇大张着嘴，而一直跟随着她的银霜鸟则稳稳地停在了蛇芯子上。沉重的殿门缓缓打开，岑琦松带着她走上一级又一级的阶梯，进入殿内。

南疆的大司命已有八十七岁，此时正躺在殿中的石榻上，他长长的胡须上编了几条小辫子，其上还坠着活灵活现的虫形银饰。他的头发跟他的胡须一样银白，一张面容老得松松垮垮的，连五官看起来都不太立体。

殿内点着灯，发出一片暖色的光晕。或许是听见了脚步声，他缓慢地转过头来，目光停在岑琦松身边那个年轻姑娘的脸上。

“这么小的一个姑娘？”他似乎有些惊诧，苍老的声音轻轻缓缓的，似乎说话间都能听到他胸腔内的声音，“周先生教出来的学生，果然不一般。”

“大司命早知我的身份？”戚寸心同样好奇地打量他。

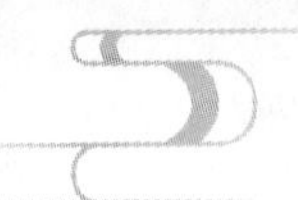

大司命听闻此言，似乎笑了一下，他颤颤巍巍地伸出两根手指，道：“这天下唯有两个地方藏尽天下宝籍，一个是九重楼，一个是文渊阁，巧的是，它们都在南黎皇宫。

“而南黎的水利民生，只有文渊阁才会有如此详尽完整的记载，这天下，有几个人能进文渊阁？”

大司命眼底含笑：“但我也不好凭此就猜你就是周先生的学生，所以我才让琦松试探你。”

“若你真的是，我也该知道你到底是一个什么样的人，我了解周先生的为人，却不了解你，”他还在审视面前的这个姑娘，“事关我南疆子弟的性命，我不能贸然见你。”

岑琦松故意的羞辱、故意的为难，原来都是出自他的授意，为的便是试探戚寸心是否真有为国为民的决心。

或见戚寸心垂着眼睛不说话，像是在思索什么。他又道：“我何尝不知这天下落到伊赫人手里之后，南疆会面临何种危险局面，所以当年我与周先生以十万南疆军作约定，一则是因为当初我出南疆游历时，他救过我的命，二则是因为他那时被昌宗皇帝任命，借由九重楼号令天下义士，我相信他，所以我愿意倾我南疆之力与南黎合作共抗北魏。”

大司命说话间，被侍女扶着坐了起来，他咳嗽了一会儿，喝了几口热汤才算好些。

“但后来，周先生在南黎朝堂上一剑断君恩，失望出走。你们南黎的德宗皇帝是个窝囊皇帝，而他的儿子荣禄小皇帝也是个扶不起的阿斗。我南疆不是真的不在乎北魏南下的野心，只是南黎皇族实在无能。

“但我也不是在这天烛峰上待着便什么也不知道的人，如今的南黎太子，你的夫君谢繁青，入北魏做质子居然还能活着回来，我便知他非池中之物。

大司命索谷勒停顿了一会儿，缓了缓才又道：“既然你们夫妻俩同有一颗亡魏之心，那么我借兵给你也不是不可以，只是太子妃要答应我两件事情。”

“我可以承诺您，南黎永远不生侵犯南疆之心，待天下安定，撷云崖上便是南黎与南疆开市之地，从此互通有无，礼尚往来。”即便他还没说，戚寸心也明白他的那两件事是什么，于是，她便接口道。

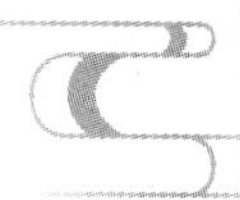

“大司命，与北魏的战争，是为我汉人而战，也是为南疆而战，这战争是为了将伊赫人赶出中原。没有什么比和平更重要，若灭北魏，我与太子皆敢承诺您，不会与南疆再起刀兵。”戚寸心迎着他的目光，字字铿锵有力。

“太子妃有胆识、有智慧。”索谷勒毫不掩饰对她的赞赏，缓缓伸出手去，“那你我便……击掌为盟。”

殿内暖黄的灯光照在戚寸心的侧脸上，她看着索谷勒的手掌，几乎是毫不犹豫地伸出手去。

十万南疆军，终于借来了。但要整兵出发，据岑琦松所言，他还需要十天的时间。戚寸心已经等不到十日后了，所以她下天烛峰时与岑琦松约定好，她先回月童，而岑琦松则与其子岑乌珺分头领兵，岑乌珺领五万人去壁上，以防备北魏趁月童宫变、南黎军心不稳之际，入侵南黎。剩下那五万，则由岑琦松领兵往月童，解月童宫变之危局。

月童宫变一事，是砚竹等人带来的消息——谢敏朝病重不起，如今晋王已经将月童皇宫围得水泄不通。砚竹等人收到戚寸心的信时，并不知后面发生的事，戚寸心也不知谢缈此时的境况，一时便更加心急如焚。

“宴雪哥，先生和师母他们没事吧？”下山的路上，戚寸心问道。

“放心吧，庄主受了些伤，如今也在静养着，性命是无碍的，周老在她身边照顾着呢。”莫宴雪安抚似的拍了拍她的后背，“不过，你可知来我石鸾山庄生事的，是什么人？”

“什么人？”

“濯灵卫。”

戚寸心闻言，侧过脸去望他。濯灵卫？那是天子近卫。

“要不是捡到了这么个玩意儿，我还不知道那些家伙的真实身份，”莫宴雪将一块牌子交到她手里，“看来南黎皇帝知道了庄主与周老的这层关系，他是故意引周老离开月童的。”

谢敏朝是故意的。那他为什么要这么做？戚寸心一时觉得后背发凉。

为了尽快回到月童，他们一行人时而走水路，时而走陆路，除了戚寸心的一百多个师哥师姐之外，萧瑜与萧桑阮，以及南疆的几十个年轻男女也在其中。

走了一月才至半途，砚竹收到了周靖丰传来的消息，她只匆匆扫了一眼字

条，脸色便有些不对。夜风吹着她的衣袂，砚竹在甲板上走来走去，犹豫了半晌，最后还是转身走入船舱内，将字条给了戚寸心。

戚寸心只看了一眼纸上的字，手中捏着的那颗猫眼石便从她的指缝滚落到了地上，殷红的丝绦却被她紧紧地攥住。纸上寥寥数字，一是裴寄清的死讯，二是谢缈在半月前回到月童皇宫，被晋王谢詹泽囚禁于东宫。

舅舅死了。戚寸心的眼眶发红，笼着一片水雾，很快便有泪珠一颗颗砸下来。她满脑子都是离开月童前，在裴府与他下棋时的情形，本能地不愿去相信。他怎么能死呢？他还有未竟的夙愿，他大半生深陷朝堂，还未来得及得见一丝曙光。泪水模糊了视线，戚寸心忍不住大哭。

“三百九十六妹，裴太傅是因晋王的威逼而死的，而晋王如今还未将篡位一事摆到明面上来，只打着担心延光帝病体，唯恐宫中生变才暂留月童的旗号。太子他……若不回去，晋王便能抓住他的把柄，说皇帝病危，他却迟迟不归。”

“他这一回去，晋王若要求一个名正言顺，便只能先让谢敏朝下旨废太子，才能置太子于死地。”莫宴雪说着，将地上的猫眼石捡起来，放到她的掌中，“你放心，太子一定有自己的考量，他不会有事的。”

“我知道。”戚寸心恍恍惚惚地轻应一声。船舱外一片漆黑，雪花飘扬在那凛冽的夜空里，犹如鹅毛。她紧紧地捏住那颗猫眼石，满眼都是江上那突如其来的初雪，随后她紧紧抱住自己的双臂蹲了下去。

“可是……”

可是，下雪了，他那么讨厌雪，舅舅也不在了，他一定很难过；可她还是没能在他的身边，也错过了他的生辰。

这一刻，船舱内一片寂静，在这落雪的夜里，所有人都静静地看着那个蹲在地上，满脸是泪的姑娘，谁也没有说话。

本该是团圆的除夕，他们这一行人却还在江上漂泊。又行一月，换了陆路至梁西镇，终于快到月童了。

“岑琦松他们已经过了新络，再过半月就能到月童了。”

萧瑜将收到的消息说给戚寸心听，见她越发失神的模样，她顿了一下，又道：“寸心，今天就在梁西镇休息一下吧。”

戚寸心摇头：“萧姨，离月童更近了，我一时半刻也等不了了。”

“越靠近月童，只怕晋王越容易发现你，你打算怎么做？”莫宴雪抱着剑靠坐在车座上，嘴里叼了根草。

“大张旗鼓地回去，我要光明正大地回月童城，入月童皇宫，”此时正值清晨，寒雾还未散尽，天光也是晦暗的，她的身影映在窗上，“缈缈还是太子，晋王也就不会在此时杀我，他只会当我是自投罗网。”

“行。”莫宴雪点点头，“三百九十六妹你放心，我们这些师哥师姐一路都会暗中护着你的。”

“谁敢动你一根头发，你师姐我保准将他的头砍下来当球踢，我们就守在九重楼，”荷蕊把一个竹筒塞进她手里，“要是遇险，你把这烟花点了。”

“谢谢荷蕊师姐。”戚寸心回望着荷蕊。

砚竹不能说话，所以她是最安静的。在他们一行人将要离开的时候，她似乎想起些什么，便回过头将怀里的油纸包递给她，又摸了摸她的脑袋，才背着剑下了马车。戚寸心将油纸包打开，发现里面装着酥糖。

萧瑜等人也与砚竹他们一道走了，最终是徐山霁赶着马车带着戚寸心与子茹、子意往月童城去。

戚寸心在马车里换上太子妃的朱红大袖袍，由着子意给她绾起发髻，将鲛珠步摇簪入发间。

马车一入城，便径直朝着皇宫而去。看守宫门的禁军远远地瞧见那辆疾驰而来的马车，他们个个警惕起来，举起手中的长戟。

“什么人竟敢擅闯禁宫！”一名禁军大喝一声。

“太子妃回宫，尔等也敢拦？”徐山霁将一枚金玉令拿出来，怒斥道。

众禁军听闻此言，又见了那金玉令，神情一瞬变了。马车的帘子被子意从里头掀开，为首的禁军一眼便瞧见端坐在其中身着殷红大袖袍，乌黑发髻间斜簪着鲛珠步摇的年轻姑娘。一时间，他眼底隐隐露出几分惊诧，随即便领着一众禁军跪下去。

“恭迎太子妃回宫！”

徐山霁收了金玉令，在宫门缓缓打开之际，驱赶马车进入了宫门内，停在皎龙门前，他是外臣之子，不能再往里去了。

戚寸心被子意和子茹扶着下了马车，朝着东宫的方向走去。

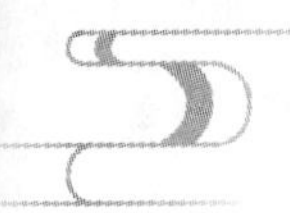

宫巷里厚厚的积雪早被宫人扫过了，凛冽的风吹着戚寸心的衣袖，此时的她正提着裙摆不管不顾地往前跑。偶有宫娥与太监走过，他们的目光落在那身形羸弱、衣裙殷红的太子妃身上，或有怜悯，或有惊讶。谁也想不到，她会在这个时候回来。

紫央殿无人扫雪，积雪堆积在廊前檐角，庭内的树木也仅剩光秃秃的枝干，连她脚下的路，也积满了雪。

戚寸心立在月洞门前，望着不远处紧闭的殿门。狂风呼啸，犹如恶鬼哭嚎，吹得她脸颊生疼，可是她袖间忽然有了点儿细碎的轻响。

她后知后觉，轻抬手臂，衣袖后褪的刹那，露出她腕间的银珠手串，那颗铃铛被风吹得微动，清脆的声音此时正在响啊响。

死寂的庭内，唯有它是鲜活的。

忽地，推窗的声音在此时显得尤为清晰。戚寸心下意识地抬眼，却正对上窗棂内那一身雪白单袍的谢缈。他的手腕上除了那颗红绳所系的银铃，还有沉重的镣铐。

谢缈脸色苍白，一双漂亮的眼睛怔怔地望着她。他手腕上的铃铛时时发出轻响，像是在提醒着他，这一切并不是幻觉……

第三十六章 百珠结

雪花大片大片地飘落，落在戚寸心乌黑的发髻和殷红的衣裙上，然后一片片融化。她的鼻尖冻得微红，跌落眼眶的眼泪也很快就冷了。也许是她在他的眼里还不够真实吧，当她踩着厚厚的积雪跑到廊上，跑到他的窗前时，他也只是愣愣地望着她。

隔了半晌，他才试探地伸出骨节分明的手指。沉重的镣铐早已将他腕上磨出一片血痕，随着他抬手，铁索碰撞着发出清晰的声响。

镣铐的束缚让他的手无法探出窗外，可戚寸心主动探身往前，由着他冰凉的指腹轻轻地戳了一下她的脸颊。如果是梦幻泡影，此刻的她应该已经在他极轻的触碰下破灭了吧。

殿门被沉重的铜锁紧扣，戚寸心吸了吸鼻子，在子意与子茹的帮助下提起衣裙翻上窗棂。谢缈后知后觉地看着她艰难地爬窗，她身后风雪交加，暗沉沉的天光映出她衣裙浓烈的颜色，看她要跳进来，他才迟钝地伸手揽住了她的腰。

戚寸心抱住谢缈的脖颈，被他放到书案上坐着。他的手脚都被镣铐束缚着，铁索绵延至内殿。而身下这张书案所处的位置，已到了铁索长度的极限。直到此刻，她才发现这殿内笼罩着极为浓烈的香味，竟然是骤风。她急忙仰头，望向站在自己面前的少年。

“傻子。”

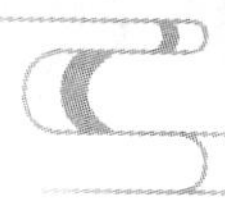

谢缈用指腹轻轻蹭去她脸颊的泪珠，没有问她为什么回来，为什么不听他的话，只是轻轻地叹息。

她紧抿着唇，眼泪控制不住地一直掉，他竟就这样耐心地用衣袖替她擦拭了一遍又一遍。直到她忽然抱住他的腰，再也控制不住地大哭起来。

谢缈看见她乌黑的发髻间没有过多的饰物，只有一支鲛珠步摇随着她的哭泣在轻轻晃动。他就这样僵直着身躯站在她的面前由她抱着，直到她哭累了，他才抬起戴着镣铐的双手轻轻拥住她的后背，试探着拍了拍。

窗外的冷风袭来，吹得她沾泪的脸颊刺痛，她终于在他的怀里抬起头，仰望他苍白漂亮的面庞。

“缈缈十九岁了。”她忽然说，声音仍旧带着几分哽咽。

随后她松开他，小黑猫已经从她随身带着的忍冬花布兜里跳了出来。她在布兜里摸索着拿出那条殷红的丝绦。风吹着丝绦的流苏轻轻晃荡着，她伸手将丝绦缠上他的腰身，每个百珠结都那样精致漂亮，中间的猫眼石闪烁着清辉。

“这是缈缈今年的生辰礼，我每天想你的时候，就会编一个百珠结。”她替他将丝绦系好，抬眼望他，“真好看。”

少年还在看自己腰间殷红的百珠结丝绦，他的手指慢慢触摸着那么多个百珠结中间的猫眼石。

“你每天都有想我。”他忽然说道，嗓音里带着几分难以掩饰的欢欣。

“嗯。”戚寸心点头，忍下心头的酸涩说，“缈缈呢？你想不想我？”

他抬眼看着她。也许是殿内骤风的气味令他神思常是恍惚的，他的目光显得有些蒙眬，却没忘了轻轻地回应。

“想。”

“想我的时候，会做什么？”

她伸手去触摸他的脸。他没说话，却侧过脸，去望遮挡了内殿的那道微微晃动的珠帘。

戚寸心从桌案上下来，牵住他的手，随着他缓慢地挪向内殿，她掀开珠帘，同他走了进去。

内殿里光线昏暗，只有床榻旁的灯笼柱里有一道亮光，那光照见床榻上一本摊开的书。她走近后，认出了上面自己的笔迹——是她曾在东陵，还未跟他习字

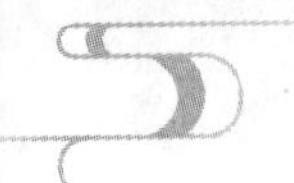

时，那一手笔画笨拙粗陋的字——是她的那本游记。

心仿佛被一只手狠狠地揪住，鼻尖的酸涩来得汹涌。戚寸心不敢想他被关在这里的日日夜夜，究竟翻了多少遍这本书。

锁链摩擦地面的声音是冷的，谢缈在床沿坐下，指腹触摸着榻上的纸页，他的侧脸在这光线里仍旧显得苍白。

“你本该有机会去你想去的地方。”

她知道，他指的是她在那本游记上标注过的每一个地方。游山玩水，那是她曾经的向往。

“我不是和缈缈说好了？”戚寸心在他的身边坐下来，“我们一起去，才最开心。”

他又不说话了，只是定定地看着她。戚寸心捧住他的脸，轻轻地亲了一下他的眼睛，弄得他的睫毛颤啊颤，气息稍乱间，她又将他抱得很紧很紧。

“乱世里的山河也没什么好看的，我们要看，就看太平盛世，海晏河清。”她靠在他的怀里说。

他有点儿发怔，隔了好一会儿，才忽然伸手回抱她。他的双臂越收越紧，他的下颌抵在她的发顶，而他的呼吸很轻很轻。

“戚寸心，你知道我不会总是这样好心的。”

他这样的人，一点儿也不良善。将星危山的地图给她，放她离开，已经是他此生最为艰难的一次让步。

“你来，也许会和我一起死。”他提醒她。

“你不会死，我也不会。”戚寸心抬头认真地说，“我已经借来了南疆军，他们很快就会抵达月童。”

谢缈闻言，眼底有了几分惊愕。下一刻，他的手忽然就攥住她的左手。因为他意识到她从没用那只手触摸过他的脸，一直都在宽大的衣袖下藏着。替他系丝绦时，他也仅瞧见过她左手的手背。然而此时，因为他忽然攥住她的左手，那样大的力道迫使她舒展手掌露出了满掌的伤疤。只有被蛊虫咬过的伤口愈合后才会有这样红如朱砂的疤痕。一瞬间，他的神情骤然变化。

“戚寸心，我有我的打算，谁让你做这些事的？”

他的手失了控，握得她手腕生疼。

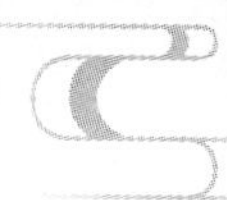

“要是有十成的把握，你会把星危山的地图给我吗？”戚寸心忍着疼，没有挣脱他，“你要是真的那么有把握，你会告诉我，等不到就不必等吗？”

他的手松了些，没多少血色的唇微抿着，一言不发。

“缈缈，”她伸出右手摸了摸他的脑袋，“你离开的时候，让我等你来接，可是从那个时候我就知道，我不能等，我很害怕，我怕我一等，就会等一辈子那么久。

“我舍不得你一个人在这儿，就算是死，我也舍不得你孤零零地去死，你要相信我，只要和你在一起，再苦再难，我也很开心。

“我不会离开你，我也不想一个人长命百岁。”

戚寸心永远是这样，一定会这样坚定地安抚他，而且从来不吝啬于一次次地向他表达，在她眼里，他一直都那么好。好到他不在身边的这段日子，她一直都那么想他。

她说的每个字都深深地砸在谢缈的心上，他心头温澜潮生，可是时刻折磨他的疼痛仿佛在这一刻被无限放大，内殿里骤风的味道太浓，更刺激得他一时呼吸艰难。

“告诉我，谁做的？”

他的手逐渐收紧，紧紧地握着她的手。

戚寸心的声音变得那么轻柔：“南疆已经决定与你我结盟，我答应他们的大司命，要是我们能够拨乱反正，便与他们永世交好。”

“缈缈不可以出尔反尔。”她说。

“是你答应的，不是我。”他的声音带有几分冷。

“我们是夫妻，我答应了，就等于你也答应了。”她注意到他额角的细汗，发现他的脸色似乎更为苍白了。凑近了些，她察觉到他的呼吸也变得短促。

“缈缈！”

鼻间满是骤风的气味，她没忘记小九当初送她镂空银香囊带给他的折磨。她急忙去推正对床榻的那一扇窗，大约是窗户被人从外头锁上了铜扣，她怎么推也推不开。情急之下，她只能拿来一旁架子上沉重的木质摆件，用力地砸窗。但铜扣太紧，她怎么也砸不开。

“姑娘，您让开些！”外头传来子茹的声音。

戚寸心忙往床榻另一端缩了一下，只听见外头的重击声，遮掩天光的窗被子茹从外头砸开了，寒风骤然灌进来，带着冷冽的雪的味道，一瞬间驱散了屋内缭绕的浓郁香味。

戚寸心扶着谢缈，让他靠着她的双膝，焦急地说："缈缈，快呼吸。"

他像是一尾濒死的鱼，倚靠在她的怀里许久，才靠迎面袭来的风摆脱了那种扼住咽喉的窒息感。此时有冰凉的雪花飘落在他的眼睫，她轻触他的睫毛，让指腹的温度融化了雪。轻抬起眼，他看见她的脸。在一片明亮的天光里，她的轮廓被光影模糊，而她在光里，鬓边的发微荡。谢缈就这样久久地望着她，忽然他伸出了手，光在她身上仿佛是虚无的，可他的指尖触碰到她的后颈却是温热的，而后他手指向下用力。

戚寸心猝不及防，被他按着后颈低下头去。她从窗棂外照进来的那片天光里被他拽入一片朦胧晦暗的阴影里，就这样忽然地，迎上了他冰凉的一个吻。

"繁青，你们夫妻二人总算是团聚了。"

紫央殿的殿门被人从外面打开，除了大风裹挟着雪花进门，还有一个隐含笑意的声音隔帘传来。

戚寸心循声望去，见一道身影在帘外若隐若现，是谢詹泽。她的神情有了些变化，握着谢缈的手紧了紧。

"晋王这是彻底不做人了，不装了？"她言语带刺。

一名锦衣华服的年轻女子伸手掀开珠帘，谢詹泽看向床榻上那对相依的少年夫妻，两人皆是形销骨立。

谢詹泽脸上带着笑意："我正愁不知该往何处去寻太子妃，你却自己回来了，看来你是做好打算，要与繁青生死一处了。"

"这样的情意，"他的目光落在戚寸心身旁的少年身上，"可惜繁青未必能领会。"

"太子妃，你以为你这生死相随的情意能换来什么？"谢詹泽背着手走近几步，眼底带着浓浓的讥讽，"一个从北魏回来的小疯子，你以为他能给你什么正常的回应？"

说着，谢詹泽伸出手来，一旁的女子便顺从地将一个镂空金香囊交给他。这金香囊里的香是燃着的，隐约有一点儿火光在里面明明灭灭。被风吹去大半香味的室内一时间再添了几分似有如无的味道。

谢詹泽兀自盯着谢缈，下一刻，果然见少年神情恍惚。随后锁链碰撞地板的声音急促刺耳，戚寸心回头便见谢缈蜷缩起了身体。

“缈缈！”她连忙唤道。

戚寸心的手才触碰到他的肩膀，便被他一下攥住了手腕。力道之大，让她疼痛难忍。

此刻的谢缈，眼神涣散，眼里映不出她的影子，也映不出窗外照进来的任何一点儿光亮。他如同陷入噩梦一般，被窒息的感觉折磨得痛苦不堪。

“太子妃可有想过，正是因为他从未得到过什么，所以他才会将身边的人和事都抓得那么紧。他待你究竟是真心，还是占有欲作祟，你分得清吗？为他，你要丢下好不容易得来的九重楼少主的身份，和他一起死，真的值得吗？”

谢詹泽见戚寸心被谢缈紧攥手腕疼得脸色煞白，他笑了一声：“追杀你夫妻二人到撷云崖上的殷氏兄弟你可还记得？殷碎玉死了，死在繁青的手里。你知道繁青杀人的手段吗？他之所以死得那么惨，全因你当初救过他。

“这样的小疯子，你不怕吗？你真的了解他吗？”

戚寸心乍听殷碎玉的死讯，有一瞬的愣怔，她这模样令谢詹泽以为她已乱了方寸，于是，他好似不经意般，盯着她的手。

“九重楼毕竟还在南黎皇宫，太子妃若懂得审时度势，或许一切都还来得及。”他半是试探，半是随意地说道。

谢缈蜷缩在榻上，镣铐沉重，此时的他连呼吸都变得很轻很轻。突然他攥着她手腕的力减轻了些，戚寸心骤然回神，她瞥见谢詹泽身侧的年轻女子要上前，当即伸出另一只手去够一旁的陶瓷摆件，并迅速朝她扔了出去。

女子匆忙后退几步，谢詹泽为了扶住她，手上的金香囊被那陶瓷摆件砸中脱了手，滚了几圈后，香灰从中散出来，湮灭了燃烧的火星。

“冬霜。”谢詹泽拧了拧眉，语带关切。

“妾没事，殿下。”名唤冬霜的女子回头望着他温柔的眼睛，摇了摇头，轻声道。

“太子妃看来还是想不明白，没关系，我可以给你一些时间，”谢詹泽看向戚寸心的目光添了几分冷意，“除了九重楼，周靖丰不能进皇宫内院，这是当初

他与德宗皇帝立下的约定，他管不了我皇家事，你在这里，他若还要他天山明月的声名，便不会过来救你。”

说罢，他便带着冬霜转身离开。等在帘外的两名宦官恭敬地掀帘，迎他们二人出去，待他们离开后，沉重的殿门便又被人从外面徐徐合上，落了锁。

很显然，谢詹泽没那个本事败坏周靖丰在南黎百姓心中的形象，所以他便逼着戚寸心去做选择。作为九重楼少主，如果戚寸心肯站到他那边去，那么即便他等不到谢敏朝下旨废太子，也可以借九重楼在南黎的声名，让他在各方猜疑下勉强站住脚跟。

戚寸心如何会猜不出谢詹泽的打算？在殿门合上的那一刻，她瞥见满地的碎瓷片便下了床，先将那只金香囊扔出窗外，随即毫不犹豫地伸出左手去握着碎裂的瓷片。她紧紧地握住，任由瓷片那尖锐的棱角刺破她的手掌，殷红的血液流淌下来，顺着她的手腕流淌至衣袖的边缘，濡湿一片。

此时的谢缈发现她的背影在他的眼睛里好渺小，他努力睁着眼睛，看清她流淌至白皙腕骨的殷红血液，呼吸变得更为艰难了。

“戚寸心……”他挣扎着从床榻上摔了下来。

戚寸心痛得鬓边都添了细微的冷汗，见他从床上摔下来，便松了手。那沾血的碎瓷片从她手中掉下去，碰撞出清脆的声响。她顾不得其他，连忙将他扶住，靠在了床沿上。

他雪白的衣衫沾染上大片触目惊心的红，他好像从来没有这样无助过。他握着她的手腕，不敢碰她满掌血肉模糊的伤口。他的眼眶通红，漂亮得好像琉璃一般剔透的眸子里凝着一团水雾。

“戚寸心……”

“谢詹泽过来打探消息，一定是想知道我是否去南疆借到了南疆军，这手上的伤疤可能会暴露我们的计划。”戚寸心抱住他，“缈缈，这样他就看不到了，我们能争取的时间就会多一些。”

谢缈的下颌抵在她的肩头，剧烈的头痛还在折磨着他，可眼泪却止不住地从他的眼眶涌出。

“我要杀了他。”

他的声音犹如呢喃，眼底的戾气却越来越重。

谢詹泽回到萍野殿后，便有一名宦官将匣子和信件递上。

“殿下，这是总管大人刘松命人送来的。”

他瞧了那信后，神情便有了些变化。随后他打开匣子，又随意地翻看了另外几封信，脸色更加怪异了。

“殿下？”冬霜小心地唤了一声。

谢詹泽一瞬回神，在她的目光即将落到纸上时，迅速地将信重新装入匣子中，随后问她：“你看清她的手了？可有朱砂般的红点？”

冬霜似乎认真地回想了一下，才有些不大确定地说：“好像……没有。”

谢詹泽也不知在想些什么，握着她的手没说话。隔了会儿，他才轻轻地触摸了一下她的腹部。

“如今你怀着我的骨肉，便该更加小心些，我还要去母妃宫中，午膳你自己用，再没胃口也要吃些，知道了吗？”

“知道了。”冬霜颔首应了一声，仍是那样的乖巧顺从。

“好好照顾侧妃。”谢詹泽松开她，抬首看向一旁的宫娥。

冬霜立在殿门处目送谢詹泽离开，在她要转身进殿时，却瞧见不远处的回廊上，被几名宫娥、宦官簇拥着的王妃赵栖雁。

从金源回来的赵栖雁甚至比当初还要消瘦，此时，她手中的帕子已经被她揉皱。冬霜瞥了她一眼，忽而露出一个笑来，细看之下那绝不是友善的笑容。

谢詹泽还没踏进阳春宫，便有眼尖的宫娥匆忙回去，将消息报给了吴贵妃身边的掌事宫女绣屏。

吴贵妃衣不解带地照顾谢敏朝，近来已经瘦得不成样子，此时方才歇下，听了绣屏的禀报后，她便强撑着穿衣起身。待谢詹泽进殿时，吴贵妃已经坐在了软榻上饮茶。

“儿臣给母妃请安。”谢詹泽上前行礼。

“我听说，戚寸心回来了？”吴贵妃咳嗽了两声，忙问他。

“是，儿臣才去东宫，已领教过这位太子妃的伶牙俐齿。”谢詹泽露出了点儿浅浅的笑意。

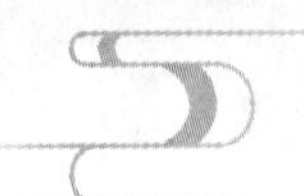

“她还敢回来，的确是出人意料，”吴贵妃皱了皱眉，又道，“可你搞清楚没有，她到底是自投罗网，还是留有后手？”

“这话我还要问母妃。”谢詹泽面上的笑意淡去许多，“您既然怕她有后手，那便不该拦着我，硬要什么名正言顺。”

“詹泽，你要我说多少遍，他到底是你的父皇，这么多年他难道不疼你吗？”吴贵妃盯着他又道，“只要他醒过来，将废太子的诏书颁下，你要杀谢繁青，杀就是了。”

谢詹泽却问：“那若是父皇他不肯废太子呢？”

“你怎知他不肯？”

“那您又怎么知道父皇他是真心疼我？”谢詹泽不笑时，那双眼睛也变得冷淡许多，“母妃，您做了他那么多年的枕边人，还是不够了解他。”

说着，他将一直拿在手上的匣子摔到桌上：“这是父皇身边的太监总管刘松从密室里找出来的，是父皇珍藏的东西，母妃可知里头装着的是什么？”

他嗤笑一声说道：“是书信，每一封都是从北魏传回来的书信。谢繁青在北魏多少年，这信件父皇就收了多少年，他受的屈辱父皇其实都知道。知道他被吊在冰天雪地里受尽折磨，所以讨厌雪；知道他被北魏福嘉公主关在笼子里，杀了一头白狼才捡回一条命；知道他一直陷在他的侍从徐允宁受雅罚而死的阴影里走不出来……

“您知道谢繁青为何回来之后就会武了吗？灵机道人吴泊秋通晓洗髓易筋之法，信上所言，谢繁青去北魏之时，这吴泊秋便暗中跟了去，谢繁青被关在虎牢，吴泊秋就藏在其中做汉人宫奴，教他习武读书，整整六年。”

吴贵妃有些转不过弯来，吴泊秋她是听过的，此人是江湖中的一大怪人，多少年来是只闻其名，不见其人。

“你的意思是，吴泊秋做这些是你父皇的授意？”吴贵妃的声音有些颤抖。

“母妃，您怎知谢繁青能活着从北魏回来，除了有裴寄清与他里应外合，其中就没有我父皇的手笔？”谢詹泽看着她。

“他……”吴贵妃不禁后背发凉，她嘴唇微微颤动，无法接受自己深爱谢敏朝这么多年，却从未真正看清过他的现实。

“成大事者，绝不能妇人之仁。”谢詹泽朝着吴贵妃俯身行礼，“请母妃恕

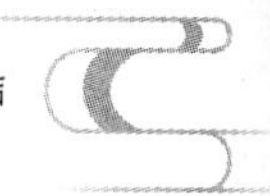

儿臣不能再听从您的看法，周靖丰囿于与德宗的约定，未必会潜入宫中营救太子夫妇，但这个吴泊秋却不一样。”

自戚寸心回宫，谢詹泽便有种不安的感觉。他原想再留些时间让戚寸心做决定，但从眼下看，是不能了。

谢詹泽不再看吴贵妃，转身道：“为免夜长梦多，今日，我便先杀谢繁青。”说完，他已经跨出了殿门。

东宫紫央殿。

大开的窗驱散了室内的香味，少年的精神终于好了些。明亮的光线下，他捧着戚寸心那只满是伤口的手掌，用竹镊小心翼翼地替她挑出细小的瓷片。怕她疼，他每挑出一块小的瓷片，就会微微垂首，轻轻地吹一吹她的掌心。冰冰凉凉的药膏涂满她的手掌，他替她缠上一层又一层的细布。

“殷碎玉死了？”她忽然问他。

他一顿……随后抬眼望着她。

“我杀的，你要怪我吗？”

戚寸心不知该如何表达自己的情绪，她从他手中抽回已经被包扎好的手，却用另一只手轻轻地摸了摸他的脑袋。

“怪你做什么？只是对我来说，我曾经救过他，我那时没想过，有一天我和他会再相遇，更没想过，他会是北魏派来的密探……

“缈缈，他看起来比小九还小。与我一样，他也是因为南黎的党争而家破人亡的，只是他以为北魏攻占南黎后，伊赫人便会给予汉人同等的地位。

“可观如今北魏皇室的做法，他们依旧没有将汉人当作自己的百姓，殷碎玉太天真，也太偏执。我做了我的选择，他也做了他的选择，他走到这一步，我有惋惜，但也仅仅是惋惜。”

谢缈定定地看着她，片刻后，他将她抱进怀里，抱得很紧。

“你不要相信他的话。”他忽然说。

戚寸心知道他指的是谢詹泽清晨说的那番话，她轻轻地拍了拍他的后背。

“我才不信他。”

“你对我好不好，能不能明白我的心意，我都能感受得到。”她挣脱他的怀

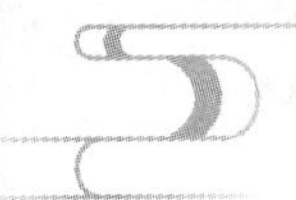

抱，双手捧住他的脸，“缈缈不是小疯子，是我夫君。”

他好像有点失神……他纤长的睫毛颤哪颤，同时微微泛白的唇也动了一下，也许是在她这样的目光注视下，终究还是有些羞于启齿的。犹豫了半晌，他才将她抱进怀里，一双眼睛闭起来，他的嗓音变得很轻很轻。

“我很喜欢你，戚寸心。”

他忽然又睁开了眼睛，目光停在远处熊熊燃烧的火焰，还有那弥漫在天幕的黑烟上。

“我会永远这样喜欢你。”

戚寸心在他的怀里，满眼都是床头那盏灯笼柱里跳跃的火光，脑海里是他这几句羞怯的话。

小疯子不是没有真心。只是要他放下戒心，撕破伪装，开口向一个人坦露心迹，这原本就不是件容易的事。在这世上，他失去的，远比他得到的要多得多。所以他会欺骗，会试探，会患得患失，但偏偏不会表达。

可是她听见了，第一次这样真真切切地听见了！

积雪压得庭内枯枝倏忽断裂，子意沾着凛冽风雪的声音忽然从外面传来。

“姑娘，东边像是着火了！”

着火了？戚寸心刹那间回神从少年的怀里挣脱，回过头时，她遥遥一望，便见远处的高檐之上浓烟滚滚。

戚寸心不由得问：“那是哪儿？”

“九璋殿。”少年的声音离她很近，却又有几分缥缈。

九璋殿？戚寸心望向他，还要问些什么，却骤然撞见少年微弯的笑眼。

他居然在笑。

“这火……是谁放的？”她好像觉察出了些什么。

“赵喜润。”

戚寸心记得赵喜润是朝中的左都御史，也是晋王妃赵栖雁的父亲。

“既是晋王的岳丈，他又为何会……”

“他终于想通了。”

少年苍白的唇轻启，睨着远处那片越发盛大的火光。

“你为什么要烧九璋殿？你父皇还在昏迷中，要是他……”戚寸心望见少年

冷淡的眉眼，声音戛然而止。

“娘子，你以为他说是病重，就真的无药可医了？”

少年嗤笑一声：“他老谋深算，可没那么容易死。”

戚寸心满眼惊诧：“你的意思是，他很可能是装的？”

她的思绪有些乱，又转头去望不远处的那片烈焰。

“如果他是装的，你这么做，便逼得他再不能置身事外，可万一，他病重之事不是假的呢？”

事实上谢缈回宫被囚的这半月也不是没有他自己的谋划，到今日见得这火光，他心中便知他的谋划这是成了。但此刻，听戚寸心这样问他，他不禁冷笑，语气也始终不带丝毫温度。

“就是烧死了他，又有什么可惜的？”他抬手用微凉的指腹轻抚她白皙柔软的脸颊，“娘子，这里太肮脏、太丑陋，连带着他一块儿烧干净了，不好吗？”

他的语气轻缓，却有种莫名的恨意，明明内殿骤风的气味已经散去，可此刻他的神情与语气还是令她察觉出一丝不对劲。

外头有刀剑相接的声音，戚寸心下意识地转头，目光越过窗棂，便见庭内涌入诸多禁军，子意与子茹正在与人打斗。

那一身黛蓝锦衣的青年面色阴沉地走入月洞门来，他身边的近侍快步上前，也不等宦官用钥匙开锁，便一脚踢开了殿门。

戚寸心见势不对，也不犹豫，当即取出衣襟内的小竹筒朝着窗棂打开，一簇火花噌的一声迅速飞出，绽放于天际。

谢詹泽提着一柄剑劈开珠帘，一颗颗的珠子散落在地，发出清脆的声响，戚寸心下意识地展臂挡在谢缈身前。

“谢詹泽，你要做什么？”

“本王还想问太子妃，你方才是在做什么？”谢詹泽面上不再有一丝一毫的笑意。

谢缈轻拍戚寸心的后背，像是无声的安抚，随即他又按下她的手臂，反将她护到身后，迎上谢詹泽的目光。

“父皇最是疼爱二哥的，怎么九璋殿都快烧成灰烬了，也不见二哥你去看上一眼？”

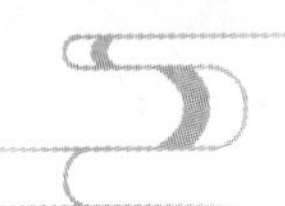

“我还是小瞧了你的。”谢詹泽的一双眼睛审视着那面容苍白，透着冷静的少年，“我以为你见过彩戏园的斗兽场，失了裴寄清这个唯一的倚仗，尝过雅罚的滋味，就会变成一个彻头彻尾的疯子。可如今看来，原是你不惜以自身作饵，要我放松警惕。”

“可惜啊，谢繁青。”谢詹泽双眼微眯，“我不管你在等谁，在打算什么，只要你死了，你所想的一切都会落空。”

他犹似惋惜般又道：“你倒不如死在北魏，何必回来，这样你我兄弟之间也不会弄到今日这个地步。”

眼见谢詹泽越走越近，戚寸心慌忙去看窗外，子意与子茹皆已被人缠住，根本脱不开身，这不免让她紧紧地攥住了谢缈的衣角。

沉重的镣铐压得少年手脚酸痛，纵使他一身武功，此时被这铁索镣铐压制着，也很难躲闪得开。情急之下，戚寸心便将手边所有能够拿到的东西全都一股脑儿地扔出去，瓷器、玉器碎裂的声音清脆响亮，却终究挡不住谢詹泽越发靠近的剑，情急之下，她跑到谢缈身后的架子前，伸手去够上面的书册。

忽然，少年抬手挽住铁索迅速一荡，谢詹泽后退几步躲开，也是此时，戚寸心忽听窗外传来一个声音。

“小子接着！”

一样东西飞入屋内，落在上方悬挂的四龙宝灯上，少年手腕翻转、银光射出，那灯笼应声而碎，一截白玉掉下来，正落入他的手中。纤薄的剑刃自白玉中骤然抽出，轻松斩断了牵制住他的镣铐铁索。

道士打扮的中年人胡须黑得发亮，一把拂尘绕了几绕，卷走几名禁军的兵器。他要飞身跃入殿中时，却被一名身形干瘦的老者以钢刀拦住。

“桐山王箬，请教灵机道长！”老者嗓音粗哑，眼神阴鸷。

谢詹泽武学不精，此时瞧见谢缈挣脱铁索，他便立即退到数名侍卫身后，冷眼瞧着谢缈与他们打斗。他的这些近卫出自江湖，都是个中高手，而谢缈伤病未愈，内力受损，要以一敌十已是十分勉强。

其中一名近卫正要侧身劈向谢缈，却被站在床榻上的戚寸心用一只瓷瓶砸破了头，他恼羞成怒，临时起意举刀朝戚寸心砍去。谢缈出招迅疾，回身时剑锋挡开他的刀刃，手臂却冷不防被另一人划出一道血痕，他眉也不皱一下，揽住戚寸

心的腰翻身从窗口一跃而出。

戚寸心落地未稳，还来不及反应，便被他推去了那身着灰扑扑道袍的中年道人身边。

“谢缈眼光不错。”

吴泊秋将她护到身后，与那王簪等人缠斗之际还不忘抽空回头瞧她一眼，随即拂尘一扫，正扫在王簪脸上。

戚寸心被动地跟着他后退几步，回头便见谢缈一双赤足深陷积雪，他衣衫纯白，腰间的丝绦却比雪地里的血还要殷红。谢缈用剑锋挑起的雪砸在朝他袭来的青年眼里，那青年下意识地闭了一下眼睛，只这么一下，他的脖颈便添了一道血痕，整个人重重摔在雪地里。

“三百九十六妹，我们来啦！”一个清亮的嗓音传来。

戚寸心抬头的一瞬间，便瞧见一白一青两道人影率先从碧瓦高檐上落下，是莫宴雪和砚竹，随后便是荷蕊与那石鸾山庄的一众师兄师姐飞身前来。

砚竹抽出身后的长剑，翻身奋力一挥，剑气激荡得庭内枯枝摧折，积雪坠落，带出的罡风刺得人脸颊生疼。随后她衣袂微翻，在戚寸心身侧站定，一双眼睛冰冷非常。

“看来太子妃是铁了心要和他生死一道了。”谢詹泽从殿内走出来说。

“可惜皇宫之内早已布下天罗地网，你的这些师兄师姐进来容易，要救你们出去，只怕还没那个本事。”

谢詹泽一扫平日里那副温雅随和的模样，轻轻抬手，不过片刻，便有更多的禁军涌入，将他们团团围住。一张金丝网忽然落下，盖住四方檐角，在天光里熠熠生辉。

“繁青应该最了解这网丝。”谢詹泽微微一笑，目光落在戚寸心的手链上，“这毕竟是你用在你妻子身上的手段。”

“晋王好得意啊。”吴泊秋只略微瞧了一眼头顶的金丝网，甚至还悠然地解下腰间的葫芦来喝了一口酒，“只是不知晋王的心够不够狠，舍不舍得下你母妃的性命。”

谢詹泽闻言，面上的笑意果然凝固了。

“你还真以为自己什么都能算着？”吴泊秋哈哈一笑，“晋王，比起你那位

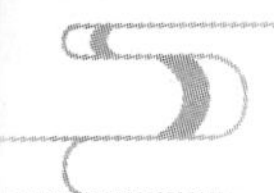

父皇，你还是差得太远了！”

“殿下！”

吴泊秋话音才落，便有一个焦急的女声传来，凌乱的脚步声渐近，那锦衣华服的女子小腹微隆，也不要身边人搀扶。

“冬霜，你怎么来了？我不是让你待在萍野殿？”谢詹泽眉心一跳。

“殿下，出事了！”冬霜轻喘着气，抚着肚子站在禁军后面，“九璋殿着火后，母妃将陛下移到了阳春宫中，哪知陛下才至阳春宫便醒了过来，如今濯灵卫已经将阳春宫围得水泄不通，母妃已被陛下困在殿内！”

父皇醒了，他还将母妃拘在殿里。谢詹泽听了她这话，大脑先是一片空白，随即像是恍悟了似的，一股寒意顺着他的脊骨慢慢往上爬，他踉跄地后退一步。

如果，他的父皇是假装病重，那么他带兵入城后，濯灵卫统领从起初的严词拒绝，再到后来顺从，都是谢敏朝为打消他心中疑虑而精心算计的结果。若濯灵卫一开始就归顺于他，他也许便会发现其中的端倪。

那谢敏朝是从什么时候开始算计他的？是封他做晋王，要他去金源的时候，还是更早？是从彩戏园开始，还是从谢繁青回到北魏的时候开始？谢詹泽的心神在此刻无法抑制地乱了。

“晋王，你猜你的父皇，会不会杀了他最爱的贵妃？”吴泊秋觉得他此时的神情有趣极了，便笑了两声，拂尘一挥，“晋王仁孝，南黎皆知，不知晋王此时可敢赌你父皇待你母妃是否真心？”

谢詹泽握剑的手逐渐收紧，他似乎陷入了挣扎里，但也仅仅片刻，他便抬首望向那腰间系着殷红丝绦的白衣少年，望着少年那双笑意中透着诡秘的眼。像是做了某种决定般，他闭了闭眼，深吸一口气。

“王箬听令，此间凡是太子夫妇之党羽者——

“杀！”

第三十七章

开刃血

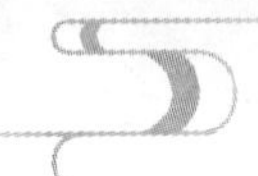

桐山王家刀法是出了名的霸道，王箬是桐山宗主，他的武功自然不容小觑，何况此时他手底下除了桐山宗的弟子，还有贵妃吴氏为谢詹泽从江湖中网罗来的各路能人。

“殿下，臣已传信给江玉祥江总督！”混乱中，将冬霜护至谢詹泽身边的近侍匆忙禀报道。

如今江玉祥与谢詹泽是一条绳上的蚂蚱。纵然此时谢敏朝已醒，可他除了濯灵卫之外，手中也无兵可用。江玉祥毕竟跟随谢敏朝多年，他如何会不留个心眼？皇城驻军里不肯归附的将领，早在谢詹泽领兵回月童时就被他们用计拿住，剩下的墙头草更是早已投靠于谢詹泽与江玉祥两人。

“殿下，母妃她……”冬霜轻拽他的衣袖。

谢詹泽的目光最初落在雪地里那身姿挺拔、剑招凌厉的少年身上，随后他垂下眼，看向身侧的女子。

“我没有退路了，冬霜。”

他闭起眼满脑子都是他的母妃，轻呵出一缕寒气接着说道：“我为齐王府庶子时，她望我摆脱庶子身份，我听了她的话，哪知斗死一个谢宜澄，又回来一个谢繁青。”

“父王成了父皇，她无法向父皇开口要一个正妻的身份，却寄希望于我，盼我如她所想，听话地为了太子之位去与谢繁青争抢。”

他轻抚冬霜的鬓发：“她不甘于妾室的身份，也不甘心我是个庶子，但她从不与我明说，她只会说一切都是为了我。可事实上呢？她为的是她自己。”

“她永远冠冕堂皇，永远要逼我争夺，”谢詹泽的目光落在冬霜颈间那颗雪白的珠子上，“冬霜，你可信？我此时若是去阳春宫救她的命，她还会反过来责骂我难成大器。

“我没得选了，只能顺着这条路，一直走下去。”

谢詹泽紧握着剑柄，东边的火已经被扑灭，但隐隐地，重檐之间传来了混乱的拼杀声，是江玉祥领兵入宫了。

头顶是金丝密网，此刻禁军合围，王簪等人勇猛异常，饶是砚竹他们皆有一身的好武功，也囿于围困，施展艰难。戚寸心回头看见谢缈被王簪的钢刀重击腹部，令他的伤口撕裂，血浸衣衫。情急之下，她忙唤谢缈。

吴泊秋听见她的声音，转头看见谢缈吐血。他眉头一紧，当即带着戚寸心飞身上前，双脚锁住王簪的刀柄一个旋身，逼得王簪踉跄着后退了几步。王簪稳住身形，再次与吴泊秋缠斗起来。

但也是在此时，那与王簪同为谢詹泽门客的跛脚男人抛出手中长鞭，缠住了戚寸心的腰，将她从吴泊秋身边拽了过去。

荷蕊割破了几名禁军的脖颈，回头望见这一幕，便立即踩着尸体飞身上前，却被那跛脚男人一掌打在胸口，摔倒在地。

“太子殿下，”那跛脚男人立在庭内的石灯笼柱上，长鞭手柄处冒出的短刃已经横在戚寸心的脖颈上，他露出冷笑，“名剑钩霜果真不凡，若殿下此时自刎，我尚能留她一命。”

说话间，戚寸心的脖颈已经被短刃划出一条细微的血痕。谢缈瞳孔微缩，但转瞬间，吴泊秋手中的拂尘骤然飞出去，重重击打在那跛脚男人握鞭的手上，剧痛之下，男人手一松，鞭子掉落。正在此时，砚竹旋身而上，一脚踢在他的肩上，又一手抓住戚寸心的手臂，带着她稳稳落地。

温热的血溅在戚寸心的脸颊，她后知后觉地偏过头，正见谢缈沾血的衣袂猎猎而动，而他手中的剑已经刺穿了跛脚男人的咽喉。他的神情阴郁，握着剑柄的手指收紧。

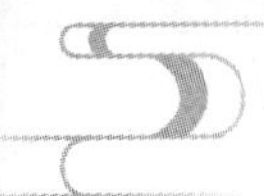

剑抽出后，那男人喉间的窟窿不断流淌出鲜血来融入白雪中。他大睁着一双眼，所有的惊惧都在涣散的瞳孔间定格。

“什么玩意儿。”吴泊秋呸了一声，拂尘再度回到他手中，他迎上谢缈的目光，“别瞪我，王笤这老匹夫是有点儿本事的，你不是也被他打吐血了？我刚刚那是一时没防住。”

谢缈不理他，将戚寸心带回自己身边，再把腰间丝绦的流苏缠到她手上，将她挡在身后。他用指腹抹去唇畔的血，剑锋直指王笤。

“这金丝网不破，我们只怕敌不过他们这么多人。”莫宴雪手中的剑刃像是被血洗过几遭，他一边喘气，一边打量着将他们包围在中间的禁军与晋王门客。

纵然他们武功高超，但要与这些不断涌入东宫来的禁军搏杀，也绝不是长久之计。禁军人数众多，一旦谢缈等人力竭，情况便真的不妙了。

一旁的砚竹听了莫宴雪的话，神情严肃，周身内息微荡，雪花拂过她身边便被融化成水滴。她突然提剑翻身而起，剑刃划过金丝网，发出噌的声响，刺眼的火星子下坠，消散在半空里。

“这东西没那么好破。”

吴泊秋瞧见砚竹落地，他的神情也变得有些凝重。

“杀谢繁青！”谢詹泽再次下令。

王笤等人一齐盯住那雪衣少年，所有人举起兵器再度朝他袭去。

戚寸心紧紧地抓着丝绦，被他带着躲开一次又一次的攻击，天旋地转间，她勉强看清站在石阶之上的谢詹泽手中已添了一把弓箭，那弓箭此刻正对准了谢缈。然后，一支长箭刺破空气，朝他疾速而来。

千钧一发之际，她抓着他的丝绦往后用力一拽，在躲过王笤钢刀的同时，也躲开了谢詹泽的利箭。只是那箭锋最后擦过了她的手背，划出一道血口子。

砚竹反应迅速，起身踢在面前那名近卫的手上，侍卫手中的长刀脱手，被她用足尖踢向石阶之上。此时，站在台阶上的近侍忙将谢詹泽与冬霜推到一旁，转瞬之间，那长刀穿透近侍的腰腹，重重嵌在殿门之中。

禁军将他们越困越紧，王笤等人的出招狠厉非常，荷蕊与几十位师兄师姐都受了伤，此时已近乎力竭。他们所有人越靠越紧，被围困在中央。

吴泊秋挡在谢缈与戚寸心身前，拂尘一扫，细丝穿透数人的眉心，只留一道

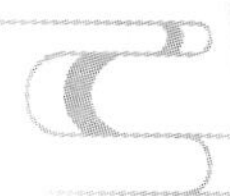

细微的血痕，便倒下成片的尸体。王箬心下骇然，一时晃神，便被吴泊秋的拂尘缠住钢刀，两人内力相抵，周身罡风浮动。

谢詹泽面色阴沉，又抽出一支羽箭搭上了弓，却听见身边的冬霜一阵呻吟，他侧过脸去，见她脸色苍白，捂着肚子，神情痛苦。

“冬霜，你怎么了？”谢詹泽手一松，羽箭落地，伸手去扶她。

“殿下，妾……”冬霜疼得秀眉紧蹙，话也说不出来。

“快扶侧妃离开这儿！”谢詹泽当即唤了人来。

他话音才落，一抬首却见金丝密网之外，高檐之上，忽而添了两道身影。冬日寒风凛冽，吹得两人衣袂翻飞。

那须发皆白的老者发髻整齐，只一根玉簪，一身浅色长袍，腰配名剑薄光，面容虽苍老，但一双眼睛炯炯有神，锐利非常，整个人看起来仙风道骨，气度非凡。他身侧的老妇手提一把长刀，其上镶嵌的金刚石璀璨生辉，连接成星线。

“先生，师娘……”戚寸心仰头望着他们，轻声呢喃。

“庄主！”荷蕊一瞧见那老妇人，眼睛便亮了起来。

谢詹泽的脸色越发不好了，待见到那对老夫妇身后数名持剑的年轻男女接踵而来，他内心的不安便一瞬放大，以至于他不得不沉声提醒。

“周老先生，您可别忘了您当初与德宗皇帝的约定，您踏入我皇宫内院，插手皇家事的后果，您可想清楚了？”

天山明月周靖丰一诺千金，从不食言，当为世人之表率，而九重楼便是天下文武之士心中的神坛。

明月下凡，一朝食言。这相当于是周靖丰自己违背了当初的誓言。

“南黎百姓敬我重我，皆因我曾替他们出了一口恶气，但我周靖丰穷极半生也只能逞这一时之气，我何德何能让他们将我奉为明月，悬于天上？”

风吹着他银白的胡须，他苍老的声音落在金丝网下每一个人的耳中。

“当年我一剑断君恩，发誓不再插手谢氏皇族之事，是因我看不到南黎的明天。百姓以我为傲，却不知我手中的剑能斩一个北魏皇帝，却斩不尽对我汉人家国虎视眈眈的狼子野心，不过是无用的声名，晋王以为我会在乎？”

宽大的衣袖随风而荡，他抽出薄光来，隔着金丝网看向被谢缈护在身后的那个小姑娘，笑了一声，潇洒落拓。

“虚名罢了，远不及我这唯一学生的万分之一重要。”

阳春宫。

殿门与窗户紧闭，内殿里一片昏暗，吴贵妃鬓发散乱，跪坐在冰冷的地板上，一双发红的眼睛显得有些空洞。

“你骗我。”眼泪滚出眼眶，她的嗓音已经有些嘶哑。

坐在床榻上，只穿着一身明黄单袍的谢敏朝仍是一脸病容，他手中握着一柄血剑，脚边是刘松的尸体。他轻咳几声，将剑刃在刘松的衣服上擦拭几下，随后扔给了一旁的濯灵卫统领。谢敏朝走到吴贵妃面前，垂眼静静地看着她。

此时的吴贵妃满脸是泪，这阵子因为照顾他，她已经瘦得不成样子。谢敏朝叹息一声蹲下身去，用衣袖擦拭她脸颊的泪痕。吴贵妃浑身僵硬，只觉得他的指腹像是冰冷的蛇芯子，一点点地舔舐着她的脸颊，令她浑身的血液都要凉透。

“鹤月，若你没将我病重的消息送去金源给詹泽，也许便没有今日这一出了。”他冷静地陈述。

“不。”吴贵妃摇头，躲开他的触碰，她抬眼望向他的目光像是在看一个陌生人，“不，陛下，即便我不这么做，你还会有别的打算。”

“你算计我，算计我们的儿子，你一定要他死，你从一开始就想好了！”随着她的情绪逐渐失控，她的眼泪再一次簌簌落下，“谢敏朝！你好狠的心！”

谢敏朝默默地看着她，由着她哭泣。

“是你们母子先杀了我的长子宜澄。”半晌，他松开她，轻声道。

吴贵妃闻言，猛地抬眼，泪水令她看不清他的神情。

“宜澄有先天不足之症，一向身体不好，詹泽趁我不在月童，给他下了猛药，令他虚不受补，气血双亏。”

“不可能！”吴贵妃泪水滑落，她摇头，“此事我怎么不知晓?！”

“鹤月，你将我们的儿子逼成什么样子了？”谢敏朝轻轻拍了拍她的肩，“你要他争，他偏不肯遂你的愿，面上忤逆你，实则他比你想象的还要狠。”

他的语气冰冷，可那双眼看向吴贵妃时，犹添几分怜悯：“你看，如今，他连你也不顾了。”

“他不顾我，才是我的好儿子。”吴贵妃迎上他的目光，眼底半点温情也

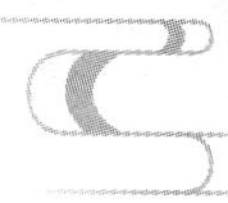

无，“谢敏朝，你以为詹泽就没有后手？你别忘了，月童的守城军有半数都已经归顺了他！”

“陛下。”

谢敏朝还未开口，殿外忽然传来一个声音，是宦官刘洪，他便是刘松的干儿子，当初做了阳春宫眼线的那名宦官。谢敏朝病重的消息，也是他透露出来的。如今看来，吴贵妃以为刘洪是她埋在九璋殿的眼线，却不知，他实则是谢敏朝反制她的棋子。

“南疆军已至月童城外，此时已与守城军开战了！”刘洪急急地说。

“南疆军？”谢敏朝摸了摸下巴，莞尔一笑，“太子妃不愧是周靖丰的学生，南疆野蛮之辈，她竟也真能搬来做救兵，繁青得妻如此，夫复何求。”

“太子的人呢？还没动静？”他又抬眼看向刘洪道。

“宋宪将军和永宁侯世子领着秦家军三万人已经过了梁西镇，崇英军统领丹玉也率领崇英军一万人赶来，此时怕是已经与城外的南疆军会合了。”

驻守永淮的秦家军，统领为秦世延。当年德宗下令送星危郡王谢繁青入北魏为质之后，秦世延触怒德宗，因永宁侯徐天吉作保，他才留下一条性命，奉皇命至永淮看护九龙国柱。

秦世延其人，身居永淮驻军统领一职，多年死守皇命不出永淮，他是出了名的死心眼。无皇命出永淮是大罪，何况是出兵月童，即便永宁侯于秦世延有恩，也不够秦世延冒此大险。毕竟若是行差踏错一步，整个秦家军就都要跟着他一起获罪，秦世延绝不会这样做。

“怎么会……”吴贵妃心神俱乱，脸色煞白，不敢置信，“即便他谢繁青是太子，可他人没到永淮，我儿詹泽那时也未透露要领兵回月童的消息，秦世延那样的人，怎么敢无诏出兵皇城?!”

“繁青到底比詹泽多算一步。”谢敏朝毫不掩饰眼底的赞赏，“鹤月，你可知秦世延当初因何触怒德宗啊？”

“秦世延曾是宋宪的副将，若无宋宪，便无他秦世延。一个徐山岚还不够让这秦世延冒险出兵，失踪多年又忽然出现的宋宪却可以。”

宋宪……那位打了胜仗之后出逃失踪的铁血将军。

吴贵妃的背脊塌了下去，眼泪仿佛已经流干了。她垂着头，在光可鉴人的地

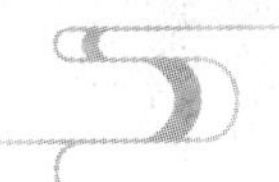

板上隐约看见自己狼狈的模样，也隐约听见了远处的厮杀声。

这座皇宫，正在被鲜血洗礼。

“我以为你偏爱詹泽一些。”她声音很轻，有些飘忽不定，“是我错了。”

“我给过你们母子很多机会了，鹤月。”谢敏朝的手指轻轻拂开她脸颊上的乱发，他的神情仿佛是温柔的，“可你们谁也不珍惜。”

他朝一旁的濯灵卫统领伸出手，那神情严肃的青年当即将一只小巧的木盒恭敬地递上，打开木盒，里头躺着两颗乌黑的药丸。他拈出其中一颗来，伸手将吴贵妃揽进怀里，又将那颗药丸放到她唇边。

“鹤月，听话，吃了吧。”他冷静地朝吴贵妃说道。

吴贵妃浑身僵硬，即便他轻轻抚着她脖颈的手掌是温热的，她也觉得浑身冰冷。泪眼蒙眬间，她在他的怀里仰望着他。

“谢敏朝，你真的爱过我吗？”

即便人到中年，谢敏朝的脸庞依旧刚毅，眉眼也能看出年轻时的意气风发。他凝望着怀里的吴贵妃，似乎是想起了当初娶她进齐王府时的情形。

“鹤月，记得我同你说过什么吗？”他的语气愈发温存，“你的存在，让我觉得我有的时候也能如寻常百姓一般，用心地去爱一个人。

“我若不爱你，当初又为何要娶你进府？”

“可是你变了！”她哭得声嘶力竭。

“不。”谢敏朝任由她哭闹，随即轻柔地用指腹替她擦去脸上的泪珠，“是你变了。”

“我一直都是这样的人，只是你忘了，我当初让你做决定要不要跟我时，是你说的，哪怕是我的妾，只要我爱你，你就能一直在我身边。”他的神情没有任何变化，只是字字句句都透着冷，“是你食言了，你不甘为妾，不甘詹泽是庶子，你逼得他成了如今的样子。

“鹤月，我知道，归根结底其实在我，我能明白你的难过、你的不甘，因为我身在皇家，又逢乱世，我不得不握紧我能够握住的权力与利益。”

他轻轻地叹息着：“可是鹤月，我不后悔。”

“詹泽唯一像我的地方，便是他能为了我的位置舍下你，我也能为南黎而舍下你。”

他语气缱绻温柔，却字字如刃，刺得她血肉生疼。此时，吴贵妃方才明白，她当初义无反顾深爱追随的这个男人，到底有多可怕。

情爱，远没有南黎重要。他会爱她，却爱得理智又残忍，从不会耽于情爱。他要的，是汉家天下，是完整的中原疆土。

"若他没有为了得到这个位置而与北魏勾结，我或许还会有些不忍，不忍他如此年纪，便要为繁青开刃。"

谢敏朝定定地看着她："鹤月，我谢氏天下如今只剩残破的半壁江山，詹泽不是不能争，他完全可以，但你与詹泽却只能瞧见眼前的几分利益，从这时起，你们便输了。"

他的手指轻轻抚过她的下颌，而后骤然用力，逼得吴贵妃张开了嘴，任她如何哭叫，他手上的动作都未有丝毫停顿。乌黑的药丸被送入她的口中，随后他在她颈间一击，她便不受控地吞咽下去。

殿内晦暗，谢敏朝压下心中的酸涩，闭了闭眼，将她抱入怀中。

"鹤月，输了，是要付出代价的。"

周靖丰已达武学至高之境，这是天下人皆知的事情。此时只要他抽出那柄薄光，便足以令在场的晋王门客心生怯意，他们面面相觑，似在犹疑。

"周老，快把这蜘蛛网除了去！"

吴泊秋哈哈大笑着，旋身往上，拂尘白丝钩住金丝网的刹那，周靖丰在高檐之上俯身往下，薄光重击密网。与此同时，跟随周靖丰与莫韧香而来的数位石鸾山庄的弟子也飞身落于金丝网之上，挥剑击网。

"殿下，快走！"护在谢詹泽身前的近侍眼见那金丝网将破，当即回过头大喊道。

谢詹泽眼底压着一片暗沉沉的阴影，被几名近侍推着往禁军用血肉性命开出的那条路走去，他回头望了望被数名石鸾山庄弟子护在中间的那对夫妻。他紧紧地盯着那雪衣少年，眼中尽是不甘。

"殿下，月童城破，宫门已开，南疆军和秦家军都已经入宫了！"一名浑身是血的军士赶来跪倒在雪地里，嘶声大喊。

谢詹泽闻言，脑内仿佛有一根弦骤然绷断，凛冽的风灌入喉头，呛得他连连

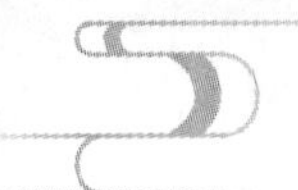

咳嗽，仿佛身侧所有近侍焦急的声音都已变得有些遥远。

莫宴雪与砚竹飞身而起，朝禁军簇拥的谢詹泽追去，剑锋擦着鹅毛般的雪花刹那间划破数名禁军的后颈。一片人墙倒下去，谢詹泽身边有了缺口，戚寸心感觉手中的丝绦被少年抽出，她只来得及瞧见殷红的流苏与他沾血的衣袂于半空激射而去。那柄携霜带雪的长剑已刺破长空，指向了谢詹泽。

“冬霜，你快……”

一个“走”字尚未来得及出口，谢詹泽身畔那年轻的女子，却在金丝网破的刹那，忽然旋身而起，双足重重地踢在他的腹部。

他猝不及防，整个人摔了出去。金丝网将他缠裹其中，而同时那纤薄如柳叶的剑刃自背后刺穿了他的身体。

“殿下！”近侍大叫一声，随即愤而提剑朝冬霜刺去。

“住手！”谢詹泽最先看到的，是刺穿自己胸口的剑锋，乍听到近侍的声音，他当即用尽力气开口。

鲜血自他口中涌出，他看着冬霜，发现她的眼底再无一丝情意，冷得像始终捂不化的冰。

“为什么？”他问。

“为什么？”冬霜迎上他的目光，忽而轻笑一声，那双美目里竟翻涌着恨，“二公子觉得疼吗？”

她唤他二公子。

“世子死时，我也如你这般疼。”她说。

谢詹泽怔怔地盯着她，仿佛脱力一般，他跪倒在雪地里，隔着残破的金丝网，他的声音变得很轻。

“你知道了？”

“知道什么？知道二公子你借我的手给世子下了猛药，令他病入膏肓、药石无医？”冬霜轻抬下颌，她轻呵一口气，白雾转瞬消散，“是我愚笨，未曾识破你的诡计，才让世子饮恨而终。”

风声哭号，犹如鬼魅。

谢詹泽忽而苦笑，摇头道：“你可不愚笨。”

时至今日，他方知谢宜澄即便死了，也不忘算计他。那是早就已经布好的

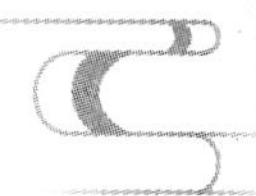

局，故意让他看到这婢女冬霜，故意让她接近他。谢宜澄死时，她不哭不闹，满心满眼都只盼望着他实现诺言，将她带在身边。即便谢詹泽生性多疑，从不向她展露心中所谋，她也仍旧有那样的耐心，一步步地靠近他、仰望他，安静地在他身边做一朵解语花。

这不是爱是什么？在金源遇刺时，当她舍身为他挡剑，险些没命的那个时候，谢詹泽以为，这应当就是她的爱。

什么爱啊……原来都是她以自己为饵的精心算计。

“何必呢？”他面上血色尽失，轻轻嗤笑，“冬霜，他已经死了，你在我身边，就没有一刻动摇吗？”

他如今看起来可怜极了，可冬霜轻抚微微隆起的腹部，耳畔的浅发微动。

“世子就算是死了，我也是他手里的一把刀。”

她仍旧记得那日，形销骨立的世子躺在床榻上，眼里含泪，绝望地对她说心有不甘。

“可惜，什么都晚了。”

冬霜那时已如谢宜澄所谋划的那样，刻意接近了谢詹泽，但谁也没料到星危郡王谢繁青逃出北魏皇宫的消息一出，谢詹泽就趁谢敏朝不在月童之际，对谢宜澄下了死手。

谢宜澄的一计还未成，便一病不起，最终不治而亡。可冬霜不愿他饮恨而终，在谢缈带着戚寸心回到月童后不久，她就主动做了谢缈手中的一颗棋子。

但谢詹泽多疑，他待自己的母妃尚且说三分留七分，对于冬霜，他自然也不会轻易吐露真心。冬霜是在金源的那场刺杀之后，才真正得到了谢詹泽的信任，此后金源送至谢缈手中的消息，无一例外，皆出自她手。

谢詹泽随着她的手，看向她的腹部，他的嗓音哑得厉害。

“这孩子，是否也在你的算计之中？”

“若没有这个孩子，如何能令你的王妃与岳丈产生危机感？”冬霜的声音是温柔的，说出的话却如此残忍。

冬霜故意在晋王妃赵栖雁面前显露谢詹泽对自己的偏爱，还一次次有意无意地撕破谢詹泽在赵栖雁面前的温柔伪装。但这些远远不够，爱女如命的赵喜润若非得知她身怀谢詹泽的骨肉，若非见自己的女儿为情所困，痛苦非常，他又怎会

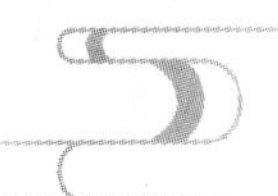

如谢缈所愿，临阵倒戈，烧九璋殿，逼得谢敏朝不得不从坐山观虎斗的局外人，变作局中人。毕竟刘松已投靠谢詹泽，烈火灼烧之下，他若发现谢敏朝有一丝一毫的异样，必定会立即禀告谢詹泽。

谢詹泽满眼是泪，颓然大笑，殷红的血不断顺着他的伤口流淌下来，浸湿了他的衣衫，染红了地上的积雪。

“冬霜，你何必多此一举？”他回过头，对上那少年，“我若逃了，父皇精心设计的这盘棋，就不好看了……”

天涯海角，他无处容身，他也不屑于狼狈出逃。

“繁青，从前我只觉得你可怜，”他没有力气去擦拭唇边的鲜血，说话也已经十分费力，“如今我却觉得，做父皇的儿子，我们三个，都是可怜的。”

他又在笑，声声泣血。

冷风之中，少年乌发微扬，他面无表情地握紧白玉剑柄，蓦地撤出剑刃，纤薄的剑锋上有血珠滴落。谢詹泽重重倒地，一双眼睛大睁着，慢慢失去神采。一旁的冬霜则侧过脸，闭起眼睛，手指握紧。

“缈缈……”

戚寸心望见少年赤足踩雪朝她走来，苍白的脸上，星星点点的血迹更衬得他此刻眼神冷酷。

“娘子，你在这里等我。”

他朝她一笑，语气似乎是轻松的，那双眼睛却是阴郁的，透不进一点儿光亮。他的剑锋在雪地上摩擦，随着他的脚步留下长长的拖痕。戚寸心看着他的身影逐渐消失在月洞门后，听到身侧传来周靖丰的声音。

“寸心，弑兄再弑父，他若真的这么做了，天下悠悠众口，莫能堵之。”

戚寸心如梦初醒，她当即对周靖丰垂首行礼道：“先生，我知道了！”

随后她便提起裙摆，踩着厚厚的积雪跑了出去。

“砚竹。”周靖丰唤了一声那青衣女子。

砚竹当即领会了，与子意、子茹二人紧随戚寸心而去。

长长的宫巷，满地是死尸，鲜血将朱红的宫墙染过一遍又一遍，从树梢坠下的积雪消融在温热的血水里。少年衣衫染血，他拖着一柄长剑，在剑锋摩擦地面的刺耳声响中，缓步前行。

“缈缈！”

戚寸心终于看到他的背影，腕上的铃铛也随之响了起来。

少年似乎有些迟钝，听见她的声音，隔了一会儿才停下脚步，转过身看向她。而她也一口气跑到他的面前抓住了他的手腕。

“你想做什么？”她气还未喘匀。

“娘子。”

他轻轻地唤她一声，想伸手去擦她脸上的血迹，却惊觉自己满掌都是血污。他的手顿了一下，手指慢慢蜷缩了起来。

“你不要可怜他。”他说。

“我没有可怜他，但任何人都可以杀他，唯独你不能。”戚寸心紧紧地攥住他的手腕。

“我为什么不能？”少年眼底带着几分迷惘，他的语气已经足够轻柔，“他那么希望我死，我也要他先入黄泉。”

他轻笑一声，像是浑然不觉自己仍陷在怎样的梦魇里，只是一根根掰开她的手指，随即借力一跃，施展轻功离去。

戚寸心来不及多想，回头唤砚竹：“师姐！快，我们去阳春宫！”

但她们到底还是去得迟了些，阳春宫内主殿的大门已缓缓合上，她落地站稳便上前去拍殿门。

“缈缈！”

“看来她不想你杀我。”谢敏朝坐在台阶上，他身侧是已经死去的贵妃吴鹤月，他听到殿外戚寸心拍门的声音，竟还有心情朝那提剑而来的谢缈笑一下，道，“她是个知轻重的，给你做皇后，的确再合适不过。”

剑锋已贴近他的咽喉，但谢敏朝并无半分惊慌之色。他很平静，仿佛从来也没有这样平静过。

“你若杀我，往后多的是人对你口诛笔伐，担着弑父的恶名，你要天下人如何看你？”

说着，他伸手轻指一旁的木盒，盒内的两颗丸药只余下一颗。

“不必那么麻烦，我自己备着了。”

谢缈的目光落在那木盒上，他薄唇一弯笑道：“父皇，二哥被我杀了。”

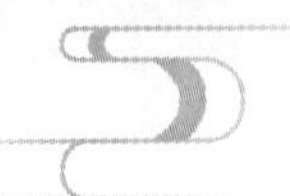

“我知道。”谢敏朝一顿，随即又示意他去看一旁案几上铺展开的一卷圣旨，“晋王逼宫篡位，太子拨乱反正，这传位诏书是我亲自写的，上面的墨迹还没干呢。”

“父皇是不是很失望？”

殿内光线昏暗，唯少年剑锋之上光影生寒，凛冽入骨。

“失望什么？我儿聪慧，破了死局。”谢敏朝赞赏一般地轻笑一声，“詹泽若想成事，在金源，他便有江玉祥与江同庆叔侄可以加以利用，而你身边有徐天吉的儿子，现又添一个宋宪，永淮秦家军终也为你所用。”

“你们兄弟相争，各自的筹码也算相当，最终还是你智计过人，不惜以自己作饵，抓住赵喜润的弱点，生生逼我入局，与你成为一根绳上的蚂蚱。”他双指夹住谢缈的剑锋缓缓将其移开，“不要着急，我们父子总要说说话的。”

他似乎早已备好了酒，单手抓起酒壶便替自己倒了一杯，一口饮下，满腹灼烧，但他舒展起眉眼，喟叹道：“许久不曾饮酒了，想极了这一口。”

但很快，他就咳嗽起来，咳得心肺生疼，嘴角都染了血。

他抹了一把唇边的血迹，抬眼对上少年冰冷的目光。

“瞧，我病入膏肓，这原也不是作假。”

少年的眉眼不带丝毫怜悯，始终只静静地盯着他。

“繁青，你恨我，也是应该的。”谢敏朝也没有显露什么难过的神情，“但即便重来一回，德宗皇帝要你去北魏，我也只能将你交出去。

“他是我的兄长，是我父皇的嫡次子，是受命于天的天子，而我戎马半生，兵权旁落，除了这一身难愈的旧疾，什么也没有。”

谢敏朝再次满一杯酒，即便满口是血，他也仍强饮一杯，又道：“你的母亲是为家族利益嫁给我的，而我娶她，是为裴家当时在月童的权势，我们之间只有各取所需，从无情爱。但你，始终是我的骨肉，要你去北魏为质，我心有不忍，却无力改变。”

“父皇这是何必？”少年眼底尽是嘲讽，冷笑一声道，“您不是无力，而是不能，若您那时为我出头，您苦心经营的淡泊闲散之相便会不攻自破。”

谢敏朝看着他，片刻后，竟十分坦荡地点了点头。

“不错。”

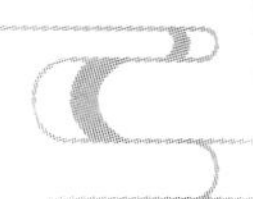

那时德宗正忌惮他、打压他，他若因这个小儿子而显露半点峥嵘，势必会让德宗彻底放下那点儿兄弟情谊，而那时他还羽翼未丰。

“可你很好，你活着回来了。”他微微一笑，“你初回南黎时，缇阳那一仗你打得漂亮，我看到了你的亡魏之心，也看到了你的手段与才智，若非如此，我还下不了夺位的决心。”

谢敏朝早知自己没几年可活了，可他始终不甘心自己多年的隐忍筹谋毁于一旦。而荣禄小皇帝与张太后只会一味退让、求和，朝中党争更是甚嚣尘上，在他们这些人的彼此倾轧之下，南黎终要走向穷途末路。

窗外有一束光落进来，照得谢敏朝眼睛微眯了一下，那光却令他流连，引得他一时侧过脸静静地望了片刻，才又开口。

“我不剩多少时间了。生在帝王之家，又逢乱世，无论是我，还是你与你的两个哥哥，都不可能活得无拘无束，自由自在。

“繁青，我做不得你们的好父亲，你们也无须做我的好儿子，谢氏皇族之内的争斗风云变幻，我不能置身事外，所以自我查清宜澄去世的真相后，便知詹泽心思不简单，但他若有本事，我未必不能将此事埋在心里。

“与其由着他在我死后，为了这皇位与你争来斗去，倒不如趁着我还有口气，先让你们兄弟之间分出一个胜负，谁赢了，谁就坐上那把龙椅，反正如今的南黎，再没有更多的时间内斗了。

他显得有些过分冷静了，谈及这些事，他的眉目尽显帝王之气，更不惧面前少年手中的那一柄薄刃。

“可他始终刚愎自用。彩戏园之事，他不知自己手下的柯嗣是北魏奸细，这我尚能原谅，可他千不该万不该，明知凤尾坡失利的证据极有可能是北魏送到他手上的，他也仍要用此证据来要挟你舅舅裴寄清。”

话至此处，他大约是想起了裴寄清，心情也有几分复杂。

“你舅舅是为你而死，也是为我、为南黎而死。”

凤尾坡的真相是从他这里泄露出去的，他算了许多步，却终究漏算了自己身边的太监总管刘松原是殷氏兄弟的父亲殷如文的忠仆，他入宫多年，万般隐忍，才做到总管位。

北魏枢密院派遣殷氏兄弟来南黎，无论是羽真奇还是彩戏园一事，都是北魏

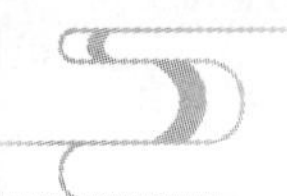

使的障眼法。凤尾坡的证据落在北魏人手里，南黎百姓未必肯信，但若是出自谢氏皇族之口，此事便不一样了。

谢敏朝是派濯灵卫统领去见过裴寄清的，就在他服毒的当夜。濯灵卫统领回来后说，裴寄清并不打算逃，他知他这一逃，谢詹泽势必会将那五万条人命的真相公之于众，并以重罪扣在他的身上。再者，他又能逃去哪里？事已至此，唯一死方可破局。

“詹泽尚有几分天真，他以为凤尾坡之事只会让百姓恨你舅舅，却不知，这是足以寒民心的剧毒。”

谢缈听他提及裴寄清，内心像是被针刺了一下，以至于他不自觉抬手用剑抵上了他的脖颈。

“你还敢提他？”

谢敏朝一时无言，沉默地打量着面前这少年。他的容貌更似他的母亲，生得耀眼又漂亮，只是他此时一身衣衫沾了大片斑驳的血迹，乌发披散，眼眶发红，那双眼睛阴郁又空洞，像个小疯子。

谢敏朝明明知道，彩戏园下有一个斗兽场，他明明知道，他的这个小儿子在北魏曾被毫无尊严地关在牢笼里，与一头狼相搏。可他还是将彻查彩戏园的事交给了谢缈。他明明知道，谢缈臂上的刺青是北魏蛮夷强加于他的屈辱，他也还是将他召入九璋殿内质问他，并看着这少年自己生生地用刀刃割去烙着那刺青的整片血肉。不给他父亲的温情，不给他言语的安抚，要他在北魏蛮夷加诸于他的阴影里再一次经历折磨。

谢敏朝知道，若谢缈能够摆脱那些阴影，他将是南黎最为坚毅勇敢的君王。若谢缈不能，他便会毁在那些血腥的梦魇里，彻彻底底地沦为一个疯子。

而南黎，还有南黎的子民们，不需要一个心有囹圄，无法释怀的君王。

“繁青，比起我，看来你更愿意将你舅舅放在心里。”

谢敏朝的声音带着几分沙哑，像是有了些醉意。

“我南黎不是不能打仗，我汉人军未必不如北魏蛮夷，只是多年来囿于党争，内里的毒瘤太多，我既无力攘外，那么便先来安内。李氏兄弟一除，与鹤月为伍的窦海芳之流你也可随意清理，而那江玉祥曾跟随我多年，我如何不知他那日益增长的野心？你记住，此人一定要杀。”

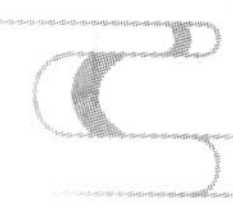

这一局，是为谢詹泽与谢缈兄弟之争所设，也是为金源的江玉祥所设。谢敏朝登位时便没想过自己能活到收复失地的那一日，他从一开始便在着手谋划，要将南黎的内乱生生掐灭在自己手里。

困扰南黎的，并非北魏之刀兵，而是朝堂内你死我活的党争、朝堂外日益膨胀的野心。若除掉这毒瘤，朝野上下一心，只要再有一个有能力、有手段的君王，假以时日，又何愁不能驱除蛮夷？

沉重的殿门在一阵巨响中被人从外面砸开，大片大片的天光涌入，吹来的风中似乎满是血腥的味道。冷风灌了谢缈满袖，他的剑横在谢敏朝的脖颈间，手却有些颤抖。

"缈缈！不可以！"

戚寸心跑进殿，正瞧见这一幕，忙上前去抱住谢缈的腰，用力将他拉着往后退了几步，又回头去攥住他握剑的手。谢缈固执地想要挣脱她的手，却听她一阵呼痛，他的手骤然一松，他的眼底多了几分无措，甚至不敢触碰她满是伤口的手。他却不知她本是在假装喊疼，只是这么一瞬的工夫，砚竹便迅速窜入殿中，一个手刀劈在他的肩颈，他就晕了过去。

好在戚寸心及时扶住了他，随后莫宴雪和徐允嘉他们也入了殿，她将谢缈交给他们，并让他们先离开阳春宫。

"舍不得他亲眼看见我死吗？"

身后忽然传来那个声音，戚寸心回头对上谢敏朝的视线，才惊觉这么一段日子不见，他竟变得苍老许多，面容清癯又疲惫。

"拜您所赐，太子所受之苦太多。即便您并不是他的好父亲，但血缘关系，我不能让他弑父，也不忍让他看着您死。"

戚寸心捡起钩霜，将剑收入白玉剑柄。

"周靖丰将你教得很好。"他朝她笑，"要做南黎的皇后，你不通文墨、不知民生可不行，他不愧是天下最好的老师。"

戚寸心却盯着一旁吴贵妃的尸体，心中骇然的同时又觉得酸涩。

"父皇您果真什么都能舍得下。"

"谢氏的子孙不能总是这样不争气。囿于情爱，囿于血亲，便不能扶将倾之大厦。"

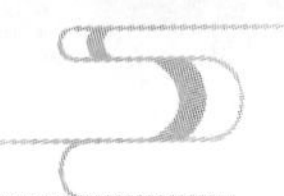

这大抵是谢敏朝近段日子以来，精神最好的时候，他是那样意气风发，就如当年担过杀神之名的，年轻时的自己那样。

无论过去多少年，当初在战场上发过的誓他一直记在心里，他要北魏蛮夷滚出中原，要这汉家天下永存。哪怕付出生命的代价；哪怕是用自己的骨血做代价；哪怕要踩踏血肉枯骨，背负万年骂名，他也在所不惜；哪怕他无法亲眼见到失地收复，他也要选出一个可以担得起收复江山之重任的君王。

“我这一生，与宜澄的母亲尚有一段不深不浅的少年情意，后来与繁青的母亲则是各有所图，从未相爱，唯有吴鹤月与我才算两情相悦。”

谢敏朝说着，回头瞧了那静躺在阶梯上，再没有丝毫声息的女人。

“可我亲手送走了她，她大抵也是不想再与我泉下相见了。”

原本在盒中的那枚乌黑的丸药不知何时已经到了他的手中。说话间，他毫不犹豫地吃了下去，又提起酒壶猛灌了半壶烈酒。

他看着殿门外大片绮丽的霞光，那该是鲜血染就的，其中有无数南黎将士的血，有汉人百姓的血，有裴寄清父子的血，还有他的两个儿子和他自己的血。

“是非功过皆是我，纵九死，犹不悔。

“待我死后，不必将我与任何人合葬，就让我做个孤魂。”

他靠在阶上，就那么望着那成片灼烧的云彩，嘴边不知何时涌出发黑的血来，他也浑然不觉。

最终，他说：

“戚寸心，你要看着他。

“让他做一个好君王。”

第三十八章　得失寸心知

重重宫巷里，时有宫娥以木瓢取水，泼洒在沾染大片斑驳血迹的积雪之上，再由宦官铲去余雪，扫净血水。一具具死尸被身着盔甲的将士抬走，血水汇聚成一个个小水洼，很快又在一声声的扫地声中翻滚激荡，最终消失不见。

从浣衣局获释的柳絮等人匆匆回了东宫，她们穿过月洞门，就瞧见了立在阶上清减了不少的太子妃。此时清晨的阳光落在她的身上，她正仰着头看檐上的两只银霜鸟。

“太子妃！”柳絮眼眶一热，当即提裙上前，与身后那一干人一齐跪倒在阶下，“奴婢参见太子妃！”

“柳絮。”戚寸心走下阶，先是抓住她的手让她站起来，后又打量着她消瘦的面庞，不由得拍了拍她的手背，“受苦了。”

“奴婢不苦，太子妃与殿下才苦……”柳絮哽咽着，眼泪忍不住从眼眶里砸了下来。

戚寸心轻轻摇头，朝阳在宫檐的琉璃碧瓦上落了层浅金色的光，她侧过脸去看，消融的雪水从瓦檐一颗颗滴落，晶莹又耀眼。细微的铃铛声传来，戚寸心当即回过神来，转身走入殿内，没了那道珠帘遮挡，内殿里的情形一览无余。

少年不知是何时醒来的，他腕上的铃铛应是他方才推窗时发出了声响。此刻他拥着被子坐在床榻上，背对着窗棂外的天光，乌黑浓密的长发披散着，有几

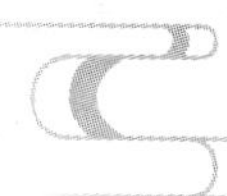

缕落在他肩前。他的面容仍是苍白的，纤长的睫羽微垂着，在眼睑上投下浅淡的影。他只是呆呆地坐着，也不知在想些什么。

"缈缈。"戚寸心走上前去。

小黑猫听见她的声音，从他的被子里露了头，然后一下又钻回了他的怀里，蜷缩起来发出呼噜呼噜的声音。

少年起初是有点儿迷茫的，也许是刚睡醒还不算清醒，隔了一会儿，他才缓慢地抬眼，望向她。

"他死了？"他轻声问。

戚寸心张了张嘴，蹬掉了鞋子爬上床，朝他伸出手。他就乖乖地把她抱进怀里，两人之间隔着被子，还隔着一只猫。

"他服毒了。"她说。

这一瞬，戚寸心不由得想起昨日谢敏朝死前说的那一番话。同样是九死不悔，裴寄清是心向朝阳，而谢敏朝却是"是非功过皆是我"。无论善果恶果，是非功过，谢敏朝对自己的所作所为不回避，也不后悔，更不在乎任何人的评说。

"死了好。"谢缈垂下眼，声音冷静低沉。

窗外又开始下雪了，轻盈的雪花跌入窗棂落在了他的长发上。戚寸心伸出手指，用指腹的温度消融掉他发上沾染的雪粒。

延光三年，延光帝谢敏朝病重，晋王谢詹泽与三省总督江玉祥勾结，妄图谋反。太子与太子妃力挽狂澜，诛杀晋王于东宫紫央殿。然，延光帝谢敏朝病入膏肓，又因晋王逼宫一事大受刺激，驾崩于一月廿三，谥号照武。

二月十九，武宗谢敏朝葬入南黎皇陵。

三月初一，太子谢繁青继位，改年号元微，太子妃戚寸心受封皇后。

江玉祥与江同庆叔侄谋反，窦海芳之流结党营私，元微帝甫一登位便下了斩令。自此，根植朝堂日久的三党之祸，终究在这一年的第一场春雨到来之时，被濯洗扫净。

"这么些年，头一回觉得宫里的雨，这样干净。"

九重楼上，周靖丰立在窗前，接了满掌的雨水，他微微一笑，眼尾添了几道

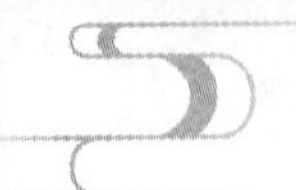

褶皱。

“朝中的毒瘤是除了，可这些毒瘤连带的根茎野藤，在地方上也不算少。新帝登位，如今彻查起来，是有得忙了。”

“是啊。”戚寸心与周靖丰并肩立在窗前观雨，她听了他的话点点头又说，“他这几日都少有休息的时候。”

“你不也是？”周靖丰眼底含笑，侧过脸来看她，“做了皇后，你应该也不轻松。”

“刚开始是有点儿手忙脚乱。”戚寸心不好意思地笑了一下，“所以到今日我才得空来与您喝茶。”

周靖丰回头端了桌上的茶碗来慢饮一口，随后他面上的笑意淡去一些，轻轻一叹：“你们夫妻俩好不容易才走到今天这一步，可往后，南黎在你们二人手上，你们肩上的担子就更重了。”

“我坚信最糟糕的时候已经过去了。”

戚寸心的神情看起来一点儿也不沉重，湿润的水汽拂面，她深吸一口，仿佛她临窗望见的便是南黎那欣欣向荣的景象，因为她满怀希冀。

周靖丰端详她片刻，茶碗里浮起的热气很快被风吹散。

“谢敏朝对己对人，都是一样的残忍极端，他觉得自己命不久矣，为了杜绝新帝与晋王谢詹泽在他死后你争我夺，继续空耗，便索性先做了一个局，让他们兄弟尽快分出个胜负来……他这显然是孤注一掷，若成，南黎便有救，若不成，南黎就只能烂到根里，被北魏蚕食。

“他一定要一个无畏无惧的继承者，连新帝少时在北魏留下的那点儿心理阴影，他都要用最残忍的手段让他摆脱。可是寸心啊，谢敏朝这么做，只怕更让新帝的心性与常人不同了，这于新帝而言，只怕也不算好事。”

周靖丰言语之间并未过多透露，但戚寸心从中听出他的几分担忧来。

“先生，我明白您想说什么。”戚寸心的手撑在窗棂上，雨珠击打在她的手背上，带着几分寒意，“可我觉得，只要是一个人，他就有一颗血肉做成的心。

“他受过很多苦，那些苦难让他变得和寻常人不一样，但那不是他的错。

“我见过他的很多面，我知道他是一个什么样的人。”戚寸心侧过脸，对上周靖丰的目光，“是这世道不好，让他从未领略过世间的温情，可即便是这样，

他也依然很努力地回我以最纯粹的情意，所以先生，他缺失的，我替他补回来就好了。”

世道不好，她便与他共伐世道；心性残缺，她便陪他修补残缺。

“说得也对。”周靖丰忽而展颜一笑，“器物破损尚有补救之法，这人啊，又如何不能？”

或是在烟雨蒙蒙的对岸隐约瞧见一道紫棠色的身影，他伸手指了指，刻意揶揄起自己的学生来：“瞧瞧，都是做了皇后的人了，怎么下学还要人来接？”

戚寸心顺着他所指的方向看去，忽浓忽淡的雨雾之外，细柳被雨水濯洗得凝碧生光，那道紫棠色的身影在对岸若隐若现。

“我没让他来接……”戚寸心不好意思地回了一句，也不知谢缈撑伞了没有，她心里有点着急，便朝周靖丰俯身行礼，“先生，我明日再来跟您下棋！”

周靖丰瞧着她提起裙摆下楼的背影，不由得摇头轻笑。还是个小姑娘啊！少年人之间的情意，即便是在这样的深寒宫巷，也让人觉得干净又美好。

“缈缈！”

清脆悦耳的女声从下面传来，引得周靖丰再次看向窗外，那个方才还与他听雨喝茶的小姑娘此时已经跑到了岸边，还没被子茹与子意二人带去对岸，就隔着那条内河朝对面的少年用力招手。

“寸心走了？”

周靖丰瞧着正起劲，忽然听到身后传来莫韧香的声音。她此时刚醒，正披着外衫从内室里走出来，她探头往窗外瞧了一眼，便也笑了。

身着紫棠色金线龙纹锦袍的少年撑着一柄纸伞，在烟柳岸边听见了他妻子脆生生的呼唤，他那张透着冷郁的白皙面庞终添几分生动的神采。

趴在谢缈肩上的黑猫发出呼噜呼噜的声音，他侧过脸对上它圆圆的眼睛，瞥见它被雨水打湿的尾巴尖儿，神情冷淡地移开视线，伞檐却还是往一侧偏了偏。

“芝麻怎么在你这儿？你不是去上朝了？”

戚寸心一落地，少年便上前几步，将她纳入伞下。她抹去鬓边的几点雨水，抬眼瞧见他肩上的猫。

“它自已跑到天敬殿的。”

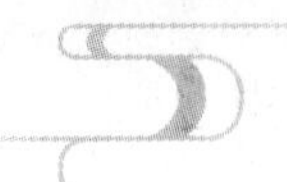

少年伸手揽住她的肩，带着她往玉昆门走去。而柳絮等人恭敬地跟在身后，始终与他们隔着不远不近的距离。

“啊？你们正议事的时候，它就跑进殿里了？”戚寸心惊诧地问。

“嗯。”少年眼底带着几分疲惫，但他仍旧一句不落地回应着戚寸心，“它大概也想上朝。”

戚寸心看了一眼在他肩上打哈欠的小黑猫，忍不住笑了。少年闻声，也不由得笑了一下，笑意很淡，眼睛却是清澈明亮的。

三月初九是皇后戚寸心的生辰。

皇后生辰为千秋之节，鸿胪寺本该大操大办，戚寸心却道正值南黎与北魏交战，便下令不必操办。

九璋殿已经烧毁，天子寝殿迁至阳宸殿，作为皇后的戚寸心本该有自己的寝宫，但谢缈亲自下令，要皇后与他同住阳宸殿。

回到阳宸殿后，谢缈在沙沙的雨声中小憩了片刻，却不知做了什么梦，他忽然睁开了眼睛。盯着浅色的帐顶看了会儿，他侧过脸，隔着帐幔隐约看见那道坐在案前的纤瘦身影。

也许是衣料摩擦的窸窣声被戚寸心觉察，她回头瞧了瞧床榻上的他一眼，不确定他是否醒了，便蹑手蹑脚地起身走近，掀开帐幔来。

“娘子在做什么？”

他对上她的目光，又去看她手指间碧绿的草叶。

“编蚂蚱。”戚寸心将一只编好的蚂蚱放在他的床沿说，“今天是小九的忌辰，我编几只烧给他。”

明日是三月初九，而贺久死在去年的三月初八。谢缈不说话了，看起来不太高兴。当她在床沿坐下来时，他便伸手将她拽进怀里。戚寸心没有防备，一下扑在他的怀里，一时只能歪着脑袋去望他。

“你做什么？”

他像一只猫似的，大睁着漂亮的眼睛，用脸颊蹭了蹭她的脑袋，然后半撑起身体望着她。

“睡一会儿，好不好？”

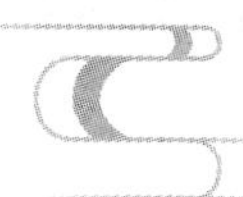

戚寸心回望他片刻，也没说话，却很诚实地蹬掉了鞋子，掀开被子往他怀里钻。外头的雨声淅淅沥沥，空气分外潮湿，而他的怀抱是那么的暖。戚寸心一会儿就睡着了，再醒来时，她还在他的怀里，她茫然地睁着眼睛环顾四周，才发觉外头已经没有雨声了。

“缈缈。”她唤了他一声。

“嗯？”

少年迷迷糊糊地睁开眼睛，下意识地伸手摸了摸她的脑袋。

“我做了一个梦。”她说。

“梦里有贺久？”他的声音似乎没了睡意，添了几分清亮。

“你怎么知道？”戚寸心歪头看向他，惊诧出声。

下一瞬，他的手便已经扣住她的后脑勺，忽然的一个吻颇有几分负气的意味，他纠缠着她的唇齿，手臂收紧，将她紧紧地束缚在怀里。他不知，她的梦里是一个太平盛世，不但有贺久，还有他。梦里的他不姓谢，而姓沈，在东陵巷子里的学堂做教书先生。他有一个完美的家世，父母相爱相敬，而他满腹诗书，活得明快又恣意。

梦真好啊，可以让一切的遗憾消失不见。

“我答应过你，我会让你看到那一日。”

他松开她，可他们的气息还是这样近。

“我相信你啊。”

她亲了一下他薄薄的眼皮，如愿看到他的睫毛颤啊颤。

只要有他在，她便不惧醒来后要面对的这个世界。若无太平盛世，她便和他一起向北魏蛮夷讨一个太平盛世。

人如果真有来生，也许那时，小九已转世投胎。她要和谢缈在一起，让千千万万个像小九一样被混乱世道倾轧的亡魂，在来世降生于一个没有战争、没有刀兵的盛世天下。

无论是裴寄清，还是谢敏朝，抑或那么多为南黎战死的忠烈之士，朝阳终有一日要照在他们的墓碑上。

午后来了军情急报，在壁上的徐天吉与南疆军少将军岑乌珺合力大败北魏敌军，夺回了之前丢失的绥离。

事实证明戚寸心之前的担忧不无道理，北魏的确打算趁着南黎皇权动荡之时，派遣军队绕至仙翁江以东的后方偷袭。但岑乌珺先与在壁上的徐天吉传信，而后五万南疆军犹如天降奇兵，两军合力守住了仙翁江以东的边城，粉碎了北魏的奸计。

戚寸心将军报看了又看，兴奋了大半日，夜里睡着后也是一觉无梦。

而这消息传至北魏，令北魏朝野一时震荡。北魏皇帝呼延平措深夜无眠，在殿内来回踱步，脸色阴沉地斥骂起还在边关未归的大将军吐奚浑。

"他打的这是什么仗？那个杀了朕一双儿女的谢繁青才做了南黎的帝王，他吐奚浑就把绥离丢了?!"

"皇上息怒……"服侍呼延平措的宦官弓着身子，颤声劝慰。

"早知今日，朕当初就该将那谢繁青一刀刀剐了！"呼延平措气得胸膛剧烈起伏，来回走了几圈，仍觉气不过，他抽出一旁金麟卫统领的刀来，用力一挥，便将那来禀报军情的军士给抹了脖子。

"皇上！皇上息怒啊！"一时间，殿内所有的宫人皆被这血腥的一幕吓得软了腿，跪在地上不敢抬头。

丞相乌落宗德来时，最先瞧见那地上的一具死尸，他的眉头微不可察地拧了拧。吾鲁图紧随其后，却是目不斜视，神情不显。

"皇上，老臣乌落宗德参见皇上。"乌落宗德最先下跪行礼，吾鲁图紧随其后，"臣吾鲁图，参见皇上。"

"皇上息怒，此事不怪吐奚浑将军轻敌，谁也没料想到，深居西南的南疆会突然派遣数万精兵与南黎合作。"吾鲁图率先说道。

"谁都知道南黎皇后戚寸心握着紫垣玉符，你枢密院是摆设吗？派去南黎多少人，怎么没取了她的性命？"呼延平措带血的锋刃直指吾鲁图。

"臣知错。"吾鲁图垂首，也不多辩。

"皇上，说起来还是奴之过错，若我当日杀了他们夫妇二人，南黎也就不会有这样的喘息之机了。"侍卫总管兰涛在一旁忽然出声，他玄色的衣袖下，右边的臂膀已是空空如也。

"你已经为此折了一臂，此事朕如何能怪你？"呼延平措眼底的怒色在瞧见

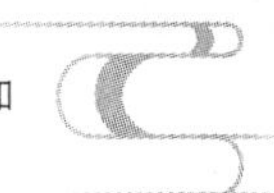

兰涛一侧空空的衣袖时，被冲淡了些。

这么多年来，若非兰涛在他身边护卫，若非兰涛亲手调教出来一支金鳞卫，只怕呼延平措不知还要经历多少回暗杀。

他的兄长呼延平度之死一直盘桓于他的心头，犹如噩梦一般挥之不去，教他始终难以安心。

“周靖丰。”这个名字的主人，呼延平措已经憎恨许久，“他还真是汉人的明月，教出个学生来，竟连南疆那群玩蛊的家伙都能收服。”

“丞相怎么不说话？”呼延平措抬眼，看向那个自进门行礼后便再没开口说过话的老者。

“禀皇上，老臣以为，吐奚浑将军虽然勇武，但太过冒进，而如今南疆已与南黎达成合作，只怕吐奚浑将军还没有什么应对之策。”

乌落宗德终于开口了，说话时，他花白的胡须也在微微颤动。

“丞相的意思是要遣人接替吐奚浑？”呼延平措一双锐利的眼睛再度扫向乌落宗德。

“临阵换将，臣以为不可，若仅是此战失利便换掉吐奚浑将军，只怕会动摇军心。”吾鲁图当即拱手说道。

乌落宗德看了吾鲁图一眼，随即道：“皇上，南疆军会蛊，他们的蛊虫杀人于无形，五万人可抵我十万之兵。纵然吐奚浑将军骁勇善战，面对南疆人的蛊虫，臣以为还是需要一个了解南疆的人。”

呼延平措略略一想道：“有些道理。”

“丞相所说的那个人，可是汉人闻汀？”吾鲁图只在心内将数个人名过了一遍，便准确找出其中一人来。

“不错，闻汀为闻律远之子，而闻律远是当年最早一批随昆息戎归顺我北魏的南黎文官之一。他与他父亲不同，偏爱舞刀弄枪，他的祖母是从南疆出来的人，对于南疆的蛊虫他也有所了解，如今他正在麟都守城军中做副统领，若能派遣他去边关为将，或能痛击南黎。”乌落宗德说道。

呼延平措捋着胡须道：“他真有克制南疆蛊虫的办法？”

显然，先是谢繁青登基为帝，再是丢了绥离，这两个消息令呼延平措无法接受，他甚至在此刻心生动摇。

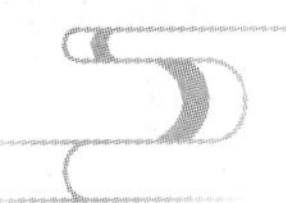

“皇上，臣以为绝不可以给汉人过高的权力。”吾鲁图看出他的几分动摇，立即低首劝道。

“院使这是说的什么话？”乌落宗德趁热打铁，“皇上，臣早有谏言，我大魏入关建国已有几十载，适当用些汉人，臣以为不是坏事。”

呼延平措没说话，他将手里的刀丢给金鳞卫统领，又来回踱步思索了片刻，才道：“贸然换下吐奚浑还是不妥，便让那闻汀到他身边去做个副将，若他有法子制住南疆军最好，即便是汉人，朕也金口玉言，给他论功行赏！”

“皇上圣明。”乌落宗德当即低头拱手。

夜色无边，北魏宫廷内各处宫灯明亮，好似点点星辰。从帝王的寝殿出来，乌落宗德才要走下阶去，便听身后传来吾鲁图的声音。

“丞相待汉人还真是好得很，收了两个汉人义子不说，连闻汀也得您引荐，如今已经是个从二品的副将了。”

乌落宗德回过身去，老神在在道：“是院使对汉人偏见太过，仇恨太过，闻汀是我大魏之臣子，既能用，又为何不用？”

吾鲁图冷笑一声：“依下官之见，汉人只有做奴才的时候才是乖顺的。”

他说罢，朝乌落宗德敷衍地行了一礼，便径自撩起衣袍，快步往阶梯下去了。乌落宗德瞥一眼他的背影，回头又见兰涛不知何时已经立在不远处，那石栏旁的宫灯照得他身形有些佝偻。

“若非谢繁青激得皇上震怒，引得皇上着急整治南黎，你今夜所谏，只怕又要落空。”兰涛见他走近，冷不丁地开了口。

“这么多年，唯有这次的时机是最恰当的，”乌落宗德同他一起往长阶下走，面上露了点儿笑意，“五皇子与福嘉公主的死，是皇上心里的一根刺，只要是谢繁青的事，皇上少有冷静的时候。”

“若闻汀这回事情办得漂亮，他在朝中开了汉人得重用的先例，那么以后你再向皇上进言也许会容易些。可是宗德，”兰涛将拂尘移到手肘处托着，一双锐利的眼睛看向他，“要让汉人与伊赫人拥有同等的地位，这恐怕还需要很长很长的时间。”

“这我又何尝不知啊。若非我还有些用处，只怕皇上早就烦我了，他一向看不惯我亲近汉人。”乌落宗德微叹一口气，“无论是皇上，还是朝中的伊赫人官

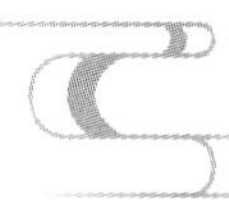

员。对于汉人，他们都还是持歧视态度的。当初我大魏入关屠杀汉人无数，更有人谏言太祖皇帝，道那汉人于国无利不可重用，可中原千年都是汉人的地盘，此地风俗文化早已根深蒂固。大魏若要国运长盛，此时便应施以怀柔政策，给予汉人与伊赫人同等的地位，要他们是我大魏子民而非贱奴，要汉族与伊赫族融合共昌。长此以往，何愁我大魏不能在中原万载千秋？”

“吾鲁图可不这么想。”兰涛听罢，却意有所指。

“他的父亲吾鲁琮当年便是死于天山明月周靖丰之手，他对汉人，对周靖丰的仇恨太深。”乌落宗德摇摇头，“我看还是让长岁从枢密院出来吧，吾鲁图今夜受了气，自是不敢对我如何，但长岁在枢密院内，可少不了被他磋磨。”

“长岁那孩子刚失去了他的亲弟弟，已经很可怜了。”

天色还未亮得彻底，阳宸殿前冷雾与雨丝交织，朦胧一片，正是烟雨盛景。

铃铛的声音细微零碎。应是窗棂开了，迎面而来的风吹得睡梦里的戚寸心无意识地皱了皱眉想往被子里缩。可她的脸蛋被揪住了，待她生气地睁开眼睛，还没看清坐在床沿的少年，他便已经捧住她的脸，俯身亲了一下她的额头。然后，她就被他亲蒙了。

在这样晦暗的晨光里，她听见他说：“娘子，生辰吉乐。”

如同曾经的那个初雪天，她惦记了一夜要在最早的时候醒来跟他说一句“生辰吉乐”一样，他在今年的这个春日清晨，也如她一般早早地说给她听。

“娘子十八岁了。”

他将一枚白玉塞入她的手中，她不用看，便知上面一定刻着她的生辰。因为这生辰玉牌，一年一制。他去年送她的那枚忍冬花玉牌也刻着她的生辰，如今还戴在她的颈间。这是南黎的旧俗，亲手给重要的人制生辰牌，一年一枚，保佑对方岁岁康健。

戚寸心在不甚明亮的光线里看见玉牌上除了她的生辰，这一回镌刻的纹饰是一只小碗，碗中所盛之物每一个都镂刻得十分细致，显然下了许多功夫，花了很长的时间。

“这刻的是什么？”她捧着那枚玉牌，开心之余又好奇地问他。

“八宝肉。”他抿起唇，眼睛弯弯的。

“我喜欢忍冬花你就刻忍冬花，我喜欢八宝肉你就刻八宝肉，那我喜欢银子，你明年要给我刻一个元宝吗？”戚寸心握着玉牌，忍不住笑道。

哪知少年双眼亮晶晶的轻轻颔首，认真地说：“明年就刻元宝。”

“这个八宝肉玉牌，缈缈是从什么时候开始刻的？”戚寸心触摸着白玉上面的纹路，冰凉的玉牌添了她掌心的温度，她望着他又问道，“是从南疆回到月童后，被关在紫央殿的那个时候吗？”

“嗯。”

他轻应一声，又俯身来亲了亲她的脸颊。

镣铐加身，锁于内殿。他在那段日子里似乎只在重复做两件事：一遍又一遍地翻看她的那本游记，一日又一日地雕刻她的生辰牌。

“是不是比上一个好？”他的手指钩住她白皙脖颈间殷红的细线，她的衣襟被牵扯得微微敞开了些，细腻的肌肤展露在他眼前。而她脖颈间的忍冬花玉牌已经握在他的手里，指间是她的温度。

“都——都很好。”戚寸心的脸有点儿红。

他早已经洗漱过了，长发也绾起成髻，戴着个龙纹金冠，只是衣裳还没换，仍是一身雪白宽松的单袍，他靠近时鼻息都是温热的。

戚寸心却一下转过脸躲开他，红着脸说：“我还没洗漱，你不要亲我。”

他顿了一下，还是将她的脸摆正，亲了一下她的眼睛，缠绵的吻又依恋地落在她的脖颈。

“陛下，该上朝了。”殿门外传来一名宦官小心翼翼的声音。

内殿的帐幔里，少年帝王此刻气息微乱，他将她抱在怀里，带了几分克制，还有些气闷。

“你今日要做些什么？”他有些郁闷。

“冬霜要离宫，赵栖雁也要回他们赵家的故地永淮，一会儿她们就要来见我。”戚寸心伸手抱着他，脑袋在他怀里蹭了蹭。

他轻应一声，伸手摸了摸她的脑袋：“等我回来一起用午膳。”

戚寸心看他掀开帐幔出去，只唤一声“张显”，便有一名年轻的宦官带着数名宫娥端着龙袍与饰物推门而入。待谢缈从屏风后走出来时，他已换了身紫棠色的金线龙袍。

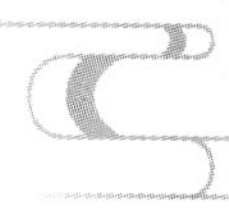

南黎帝王的朝服有三色，一为明黄，二为紫棠，三为玄黑，并不像北魏皇帝那般，只有明黄一色。就连官员对帝王的称呼南北也是不一样的，北魏称帝王为“皇上”，而南黎则称帝王为“陛下”。

“缈缈。”当所有的宫人退出去，谢缈即将离开的时候，却听帐幔后传来戚寸心的一声呼唤。

他转过身去，伸手掀开帐幔，对上她的眼睛。

“是不是我喜欢什么，你就给我刻什么？”她忽然说。

“嗯。”他不明所以，但还是应了一声。

“那我明年的生辰牌不要元宝了。”

“那要什么？”他面露迷茫。

“刻一个缈缈好了。”她说着，忍不住笑起来，转身缩进被子里不看他了。

他怔了一下，耳郭忽然微烫。转瞬之间，他那双清澈的眼睛弯弯的，里面犹如映着清泓月影。

谢缈走后不久，戚寸心便起了身，洗漱完毕在殿内用了早膳。

天色逐渐变得明亮，雨丝与雾气却仍在阳宸殿前缭绕，檐上被淋湿的银霜鸟忙着抖翅洗羽，偶尔发出悦耳的轻鸣。

撑着一柄纸伞上阶的年轻女子衣着素淡，裙袂上沾了些雨水，她脚上的一双鞋履绣着粉白莲花。柳絮在檐下默默地等着她走上石阶后，便上前朝她躬身行礼，又朝她伸出手。

“夫人，给奴婢吧。”

“多谢。”

女子轻轻颔首，将收起的纸伞交到柳絮手中，随后便往前迈入殿门之内。

“冬霜参见皇后娘娘，娘娘千岁。”

女子刚要弯膝跪地，便被一旁的子意给扶住了，子茹也在此时拿来软凳放在她身后。

“坐着吧，你的身体……”

戚寸心的目光落在她的腹部，声音戛然而止，她发现冬霜之前还微微隆起的腹部如今已是平坦。不过才一两月的时间，她竟变得瘦弱不堪，脸色也并不好，整个人像是仍在病中一样。

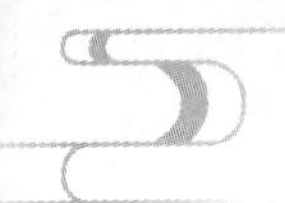

“娘娘，”冬霜微微一笑，羸弱的样子不同于她在晋王身边刻意扮作的模样，此时的她，眉目间更添几分清丽冷淡，“奴婢从未打算将那孩子留下来。”

“奴婢容许他的存在，只是为了让晋王多信我一些，如今晋王已死，奴婢又留着他这反王的骨血做什么？”冬霜垂眼看向腹部，而后抬头道，“留着他，奴婢便不能出宫了。”

她腹中的孩子是谢詹泽唯一的骨肉，若生下来，即便她早已投诚如今的元微帝谢繁青，她也终将会被这孩子困住，一辈子锁在深宫。如今的朝野，上下一新，没有人会放任一个反王的孩子流落人间，毕竟谁也不知道，他未来会不会仗着谢氏血脉再生事端。那个孩子，始终是为政者不能容忍的隐患。

“自由于奴婢而言，比他更重要。”冬霜说这话时，仍是笑着的。

可她真的舍得吗？戚寸心看着她苍白清瘦的面庞，内心复杂难言，也许她并不舍得，可好像真的如她所说，宫墙之外的天地才更重要。

“有什么打算吗？”戚寸心轻声问。

“做个闲云野鹤，走到哪儿，觉得哪儿好，便将那里当作奴婢的故乡长住着吧。”冬霜轻呼一口气，好像她给自己的枷锁到此时终于彻底碎裂。

“奴婢能为永靖王做的，也就是这些了。”

齐王世子谢宜澄去世后，谢敏朝登基为帝便追封其为永靖王。

冬霜在他身边三年。那年有一日的阳光最为炽烈，她才十四岁，不会逢迎，不会说话，笨拙又没趣，在花园做洒扫险些被管事侮辱。她反击了管事，那管事捂着被石头砸破了的额头，倒在满是荆棘的花丛里咋咋呼呼地喊疼，她踩碎鹅卵石小径上落了一地的蔷薇花，在那片花的尽头，撞上了世子宜澄。那时的她满脸是泪，在炽烈的阳光下几乎看不清世子的脸。

“真可怜。”她只听到他清润的一声叹息。

他的一句“真可怜”，便令她从洒扫奴婢成了他院中的奴婢，免去了她因顶撞管事而将要降下的一场祸事。她心里很明白，于谢宜澄而言，救她脱离泥坑，不过是他作为贵人的一种随心所欲的施舍，就好像他只不过是在那日的园内，随手救了一只并不那么重要的猫似的。教这只猫读书、认字，也不过是他一时的消遣。可恩德，始终是恩德。她这只并不重要的猫，也有要报恩的执着。

至于那一日，在一片烂漫的蔷薇里，她的眼泪跌落眼眶，看清他面容时的短

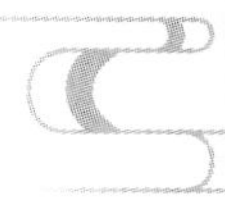

暂悸动，是她深藏三年的秘密。

后来，她跪在他的床前，听他在病榻上说不甘心，看他眼角带泪、形容枯槁的模样。

“世子，您觉得奴婢可以替您弥补遗憾吗？”她轻声问道。

病入膏肓的世子用一双微红的眼睛盯着她：“你想要什么？”

“自由。”她第一次那样大胆地抬首，迎上他的目光，那样坚定又清晰地重复，“奴婢要自由。”

不再为奴为婢，不再束缚于高墙内。也不用在他死后，仍旧保有她这一腔未能宣之于口的、自卑的爱慕。她要此身自由，也要此心自由。

“好。”

他不知道他这轻声一句“好”意味着什么。意味着她要用这条命去完成他的愿望，也意味着，一旦她有朝一日真的如他所愿，她便要将他彻底放下。

“奴婢相信有陛下和娘娘在，南黎一定可以收复失地，令天下归于一统。”冬霜躬身行礼，藏起眼底的泪意。

“冬霜，”戚寸心一时颇多感触，她站起来走到冬霜的面前，定定地望着她说，“希望你离开这里之后，能一生安乐顺遂。”

这个女子，已经用了她最大的努力去挣脱枷锁，而她，也真的成功了。

“娘娘千岁，千千岁。”

冬霜面露笑意，双膝跪地，行了大礼。

殿门大开着，雾气散去些许，天光落入殿内，戚寸心看见那个做奴婢时习惯了卑躬屈膝的女子，此时迎着光往殿外去，她的脊背犹如翠竹一般挺得笔直。

檐外雨丝飘飞，冬霜接过柳絮递来的纸伞，含笑道谢，而后她一手撑伞一手略提裙袂，走下石阶。烟雨朦胧之间，她忽见迎面走来了一行人。

由一名婢女搀扶着朝阳宸殿来的赵栖雁正用手帕轻捂着嘴咳嗽，抬眼时猝不及防地望见那张她憎恨了好久的容颜。

偌大的一片汉白玉石铺就的空地上，这两个曾因一个男人而针锋相对的女子狭路相逢，却是各有各的形容消瘦，清癯病骨。

“你竟连他的孩子也不留。”赵栖雁的目光停在她平坦的腹部，声音有些虚弱无力。

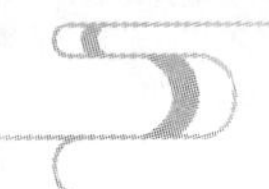

“一个从来不爱你的男人，你还要为他鸣不平吗？”冬霜语气平静地反问。

“他倒是爱你，可你将他弃如敝屣。”赵栖雁说着，苍白的面容上忽然露出一个自嘲似的笑容，“他这样擅长伪装欺骗的人，最终却被你骗得彻底。”

片刻，她又收起笑意道：“这是他该得的报应。”

可怜她一颗真心错付，自以为嫁给了天底下最好的男子，却不想他从来都是虚情假意，为着权力而玩弄她的感情。

时至今日，赵栖雁终于恍然大悟，一切都是冬霜的故意为之，故意要她发现谢詹泽的私情，故意要她一次又一次地识破谢詹泽虚假的深情。要她妒，要她恨，要她对谢詹泽这个男人彻底失望，要她认清谢詹泽若登皇位，她赵栖雁也未必能够做他的皇后的现实。

“我该谢你。”赵栖雁望着她说。

一个虚情假意的男人，远没有她自己的性命、她家族的前途重要。在与父亲交底的那日，在九璋殿燃起熊熊烈火的那日，她便已经想得很明白了。

这一天，交锋的两人从此冰释前嫌。

也在这一天，压在戚寸心心头，这南黎皇宫内院里的纷纷扰扰，自此之后便消散不见。

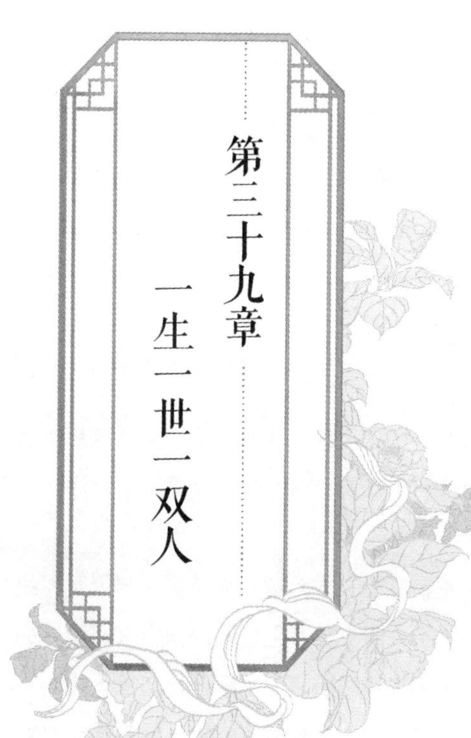

第三十九章 一生一世一双人

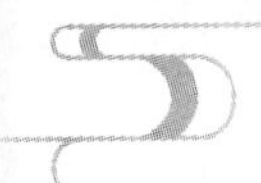

午后雨势渐弱，绥离收复的喜悦笼罩了整个南黎宫廷。新皇初即位，南黎便得此大快人心的好消息，月童城内的百姓更是喜气洋洋，那是久旱的大地终于得见甘霖的模样。

谢缈在早朝重新任命宋宪为招远大将军，与崇英军统领丹玉一同渡仙翁江至缇阳，抗击北魏的另一路夷兵。之前岑琦松带来月童城的五万南疆军如今也已经远赴绥离，与他儿子岑乌珺所领的军队会合。徐天吉与岑琦松父子在绥离，宋宪与丹玉在缇阳，两路大军共抗北魏，此战，誓要乘胜追击。

朝野上下，莫敢不从。

阳宸殿内。

“陛下，这是涤神乡送来的消息，北魏派遣闻汀为大将军吐奚浑的副将，”已升任濯灵卫统领的徐允嘉将信奉上，又道，“据北魏归乡人所得的消息，这闻汀是早年投降北魏的那批文官的后代，他的祖母是南疆人，他对南疆的蛊虫应该有所了解，北魏此时派遣他去吐奚浑的军中，怕是为了克制南疆军的。”

“他们肯用汉人了？”戚寸心听完，凑过来看了一眼谢缈手里的信件，不由得惊诧地问了一句。

“北魏丞相乌落宗德向来主张给予汉人与伊赫人同等的地位，这闻汀是他举荐的？”谢缈将信件搁到御案上，语气冷淡。

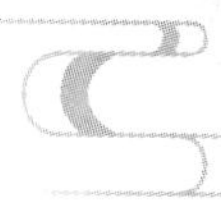

“是。”徐允嘉低首应声。

这一瞬，戚寸心忽然想起那个夜晚，在山野的大风里，那个叫作殷碎玉的少年曾同她说，他的义父会给汉人与伊赫人同等的地位。只要他和他的哥哥能够在北魏的朝堂里站稳脚跟，那么汉人从北魏的贱奴变成子民，就是有希望的。

原来乌落宗德，真的有此抱负。

“呼延平措是被朕气狠了。”谢缈轻笑一声，眉眼之间带着笑意，神情却是冷的。

徐允嘉告退后，阳宸殿内寂静下来，偶尔可闻殿外点滴的雨声，戚寸心再将案上的信件拾起来看了看，她转头对身边批奏折的少年道：“缈缈，这消息须得送到绥离去，让岑琦松他们防备着这个闻汀。”

“嗯。”谢缈轻应一声，朱笔批奏折的间隙，他还腾出另一只手来摸了一下她探过来的脑袋，“徐允嘉会遣人去送。”

雨声沙沙的，她在旁边却没有了动静。少年笔锋一顿，侧过脸时，却正好对上她那双清亮的杏眼。她正手撑着下巴，安静地在看他。他的目光落在她的鼻梁上，那颗小痣红得犹如他笔尖沾染的朱砂一般。

忽地，戚寸心见他搁了笔。

“怎么……”

她有点儿疑惑，可还没问出口的话被他的亲吻给堵在喉咙，银铃声细碎，他修长的手指攥着她的手腕，将她压在御榻上。

“今日是娘子的生辰。”他的气息这样近，清新微甘，迎面拂来。

那双犹如琥珀般剔透漂亮的眼睛轻轻弯起来，他笑着亲了一下她的鼻梁，撒娇似的抱了抱她。

“我不要批折子了。”他的语气轻盈，眉眼间尽是少年气。

明明是午后，但檐外烟雨朦胧，天光始终是晦暗的。

殿门紧闭着，内室里烛影昏暗，淅淅沥沥的雨拍打着窗棂，也敲击着戚寸心的心，令她的思绪变得混乱。

有一瞬，她以为自己回到了那晚。

在撷云崖下的农家院，那时她的视线是模糊的，看不太清他的脸，可是那夜窗外滴答的雨声以及他近在咫尺的呼吸声，都那样清晰地刺激着她的感官。那夜

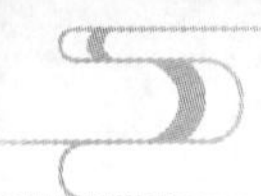

她拥抱他、接受他，又害怕往后再也见不到他，她忍着不哭，却先感受到他的泪落在她的肩颈。

此刻的雨，与那夜何其相似。可他的手是暖的，吻是温柔的，望着她的一双眼睛也是弯弯的，像月亮一样，那么剔透漂亮。

案上的朱笔被他的衣袖拂过摔落在地上，灯笼柱里的火光跳跃着，在光可鉴人的地板上映出模糊的两道影子。他的呼吸那样近，手指轻触她潮红的面颊。他的喉结微动，垂首亲吻她的眼睛，又撒娇似的用脸颊轻蹭她的脖颈。

在一片烛火未能照到的阴影里，他望向她的眼睛湿润润的，好似满是雾气，又那么羞怯。

戚寸心忍不住捧住他的脸，亲了他一下。他那么开心，笑弯了眼睛，又轻轻地啄她的脸颊。你亲我一下，我亲你一下。最终，戚寸心趴在他的怀里，忍不住笑出声来。

亲吻使人神思混沌，她没一会儿大脑又变得空白一片，可是，她忽然察觉到他顿了一下，连气息都变得十分克制。

待她睁开眼时，却见少年已经直起身坐在她的身侧，紫棠色的龙袍散了几颗玉扣，微敞的衣襟露出半边白皙精致的锁骨。他垂着眼，隔了一会儿才恍惚地对上她的目光。

随后，他忽然伸出手轻轻贴在她的腹部。衣料隔绝了他手掌的温度，她坐起身来，裙袂在灯影下泛着莹润的光泽。

“这样，”他的声音变得很轻，“会有小孩的。”

他褪去沉沦和情欲，变得有些过分沉着冷静，他望着她，认真地问：“戚寸心，那要怎么办？”

什么怎么办？戚寸心愣愣地回望他，她的脸颊红了，起初还不知道他为何忽然说这个，可是看着他，她又逐渐察觉出他的情绪似乎不太对劲。

“缈缈不喜欢小孩吗？”她与他对坐着，认真地问他。

他却抿着唇，一言不发，倒不是他不愿说。戚寸心看他微拧的眉头便知，他也许是一时不知该如何向她表达他别扭的心思。

门窗紧闭的殿内有些憋闷，戚寸心侧过身去，将床榻里侧的那扇窗推开些，雨水趁势落在她的手背上，连带着料峭的春风迎面拂来。她抱着双膝和身侧的少

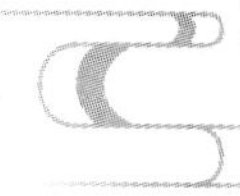

年坐在窗前观雨。

“戚寸心，我怕你疼。”他嗓音清亮。

戚寸心闻言，偏过头看向他，少年的面容在湿润青灰的天色里，有种谪仙似的明净，教人移不开眼。

“只是因为这个？”她问。

“我们两个人，不好吗？”他却反问。

少年眼底压着几分迷茫，此刻，他是那样认真地凝望她的面庞。

戚寸心沉默片刻，盯着窗外那片雨幕，歪着脑袋想了一会儿。

“现在我们两个人就很好。”她的手肘抵在湿湿的窗台上，手掌撑着下巴，“但要是以后我们真的收复了失地，我们就可以去游记上写的每一个地方，带上芝麻，到那个时候要是有一个小孩，我们也带着他去。”

从未领略过父子温情的人，本能地抵触自己成为父亲。其实他是茫然无措的，也许是谢氏父子之间的恶果令他有种错觉。戚寸心知道他不单单是怕她疼，他许是将那恶语当了真，真的以为自己是一个疯子。

少年不知她此刻在想些什么，见她走神，便伸出手指戳了一下她的脸颊。

“你好像很喜欢小孩。”他忽然说。

“……”戚寸心的脸颊忽然有点儿发烫，她一下撇过脸，“没有……是你忽然要说这个的。”

明明那看起来，还是很遥远的一件事。何况他仍有心结未解，她也还没做好准备。

谢缈不言，片刻后他伸出骨节分明的手指将她的脸扳过来，起初他似乎还有点挣扎，可是他看着她好一会儿，到底还是落下一个占有欲十足的吻，几乎让她无法呼吸。他终究心甘情愿地沉溺……

冷雨拍窗，烛影空照。淅淅沥沥的春雨掩去满室银铃的轻响。

料峭春寒因小半日大开的窗而入了骨，翌日早朝时，一众朝臣发觉那坐在龙椅上的少年帝王会时不时地轻咳几声，于是不少臣子连忙劝慰起少年天子千万要保重龙体。

天子神情恹恹的，忽而抬手将一本奏折扔下阶去，随后冷声令濯灵卫统领徐

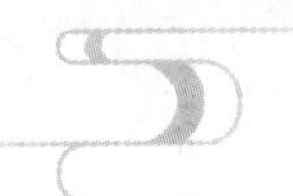

允嘉将那上奏充盈后宫的官员给拖出去打板子。殿内的朝臣们听着外头那人的惨叫，无不眼观鼻，鼻观心，生怕火燎到自己身上。

“社稷，”天子轻声嗤笑，眉眼冷峻，“被蛮夷占据的半壁江山才是尔等该夙兴夜寐为之忧心的社稷，而非朕的后宫。”

“既然谏言之风不死，朕也不好充耳不闻，但诸位还须谨记，朕要听的是国策，而非家事，否则，”他的语气带了几分漫不经心，可其间的威压却令朝臣一时噤声屏息，“这天敬殿的柱子便留给诸位爱卿死谏。”

不少朝臣冷汗涔涔，所有人垂首齐声应：“谨遵陛下圣谕。”

新朝的天子非仁慈之君，他尚在东宫做太子时，朝中便已有不少人或听闻，或领教过他的狠厉手段。在这件事上，只是打了一人板子，未取其性命，便已很是出人意料了。

散了早朝，谢缈也未坐銮驾，只是迈着轻缓的步子走在朱红宫巷里，徐允嘉等人跟在他的身后，偶尔听天子轻咳几声，也没有人敢抬首。

“陛下，董大人的意思是如今北魏朝堂中对汉人的抵触情绪仍然很大，虽有汉人为官，但都不是什么要职，可如果这闻汀能助吐奚浑扭转战局，从长远来看，一旦北魏皇帝呼延平措开始重用汉人，或可使北魏的汉人因此对北魏朝廷心生期望。”

徐允嘉口中的“董大人”，便是当初去东陵接谢缈回南黎的董成禄，他是谢敏朝的家臣，自谢敏朝登基为帝后，便奉命入北魏麟都，成了管束潜伏于麟都归乡人的少使。

春风吹着谢缈紫棠色的衣袂，日光照在金丝龙纹上，发出耀眼的光泽，他咳嗽了一声。

“蛮夷这三十几载来都将北魏的汉人百姓当作贱奴，如今要他们放弃伊赫血脉最为尊贵的论调，与汉人平起平坐，这远非一日之功。”

在北魏，汉人杀伊赫人，须以命偿命。而伊赫人杀汉人，只要赔付一头毛驴的价钱，便能免于一死，甚至不用下狱。这已是北魏推行了三十多年的律法，受此律法所困的汉人百姓不知凡几。

少年天子蓦地停下脚步，明净的眉眼在天光里带着几分寒霜。

“这个乌落宗德不能留。”

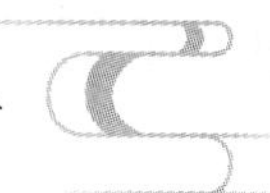

回到阳宸殿时，殿门仍是紧闭的。谢缈推门而入，殿内光线晦暗，只燃着几盏灯，窗扇尽合，寂然无声。但忽而听到了细碎轻盈的银铃声。

谢缈掀了帘子走入内殿里去，隔着帐幔隐约望见床榻上鼓起的一团小山丘，她咳嗽了几声，在里头动了两下，也许是听见动静了，便转过头来看见了他。

“你打人板子了？”

或因患了伤寒的缘故，她的声音听起来有点儿发闷，还有点儿气弱。

“若非你，我便要杀他。”

在床沿坐下，少年的语气带了几分漫不经心。小黑猫从被子里冒出个脑袋，一见他就喵喵叫着，摇着毛茸茸的尾巴跳到他的怀里。

戚寸心窝在被子里，望着他说：“又不是贪墨害命之类的大罪，只是给你上个折子而已，你不听就是了，犯不着治人死罪。”

他不应声，只是拎着猫的脖颈儿将它放到榻上，然后俯身要去将她抱起来。戚寸心却躲开他的手，裹着被子滚到了床榻里侧，她回过头来瞪着他，显然还在生他的气。 两个人一时就这么对峙着。

“窗是你开的。”他看她片刻，随即冷静地陈述。

“你就不能记得关吗？”戚寸心红着脸，隔了一会儿才想到反驳的话。

她都不敢多回想今晨柳絮来送汤药时的那副神情，实在是……太丢脸了！

“好。”他轻轻颔首，伸手连人带被子一块儿抱进怀里，双臂锁着她，认真地说，“下次，我会记得的。”

两月后，南疆军首领岑琦松化解了北魏大将军吐奚浑身边的副将闻汀的灭蛊之法，闻汀几战失利，而吐奚浑不听闻汀劝阻，强令装备不足的北魏汉人军在松云城一战中打头阵，这种将汉人推出去当炮灰的行为，让南黎永宁侯徐天吉抓住了机会。

当年大黎被迫南迁时，有不少跟随谢氏皇族南迁的将士和百姓与这些北魏汉人军来自同一片故土。本是同根生，相煎何太急？不少北魏汉人军都是被强征来的，他们从未得到公正的对待，彼时一听乡音，一忆故土旧朝，便有不少人丢盔弃甲，失了斗志。

几万汉人军归降南黎，这消息传到北魏便令皇帝呼延平措大为震怒，时逢北

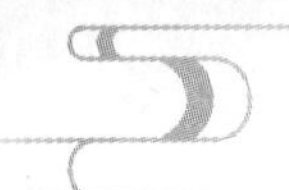

魏丞相乌落宗德正奉命镇压丰城的汉人起义军，枢密院院使吾鲁图等人向呼延平措进言，言乌落宗德以权谋私，他一生无子，要汉人与伊赫人拥有同等地位，实则是为了帮他的义子殷长岁铺路，要殷长岁在朝堂站稳脚跟。

呼延平措盛怒之下，罢免了丞相乌落宗德，并将其贬至涂州，还令吐奚浑就地处决了闻汀。

六月初三，乌落宗德于涂州服毒自杀。

盛夏时节，大将军宋宪大败北魏敌军，北魏将领殷长岁领着残部狼狈逃至沃安境内，却收到义父死于涂州的消息。殷长岁悲愤之下，引颈自戮。

近来南黎几战告捷，士气大涨，无论是朝堂之上的臣子们，还是南黎的百姓们，无不为之欢欣。他们从这位年轻的帝王身上看到了收复失地的希望。

昨日还是艳阳高照，今晨却落了些小雨，就好像老天爷都知道戚寸心、谢缈与周靖丰等人要去裴家墓园祭拜裴寄清似的。雨丝拂面，像是久别的魂灵在无声地问候。

徐允嘉朗声将最近几战报捷的消息逐字逐句地读给死去的人听，裴湘与尤氏相扶着立在一旁，鼻头都有些发酸。

“裴公，你可听到了？”周靖丰看着墓碑上深深镌刻的文字，“长此以往，何愁北魏蛮夷不能为我南黎所逐啊。”

裴寄清半生都力求以战止战，但他至死都未见过南黎像如今这般扬眉吐气、捷报频频。

周靖丰不由得叹了口气：“你啊，若是那夜肯随我离开，如今应当在与我手谈喝酒了吧。”

裴寄清死的当夜，其实不只谢敏朝的濯灵卫去见过他，周靖丰也违背当年“决不插手谢氏皇族之事”的诺言，想要搭救这个半生为民、垂垂老矣的旧友。他要救这旧友，可旧友却铁了心，要用自己的性命去掩盖凤尾坡的真相。

他是亲眼看着裴寄清服毒的，时至今日，当日发生的一切仍历历在目。

一时间，周靖丰的眼眶有些微热，但他瞧了一眼挽起衣袖，正在后头除杂草的戚寸心，以及乖乖站在她身侧，时不时伸手拔下几片草叶的少年天子，片刻后他又展露一个笑容来。

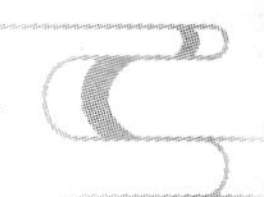

“今日是给你送好消息来的，我这把老骨头，也懒得哭哭啼啼的。”说着，周靖丰将挂在腰间的酒葫芦摘下来，微风吹着他月白的衣袖，他拔了壶塞，仰头灌了自己半壶酒。

花白的胡须沾了些许酒液，他喟叹一声“好酒”，随即笑着将剩下的半壶酒尽数洒在旧友的墓前。葫芦空了，他随手一扔，潇洒落拓。

坟墓周遭的杂草都除尽了，只余下顶端一朵被雨水打得摇摇晃晃的小花，它看起来精神抖擞，以柔软的花瓣仰望着这片烟雨天光。它暖黄色的身姿非常打眼，好似天生具有最为隽永的生机一般。

“缈缈，舅舅一定在看着我们呢。”戚寸心牵起身边少年的手，望着那朵随着雨水微风晃荡的小花，“你做得这么好，他一定很开心。”

少年是沉默的，他的目光落在那颜色明亮绚丽的花朵上，那嫩绿的草叶正向他展露着鲜活的生机，他下意识地握紧了她的手。

回宫的路上，马车路过永宁侯府，戚寸心特地命徐允嘉停车，待子茹红着脸向她谢了恩，转头跑下马车时，戚寸心便掀开帘子，准备瞧热闹。

徐山霁就立在侯府大门前，时不时地往街上来来往往的人群里张望着。在看见子茹的那一刻，他的眼睛亮了起来，面上露出了灿烂的笑。

戚寸心放下帘子来，和子意相视一笑。

谢缈近来政务繁忙，常在御书房与朝臣商议要事，南黎如今也算打了几个大胜仗，而北魏亲汉的丞相乌落宗德已死，接下去的仗要怎么打，如何布局，这都是重中之重。只是坐马车回宫的这么一会儿，他便靠在戚寸心的肩上睡着了，马车入了宫门，在玉昆门停下后，谢缈便被戚寸心叫醒，他又要去御书房见朝臣，继续商议战事了。

戚寸心被他抱在怀里下了马车，她有点儿不太好意思，伸手拍了拍他的后背，小声地说：“缈缈，很多人。”

柳絮与一众宦官宫娥都已等在不远处，一旁还守着一队禁军。

“晚膳前我就会回来的。”他还是有点儿依依不舍，“你要等我。”

“知道了。”戚寸心摸了摸他的后脑勺。

雨丝打在脸颊上凉沁沁的，缭绕的雾气将这满宫高檐的颜色减淡了几分，戚寸心站在原地，看着那少年天子挺拔清瘦的身影离去。

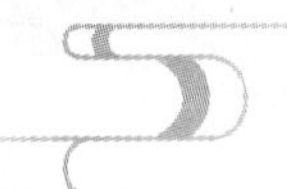

可是他忽然停下来了，在不算近的距离里，戚寸心见他转过身来，玄黑的衣袂在风中微荡着，她不禁弯起眼睛笑着朝他招了招手。

大半日的时间过去，阳宸殿传晚膳时，谢缈果然准时回来了。

雨没停，他也未让人撑伞，一入殿门，他便用修长的手指轻解玉珠衣扣，将一身湿了的外袍脱下。戚寸心拿了一件干净的递给他，他也不接，而是伸手将她抱进怀里，下巴抵在她肩上，也不说话，唇角却是微弯的，像在无声地撒娇。

“你好像很开心？”戚寸心有点儿摸不着头脑，心里越来越觉得奇怪，“子意和柳絮也是，她们今天也总看着我笑。”

他并不说话，闻言也只是轻笑了一声。

晚膳过后，两人洗漱完毕，戚寸心兴冲冲地从枕头底下摸出一本书来，翻身窝进他的怀里。

“缈缈，这本书是子茹给我的，说是徐二公子找来的，他说这是最吓人的鬼怪话本了，他看过之后都不敢在夜里出门。我有点儿害怕，但还是很想看，不如你陪我……”

她的声音戛然而止，因为她手中才翻开的话本被少年给抽走了。

“你干吗？”她眨了眨眼睛，面露疑惑。

“娘子，我们早点睡觉。”

谢缈将话本丢去了对面的软榻上，正在榻上舔爪子的小黑猫被吓得毛都奓起来了，隔了会儿又歪着脑袋，试探着用爪子去碰了碰那本落到身旁的书。

“你最近是很辛苦，那你早点儿睡吧，我再找一本别的看看。”戚寸心翻过身又要去摸枕头底下。

可他却扣着她的肩，将她扳了回来。

“你不早睡，明日就会赖床。”少年认真地说。

“明日先生放我假，我不必去楼里，再说，我只是看一会儿，现在还早吧。”戚寸心说道。

少年却伸手揽着她的肩将她搂进怀里，轻声道：“就是想你和我一起睡。”

他有点儿不讲理！戚寸心伸手去捏他的脸。

“明日是有什么要紧事吗？”

“嗯。”

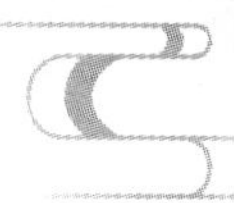

他垂下眼，浓密的睫毛遮住了剔透眼瞳里的神情，落了片影子在眼睑下方，衬得他更有种令人移不开眼的风情。

“好吧。”

戚寸心看了他一会儿，妥协似的把脑袋埋进他的怀里，伸手抱住他，可她的眼睛还睁着，直到他忽然低头来吻住她的嘴唇，掠夺她的呼吸。她的脸颊发烫，耳侧还添了他细微克制的喘息声。而后，他的手忽然捂住了她的眼睛，在她回神时眼前已是一片黑暗。

“睡觉。”他带着几分欲望的嗓音离她这样近。

戚寸心看不见，就试探着伸手触摸他的脸，也将他的眼睛捂了起来。听见他的轻笑，她也弯起嘴角。

也不知是什么时候睡着的，戚寸心鼻间满是他身上冷冽微甘的淡香，好像在半梦半醒间，她都仍能隐约嗅到这样的香味。

翌日天还未亮，戚寸心便被柳絮与子意从睡梦中唤醒。她茫然地睁着眼，没在身旁看到谢缈，被她们二人从薄被里捉出来的时候，她还有点儿发蒙。

“做什么？”

子意与柳絮皆是捂嘴一笑，却也不答，只是扶着戚寸心走到屏风前。屏风旁的小几上有一个托盘，上面是叠放整齐的、殷红的衣裙。金线凤凰的尾羽在裙袂上熠熠生辉，几乎要晃了人的眼睛。

戚寸心愣愣地看着那件颜色浓烈得犹如火焰一般的漂亮衣裙，所有的睡意都在此刻散了个干净。

“您成为太子妃后，只入过宗庙，还没来得及操办婚仪，”柳絮将已经换上那身殷红衣裙的戚寸心扶到梳妆台前坐下，替她梳着发，又道，“如今战事未休，陛下知您不愿在此时大办婚仪，便下令一切从简。”

戚寸心听着她的话，静静地打量着铜镜里的自己。她终于知道这几日为何子意与柳絮总是神神秘秘地看着她笑了。

戴上凤冠，霞帔加身，腰间悬挂着玉质禁步，她的眉眼已经被子意细细描画过，颜色绯红的唇脂却令她回想起在东陵成亲的那日。那么匆忙的婚事，喜服也是她从成衣店买来改过的，那时，她只戴了母亲的金钗和一朵殷红的绢花，连穿耳都不敢。她想起少年捉弄她，将针在烛火上燎过，在她紧闭起眼睛时，他却又

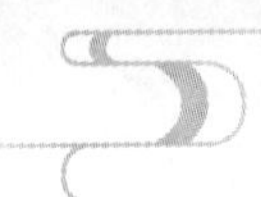

把针扔进了匣子里。从那年嫁给他，时至今日，她也还是没有穿耳。

梳洗穿戴完毕，天色愈加明亮，柳絮与子意等人将戚寸心扶出殿外，坐上步辇，往东宫去。

明净的天光里，东宫紫央殿前立着不少人。

戚寸心走过月洞门，便望见庭内那么多张熟悉的面孔，她看见周靖丰捋着胡子和莫韧香站在一处，两个人都是笑眯眯的。石鸾山庄的弟子来得不齐整，但砚竹与莫宴雪是在的，荷蕊也藏在后头捂着嘴笑。连一向行踪成谜的灵机道人吴泊秋也在。

而那少年身着殷红的喜服立在阶上，他的腰间是她亲手编的那条百珠结丝绦，在这晨间的清风里微微晃动着。

她有一瞬恍惚。同样是盛夏，她的脑海里满是东陵那窄小的院子。她久等姑母不至，最终在那个黄昏和她捡来的少年拜了天地，成了夫妻。

耳畔热闹得有些不太真实，她反应过来时，已经走上阶梯被谢缈牵住了手。她抬头对上他的眼睛，听到廊下的树荫里偶尔传来几声蝉鸣。

“我们已经成过亲了，其实不用这样的……”戚寸心凑近他，小声地说。

“可是那天没人知道。”谢缈的嗓音很轻。

戚寸心一怔，嘴唇动了动，却没有发出声音。

两年前的那日绝没有今日的热闹，她是那样期盼她的姑母可以站在她的面前，但最终是她与谢缈两个人完成了一场没有人观礼的婚仪。

“那时，我不在你身边。”他的目光停在她的脸上，忽然又说。

那实在不算多好的一天，婚仪过后，他便离开她回了南黎，而那夜，她的姑母就死在了她的眼前。

雾霭晨光里，她望着他，紧紧地握着他的手。

“不要哭，戚寸心。”

他的指腹轻轻摩挲了一下她略有些红的眼皮，他的眼睛弯起，仍旧那样专注地望着她笑。

这一次，有人唱声，有人观礼，有人知道。满庭的热闹甚至盖过了树荫里聒噪的蝉鸣，拨开云雾射来大片明媚的阳光那么耀眼。

这多像是一场喧嚣的美梦。

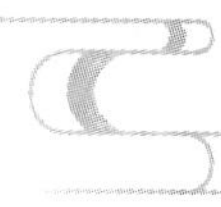

天色渐渐暗下来时，戚寸心坐在紫央殿的高檐之上，夏夜的风凉沁沁的，吹散了些因酒带来的燥热。

浑圆的月亮散着银白清莹的华光，戚寸心牵着身侧少年的手晃来晃去，影子随之在琉璃瓦上摇曳着，两颗银铃在一起，发出细微的声响。

她低头盯着瓦上的影子看了会儿，不由得笑了一下。影子在一起，人也始终在一起。身边少年的身上浸润了几分酒香，他一手撑着下巴，听见她的笑声后，略有些迟钝地侧过脸来看她。

"缈缈，我好开心。"她回望他，笑得很灿烂，"我觉得和你在一起的每一天，我都很开心。"

他的薄唇不自觉地上扬，他的眼睛犹如清澈的粼波一般，亮晶晶的，带着几分羞怯，几分欢欣。

她捧起他的脸："这么好的夫君上哪里找啊。"

"买的。"

他的嗓音带着几分酒意，听着有点儿温软含糊。也许是他今晚的心情真的很好，在宴上喝了不少酒，这会儿已经有些醉了。

戚寸心听见他的声音，忍不住笑着亲了一下他的脸颊。

"我多幸运，十二两就可以拥有这么好的缈缈。"

他看了她片刻，带着醉意的嗓音，听来也如此认真。

"我才最幸运。"

一个在东陵府尊府里为奴为婢的孤女，明明她自己过得清贫，却还要花光积蓄救他。那时他还没有想过，终有一日他会将她抓得这样紧，她会陪他这样久。好像那么多灰暗的记忆里，只有她是暖的。

"戚寸心，你要一直在我身边。"

他将她抱进怀里，蹭了蹭她的额头，黏人又乖巧。

月华之间，羽毛洁白的两只鸟停在不远处的檐角，扑翅的声音引得戚寸心短暂抬眼，她轻轻应一声，再度仰望他的面庞。

"我们不是说好了吗？等以后天下安定了，我们不但要去游记上的每一个地方，还要去你的星危山。"

"已经送给你了。"他纠正。

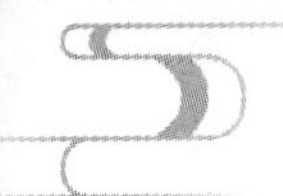

“我们是夫妻，不用分得那么清楚……”戚寸心小声嘟囔，伸手摸了摸他的脸，“这辈子，无论去哪儿，我都会和缈缈一起的。”

清辉落在少年身上，他整个人浸润在这样的光色里，犹如不沾尘的小神仙，仅仅只是垂眼凝望着她，便无端令人心动。那双清澈的眼瞳难掩他的开心，他忽而低首，带了几分酒意的吻落下，灼烧得她神思翻沸。

这个少年，在她眼里始终那么好。如果当初她舍不得那十二两的积蓄，如果她从未在晴光楼里遇见他，也许，他终有一日会被那么多的人折磨成他们眼中的小疯子。

可是，在那个盛夏午后，她回头看到铁笼子里的他了。

她从不后悔。如果不是他，她不会有机会入九重楼，不会有机会读书明理、知天下事，更不能如自己的祖父和父亲，甚至是姑母一般，为家国做些什么。

人的这一生，总要做一些值得的事。

她有所爱之人，也终要同他一起肩负一国之荣辱，解救北魏的汉人百姓。

月辉盛大，高檐之上，是一对相拥的身影，红衣少年抱着怀里的姑娘，他听见她柔软坚定的声音。

“缈缈，我们一定可以收复失地。”

“会的。”

少年天子目视远方，语气沉静而温柔。

后有大黎史书记载：

元微一年六月廿五，帝后于东宫紫央殿行大婚之仪，其时战事频发，皇后戚氏拒铺张奢侈，遂婚仪一切从简。

元微三年九月，北魏大将军吐奚浑战死沙场，永宁侯徐天吉与南疆军首领岑琦松父子连破北魏十三城。

元微四年十一月，南黎大将军宋宪与崇英军统领丹玉击溃缇阳以北三省防线，致使仙翁江尽归南黎。

元微六年七月，北魏多地汉人起义军作乱。

元微六年十月，南黎大军攻破北魏都城麟都，北魏皇帝呼延平措自焚于麟都皇宫。

（正文完）

番外篇

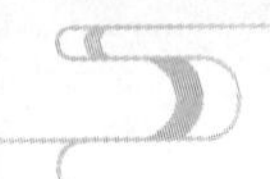

半生缘

七月廿三，永宁侯府世子、崇光军统领徐山岚请旨远赴绥离，与其父徐天吉共抗北魏蛮夷。

戚寸心立在人来人往的长街上，仰头望见那牌匾上的“玉贤楼”三个字，一时不免有颇多感触。

正是午时，楼内客人很多，楼上楼下都是一样的人声鼎沸，热闹非凡。

上了楼，子意掀开帘子，戚寸心走进去，只见徐家兄弟在桌前坐得端正，徐山霁的神色有点儿沉重，没平日那么多的话，而徐山岚也是呆坐着一言不发，直到戚寸心走进去，他才如梦初醒般站起身行礼。

“夫人。”

徐山霁忙站起来，先行了礼，又抬头看了一眼戚寸心身后的子茹。

“去永淮的路上，我们也是一块儿经历过生死的，”戚寸心走到桌前便先端起一杯酒来，朝徐山岚笑了笑，“今日我是以朋友的身份，来替徐世子送行。”

“这玉贤楼也是我们兄弟初识夫人与公子的地方，”徐山岚说着，还有几分不大好意思，“那时我与阿霁实在不像样。”

今日不比当日热闹，戚寸心让子意与子茹都坐了下来，五人共坐一桌，眼前满是珍馐美味。

戚寸心只饮了一杯酒便被辣得心肺灼烧，但这酒的滋味又会在舌尖慢慢回

甘，满口清香，一时竟令人有些贪恋，她试探着又抿了一小口，才对徐山岚道：“永宁侯并不希望徐世子你上战场。”

“不，他希望。”徐山岚摇了摇头，才吃了一口肉便忙放下筷子道，“以往我与阿霁都是文不成武不就。在家里他总是对我们两个吹胡子瞪眼的，整日骂我们不学无术，丢老徐家的脸。”

说着，他又忍不住笑了一下：“但他从来也没真动手打过我们两个，他是最好的父亲，将我和阿霁保护得太好。我们以前也没见过血腥场面 ，整日想的都是吃什么玩什么，全然没有想过千里之外的边关是怎样的情形……”

“他不让我上战场，是怕我死，可他也怕我这个永宁侯府的世子不能在他百年之后担起责任，怕我不知疾苦，怕我给家族抹黑。”徐山岚说着，仰头饮尽一杯酒，那双眼睛却像是被濯洗过一般，平添几分坚毅，“我得到他身边去，我得向他证明。”

“那你凭什么不让我也去？”徐山霁的语气有些闷闷的。

“要是出了什么意外，总得留个徐家的种吧？”徐山岚捏着酒盏，斜眼看向这个不听话的弟弟。

“哥你能不能少说点儿屁话？”徐山霁根本听不得这话，他一筷子戳起红烧肘子堵住了徐山岚的嘴，徐山岚被动地啃了好几口肘子，抬脚就踢在徐山霁的凳子上。若不是子茹眼疾手快抓住徐山霁的手臂，他就要一个趔趄摔倒在地。

“你能舍得？”

徐山岚啃着肘子，先看了一眼子茹，又语气轻飘飘地问徐山霁。

“哥……”徐山霁张了张嘴，“那我也不能让你一个人去啊。”

“夫人。”

徐山岚看向戚寸心，他恭恭敬敬地站起身来，朝她行了一礼：“我永宁侯府有意为我小弟徐山霁迎娶夫人的婢女子茹，万望夫人恩准。”

此话一出，满桌寂然。

戚寸心偏头，正看到子茹脸红无措的模样——她一紧张就会摸腰间的银蛇弯钩，戚寸心的目光落在她紧攥弯钩的手上，随后看向徐山岚。

“他们有意，就是最好的事了。”戚寸心正色道。

“你什么都替我打算好了，那你自己呢？”徐山霁的手紧握成拳，心里一阵

酸涩，一时有些压不住情绪。

“我什么？”徐山岚拍拍他的肩膀，“家里总要有人守着，我明日就要走了，你不要在此时同我置气。”

徐山霁虽是他的庶弟，但徐山霁的生母体弱，生他时便难产而死，所以徐山霁自小便与嫡兄徐山岚一块儿由嫡母养大。

徐天吉这辈子一妻一妾，妾死了，后来再是妻死，就没动过再娶的心思。

玉贤楼一宴毕，戚寸心便带着子意与子茹坐上马车回了宫，在玉昆门下了马车，回阳宸殿的路上，她看向身边的子茹。

“你愿意嫁给徐二公子吗？若是愿意，我便与你姐姐挑个良辰吉日。”

子意也是满脸含笑：“一定给你挑个顶好的日子。”

“姑娘……”子茹的脸又红了，她摸着银蛇弯钩，眉头微微皱起来，像是有些纠结，“奴婢与姐姐是受庄主之命来保护您的，这对奴婢来说，是最为重要的事，奴婢怎么能离开您呢？”

“这话不对。”戚寸心轻轻摇头，“当初在迦蒙山上，如果不是徐二公子硬拦着岑乌珺将那婚书送到你手上，事情便没有转圜的余地了。他被打成那样也要夺走岑乌珺手里的婚书，足见他对你是真心的。”

“子茹，你喜欢他就不要等，也不能让他等。”眼前一片开阔，巍峨的殿宇在此间的日光下显得神秘华美，她被这光线刺得眨了两下眼睛，又说，“我不希望因为我而让这里成为你和子意的束缚，我希望你们也可以开开心心地跟心悦之人在一起。”

“姑娘。”子茹的眼圈有点儿红，嘴唇动了动。

戚寸心满脸是笑，朝子意招招手：“子意我们快回去，要拿老皇历，我们赶紧挑个好日子吧！”

她看起来有点儿兴奋。

整个下午戚寸心除了完成周靖丰交代的学业外，便是与子意凑在一块儿挑日子，而近几日谢缈政务愈发繁忙，他归来时，戚寸心靠在床柱上已经睡着了。

谢缈动作极轻地将戚寸心手中的书抽出来放到一旁，他坐在床沿看了一会儿她的睡颜，直至柳絮在帘外小心翼翼地提醒，他才起身去浴房。

戚寸心在睡梦里嗅到熟悉的冷冽淡香，她迷迷糊糊地翻身滚到了身边人的怀

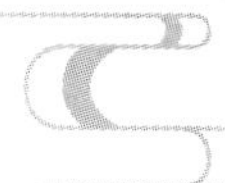

里，眼睛始终没睁开过。

翌日清晨，她先是被毛茸茸的猫尾巴给扫到，又觉得胸口像是压了块石头似的。她勉强睁开眼睛，便见胖乎乎的黑猫坐在她的身上，黑黑的爪子就要探到她身侧少年的脸上去。她一瞬清醒了过来，伸手便将猫爪子给抓回来，又揉了几下小黑猫的脑袋。

今日不必早朝，谢缈得以安睡，此时他在她身侧熟睡着，呼吸声很轻，分毫没被小黑猫打扰。

戚寸心摸着猫脑袋，眼睛却在盯着他的睫毛看，那睫毛又密又长，与他白皙的肤色形成一种巨大的反差。就这样，她沉浸在"数数他到底有多少根睫毛"的问题里不可自拔。

不知不觉间，天色更亮了，光线透进来，他薄薄的眼皮微动，没一会儿他睁开眼，起初还有点儿茫然，但当他看清身边人的脸，他的第一反应就是将她抱得更紧些，脑袋还在她颈间蹭了蹭。

"娘子，我做梦了。"

"做什么梦了？"

戚寸心将小黑猫放了，好奇地问他。

"在仙翁江的那晚，你丢下我走了。"他说。

仙翁江的那晚？

戚寸心先是一愣，随即回想起当初自己跟他离开缇阳，渡仙翁江回南黎，却在水上遭遇刺杀的那晚。也是那晚，他手提长剑，在荒凉幽静的山野，默默地跟在她身后。

"哦。"她撇撇嘴，"我不是又玩弄你了吧？"

少年清冷的笑声离她的耳朵很近，她侧头不解地看着他。

片刻后，她才听见他轻声道："我将你抓了回来，就关在紫央殿，你哭得厉害，我怎么也哄不好。"

他的嗓音逐渐变得有些飘忽："你甚至都不愿看我。"

那个满是积雪的梦境里，充斥着她的哽咽声，戚寸心被他锁在那间冰冷的殿室里，她的眼眶是红的，双肩微微颤抖，明明那么可怜，却从始至终都不肯屈从于他。

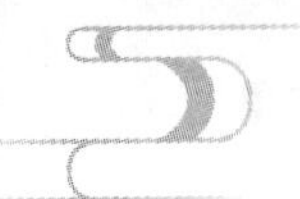

她这样的人，连在他的梦里都是那么倔强。他越是强迫，她就越是要和他针锋相对。除非她愿意，否则这世上，没有任何人可以逼迫她接受她不喜欢的所谓宿命。

“都说日有所思，夜有所梦，”戚寸心推开他些，看着他的眼睛，故意问他，“你是不是真的有那么想过？”

这一回，他竟诚实地颔首。

戚寸心一点儿也不意外，又问：“什么时候？”

他抿起唇，但笑不语。

看他这样一副模样，戚寸心瞬间明白，看来他是不止一次有过这样危险的念头，她伸手揪住了他的脸。

“那你又为什么没有那么做？”

闻言，他的眼睫微垂下去。

“我想象不了你那时的样子，”他眼底压着几分迷惘，眉头也微微皱起来，“我很怕你不开心。”

她是那么活泼好动，又是那么正直善良，生来就应该在日光底下，他却要将她藏起来，藏在幽冷晦暗的殿宇里，锁着她，控制她。那么多阴暗的想法曾不止一次出现在他的脑中。

梦里所发生的事本是他内心最深的欲望。可是此时此刻，他却能坦诚地对她说，怕她不开心。

想到这里，戚寸心将他抱得紧紧的，嘴上却说：“你该庆幸你没有那样做，不然我一定会骂你。”

他不说，她也知道。他一定是因为自己尝过那样的滋味，当初就是在紫央殿，他戴着沉重的镣铐被囚于昏暗的殿室……

那时，晨光暮影的轮转都变得很漫长。所以，此时的他才会舍不得。

“应该不只会骂我。”

谢缈弯眼笑了，摸了摸她的脑袋。

清晨，雾气早在大盛的日光里散了个干净，两人起床后洗漱完毕，便在桌前用早膳。

“姑娘！”子茹匆匆跑上阶，还未进殿便开口唤。

她踏进殿门瞧见坐在戚寸心身侧的谢缈，当即垂首行礼："陛下。"

"徐世子走了？"戚寸心端着小碗问她。

今晨徐山岚便要离开月童，她特地让子意与子茹出宫送行。

"走是走了，但是，"子茹气还没喘匀，便接着道，"但是今早裴小姐也去城门口了。"

"湘湘也去了？"戚寸心有些惊诧，她顾不上用饭，汤匙碰撞碗壁发出清脆的声响，"她去给徐世子送行？"

"是的。"

这时，子意进殿来，也朝帝后二人行了礼，随即接话道："奴婢亲眼瞧见裴小姐将半块血红的玉珏送给了徐世子。"

"血红的玉珏？"戚寸心有点儿摸不着头脑。

"血玉珍贵，一向是裴家儿女的定亲信物。"谢缈抿了一口茶，语气透着几分漫不经心。

"奴婢的确也听到了信物二字……"

子意今晨带着子茹赶至月童城门口时，天还未亮，灰蒙蒙的，雾气笼罩大地，有辆马车突然停在路边，那车上便下来一年轻女子。

正是裴府大小姐裴湘。

裴湘还未脱下素服，仍在为裴寄清守孝。她被身边的婢女扶着，素白的裙袂在晨风里飞舞。

"徐山岚。"她开口，抬眼看向马上的青年。

身披盔甲的青年听到她的声音，还有些不知所措，踌躇了一会儿才下马来，唤了一声："裴小姐。"

"我喜欢风筝，尤其是蜻蜓风筝，七年里，每回我生辰时都会有一只蜻蜓风筝落进我院里，即便我不在月童，风筝也是照落不误的，"裴湘垂下眼睛，打量着自己手上那只色彩艳丽的蜻蜓风筝，"今年可巧，风筝落了两回，这只便是昨日落的。"

徐山岚听了她的这番话后，嘴唇不由得紧抿起来。

她的衣裙白得像雪，手上的风筝色彩却亮得晃人眼睛，他不自觉地将手往身

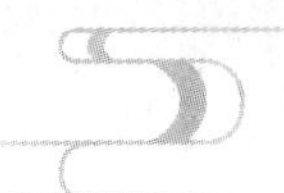

后藏了藏，想要藏住他掌中还残留着的一点彩墨。那是怕色彩褪了，所以他特地选了最好的彩墨。

“我听皇后娘娘与你们侯府的二公子说……”

“没有的事。”

她话才说一半，他便忽然打断她。

裴湘沉默片刻，那双眼睛静静盯着他，随后才道：“我知道在新络时你替我请过救兵，我也知道这风筝是谁的，我没有多少耐性与世子拐弯抹角。”

“我裴湘这辈子最后悔的事，便是在祖父在世时忤逆他太多，孝顺他不够，他看人，比我看得清楚。”

徐山岚听到她这话，一瞬抬头。他隐隐觉察到了什么，但又有些不敢相信。

“裴小姐……你这是何意？”

“这半块玉珏是世子当初退还裴府的。”

裴湘抬手，原本藏在她衣袖底下的手也露了出来，摊开手掌，上面有半块殷红如血的玉珏。

“若今日世子愿意收下，便是你我重续旧约，若世子不愿收下，那么便当我今日只是来替世子你送行。”

她一番言语说得隐晦，实则坦荡。

徐山岚怔怔地看着她手中的半块玉珏，嘴唇动了动，情绪在胸腔里翻沸。他几乎是下意识地伸出手去，可还没触碰到她手中的玉珏，他又忽而停住了。

这一刻也不知道他已经等多少年了，从少年青衫到半生已过，幸运的是，他终于还是等到了！

他再次对上面前这年轻女子的眼睛，无论过去多少年，他发现她的这双眼睛在他心头还是一样的难忘。

“裴小姐，这不是儿戏。”他的嗓音有几分干涩。

“若非深思熟虑，我今日也不会来。世子也应该知道我的过去，若世子介意，也是人之常情，这天下好的女子多的是，世子也定能从中觅得良偶。”

她说着，便要收手，岂知站在她面前的青年见她要收回去，就急匆匆地一把抓住了她的手。

世界在这一刻安静了，四目相对，他像是被火焰燎了手掌似的，又一下将手缩了回去。

“是那苏云照有心欺你骗你，你非神仙，又如何能够辨别他的真正心思？”他的手指蜷起来，低下头喃喃道，“也怪我。”

“怪我还没争取过，便先交还了这信物，错失了你……”

这一瞬，徐山岚终于鼓起勇气，伸手拽住她手里那枚玉珏的流苏，将玉珏握进自己的手里，可一身的盔甲压得他有些佝偻。

徐心岚望着她，又慎重地说：“可我要去绥离了。”

“我要守孝，也会等你。”裴湘定定地回望他。

“裴湘还有一事请求世子，若世子不答应，此约仍旧不作数。”

“什么？”徐山岚问道。

“你我的第一个孩子，要姓裴。”裴湘的声音平静。

“孩——孩子……”徐山岚的脸有些发烫，她才说要重续旧约，接着便说起了孩子，他还有点儿晕晕乎乎的。

裴湘，那个他藏在心里的人，难道在夜深人静时，已然畅想过他们俩的未来生活，曾经那些他想都不敢想的美好，竟然真的在某一天欣然降临。

“裴家只有我了，而你是永宁侯府的世子，自然没有入赘我裴家的道理。按理来说，我应该另外物色一个赘婿入我裴家门下，但我如今更愿意相信我祖父的眼光，也……”裴湘抿了抿唇，停顿了一下才继续道，“也对世子这一番情意有所触动，所以这唯一折中的办法，便是我们生的第一个孩子，无论男女，都要姓裴。你……同意吗？”

薄雾仍未散，这晦暗的天光下，城门前还是冷冷清清的，几个早起的行人正站在街上好奇地张望。他们眼中的徐山岚和裴湘，是将军与妻子在依依惜别，这一别山高水长，这一去万里江山。前路虽多有坎坷，可他们的心中充满的是对未来的期待和希望。

身在其中的徐山岚总觉得这像是一场美梦，能够唤醒他的，也许只有远在边关的号角声。

“好。”他听见自己的声音。

沉重的城门在吱呀声中缓缓打开，一百多名崇光军骑马自城门鱼贯而出，马蹄声声，催人生离。

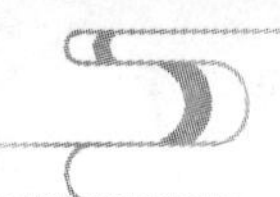

徐山岚在雾霭晨光里牵着缰绳回过头，他是那样的意气风发，继而他又望向静立在不远处的那一道纤瘦身影。

“裴湘，等我从战场上回来，我们就成亲！”

浮生一日

九月初的月童已见秋意。

父兄皆在战场，故徐山霁与子茹的婚礼并未大办。只是请了些亲朋好友，在一个晴日里，他们拜了堂，结为夫妻。

子茹做了新妇，当夜跟随戚寸心从永宁侯府回到皇宫的便只有子意一人，徐允嘉领着濯灵卫一路护送戚寸心入宫，至皎龙门才行礼告辞。

盛大的月辉照得远处殿宇的轮廓越发巍峨神秘，秋夜的风是微凉的，吹去几分酒意，戚寸心低头，看见自己的影子。

远处有十数名宫娥，她们手中所提的宫灯如移动的星子一般，在茫茫夜色里逐渐近前来，她定睛看了会儿，忘了要往前走。

“娘娘。”

柳絮等人走近了些，先行了礼，在抬首时，她瞧见戚寸心似有几分醉意，便忙遣人先去御膳房要醒酒汤。随后，她便与子意扶着戚寸心，还未走入宫巷，就遇上了天子御辇。

天子端坐御辇之上，一身朱砂红的龙袍，金线龙纹在袖间闪着光。

所有的宫娥宦官伏低身子，不敢看天子下辇，直至他走到皇后面前，牵起她的手带她坐上御辇，抬辇的宫人才直起腰，往阳宸殿去。

怀里的姑娘有点儿迷迷糊糊的，靠着他也不说话，谢缈伸手捏住她的下颚，

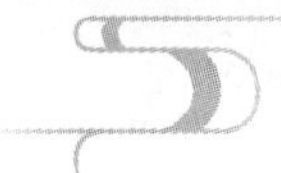

于宫人手中摇晃的宫灯散出的明亮光线中，垂眼打量起她白皙的面颊。

“喝酒了？”

他的嗓音如涧泉泠泠。

“嗯，侯府的花酿很甜。”

戚寸心抱着他的腰不撒手。即便此时无人敢瞧御辇之上的两人，少年也仍旧有些不好意思，他摸了摸她的脑袋，一时没说话。

“缈缈。”

她在他的怀里抬起头。

“嗯？”

他应了一声。

“月亮在那儿。”她说。

谢缈顺着她的视线看去，那里是月童皇宫的最高处，是当年迷信玄风的昌宗皇帝命人修建的濯露台也曾是昌宗修行打坐之地。

今夜的月亮浑圆，从此处看，濯露台便像是最为接近它的地方。

“想去那里吗？”

他伸出手，指向月光里的濯露台。

戚寸心却按下他的手，皱着眉十分认真地对他说：“不要指月亮，不然耳朵会坏的。”

他有点儿迷茫：“谁说的？”

“我娘。”

戚寸心盯着那一轮圆月：“我小的时候指月亮，我娘跟我说月亮上有神明，我指月亮，神明就会认为我存心亵渎，会惩罚我，然后她又揉了揉我的耳垂，说这样我的耳朵才不会坏掉。”

说完，她忽然笑了起来。

这样的说法荒诞且毫无根据，谢缈听见她的这番话，也不由得弯眼笑了。直到他的耳垂忽然被她捏住，她的指腹是温热的，他的耳垂是微凉的，可是被她轻轻揉了一下，就忽然变得红红的。

谢缈的眼睫抖了一下，连带着脊背都变得僵硬了。他对上她的那双眼睛，看见她露出灿烂的笑容。

“这样缈缈的耳朵也不会坏了。”

他嘴唇微抿，知道她是在故意捉弄他，不由得躲开她的目光，轻声说：“本来也不会。”

月光就要被越来越近的高檐挡住，他抬首瞥了一眼，随即便揽住她的腰身，借力一跃。

子意与柳絮等人停下来，所有人只瞧见那一红一紫的两色衣袂轻盈地掠过，转眼他们便上了高檐，几经辗转，融入月辉里。

濯露台上精心雕刻着汉白玉石八卦图，其中有诸多曼妙缥缈的男女神仙，在一片海涛浮浪中，作飘飘欲飞之态。

在濯露台上坐下时，戚寸心还有些晕晕乎乎的，可是风声入耳，明月在怀，她垂下眼睛，便是濯露台底下的那一片红枫林。盛大的月辉与连绵的宫灯之间，红枫犹如烈火，尽是浓烈秋意。

没一会儿，她听到脚步声由远及近，回过头便见是总管张显，他身后还跟着几名宦官。他们动作迅速地将四四方方的小几放下，又放了两张软垫，将食盒里的菜肴糕点都一一摆上桌。

戚寸心认出那风炉是她之前在东陵府尊府里时专门找来给他煮茶的那一个，那上头两团黑乎乎的墨迹，正是她画的兔子。

张显等人很快走下长阶去，谢缈牵起她的手在小几前的软垫上坐下，风炉里添了炭，如今正煮着茶。

他将醒酒汤递给她：“先喝这个。”

戚寸心乖乖地接过来，一边喝一边偷偷看他。汤是酸酸甜甜的，也不难喝，她很快喝光。放下小碗，她却见谢缈轻捋宽袖，露出一截白皙的手腕，然后用玉筷夹了一块八宝肉到她面前的玉碟里。

他什么也不说，但举止极其自然熟练。

戚寸心拿起筷子却没动，坐在对面的少年疑惑地抬眼看她。她一下放了筷子，侧过身绕开案几，抓住他的衣袖，迫使他被动地探身往前。蜻蜓点水般的一个吻落在他的嘴唇上。

谢缈眼睫眨动一下，还没反应过来，她便已经松开他，又规规矩矩地坐回去，拿起筷子一本正经地说道：“因为要吃饭，所以我先亲你的，否则一会儿就

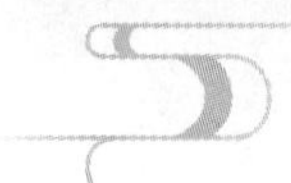

不得空了。”

借口，都是借口。她在心底偷偷批评自己。

谢缈唇畔扬起浅笑，他的眼睛犹如浸润着月辉一般，满是欢欣，见她红着脸低头吃八宝肉，他便又夹了一块鱼肉到她的玉碟里。

“我不想吃鱼。”

她瞧见面前多出来的一块鱼肉，抬头看向他，却见他面露迷茫，像是有些不解，鱼那么好吃，她为什么会不喜欢。她正要笑，却见他又将鱼肉夹到另一只玉碟里，借着石栏边暖黄的灯光，十分专注地将其中的鱼刺一根根细致地挑出。没再从鱼肉中找到一根细刺，他便舒展眉眼，将盛着鱼肉的玉碟放到她的面前，又用那样一双眼睛望着她。

戚寸心抿起唇，却压不住嘴角上扬的弧度，只能躲开他的目光，低头吃鱼。

濯露台上月华满地，时有簌簌声响传入耳中，那是夜风吹着底下的枫林，奏着这世间最能令人宁静舒适的乐曲。

这对夫妻一向有这样的乐趣。在对方的玉碟里堆小山，你来我往，乐此不疲，间或夹着戚寸心的笑声。

回阳宸殿的路上，少年背着他昏昏欲睡的妻子，两个人的影子落在地面，张显等人并不敢靠近，只不远不近地提着宫灯跟在后头。

铃铛一阵一阵地轻响着，细碎悦耳。

戚寸心困得厉害，在浴池里沐浴时，靠在池边不知不觉便睡了过去，谢缈原本在外殿饮茶，乍听得扑通一声，紧接着便是戚寸心的惊呼，他下意识地站起身掀了帘子走入热雾缭绕的内殿。

浴池的壁砖太滑，戚寸心打瞌睡时身子一下歪进了水里。谢缈进内殿时，正见她从水里露出脑袋来。乌黑的长发湿透了，她抹了一把脸上的水珠，抬头正对上他的目光。

热气缭绕，室内朦胧。

湿漉漉的黑发更衬得戚寸心肌肤白皙，她的脸颊沾着水渍，她的眼睛轻轻眨动着，一张面庞迅速红透。

少年的脸颊也添了可疑的薄红，也许是这室内氤氲的热气所致，他一下转过身去，抬脚往外走时，却听得身后有一阵哗哗的水声响起。

“缈缈。”

她的声音从身后传来。少年的脚步一顿，回过身便见她已经穿上一身白色里衣，她的脸颊还是红红的，嘴唇嗫嚅一下，小声地说：“我不小心睡着了，你等了很久吗？”

他摇了摇头，视线掠过她鼻梁上的小痣，也许是热气熏染，她这颗小痣似乎更为殷红了些。

“那，你沐浴吧。”

这样的气氛有些说不出的奇怪，她不知道该说些什么，只觉得室内太热，说罢便绕过他。

可当她抬手掀帘时，细碎的铃铛声仿佛更加催生了某种暧昧的氛围，他修长白皙的手指忽然攥住她的手腕。

她回头，对上他的一双眼睛。

目光相对，他的手指忽而又松开她的手腕，他的手掌干燥温热，覆上她的脸颊，她的睫毛不受控制地颤抖两下。他的眉眼干净漂亮，此时只是这样看着她。他微微俯下身来，清冽的呼吸迎面而来，她便有点儿不敢呼吸。

而后极轻的一个吻落在她的唇畔。

指腹轻触她薄薄的眼皮，他发现她屏住了呼吸，他的眼睛一瞬间弯了起来，浅淡的笑意如粼波微漾，蛊惑人心。

他一手揽住她的腰身轻松地将她抱起来，放到一旁的案上，然后捏住她的下巴，俯身吻她。气息灼热得像是要将脑海里所有的思绪都烧个干净，她有些无助地抓着他雪白的衣襟，承受着他的亲吻。

身体后仰的瞬间，她下意识地松了左手要去撑在桌案，却被他揽住后腰，随即，他握住她的手腕，犹如指引一般地停在他的腰侧。迷迷糊糊间，她迟钝地意识到自己的手指已经钩住了他的衣带……

水汽氤氲的殿室里烛影憧憧，殿外是满庭的月华，落在横斜的枝影之间，好似清凌凌的水痕。

翌日天还未亮便淅淅沥沥下起了雨。

戚寸心被噼里啪啦的雨声吵醒时，发现谢缈已经穿戴整齐，他那一身朱砂红的龙袍泛着光泽，她迷茫地盯着他的背影看了会儿，像是还迷糊着。

小黑猫在他的脚边蹭来蹭去，最终它爪子上尖利的指甲钩住了他的衣袂，他停顿一下，低头瞥它一眼，随即蹲下身去拎着它的爪子，将它的指甲从金线里解救出来。他拎着它的脖颈儿转身，抬眼便见戚寸心正在看他。

他走到床榻前，将小黑猫放到她的枕边。

“下雨了，不能去钓鱼了。”

戚寸心听到小黑猫的喵喵声这样近，才想起昨日她与谢缈说好今天要去陵阳湖钓鱼给猫吃的事。

他伸手摸了摸她的脑袋，又俯身亲了一下她的脸颊，说：“下朝时若雨停了，我们便去。”

画像

月童这几日最为炎热。

炽烈的日光射向栏杆下的水面，粼粼波光照得人刺眼，小黑猫在树上捉弄叫了整夏的蝉，惹得蝉声时而长鸣，时而短促。

细微的铃铛声仿佛是从梦里来的，盖在年轻姑娘面上的书忽然被人移开，大片明亮的光线袭来，她下意识地皱了一下眉。她还没睁眼，又觉得眼前的光忽然减弱了些，待她蒙眬睁开眼时，便瞧见虚虚地挡在她眼前的手掌。紫棠色的宽袖泛着锦缎独有的光泽，他白皙的手腕间是一根殷红的手绳，坠着颗银铃铛。

“缈缈……”

她唤了一声，他便俯下身来将她横抱起来，走入室内。

他身上的味道很好闻，像是积雪压着芳草浸润出的冷沁的香，浓淡适宜，隐隐约约。

灵明楼是月童皇宫中绝佳的纳凉之地。早年大黎南迁后，昌宗皇帝尚不习惯南边的气候，尤其受不了月童一年当中最热的这几日，便命人在陵阳湖上修建了这灵明楼。楼的构造与其他各处宫殿不同，此楼每一层的梁上都由出色的南黎工匠精心设计了引水机关，楼中有贯穿七层楼的水帘，引湖水到梁上，再如雨幕一般坠落湖中，如此循环不息，自会减少燥热之气。

周靖丰近日不在九重楼中，戚寸心这些天便在此处看书习字，夜里才与谢缈

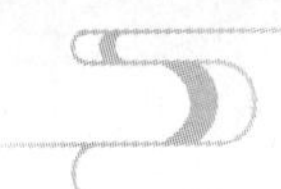

回阳宸殿。

少年将她放在软榻上，侧过脸时，目光落在一旁桌案散乱的宣纸上，零零散散几页纸，一笔一画都是她写的。

戚寸心揉了揉眼睛，见他走到案边拾起那些纸张来看，便一下清醒许多，她站起身跑到他身边想要夺回来，却不料背对着她的少年却忽然转过来俯身抱着她亲了一下。

她有点儿发蒙，目光落在他手指间捏着的那张薄薄的宣纸上，看到那一团奇怪滑稽的涂鸦，她顿时飞红了脸。

“你别看了。”她嗫嚅着说。

那是她练字时困意来袭，随手在边角上画的涂鸦，一个圆乎乎的小人儿，脑门儿上还顶着个“缈”字。

“我给娘子画像，好不好？”他却伸手摸了摸她的脑袋。

“你不去御书房了吗？”她望着他。

谢缈轻轻摇头：“今日暑气过重，有三名朝臣还未至御书房便中了暑。”

“三个人中暑了？”

戚寸心面露惊诧，她回头去望门外，此时正值午后，是一天中日头最大的时候，那些进宫来商议战事的官员，从宫门到御书房要走一段不短的路程，这样的天气，的确很容易中暑。

“那他们如何了？”她又问。

“让人送去太医院了。”谢缈随口答了一声，微垂着头，将她胡乱摆在桌案上的书与练字所用的宣纸都一一收拾好放到一旁，又从底下的匣子里拿出画画用的颜料。笔洗里有清澈的水波微荡，他挽起衣袖，铺开纸。

“等等。”

他忽然听见她的声音，抬起头时便见她已经跑了出去，待她再回来时，谢缈发现她正逆着光立在楼门前，鹅黄色的裙袂边缘有银色的暗纹微微发亮，嫩黄色的花瓣更衬得她发髻乌浓，鲛珠步摇簪在其间，金质的流苏微微晃动着，珍珠排簪也在发髻间若隐若现。她的眼睛清亮，鼻梁上的那颗小痣永远红得惹眼，这景象，令他一时有些移不开眼。

小黑猫有点儿不满地喵喵叫了几声，但还是乖乖地窝在戚寸心怀里没动。她在榻上，坐得端端正正的，还扬起笑脸望着他。

“画吧。”

他眼睫轻颤了一下，不动声色地回过神来。

楼内唯有水帘落下的声音，泠泠的声响，湿润的水汽，消去了午后大半的暑气，谢缈时而垂眼勾描，时而抬眼看她。

“我可以动一下吗？”她乖乖地坐了好一会儿，忽然问。

“嗯。”他应了一声，又抬起眼睛。

她听他应声，像是松了一口气似的，转头就端起小几上的荔枝水喝了几口，里头还有未化的冰块，随着她端碗的动作轻轻碰撞着碗壁，发出清脆的声响。她一手抱着猫，一手端着碗递到他面前。

“子意做的，很甜的。”

谢缈接过来喝了一口，冰凉酸甜的味道沁人心脾，他眉头舒展了些，抬头对上她的笑脸，也不由得弯眼笑了。

黄昏时，大片橙黄绮丽的光洒在陵阳湖上，也穿插入楼中，在地面上形成大小不同的光影。

戚寸心看着他用沾了朱砂的笔尖轻轻在纸上一点，画中的人鼻梁上顿时添了一颗殷红的小痣。

“我从前只知道你字写得好，原来你的画功也这样好。”她抬起头说。

“他教的。”

他没抬眼，只看着画上抱着猫的妻子。

即便身为弃子，他也仍要被教授所谓的君子六艺，就算那个时候尚且还不知他有没有那么好的命来享受风雅之事，吴泊秋也仍要苛求他的书画之工。吴泊秋曾言，君子岂因龙困浅滩而不思进取。

“那你教我吧。”戚寸心歪着脑袋看了一会儿画上的自己，她伸手去拽他的衣袖，“这样的话，以后等我学会了，我就在旁边画一个缈缈。”

“娘子最是好学。”谢缈闻言，唇角微弯。

夕阳的余晖逐渐消散，夜幕悄然降临，回到阳宸殿用过晚膳，洗漱后，戚寸心从匣子里取了药膏来，替谢缈涂颈间的蚊子包。她一边涂药，一边偷笑。竹片沾着冰凉的药膏涂在他颈间红红的痕迹上，缓解了几分痒意，他侧过脸来瞧见她

的神情，一下便抿起了嘴唇。

“笑什么？”他的嗓音清亮。

“没笑。”她摇摇头，尽量摆出正经神色，可是没一会儿又忍不住笑，“缈缈，你怎么一到夏天就会被蚊子咬啊？”

还跟三星连珠似的。

他没说话，却忽然将折子扔下，伸手扣住她的肩，回身来便将她压在榻上，那双如琉璃般的眼睛正静静地盯着她。

“你生气了？”她眨了一下眼睛，脸颊有点儿发烫，这样近的距离，呼吸都有点儿不敢了。

“没生气。”他简短地答。

“那你……”

话说一半，她的声音戛然而止，只因他忽然低下头来，将一个吻落在了她的颈间，随后，微凉的唇瓣在薄薄的肌肤上辗转，有种细微的刺痛感，而她的大脑此时一片翻滚沸腾。他抬首，一双清澈的眸子里盛满餍足。目光落在她颈间，白皙的肌肤更衬得一片红痕显眼，他这才满意地笑了。

戚寸心的脸已经红透了，她还不知道自己颈间有些什么，于是顺手拿起一旁的软枕就往他身上扔，扔完又把自己卷进薄被里。

“娘子还没看书。”谢缈隔着被子戳了戳她的后背。

“我困了。”她闭起眼睛，心里却在想，谁要看你的兵器谱。

“你答应过我的。”他说着，将她从被子里挖出来，揽到自己怀里，拿出徐允嘉昨日才送来的兵器谱，“娘子不能食言。”

戚寸心没办法看他那双亮晶晶的眼睛，只好认命地盯着他手里翻开的兵器谱，陪着他一块儿看。没一会儿，她的眼睛就有点儿睁不开了，偷偷地打了个哈欠，她大睁着眼睛努力盯着又看了会儿，也不知道什么时候就闭起了眼睛。

“娘子。”

迷迷糊糊地，她听见他的声音。她不想理他，想就这样睡过去，可是他又连着唤了两声，她有点儿生气地睁开眼睛瞪他，却正撞见他的笑眼。她愣了一下，发现他的一只手探到了半开的窗外，夜风吹得他雪白的宽袖微微晃动，而就在她看向窗边他紧握的那只手时，他却将手送到了她面前。

“有东西给你。”

“什么？”戚寸心盯着他的手。

少年蓦地舒展手掌，几粒浮光毫无预兆地从他指间掠出，在她眼前晃来晃去，那是几只小小的萤火虫。

她的目光追随着几点荧光望向窗外，它们在一片葳蕤的草木中发着光，好似这黑夜最为漂亮的生灵，更像是从天上掉下来的一颗颗星子。她侧过脸来，望向面前的少年。刚刚他似乎只是一时兴起，伸手捞了一把萤火虫给她瞧，这会儿他的目光又落在了手上的兵器谱上。

这样的谢缈看起来又乖又可爱，戚寸心忍不住又盯着他看。

“缈缈。”她唤了一声。

“嗯？”

少年纤长的眼睫微抬，不过转瞬之间，他便已经被怀里的姑娘捧住脸，一个亲吻落在他的嘴唇上。

兵器谱从床榻上跌落至光可鉴人的地面，少年耳郭微红，伸手扣住她的后脑勺，唇齿纠缠，呼吸交接。

少年游

十二月廿八，大雪。

戚寸心一觉醒来已是天光大亮。察觉今日似乎更冷了些，她拥着被子坐起身，推开窗便撞见一个银装素裹的世界。雪许是昨夜下的，已在枝间、檐上积压了白茫茫一片。隔着草木疏影，她隐约瞧见不远处有数名宦官正在扫雪，此时仍有漫天的鹅毛大雪纷飞飘落。

“柳絮！”

凛冽的寒风拂面，她打了个喷嚏，随即回头唤了一声。

月童今年的初雪来得迟些，却比往年要盛大。下了朝，百官自天敬殿鱼贯而出，三五成群地往皎龙门去。他们的小厮仆从都等在皎龙门外，只等自家老爷一到，便上前撑伞挡雪，再递上暖手的汤婆子。

所有官员都上了自家府里的马车要出宫，一袭鸦青锦袍的年轻男子却伞也不撑，捏着个竹筒，也不管身后的顾毓舒等人跟不跟得上，自顾自快步往前走。还未走近那长长的阶梯，男子便望见立在天敬殿前一身紫棠龙袍的天子。

雪似鹅毛，飞舞。

那男子快步往阶梯上走去，到了檐下便当即一撩衣摆下跪行礼。

“臣程寺云，拜见陛下。”

“麟都有密报。”他说着便将手中的竹筒奉上，“兰涛已经离开麟都皇宫，往关外新原去了。”

总管张显接了竹筒拆开，将信笺展开递给了天子，而天子不言，只接过略略扫了一眼纸上的字。

“兰涛与乌落宗德是结义兄弟，乌落宗德被吾鲁图等人鸩杀后，兰涛便与吾鲁图斗得不可开交。他如今要回关外，看来是失了呼延平措的宠信，又或者，是他对北魏皇室已经彻底失望了。”立在天子身侧的徐允嘉说道。

“兰涛与乌落宗德一样，也主张亲汉，只是乌落宗德的死，令他有些过分着急了。”谢缈随手将信递还给程寺云，“让董成禄谨慎些，吾鲁图可是一条专咬汉人的疯狗。”

“是。”程寺云垂首恭敬地应声。

檐外是一片白茫茫的天地，凛风吹着谢缈的衣袂，他看着程寺云走下长阶，身影在其间越发渺小。

“澧阳知府的事，查探清楚了？”

“遣去澧阳的人今晨回禀，确有其事。”徐允嘉说道。

随着南黎与北魏战事不断，北魏有不少汉人横渡仙翁江流落至澧阳，然而澧阳知府却紧闭城门，拒绝大批难民涌入城中。他们有些甚至未能安然渡江便永远成了江上的无根浮萍，而有幸渡过江来的，却又成了澧阳城外的饿殍。

“那便不必让这知府入月童治罪了。”少年天子的眉眼仿佛比雪还要冷，他的语气却是轻盈的，“让你的人在澧阳将他就地正法。”

“是，拨至澧阳赈济难民的官银已在去的路上，臣会命人随行督察，决不容忍贪墨。”徐允嘉说着，见天子移步，便接了身边人手中的纸伞，上前去替天子撑伞。

可才走下两级阶梯，谢缈忽然脚下一顿。伞外是茫茫大雪，他抬眼瞧见长阶底下有一行人越来越近。走在最前面的，是一道紫棠色的纤瘦身影。

戚寸心不要任何人的搀扶，她步履轻快地撑着一柄烟青色的纸伞，一如当初在东陵的那天，她也撑着这样一柄纸伞，就在东巷学堂的大门处望着他。

这样的大雪天，心情烦躁的谢缈见她在长阶底下朝他招手，他的眼睛就不自觉有了弯弯的弧度。他伸手取走徐允嘉手中的伞，快步朝阶梯下走去。

衣袂携风，伞上覆雪，他踩踏着积雪，快步走到她的面前，随即俯身躲到她

的伞下，反将自己的纸伞随手扔给身后的徐允嘉。

“这么冷，娘子来做什么？”

他握住她的手，不出所料，她的手是冰凉的。

“下雪了，来接你。”

戚寸心牵着他的手转身往前走。纵然他已是天子，此时也任由他的妻子牵着，乖乖地跟随她的脚步，而他的目光始终流连在她的侧脸。

这样冷的天气，她的鼻尖和脸庞已经冻得有些发红，看上去有点可爱。发觉她因他的身量过高，伞举得有些费力，他便伸手将她手中的伞柄接过，还不自觉地将伞往她那边倾斜了些，如此便能挡去诸多风雪。即便雪粒打在他的手背，他也浑然不觉。

回到阳宸殿后，柳絮送来了暖身的热汤，戚寸心坐在罗汉榻上小口小口地喝汤，谢缈从屏风后走出来时已换了一身常服，随即坐到她身边，也捧起了汤碗。

殿内寂静，戚寸心忙着完成周靖丰交代的课业，而谢缈则手持朱笔批着奏折，两人坐在一块儿，安安静静的。戚寸心偶尔会从一旁的玉碟里捏起一颗果脯，却是头也不抬地先伸手喂给谢缈，然后才又捻一颗喂进自己嘴里。

她看书看得入神了些，一个没注意，果脯抵在了谢缈的下颚。她一下抬头，对上他的眼睛，一个没忍住笑出了声。

谢缈握着她的手腕，将果脯吃了，又伸手摸了摸她的脑袋，随即再度垂头去看案几上翻开的奏折。

九龙国柱入宗庙，帝后理应入潜鳞山观礼。

午后，数千人随着天子车辇浩浩荡荡地出了城门，上潜鳞山。

宗庙屹立于潜鳞山巅，国柱就在宗庙前的圆台之上，攀附其上的九条金龙鳞片分明，栩栩如生，龙头往下，似在俯瞰河山。

戚寸心身着朝袍，戴朝冠，与谢缈入宗庙待至黄昏时分。要离开时，她已被这一身朝袍、头上的朝冠，压得有点儿直不起腰。至宗庙外，戚寸心却见徐允嘉牵了一匹马来。她身边的年轻帝王此时摘了冠冕拿在手上，其上的冕旒玉珠随着走动发出轻响，她侧过脸，正见他将冠冕扔给身旁的总管张显。

“这是做什么？”她疑惑地问。

下一刻，他却伸手来摘她的朝冠，或是怕朝冠上珍珠宝石之类的饰物钩到她的发丝，他的动作有些缓慢。

所有人都背过身去，他解开她绣着金线凤纹的外袍，再从子意手中接过狐狸毛的披风，将她裹在其中，又替她系好领口的系带。

谢缈似乎终于满意，捧着她的脸，轻声道："娘子，我们骑马回去。"

戚寸心被他抱上马，她有点儿无措地触摸了一下马的脖颈，发现它很温顺，一动也不动，于是她又伸手摸了摸它的脑袋。下一刻，谢缈也跃上了马背，握住缰绳，将她揽在怀中。

无伞遮挡，雪花一片一片地落下来，落在他乌黑的发间，他的肩头，他的衣袖上，马蹄踩着积雪发出沙沙的声音，凛冽的风将她的耳郭吹得发红，他便伸手将兜帽扣上她的脑袋。

徐允嘉等人跟在后头，始终隔着一段距离。

"今天真的可以晚回去吗？"她仰头望着他的下颚。

"嗯。"他应了一声。

"那我想吃鸡脆饼汤，舅舅生前最喜欢的那家。"她说。

"好。"

"快过年了，听说西市近几天夜里有烟火可以看，我想去看热闹。"

"好。"

"你怎么什么都说好啊？"

她抿起唇，嘴角上扬。

这黄昏的山间，金色的夕阳洒在白茫茫的雪地上，他踏着那片光影策马而行，听见她的声音，便低头亲了一下她的头顶，有点儿像撒娇。

戚寸心一下低头，兜帽边缘的狐狸毛轻拂她的脸颊，痒痒的。她眼前是茫茫白雪，青黑色的枝叶在重重积雪中半遮半掩，犹如一幅色彩极少，意蕴却深刻的水墨画。

即便凛风迎面吹来，戚寸心也仍觉得眼前的这一切像是一场梦。

讨厌雪的人，此时却带着她策马于这白茫茫的天地之间，不在意他衣袂沾了多少雪，也不在乎这极致的白曾是他的噩梦。

脱去帝王冕服的他，只是腰间系着她的百珠结红丝绦的少年。

如果不是在战事频发的乱世，她也许就能与他策马山川，去任何想去的地方，哪怕是做最平凡的人，那该是最美好的愿景。

不再有人如她一般在儿时便颠沛流离，不再有人如小九一般生生被战争倾轧至死。仙翁江不再是隔断两方的界线，它必须是汉人的长河。

风雪更大，穿梭林间时，有枝头落下的一点积雪打在她的兜帽上，她一下回神听见了他的轻笑声，随后便是他的手轻轻拂落了微融的积雪，在她回头看他的时候，他毫无察觉，一双眼睛仍在看着远处。

“缈缈。”

她忽然唤他，她的声音在风中不甚清晰，可他还是听到了。他稍稍垂首，想要再听清些她接下来的话。

冷不防，却被她亲了一下。

只那么一下，他垂下眼睛，便撞见她灿烂的笑容，在黄昏最耀眼的余晖里，她令人有些移不开眼。

他不知，在他身边，她弥补了好多的遗憾。

若她的祖父与父亲还好好的，她作为戚家女儿理应识文断字，知书明理，可她偏偏流落东陵为奴为婢，只识字却不懂文。

若非他，她也许还不能从一个只能被动地等待着世道变得公道的自己，成为与他并肩携手、共挽狂澜的自己。这是她心中最为值得的事。

与他一起成长，与他此生结缘，她有过退缩，却终不后悔，她始终要和他在一起。

少年人行少年事，不负明月与彼此。

这一程险山恶水已过，大道坦途终要向他们而来。

游鹤洲

元微七年，天下初定。

伊赫人被驱逐出中原后，元微帝谢繁青命宋宪出征关外，将伊赫残余势力逼至新原，彻底阻断了呼延氏与西北部落结盟反扑的可能。

南黎，终复昔日大黎的荣光。

时年四月，大黎皇后戚氏令官府于业城撷云崖上开市，一手促成南疆与大黎的经贸往来。为消除汉人与南疆人的顾虑，皇后戚氏下令，入撷云崖经商的南疆人不可携蛊，汉人则不可偷下撷云崖，违背南疆风俗，此为铁律。撷云崖内专设商司，其中半数汉人半数南疆人，共同管理。

时年六月，南疆奉大黎皇后戚氏为月女，明月与朝阳对于大黎来说同样意义非凡，而南疆人永远只崇信月亮，戚皇后成为南疆月女，昭示着南疆与大黎隔阂不再，永世交好。

元微八年，帝后出游鹤洲。

在曾被北魏强占去的半壁河山里，就有鹤洲。鹤洲雨水丰沛，四季如春，其奔月山上的腕夕泉闻名天下，曾有先朝文人雅士言，腕夕泉之水至清至纯，当属世间煎茶第一泉。

时值五月，奔月山上草木葳蕤，叶尤绿，花极盛。此时，晨间的雾气稍浓，在竹楼前缭绕浮动，让这里宛如人间仙境一般。

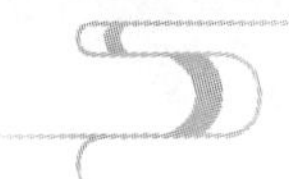

“娘亲娘亲，我们什么时候去摘果子呀？”小男孩稚嫩的声音仿佛穿透了整个梦境。

“等你父亲醒来，天再亮些，我们就去。”柔软的女声仿佛刻意压得低了些，不甚清晰。

隔着一扇半开的窗，躺在床榻上的青年睁开眼睛，定定地盯着上方的素色幔帐，眼底的惺忪睡意在窗外时不时传来的说话声中逐渐消退。他后知后觉地坐起身来，侧过脸时，透过半开的窗望见了院中的人。

“星星可以自己擦脸吗？”

年轻的女子藕荷色的裙袂被微风轻扯着散开，更显轻盈，素色的披帛被她用来挽起了宽大的衣袖，此时她捧了盆里的水洗了一把脸，那张白皙秀丽的面庞还沾着水，一双杏眼清澈明亮。

“可以。”

和她一块儿站在水盆前的小男孩还没有放置水盆的木架子高，他点点头，接了她手里拧过的布巾来，乖巧又认真地擦着自己的脸。

仍未亮透的天空呈现出一种暗青的色泽，小院内的草木在晨风中簌簌作响，女子抬眸，对上窗内那青年的一双眼睛。

相比少年时，谢缈的脸部线条更显刚毅，此时乌黑的长发披散着，他的面庞白皙，眉眼漂亮。而她身边的小孩儿有着一双与他极为相似的眼睛，都似琉璃般，一眼便会令人惊艳。

“父亲。”小男孩一转头看见他，便站直身体唤他。

“嗯。”谢缈的目光落在他的身上，轻轻地应了一声。

这竹楼是徐允嘉向山上的猎户赁来的，他们已在奔月山上逗留了小半月，朝饮腕夕泉，夜酌吹花酿，山中野趣，惬意非常。

山上的樱桃已熟，昨日他们自腕夕泉回来的路上便见了一片樱桃林，红红的樱桃挂满枝头，十分喜人。

附近的农户家里有用竹篾编的小篮子，戚寸心昨日特地给谢濯星买了一只小的，今日他洗漱完毕，吃过早饭后，便迫不及待地提着自己的小篮子催促她。

“娘亲，摘果子！”

“小公子不急。”将茶具等杂物收拾好，年轻的婢女回头瞧见那粉雕玉琢的男孩站在太阳地里朝戚寸心催促，便不由得露出一个笑容，“这就走了。”

子意两年前便嫁给了涤神乡的副乡使顾毓舒，这婢女便是后来跟在戚寸心身边的大宫女春喜。徐允嘉也已成家三年，他家中有一个两岁的小女儿，如今抱起三岁的谢濯星也算得心应手。

“缈缈，抱星星。”

可临走时，戚寸心拽了拽谢缈的衣袖。

谢缈脚步一顿，看了看她，又回头去看被徐允嘉抱在怀里的星星。星星正想将小黑猫装在他的小篮子里，可奈何猫太胖，他的小篮子根本装不下。

小黑猫利落地从星星怀里跳下去，十分熟练地爬上了谢缈的肩头坐着，还喵喵叫着，用毛茸茸的脑袋去蹭他的脖颈。小孩儿的目光随着小黑猫往上，一时间，他们父子之间四目相对。

谢缈微抿着唇，沉默地走到徐允嘉面前伸手将谢濯星接过来，回头撞见戚寸心的笑脸，他的神情似乎也变得沉静。

父子二人之间一向寡言，一路上谢濯星也只是偷偷地望着谢缈的侧脸，连看风景也忘了，回过神时他已经在樱桃林里了。

戚寸心带着谢濯星摘了会儿樱桃，小孩儿精力旺盛，蹦蹦跳跳的，不知疲倦。将他交给春喜带着去玩，她便在谢缈对面的石头上坐下来。谢缈适时递上来一碗茶，是昨夜用腕夕泉水冷泡好的，一直密封着，如今入口也还是凉沁沁的，十分解暑。

阳光不燥热，清风也徐徐，她舒展眉眼，不知道第多少次在心中赞叹这样的神仙日子。

或许是瞧见谢缈在看被小黑猫追着跑的谢濯星，她一手撑着下巴，盯着他看了会儿，直至他饮了一口茶，她才忽然出声。

“缈缈。”

他抬眼看向她，枝叶的影子投在他的侧脸。

“我们还有很多的时间，”她说着，握住他的手，侧过头去看那个跑来跑去开心恣意的小孩，“所以你可以慢慢来。”

他随着她去看那个把开心都写在脸上的小孩，听见她的后半句话，又蓦地偏头来看她。

樱桃林的南面有一汪湖水，谢濯星开心地跑向了湖边，戚寸心喝了会儿茶，吃了两块糕点，便去湖边寻他和春喜。

“夫人。”

春喜正和谢濯星用石子儿打水漂玩儿，听见脚步声，回头见是戚寸心便笑着唤了一声。

戚寸心朝她点头也笑了笑，然后走到谢濯星的身边，接了他手里的石子儿来和他一起玩。

春喜提着装满樱桃的小篮子回去，湖边便只剩下戚寸心和星星，她正琢磨着怎么才能打出漂亮的水漂，却听谢濯星忽然问。

“娘亲，父亲是不是不喜欢我？”

戚寸心一顿，转头看向他。

“他抱我的时候不笑，也不和我说话，”小孩抬头望着她，“他不说话，我也不敢说话。”

戚寸心摇摇头，将他抱到一旁的大石头上坐下，摸了摸他的脑袋，认真地说：“父亲怎么会不喜欢星星？他不说话，是因为不知道该怎么跟星星说话。”

小孩儿睁着一双懵懂的眼睛，并不能理解她这句话里的意思。

戚寸心想了想，问他：“星星是不是每一天都过得很开心？”

“嗯！”小孩儿重重地点头。

“可不是所有的小孩都能像星星一样，”她抬头，望着被风吹皱的湖面，“你父亲小的时候，每一天都过得很不好。”

她又对上他的眼睛说：“他甚至还没有娘亲过得好，娘亲小的时候，身边有你的外祖母，可他什么也没有。”

他的眼睛睁大了一点儿，似懂非懂。

“他不是不喜欢星星，只是第一次做父亲，不知道怎么跟星星相处。”戚寸心鬓边的浅发被风吹起，她伸手将头发轻轻别到耳后，朝星星笑了一下，“他已经在努力地靠近你了，你也要再努力一点靠近他。”

出了樱桃林，再沿山野小径走一段路便回到了竹楼小院，谢濯星和小黑猫在院子里玩，谢缈正在室内翻看从月童送来的信件，而戚寸心瞧见桌上的两个油纸包，她忙走过去打开来。

一袋是奶酥烧饼，一袋是麻糖。

她抬头见谢缈坐在罗汉榻上看信，手中捏着的茶盏也未放下。想了想，她放下油纸袋，走过去捧起他的脸。谢缈被迫仰头的瞬间，她的亲吻来得这样突然。他手中的茶盏骤然扣在案上发出了清晰的声响，待她蜻蜓点水要退开时，反被他扣住后脑勺，加深了这个吻。

风炉内的茶水煮沸了，热气正不断地缭绕而出。

她不慎被热气烫了一下手背，哼了一声，他便松开她，随即握住她的手腕。在窗外透进来的光线里，他看见她白皙的手背上添了微红的一片。

“疼吗？”他抬眼。

“只这么一下，也不算疼。”戚寸心摇了摇头。

他盯着她的手背，忽而低首轻轻地吹了吹。凉凉的风拂过，她的手指微微蜷起，在这样明亮的天光里，她打量着他，忍不住扬起嘴角。

“缈缈，你怎么会忽然给我买奶酥烧饼啊？”她问。

“你昨晚梦呓，说了三次‘奶酥烧饼’，五次‘好吃’。”他的嗓音清亮动听，说罢又吹了吹她的手背。

“我说了吗？”戚寸心面露疑惑。

他又抬起头来看她：“说了。”

“那麻糖呢？”戚寸心凑近他，故意问，“麻糖好像不是我喜欢吃的，你买给谁的？”

他抿起唇，不说话了。

戚寸心忍不住笑，又亲了一下他的脸颊，说：“缈缈，送礼物要自己送，不要假手他人，我可不会帮你。”

正值午时，春喜在厨房里忙着生火做饭，戚寸心纵然做皇后做了六七年了，却也总不忌讳庖厨，如今在外游山玩水，她更没什么拘束，只在房里和谢缈待了一会儿，便打算去厨房亲自做两道菜。

“星星。”

路过廊上，她瞧见在院子里抱着猫玩的谢濯星，便朝他扬了扬下巴，示意他进房。谢濯星看了看她，又看了看大开着的房门。

他乖乖地放下小黑猫，走上阶梯，站在门口往里头望了望。他看见身着苍青

锦袍的青年端坐在桌前看书饮茶，神情疏淡。

或是听见脚步声，谢缈抬首看到谢濯星走到他的面前来，随后星星双手扶着桌案的边角，用那双与他相像的眸子望着他。

"父亲。"他站得端端正正，在谢缈面前不自觉地守礼了很多，像个小大人似的，他鼓起勇气，"我可以跟您一起看吗？"

"嗯。"

谢缈先是一愣，随即朝他招手，待他走近，谢缈便将他抱到自己膝上坐着。

三岁的小孩儿哪里认识那么多字，可谢缈见他认认真真地盯着书上的字，一副津津有味的模样，他翻书的手一顿，开口道："看得明白？"

"不明白。"小孩儿仰头望向他。

父子之间一时无话。

谢缈抿着唇，不时地瞥一眼桌上的油纸包。他想起戚寸心的话，捏着书的手指半晌没动，隔了会儿开口道："那是麻糖。"

小孩儿先是抬头望他，又随着他的视线去看桌上的油纸包，之后立即伸手去拿，可他太小了，桌案对他来说有些宽大。于是谢缈长臂一伸将油纸包拿过来递给了他。

小孩儿将其打开，便看见里面的长条麻糖，他的眼睛瞬间亮了起来。他拿出一个刚想放进嘴里，可又停顿一下，将麻糖递到了谢缈的嘴边。

"父亲先吃。"

谢缈对上他的眼睛，到底还是张嘴咬了一口。

大抵是吃麻糖吃得开心了，小孩儿坐在他膝上晃荡着腿，问他："父亲，娘亲说您不是不喜欢我，是不知道怎么和我说话。"

谢缈闻言，目光再度从书上落在他的身上。

"那我和您说话，您也会和我说话吗？"小孩儿的话充满稚气与天真。

谢缈轻声应道："嗯。"

"娘亲说，我今天能看到的花花和小草，还有那么甜的果子，都是父亲您很努力才换来的，"谢濯星学着大人的口吻，一张小脸皱起来，看起来滑稽又好笑，"父亲以前过得不开心，所以很多人今天才能过得开心。"

"我长大了也要像父亲一样。"他说。

“你不需要。”谢缈说。

“为什么？”小孩儿歪着脑袋望他。

“因为生你在太平盛世。”谢缈伸手，在半空停顿片刻，还是落在了小孩儿的脑袋上，他的语气沉静而温和，“你只需要守住它。”

小孩儿还听不懂他的话，只能胡乱地点头，隔了会儿，又说：“我也想让父亲开心。”

谢缈盯着他：“那你只需要做一件事。”

“什么啊？”小孩儿好奇地望着他。

目光又落在书上，手指翻动一页，谢缈的语气轻了些：“入夜便不要再缠着你娘亲，既是储君，便该多加约束自己，趁早习惯自己就寝。”

小孩儿的眼睛大睁起来，本能地想要拒绝。

谢缈没听到他说话，便抬眼瞥他：“怎么，你想出尔反尔？”

出尔反尔……宫里的老师好像教过这个成语，小孩儿想了一会儿才想起它的意思来，他抬头望向他的父亲，有点儿委屈。

“好吧……”他小声说道。

游麟都

元微八年八月十五。

麟都是千年帝都，虽伊赫人来了又走，但这座古都仍未失掉其沉淀千年的丰厚底蕴。

八月临街有桂花满树，或黄或白的细碎花瓣在悠悠微风中铺满了整个街道，又积存于重楼瓦舍的檐上檐下，香甜的味道飘了满街，更潜入深巷，随着初秋的风涌入清晨的院落。

天才蒙蒙亮，戚寸心仍旧熟睡着，躺在她身边的谢缈却一瞬睁开了眼睛，他侧过脸盯着她看了一会儿，随即动作极轻地起身推门出去，在淡淡的晨雾里，谢缈轻缓地洗漱完毕。正站在院中时，听见开门声响起，他回过头，便见谢濯星扶着门从耳房里出来。

他的衣服穿得一点儿也不板正，大约是人还没醒透，外衫的扣子扣错了好几颗，瞧见院里的雪衣青年，他揉了揉眼睛，软乎乎地唤了一声。

“父亲。”

“过来。”谢缈轻轻颔首，语气平淡。

小孩儿乖乖地走下阶梯，到他的面前仰望着他。谢缈俯身，白皙修长的手指轻解他的衣扣，又慢条斯理地替他一颗颗重新扣起来。

“怎么衣裳也不会穿？”

小孩儿打了个哈欠："我还小。"

见谢缈神情冷淡地瞥他，他又一个激灵，站直身体。隔了一会儿，他没忍住小声地说："娘亲说，父亲十七岁都还不会自己穿衣裳。"

谢缈闻言，眉心一跳。

春喜端了水来要替谢濯星擦脸，可他摇摇头，硬要自己擦，像个小大人似的，有条不紊地擦脸刷牙。他原本洗漱完就想去屋里找戚寸心的，却被谢缈抓了回来。

"你母亲仍在安睡，不可扰她。"

谢缈腕上的银铃铛发出细微的声响，谢濯星用手指碰了碰，他知道他的母亲也有一颗小铃铛，于是他仰头望着谢缈。

"父亲，为什么您和娘亲都有小铃铛？我也可以要一个吗？"

"不可以。"谢缈拒绝。

"哦……"小孩儿失落地垂下脑袋。

戚寸心醒来后在被子里拱来拱去好一会儿，听到外头的动静，她才坐起身来去望窗外。

天色已经足够明亮，院子里身着雪白锦袍的青年手持钩霜挽了一个漂亮的剑花，剑刃于风中震颤铮鸣，他的剑招流畅凌厉，迅疾如风。那剑刃闪烁的寒光犹如流星一般时隐时现，足能晃了人的眼。

戚寸心侧过脸，忽见立在树下的小孩儿正望着院子里衣袂携风的青年，自己也在那儿胡乱挥动着手里的小木棍。她笑起来，饶有兴致地看了好一会儿。

练完剑后谢缈去了浴房，回来已换了身衣裳，他的头发有些湿，走进室内时瞧见戚寸心已经醒来缩在被窝里看书，他脚步一顿。

在戚寸心抬眼望向他时，只这么一瞬，他便走到床榻前来，俯身亲吻了她的脸颊，可他的神情中带了点儿负气的意味，随后在床沿坐下。

"娘子，我与你在东陵时，你替我穿衣的事都告诉他了？"他问。

"啊？"戚寸心看着眼前这青年的眼睛，莫名有点儿心虚，"星星上回衣裳穿错了，我同他说这话原是哄他的。"

"我只是不会穿蛮夷的衣裳。"他默默地看着她片刻，随后才道。

"我知道。"戚寸心敷衍地点了点头，随后伸手抱住他撒娇道，"我要起床

洗漱了。”

谢缈不说话，却揽住她的腰将她抱起来，走到屏风前才将她放到一旁的桌案上坐着。

“今日是中秋，过节就要穿得漂亮些，”戚寸心坐在桌案上晃荡着双腿，指着打开的箱笼对他道，“缈缈，你给我挑吧。”

谢缈不言，从中挑出一件丹橘绫罗裙来，回头看她。

“这件好，很适合秋天。”戚寸心点头朝他笑得灿烂。

换衣洗漱再梳妆，春喜在门外小心翼翼地说早膳已经摆上桌，她便穿着谢缈给她新买的兔子绣鞋，开开心心地牵着他的手出去。

用过早膳，戚寸心便与春喜一道在厨房里忙着做月饼，这两日外头有木匠专卖做月饼的模子，春喜买了些回来，其中还有兔子、小猫、小狗的模子，是专给谢濯星买的。

谢濯星和戚寸心一块儿在案板前做小兔子月饼，谢缈在廊上看书饮茶，小黑猫在他怀里打着呼噜，他听见厨房里传来谢濯星和戚寸心的笑声，又看了看怀里的小黑猫，一人一猫面面相觑。最终，他站起身，将书随手扔到椅子上，小黑猫则迅速跑下去了，摇着尾巴在院子里窜来窜去。

谢缈走下木廊到了厨房，看见谢濯星和戚寸心的脸上都沾了白色的面粉，像两只花猫。

“我做的两个小兔子月饼都给娘亲。”小濯星戳了一下兔子月饼，开心地对戚寸心说。

“那小猫月饼呢？”戚寸心问他。

“给父亲。”他笑起来，鼻尖沾着的白色面粉让他看起来又可爱又好笑。

“我自己吃小狗的。”他说。

谢缈立在门口看了一会儿，院内风声簌簌，却让他的心境安详而平静，浅金色的光线里，他的眼睛微微弯起。

就这样静静地看着，真好！

曾几何时，幼年的他也憧憬过此情此景，母亲语笑晏晏，蹲下身轻轻抚着孩童的头顶，那些细语软言从她那丰润的双唇中发出，又传递到孩童的耳朵里，这是多么温馨而又幸福的画面。虽然往事不可追，但至少现在他的妻和子，常伴身旁，何其幸运，又何其幸福。

黄昏时分，春喜让随行的濯灵卫帮着将一只又一只的花灯挂上树梢，待天色暗下来时，满树的花灯闪着暖黄的光，照得这院中明亮至极。

徐山霁与子茹千里迢迢从月童而来，此时方至。纵然徐山霁如今在兵部任职，可他对做美食一向很有心得，也从不忌讳自己下厨，如今来了这麟都小院，他袖子一挽，也没歇口气，便与子茹一起进了厨房。当天色彻底暗下来时，莫宴雪与关家寨的女寨主关秋染也来了。

今夜的月亮格外圆，盛大的清辉散漫一地，外头有烟火鞭炮声，而院中众人围坐一桌，已至开宴时分。

徐允嘉与徐山霁都有些拘谨，毕竟是与帝后同桌，他们远不如莫宴雪与他的妻子关秋染这样的江湖客来得恣意。

“庄主和周老的身体都好着呢，我们来的时候，他们硬要我给你和星星带礼物，你是不知道，若只是庄主和周老也就罢了，你那些个师兄师姐也来凑热闹，塞满了一马车，我和你嫂子都没地儿坐……”

莫宴雪听戚寸心问起周靖丰与莫韧香，便来了劲竹筒倒豆子似的说。

“还有某些个不在山庄里的，天南海北的，半道上我都能收到他们托人带来的物件儿。”

“我也有礼物送先生和师娘，还有各位师兄师姐，这一路游山玩水，买了不少的东西，只怕二百五十哥此番回去，仍要带着一马车的礼物了。”戚寸心说着便笑起来。

“若是有我的份儿，也不是不可以。”

莫宴雪喝光了杯盏里的酒，也笑了一声。

“自然是有的。”戚寸心忙点头。

天下归一，如今周靖丰已不在九重楼中，他与莫韧香在石鸾山庄归隐，倒也得了逍遥快活的日子。

值此中秋团圆夜，几人在桌前说说笑笑，也不知什么时候，谢濯星在饭桌上睡着了，谢缈将他从戚寸心的怀里抱起来，转身去了卧房。

谢缈不在，徐允嘉与徐山霁便松了口气，两人闲聊喝酒没个完。

“姑娘，姐姐如今身子重，不然她也是想来的。”子茹眉眼含笑。

“过几日我们便要启程回月童了，回去之后，你我一块儿去看看她。”戚寸心正在瞧裴湘的信，听见子茹提及子意，便抬眼看她。

徐山岚从战场回来后，便与裴湘成了亲，他们的女儿两月前出生，依照裴湘与徐山岚的约定，女儿随她姓裴。裴湘寄信来，便是想请她在信上所写的名字中挑一个好的。

夜愈深了，院中月光与灯火交织，戚寸心坐在廊椅上，等谢缈拿了披风来裹在她身上，她便牵着他的手出了院门。

长巷寂静漆黑，他手中提灯，照亮两人脚下的路。夜风还不算凛冽，携带满城的桂花香迎面而来，他和她的步履一样轻快。

街市上仍旧热闹，行人来来往往，摩肩接踵，穿过街市人群，戚寸心手上便多了几个油纸包。

护城河里半数的河灯燃尽了短蜡，但还有些仍在闪着橙黄的光，照得水面波光粼粼，勾连出一片朦胧的倒影。

风吹着谢缈的乌发，殷红的发带随之而晃荡，他始终紧紧地牵着她的手，提着灯在她身旁。

“以前常在想，什么时候才可以过上这样的日子，好好的节日就该人人都带着笑脸，这河里就该漂浮着这么多的河灯，”她的声音在风里，那样柔和悦耳，“现在我和你站在这里看灯，又觉得这一切美好得像是一场梦。”

他唇角微扬，专注地望着她，没有说话。

人群里传来一阵鼓掌叫好的声音，戚寸心回头，正见那杂耍卖艺的年轻男子嘴里喷出一阵火焰来，那火光照得围观的人面色都是红的。桥上聚集着几名衣着光鲜的男女，或吹洞箫，或抚瑶琴，或弄琵琶，丝竹管弦之声入耳，眼前的所见所闻，无不是一派和谐与安定。

作为伊赫曾经的帝都麟都城，一个被强占多年的地方，它似乎是在伊赫人被赶出中原后的某一场雨里被濯洗得干干净净，此时此刻的每一个人，都沉浸在这中秋佳节的喜悦里，在这劫后重生的无边夜色中，开怀大笑。

身在这样的热闹里，戚寸心也满心雀跃，拉着谢缈在街边的馄饨摊前坐下，她并不饿，只是闻见香味，便一时嘴馋。

“我们两个人吃一碗好不好？”她拽了拽他的衣袖。

“好。”他轻轻颔首。

戚寸心露出笑容，叫来店家要了一碗馄饨。一小碗馄饨也没有太多个，她自己吃一个，又给谢缈喂一个，很快就吃光了。他的眼睛始终弯弯的，看得出来他的心情很好。

“星星的眼睛长得真像你啊。”戚寸心用手指轻轻地触碰他薄薄的眼皮，引得他眼睫微颤，“因为缈缈，星星的眼睛才能长得那么好看。”

纵然谢缈如今已经做了好几年的帝王，但他还是不能沉静地应对他的妻子忽然的夸赞和触碰。他抿起唇，身旁似有人的衣袂带起轻风，他侧过眼，瞧见小贩扛着犹如琥珀一般剔透的糖葫芦路过，他伸手摘下其中一串，一下抵上了戚寸心的嘴唇。

戚寸心眨了眨眼睛，张嘴咬住红红的糖葫芦。

小贩后知后觉地转过身来，陡然便撞见一身殷红锦衣的青年，他不由得愣了一下，见青年将银子递来，他才忙伸手去接。

街市上到处是花灯，照得这城内亮如白昼，更显得谢缈手中的灯笼光异常微弱，两人离开馄饨摊，继续在热闹的人群里穿行。

糖葫芦的糖衣永远那么甜，山楂的味道永远那么令人留恋，戚寸心和他走在一起，恍惚间也会以为他们回到了少年时。

烟火盛大，一声声炸响在天边，而那一轮浑圆的月亮始终挂在那儿，它清冷不沾尘，光辉却拥抱整个人间。

“戚寸心。”他忽然唤她。

戚寸心闻声，目光便从天边的烟火移到他的侧脸：“嗯？”

“我有时候会想，如果你能早一点在我的身边，如果我们在很早的时候相识就好了。”

他的嗓音清亮，随风落在她的耳畔：“可是我又想，早一些晚一些，世道仍是那样的世道，你在东陵，比在麟都好。”

戚寸心愣愣地望着他。

他终于偏过头来对上她的眼睛：“我当初离开这里时，没有想过有朝一日还会回来。”

“我说过，麟都我们可以不来的。”她牵着他的手。

其实，戚寸心也不是一定要把那本游记上记载的所有地方都走遍。可是这么多年来，他仿佛从未变过，看着她时，眼里就只有她。

他却说：“可是你在我身边。我们说好的，你想去哪里都可以，只要我能和你一起。”

这里已经不像是他用了六年才逃离的那座围城，烟火照亮半边夜空，檐上映出五彩缤纷的光影，腕上铃铛的声音细碎悦耳。这所有的一切，都在提醒着他，她就在他的身边。

“我才像是做了一个梦。”他忽然俯下身来拥抱她，灯笼映着她裙袂的颜色，他如此珍惜而温柔的一个吻轻轻地落在她的侧脸，随即他将下颌抵在她的肩头，他的声音离她很近很近，“戚寸心，你把什么都给我了。”

他曾想过的，不敢想的，她都一一替他填补了。在他的身边，用她的一生，陪伴他，拯救他。

多好的梦……

“那是因为缈缈也是这样，一直都这么好。”戚寸心的眼眶湿润了，她伸手环住他的腰。

明明只是十二两的缘分。

但凡成亲那日，他离开东陵后不再回来，她说不定就带着那块紫垣玉符，死在纷飞的战火与各方的贪欲里。

作为一个从东陵府尊府里出来的小小奴婢，作为一个失去了所有亲人的孤女，她原本一无所有，却因他的守诺而于乱世中安身立命。在他一路前行的时候，她自己也并没有止步于此，而是努力追赶着他的步伐。从苗疆出来，在皇宫见到他的那一刻，她就知道自己的选择没有错，选择做他身边一棵同样能给别人遮风挡雨的参天大树，没有错。所以这样说来，是谢缈成就了戚寸心，亦是戚寸心成就了谢缈。

“你是全天下最好的夫君。”

除却最开始得知他是南黎郡王时，因身份差距而短暂生出的几分退缩，之后在他身边的每一时、每一刻，她从来都没有后悔过。

纵然曾经的谢缈深陷麟都的泥淖，可他仍旧不屈服、不自弃，千磨万击都莫能阻挡他，他始终保有一颗最为纯粹的心。

她看见了他的这颗心，所以她也永远为他而心动。

十六岁的戚寸心在一个阳光炽烈的午后花光了积蓄买下那个十七岁的少年，同他结为夫妻，认真地对彼此说，要一辈子在一块儿。

此后，从喧嚣乱世到海晏河清，他们守住了家国，守住了彼此，一如当初承诺的那样，始终都在一起。

初心应犹在，此生是少年。

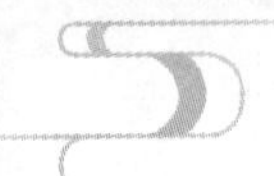

生辰吉乐

湿润的雨夜，年轻的帝王携带满身水汽而归。戚寸心已然熟睡，谢濯星却从偏殿里跑出来了，此时的他需要母亲的怀抱。

星星还没踏进门槛，便正好撞见谢缈的目光。

“父亲。”小孩儿一下变得十分乖巧，脚也缩了回去。

谢缈换下被雨水打湿的衣袍，只穿一身紫棠常服坐在廊下，风炉上热气缭绕，他俊秀的眉眼显得有些冷淡。

“你已经五岁了。”

见小孩儿抿着嘴唇，不敢说话，谢缈看他片刻，便朝他伸出手。小孩儿的眼睛一下亮起来，忙扑进谢缈的怀里，忘了害怕，开始自顾自地说起今天做了什么、吃了什么。

胖乎乎的黑猫从栏杆外一跃而起，一身毛发沾了水，那双圆圆的眼睛里倒映着灯火如星，它一见谢缈就喵喵叫着要往他身上去。可谢缈怀里已经有一个小孩儿，黑猫一下扑到了谢濯星的怀里，窝着不挪地方了。

“父亲，”小孩儿摇晃着双腿，摸着黑猫湿漉漉的脑袋，抬头望向谢缈，“子意姨姨说，有人骂娘亲不好，我娘亲哪里不好？”

他这么小，却也会因为这个耿耿于怀睡不着觉。

谢缈垂眼看他：“她哪里都好。”

“那您要打他们的屁股！不准他们再骂娘亲！”他说。

“嗯，打过了。”

谢缈轻描淡写地说，抬眼睨着檐外烟雨。他怀中是他的骨肉，还有他妻子送给他的猫。往往在这种时候，他总会想，自己好像真的什么都拥有了。

谢濯星在谢缈怀里熟睡后，春喜便轻手轻脚地上前来抱过他，往偏殿去。而夜已深，谢缈也没在廊上多坐，洗漱沐浴后就抱着擦洗过的猫入了内殿。

戚寸心原本睡得正香，哪知忽然肚子上多了个重物，她一瞬惊醒，然后看到了一只黑漆漆的猫，呼噜呼噜的声音这样近。突然，一只骨节分明的手探来捏住猫的脖颈，戚寸心随之抬眼，对上谢缈的目光。

“我本要将它放到榻上的。”他的嗓音像是沾了雨露般清亮，“它近来越发不听话了。”

戚寸心摸了摸猫脑袋，又去握他的手，铃铛声瞬间响起。

“最近也还不热，芝麻和我们一块儿睡也没什么的。”

谢缈在她身侧躺下来，她立即将被子分给他一半，自己也到了他怀里，小黑猫蹭得她后颈有点儿痒，她在他怀里笑个不停。

她笑，他也就忍不住弯起眼睛笑着亲她一下。

“缈缈，我知道要在州府推行女学并不是一件容易的事，近来朝中关于我的议论很多，你为我，应该承受了很多。”戚寸心望着他说道。

“不过是过了几年太平日子，有些人便忘乎所以了，”谢缈谈及此事，或想起今日早朝时的那几个老臣，他的神情有些泛冷，嗤笑一声，“倒也无碍，我有的是办法让他们清醒些。”

如今的大黎虽仍有谏言之风，但朝中已无人敢轻易在谢缈面前玩原来那一套清流死谏的东西。

“我也知道我做这件事一定会招来非议，”戚寸心轻轻地叹了口气，“但是缈缈，你也知道，如果不是先生让我入了九重楼，我也没机会读书，更不会明白那么多的道理。”

“大黎是所有汉人百姓的大黎，那么为什么大黎的女子就不能入学堂识文断字，读书明理呢？”

“我明白要做出这样的改变并不容易，那些守了许多年旧规矩的大人们不

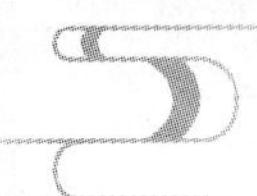

会同意，天下对于女子的轻视也不会轻易消散，”这雨夜里，她的声音柔软而清晰，“但我想慢慢来，即便我活着的时候不能如愿，也还有星星会替我继续努力践行下去的。”

“嗯。”

谢缈总是寡言的，但他从来都会认真听她说的每一句话，再给予回应。

雨在窗外滴答个不停。

内殿里夫妻俩相拥夜话，不知何时戚寸心便在他怀中沉沉睡去，见她睡着，他小心翼翼地松开她，掀被下了床。小黑猫在夜里精神极好，几乎在谢缈赤足下床的同时，它也从榻上跑下来，跟着他到了那扇细纱屏风后。

年轻的天子坐在一盏孤灯前，也不披衣，只着一身单薄的衣袍，料峭的夜风自一扇半开的窗外涌入，吹得他的宽袖微荡。他手持刻刀，俊秀的眉眼在灯下添了几分温情。

近来政务繁忙，他能够用来刻玉的时间极少，此时长夜漫漫，小黑猫蜷缩在他的怀里，有一搭没一搭地摇着尾巴，陪他从雨夜到清晨。

青灰的天光落入屋内，戚寸心睁开双眼，便望见那扇细纱屏风后走出来的青年，他一身雪白的衣袍，腰间是那年她编的那条红色百珠结丝绦。有一瞬，她恍惚间好像回到了少年时。直到一个冰凉的吻落在她的脸颊上，她回神时，手中已被他塞入一样东西，她垂眼一看，是一枚刻着一只胖猫的白玉牌。

“是芝麻啊。”她笑着说。

“娘子，生辰吉乐。”在此间不甚明亮的天光里，他眉眼弯弯地笑着俯下身来抱她。

“你身上怎么这么冷？”戚寸心触碰到他的手背，随即又摸向自己身边的位置，是冷的，她捧着他的脸道，“缈缈，你一夜没睡？”

谢缈不说话，低头要来亲她，却被她躲开。他索性将她抱起来，放到一旁的案上，拿来她的衣裙替她穿。

“你说过，过生辰的时候不能生气。”

“我没生气，我只是不想你这么累，朝中的事已经够多了，你不可以为了给我做生辰牌，就强撑着不休息。”戚寸心由着他替自己穿衣，认真地同他说。

“若不能及时送出，它就没用了。”谢缈抬眼，迎上她的目光，她身后便是

一扇窗，天色略微亮了些，而她就在那样柔和的光线里，仍旧是那样干净灵秀的眉眼，那样熟悉的脸庞。

“你什么时候真信这些了？你以前还对我说，与其祈求神明，倒不如指望你呢。”戚寸心抓住机会笑话他。

谢缈眼底带着一丝浅浅的笑意：“不知道。”

他认真想了一下，才又说：“你在我身边越久，我便越发贪恋这样的日子，不知不觉，就寄希望于这些东西。”

希望她岁岁康健，盼望她能永远在他的身边，仿佛他年年送她生辰牌，便能成全自己的这个愿望。

戚寸心一怔，此时殿外也无人打扰，周遭一片静谧，她望着他，掌中的生辰牌已被她握得温热。

他仍有他的敏感不安，生怕自己此时拥有的一切全变成泡影，生怕她不能陪他很久。

“我也想缈缈能够身体康健，陪我很久……”她只是这样看着他，眼眶就有些湿润，她伸手抱住他轻声说，“所以以后你不可以再这样了，我们说好要一块儿到老的。”

她吸吸鼻子，在他怀里抬起头：“今日是我生辰，你不用上朝，所以现在你快去睡觉。”

她连忙推他到床榻前，掀了被子让他躺进去，又替他掖好被角，然后她坐在床沿对他说着话。

“我和星星去钓鱼玩，等你醒来，中午就先吃一顿全鱼宴。”

“好。”他轻声应，随即缓缓闭上眼睛。

他听到她的衣服摩擦锦衾，也听到她腕上的铃铛声响一点儿一点儿地远了，但他没有睁眼，任由疲倦裹挟他的思绪。

谢缈在阳宸殿安睡时，戚寸心带着谢濯星去了陵阳湖，灵明楼是夏日乘凉之地，如今闲置着，有工匠正在其中修整引水机关。

裴湘如今又添一女，正在将养身体，故而今日只有子茹与子意带着她们的儿女入宫来，与谢濯星一道玩耍。

谢濯星小小年纪，钓起鱼来却也坐得住，慢慢地真的等来一条小鱼上了钩。

他开开心心地带它回了阳宸殿，还等不及给谢缈看，他一回头，就发现小瓷缸里的小鱼被小黑猫抓出来吃了。

“那是我送娘亲的小鱼……”小孩儿委屈极了。

戚寸心摸了摸他的脑袋，笑着说：“没事的，星星，芝麻可能是饿了。”

全鱼宴到底也不只有鱼，谢濯星不太喜欢吃鱼，膳房便另做了几道他喜欢的菜。待谢缈睡眼惺忪地起身出来，此间满是明亮的光线，刺得他不由得伸手挡了挡。视线逐渐清晰了些，他便看见满桌珍馐冒着热气，他的妻子与儿子坐在桌前，在对他笑。

待他洗漱后入座，谢濯星便乖乖地将春喜送来的一小碗长寿面端到戚寸心的面前。

“娘亲生辰吉乐。”

“谢谢星星。”

戚寸心开心地笑起来，她侧过脸去看身边的谢缈，见他时常冷淡的眉眼满是温情，她心中熨帖更甚。

终于有一天，谢缈也能变得这样开心。不再囿于过往的风雨，不再讨厌冬天的冰雪。她也从来不需要如何烦琐铺张的生辰宴，只是年年如今日一般，有君，有子，有猫。

人生之幸，如此足矣。

回家

七月，帝后再出游。

谢缈说什么都不愿带上谢濯星，戚寸心夹在他们父子中间，一时有些难做，她本想劝谢缈带上儿子一块儿去，哪知谢缈即便是做了帝王，也仍旧不改他的某些小脾气，她才一提，他便垂着头，闷闷不乐。

“就不能我们两个人吗？”他说。

自从有了谢濯星，戚寸心和谢缈独处的时间就变少了，他一直对这件事耿耿于怀。谢缈话不多，但极会沉默地表达自己的不满和委屈，戚寸心见了很难不心软，于是她又想转头去宽慰五岁的谢濯星，哪知又撞上了同样一双湿漉漉又委屈巴巴的眼睛。

戚寸心有些左右为难。

到了夜里，谢濯星不肯睡，拉着戚寸心的衣袖不撒手。

“娘亲，我也想去。”

戚寸心接过大宫女春喜手中的团扇来替小孩儿扇风。

“星星长大后，会有很多机会出去玩的。”

小孩儿瞪大眼睛，大约是没想到戚寸心这回没有迁就他。

“我十六岁时，和你父亲有一个约定，”戚寸心摸着他的脑袋说，“我要和他一块儿去很多地方。”

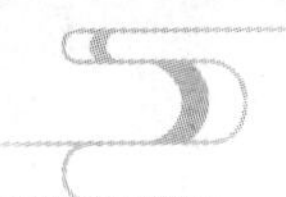

“但是后来发生了许多事，我和他到现在都不能像当初我憧憬的那般自由自在。”戚寸心说着，对上小孩儿懵懂的眼睛，“我们只是出游几月，又不是不回来了。”

翌日，谢濯星还在熟睡的时候，戚寸心便与谢缈离开了月童，前往澧阳避暑小住。

澧阳客子山上有避暑行宫，瀑布在前，空气湿润，推窗便是满山碧色，耳畔常有声声鸟鸣。

客子山南边有座云崖观，因道观建在云间崖壁之中而得名。只是如今正值夏季，客子山上的雾气并不浓重，每日晨光初起时，那整座嵌于石壁上的道观，便会完全展露出它的巍峨之姿。

昨夜落的一场雨消去了些许的暑气，山径上潮湿一片。因草木葱茏，山林遮蔽，再炽烈的日光洒在林间也都成了斑驳的影子。

戚寸心和谢缈手牵着手行走其间，竟也觉凉风习习。

大约是察觉到戚寸心已经有些吃力，谢缈停下来，回头看她。

此刻她白皙的面颊微微泛红，她的额头、鼻尖上都有了些细密的汗珠，那颗小痣也更加殷红。

他沉默地用一方锦帕擦去她脸上的细汗，跟在后头的徐允嘉立即上前来将水袋奉上，他接过来拔下木塞，递给了戚寸心。

再往上走时，戚寸心便是被他背着走的。

她看着地上的影子，把下巴抵在他肩上，脸颊蹭了一下他的脖颈，果然，他有些不自然地眨了一下眼睛，侧过脸来看她。

她没说话，只朝他笑。于是他的眼睛也弯起来，然后迈着轻缓的步伐继续往石阶上去。

从十六岁初进宫时起，无论坦途逆旅，他都曾有过这样一言不发地背着她走的时候。铃铛一声声地响，他的步履也仍如少年时般轻盈。

他们一行人抵达云崖观时，正逢观中午食，云崖观的观主慈眉善目，是位仙风道骨的白发老翁，他唤来弟子招待他们用饭，又请他们在亭中用清凉茶。

“这里的茶饭看似清淡，滋味却很好。”戚寸心摇晃茶碗，其中的碎冰碰撞碗壁发出悦耳声响，神情多了一分惬意，她伸手将瓷碟中的嫩黄糕点递给谢缈，又道，“缈缈，这个也好吃。”

谢缈没接，只就着她的手低头咬了一口，两人坐在一处赏景用茶，斜阳照得人睡眼迷蒙，他只撑着下巴看了她一会儿，便不知不觉趴在石桌上睡着了。

戚寸心小心翼翼地将一件披风盖在他身上，靠着石栏俯瞰崖下风光，没一会儿，她便觉无聊，索性带着春喜出了亭子，在观中四处闲逛。

日光下的道馆，古朴清幽，层层叠叠的房屋看起来排列得似有玄机，房屋旁有着许多几百年的桢楠树，这些树枝繁叶茂，笼罩在头顶，让人顿感清凉。

戚寸心快要走累的时候，在后院一棵繁茂的大树下，她看到了一位正在练习画符的小道士，有位道长在一旁指点着，要他再用心些。戚寸心觉得好奇，便凑过去看了会儿。

“道长，有求康健的符吗？”她趁着老道长口干喝茶的间隙问了一声。

“自然，您若想要的话，贫道这就替您画一个。”老道长将茶碗搁下，笑眯眯地说。

“我可以自己画吗？”戚寸心却问。

老道长大抵还从未听过如此要求，他先是愣了一下，随即摸着胡须点点头，豁达一笑：“也是使得的。”

临着石栏的八角亭内清风阵阵，谢缈在一段朦胧不清的梦境中悠悠转醒，却并未在亭中看到戚寸心的身影。他站起身来，身上的披风掉落于地。

“缈缈！”

忽地，谢缈听到她的声音伴随铃铛声近了。

他迟钝地转过头去，斑驳的树影在地面摇曳，细碎的光落在她的身上，她站在不远处，在极淡的雾气中，那张笑脸似幻似真。

他走下阶去，向她走近。

“你去哪儿了？”他的声音很轻，犹带睡意。

“去四处看了看啊。”

戚寸心满眼带笑，随即握住他的手，拉着他再往亭内去。她的手掌是温热的，他乖乖地被她牵着往前走，目光停在她的身上。

“你看！”戚寸心从自己的布兜里翻出来好些个折成三角的黄符，一个个指过去，“这个保佑你身体康健，这个保佑你开开心心，这个……”

她的手忽然被他握得很紧，于是她的声音戛然而止。

“怎么了，缈缈？”她问。

他轻轻摇头，隔了片刻，才别扭地说：“做梦了。”

从云崖观回到行宫后，山间暑气渐重，戚寸心闭门不出躺了两日，谢缈处理政务时，她便在一旁看书，有时也给谢濯星写上一封信，连同谢缈处理好的折子一块儿让人送去月童。

又是一个炎热的午后，戚寸心在帐中午睡，但有一道声音慢慢地近了，那声音带着几分欢欣，随即便有一只手轻抚她的面庞。

“娘子。”

他的指腹微凉，戚寸心迷迷糊糊地抓住了他的手腕，勉强睁开眼睛，幔帐被微风吹得轻轻晃动，身着霜白常服的青年眼睛弯弯的，里面像是藏着最为清亮的波光。

“做什么？”她有点儿起床气。

“我们下山去。”他说。

下山？

戚寸心没掀帐子，只侧头望了一眼便知如今日头正大，外间太热，不宜出行。她便松开他的手，转过身去。

“这个时候下山做什么？”

他不肯说，只是望着她，片刻后伸手将她扳回来，亲吻她的眼睛。戚寸心被他亲得有点儿痒，忍不住笑起来，抱住他的腰不撒手。

两人又在一块儿躺了会儿，从客子山上下来时，已经临近黄昏。

他们在护城河畔的酒楼中尝了地道的澧阳菜，又在人来人往的石拱桥上吹了会儿风，戚寸心还在桥下的小摊上挑了个小布老虎。

“缈缈，这个给星星，他一定喜欢。”

“嗯。”谢缈轻声应了，随即将碎银扔到那摊贩手中，再侧过脸来，同她说，“娘子，我们再去一个地方。”

“去哪儿？”戚寸心闻言，抬头问。

谢缈的眼睛弯起月亮般的弧度，却什么也不说，只是笑眯眯地牵着她走入热闹繁华的街市，穿过几道幽深长巷。

徐允嘉等人远远地跟在后头，戚寸心越是跟着他走，心底便越是有种莫名的感觉，她的步履变得迟疑，但身边人牵着她的手，一步步地将她带去离某段模糊的记忆更近的地方。

大门斑驳，爬山虎在院墙上开满细碎的花，阶下干干净净，门上那道写有“戚府”两字的牌匾也干干净净。

黄昏的余晖照着门庭，周遭几乎没有一点儿声音。

“这院子……”戚寸心的喉咙无端有些干涩，她抬起头与谢缈对视，“你买回来了？”

她那么小的时候，娘亲决定带着她离开澧阳的那日，她的小手被娘亲紧紧拉着，却也阻止不了她回过头来看她的家，却见那高高悬挂的牌匾重重地砸下来，落在尘土里，散了架。

“进去吗？”谢缈伸手，摸了摸她乌黑的发。

沉重的大门在吱呀声中打开，戚寸心下意识地抬首一望，有一瞬间，她仿佛在其中看到几道模糊的身影，只短短的一刹那，就又都消失不见。

她紧紧地握着他的手，走进这阔别多年的家，其中草木葳蕤，一墙月季花开得正好。她在院中站定，慢慢地打量四周的一切。

岁月无声清洗着那些被埋葬的人留下的痕迹，其实她在这被打理得井井有条的院落里已找不到丝毫熟悉的感觉。但她知道她的父亲、母亲、姑母、祖父……其实都在，因为无论家在哪里，有她的地方，就有她的记忆，就有她的亲人，也便有了她和他们的家。

“姑母死后，我有一段日子时常做梦，梦到这样一间院子，却并不清晰，”戚寸心终于开口道，“我梦到我们一家人在一块儿，即便我看不清祖父和父亲的脸，却也听得清他们的笑声。”

她闭起眼睛，耳畔只有风。

“我没想过我还能回来的，”她的眼眶逐渐变得湿润，再睁开眼时，她对谢缈说，“如果祖父和父亲的亡魂在这里，如果姑母她也守在这里，他们会不会看

见今日的我，看见作为戚家女儿的我？”

“会的。”他轻轻颔首，认真看她。

风声阵阵，霞光落了满檐，戚寸心泪盈满眶。

“缈缈，其实我早就找不到这条回家的路了。”她伸手抱住他，望着他说。

“谢谢你，带我回家。”

谢谢你不曾食言，从北魏到南黎，又到如今的大黎，一路山水迢迢带我回到汉人的家。又在这一天，带我回到我梦过千千万万遍的家。